일제강점 초기
일본어 민간신문 문예물 번역집

2

인천 및 기타지역 편

일본학 총서 40
일제강점 초기 한반도 간행 일본어 민간신문의 문예물 연구 5

.

일제강점 초기
일본어 민간신문 문예물 번역집

2

인천 및 기타지역 편

고려대학교 글로벌일본연구원
일제강점 초기 한반도 간행 일본어 민간신문의 문예물 연구 사업팀

보고사
BOGOSA

간행사

이 『일제강점 초기 일본어 민간신문 번역집』(전4권)은 1876년 강화도 조약 체결 이후부터 1920년 12월 31일까지 한반도에서 발행한 현재 실물이 확인되는 20종의 일본어 민간신문에 게재된 문예물 중 주요 작품을 선별하여 번역한 것이다. 이 번역집은 2016년부터 2019년까지 한국연구재단의 일반공동연구사업의 지원을 받아 수행한 연구 성과를 담은 결과물이다.

강화도 조약 체결 이후 수많은 일본인들이 한반도로 건너와 이주하였고 그들은 정보 교환과 자신들의 권익 주장을 목적으로 한반도 내 개항 거류지를 비롯해서 각 지역에서 일본어 민간신문을 발행하였다. 이들 민간신문은 당국의 식민정책을 위에서 아래로 전달하기 위해서 발행한 『경성일보(京城日報)』나 『매일신보(每日申報)』와 같은 통감부나 조선총독부의 기관지와는 달리 실제 조선에서 생활하던 재조일본인들이 자신들의 필요에 의해서 창간한 신문들이었다. 예를 들어 조선총독부의 온건한 식민지 정책에 만족하지 못하여 강경파 정치단체의 도움을 받아 신문 창간에 이른 경우도 있으나 대부분 실업에 종사한 재조일본인들이 자신들의 정보 교환, 권인 주장, 오락 제공 등의 필요와 이익을 위해서 신문 창간에 이르렀다. 이렇듯 자신들의 권익을 위해서 창간된 일본어 민간신문은 재조일본인들의 정치·경제·문화 활동, 생활 상황, 일본 혹은 조선에 대한 그들의 인식을 여실히 보여주고 있고 지역 신문의 성격이 강했기 때문에 일본인을 중심으로 한 그 지역 사회의 동향을 살필 수 있는 중요한 자료라 할 수 있다.

이렇듯 일제강점기에 한반도에서 발행된 일본어 민간신문은 식민지의 실상을 파악할 수 있는 중요한 사료라 할 수 있지만 신문들이 산재해 있고 보존 상태가 열악하여 연구 축적이 많이 이루어지지 않은 것이 실상이다. 또한 이들 민간신문에는 다양한 문예물이 다수 게재되어 있어 당시 한반도에 거주한 재조일본인들이 향유한 대중문화ㆍ문학에 관한 연구도 당연히 많지 않다. 일본어 민간신문에 게재된 문예물을 통해 한반도 내 일본어문학의 실상과 더불어 재조일본인의 의식, 나아가 식민지에서의 제국문학의 수용 양상을 파악할 수 있을 것이다.

이에 본 〈일제강점 초기 한반도 간행ㆍ일본어 민간신문의 문예물 연구〉 사업팀은 현존하는 일본어 민간신문의 조사, 발굴, 수집에 힘을 썼고, 이들 민간신문에 실린 문예물을 목록화하여 『일제강점 초기 일본어 민간신문 목록집』(전3권)을 작성하였다. 『일제강점 초기 일본어 민간신문 번역집』은 이 목록집에서 정리한 문예물 중 주요 작품을 선별하여 번역한 번역집이다. 번역 선별에 있어서 본 사업팀은 다음과 같은 기준을 세우고 작품을 선정하였다.

① 주요 작가의 미발견 작품

일본에서 기간(旣刊)된 작품의 재게재가 아니라 한반도에서 간행된 일본어 민간신문에 처음으로 작품이 게재된 주요 작가의 미발견 작품들을 선정하였다.

② 시대적 상황이 반영된 문예물

개화기 및 일제강점 초기는 러일전쟁, 한일병합, 제1차 세계대전 등 한반도를 비롯한 전 세계가 격동의 시대로 접어들던 무렵이었다. 『조선일보』의 경우 러일전쟁, 『경성신보』의 경우 한일병합, 『부산일보』의 경우 제1차 세계대전 등 이들 민간신문은 국내외 정세의 변화와 함께한 매체들이며, 자연히 문예물에도 이와 같은 시대적 배경은 뚜렷이 반영되고 있다. 본 번역집에서는 이처럼 게재/연재 당시의 사회적 분위기의 영향이 명확히 드러나는 작품을 선별하여 번역 소개함으로써 일제강점기 사회상을 파악하기 위한 자료로 제공하고자 하였다.

③ 독자 참여 문예

당시의 일본어 민간신문에는 다양한 문예란을 마련하여 독자들의 참여를 모집했다. 그 중에서도 특히 단카(短歌)나 하이쿠(俳句) 등의 고전 시가는 연일 투고작을 게재함과 더불어 신년 등 기념일에는 전국적으로 응모 행사를 개최하여 순위를 가렸다. 이처럼 신문 특유의 독자 참여 문예물은 해당 신문 독자층의 지역적 분포 양상을 파악하는 유일한 단서이자, 일본어신문 독자층의 대부분을 구성하고 있었던 재조일본인 사회의 시선이 직접적으로 드러나는 귀중한 자료라 할 수 있다.

④ 장르적 다양성

이 시기에 간행된 신문에는 일반적인 소설 문예 외에도 고금동서를 망라한 다양한 장르의 문예물이 게재되었다. 특히 일제강점 초기 간행된 신문 문예란의 대부분이 역사적 가나표기(歷史的仮名遣い)를 사용하는 데에다 그 해독에는 고전문법에 대한 기본적 소양이 요구되기 때문에 한국인 연구자들의 자료 접근이 용이하지 않을 뿐 아니라 현대 일본어에 익숙한 연구자들조차 접근이 어려운 실정이다. 특히 고단(講談)이나 단카, 하이쿠 같은 장르는 일본 고전에 대한 이해 없이는 연구는커녕 자료 번역조차도 곤란하다고 할 수 있으므로, 본 번역집에서는 최대한 다양한 장르의 문예물이 번역 소개되어 당시의 신문 독자들이 즐겼던 대중문예의 다양성을 가늠할 수 있도록 하였다.

⑤ 일본어 문예물의 유통 경로

한반도에서 간행된 일본어신문에는 내지 일본에서 기간(旣刊)된 문학이 재연재되거나 한국의 고전 소설, 혹은 서양 문학 등이 일본어로 번역되어 게재되는 등 당시 문학의 다양한 유통 경로를 보여주는 실례가 적지 않다. 본 번역집에서는 이처럼 양국 문예물의 유통 경로를 보여주는 작품을 선정하여 번역 소개하고자 하였다.

⑥ 각국의 번역 문학

일본 문학 장르, 일본인 작가의 창작물 외에도「임경업전(林慶業の傳)」
등 조선의 위인을 소재로 하는 이야기나「벌거벗은 임금님」등 서구의
동화, 소설도 민간신문에 번역 연재되었다. 1905년 2월 14일에 게재된
「프랑스 기병의 꽃(佛蘭西騎兵の花)」이라는 표제의 작품도 코난 도일 원
작의 영국 소설『제라르 준장의 회상(The Exploits of Brigadier Gerard)』을
번역 소개한 것으로 이러한 자료를 발굴, 소개하는 것은 재조일본인 미
디어 연구의 측면에서뿐만 아니라, 일본과 한국에서의 번역 문학 관련
연구에서도 중요한 의의를 가지고 있다고 판단하였다. 이에 본 번역집
에서는 일본어 민간신문에 게재된 일본어 번역소설을 한국어로 번역하
여 지금까지 한국어 신문이나 잡지를 주요 대상으로 삼았던 한국 근대
문학의 형성과 번역 연구 분야의 공백을 보완할 수 있을 것이라 기대하
여 선정하였다.

이『일제강점 초기 일본어 민간신문 번역집』은 총 4권으로 구성하였고
지역별로 나누어 분권하였다. 제 1권은 경성에서 발행한『대한일보(大
韓日報)』,『대동신보(大東新報)』,『경성신보(京城新報)』,『경성약보(京城藥
報)』,『용산일지출신문(龍山日之出新聞)』,『법정신문(法廷新聞)』,『경성일
일신문(京城日日新聞)』의 문예물을, 제 2권은 인천에서 발행한『조선신
보(朝鮮新報)』,『조선신문(朝鮮新聞)』,『조선일일신문(朝鮮日日新聞)』의 문
예물과 대구에서 발행한『조선(朝鮮)』과 평양에서 발행한『평양신보(平
壤新報)』,『평양일일신문(平壤日日新聞)』그리고 신의주에서 발행한『평
안일보(平安日報)』의 문예물을, 3권에서는 부산에서 발행한『조선신보
(朝鮮新報)』와『조선일보(朝鮮日報)』의 문예물을 4권에서는 3권에 이어
부산에서 발행한『조선시보(朝鮮時報)』,『부산일보(釜山日報)』의 문예물
을 번역 수록하였다. 또한 각 신문별로 가능한 다양한 장르의 문예물을
번역 수록하도록 하였다.

본 사업팀은 1920년 이전까지의 일본어 민간신문으로 번역 대상 시기를 한정하였는데 이는 기존의 식민지기 일본어문학·문화 연구의 시기적 불균형 현상을 보완하기 위해서 대상 시기를 일제강점 초기로 집중하였다. 2000년대 이후 한국에서는 일제강점기 재조일본인 연구 및 재조일본인 문학, 한국인 작가의 이중언어문학 작품의 발굴과 분석 등에 관한 연구가 활발히 이루어졌는데 이들 연구는 주로 총독부가 통치정책을 문화정책으로 전환하여 조선 내 언론·문화·문학 등이 다양한 양상을 보이기 시작한 1920년대 이후, 또는 중일전쟁 이후 국민문학, 친일문학이 문학과 문화계를 점철한 1937년 이후부터 해방 이전까지의 연구들이 주를 이루고 있다. 때문에 상대적으로 강화도 조약 이후부터 1920년까지 한반도 내 일본어문학·문화에 대한 연구는 많지 않으며, 또한 일제강점기 초기의 일본어 문학·문화 연구의 경우도 단행본, 잡지 혹은 총독부 기관지 연구에 편중되어 있다. 따라서 이 번역집 간행을 통해 현재 특정 매체와 시기에 집중되어 있는 식민지기 일본어문학·문화 연구의 불균형 현상을 해소하는데 일조할 수 있을 것이라 기대하고 있다. 나아가 기존의 '한국문학·문화사', '일본문학·문화사'의 사각지대에 있던 일제강점기 일본어문학 연구의 공백을 채우고 불균형한 연구동향을 보완할 수 있기를 바란다.

마지막으로 이 『일제강점 초기 일본어 민간신문 번역집』이 간행될 수 있도록 지원해 준 한국연구재단의 일반공동연구지원사업단에 감사의 뜻을 전한다. 그리고 본 사업팀이 무사히 연구를 수행할 수 있도록 많은 편의를 봐주신 고려대학교 글로벌일본연구원의 서승원 전 원장님과 정병호 원장님께 감사의 말씀을 전한다. 그리고 한 글자 한 글자 판독하기 어려운 옛 신문을 상대로 사업기간 내내 고군분투하며 애써주신 본 연구팀의 이현희, 김보현, 이윤지, 김인아 연구교수님들, 많은 힘이 되어주시고 사업 수행을 끝까지 함께 해주신 김효순, 이승신 공동연구원 선생님들, 그리고 번역을 함께해주신 김계자, 이민희, 송호빈 선생님, 판독이 어려운 글자를 한 글자 한 글자 같이 읽어 준 연구보조원 소리마치 마스미 씨에게도 진심으로 감사의 뜻을 표하고 싶다. 그리고 이 번역집 간행을 맡아 주신 보고사와 꼼꼼하게 편집해주신 박현정 부장님과 황효은 과장님께도 감사의 말씀을 전하는 바이다.

2020년 4월
유재진

일러두기

1. 일본의 인명, 지명 등의 고유명사 표기는 기본적으로 국립국어원의 외래어 표기법을 따른다.

2. 본문 내의 서명 및 신문, 잡지명 등은 『 』, 기사나 평론, 수필, 시가 등의 제목은 「 」, 강조 혹은 인용문의 경우 ' ' 기호로 구분했으나, 문맥상 원문의 표기를 준수한 경우도 있다.

3. 판독이 불가능한 글자의 경우 □로 표시하였고, 문장의 경우 (이하 X행 판독불가)로 표기하였다. 문맥이나 문장상으로 파악할 수 있는 경우도 있었으나, 가능한 한 억측이나 추측을 피하고자 하였다.

4. 일본 고유의 정형시[단카(短歌), 하이쿠(俳句) 등]의 경우 되도록 그 정형률(5·7·5·7·7조나 5·7·5조 등)에 맞추어 해석하였다.

5. 본서의 모든 각주는 각 역자에 의한 것으로, 원저자에 의한 주는 본문 내에 병기하였다.

6. 원문의 오탈자의 경우 역자 임의로 수정, 보완하였으며, 부가적으로 해설이 필요한 경우 각주로 명기하였다.

7. 본문에 사용된 강조점은 모두 세로쓰기 원문의 방점을 그대로 옮긴 것이다.

8. 이하 국내 미소장 신문 자료의 경우 명시된 일본 도서관에 소장된 자료를 저본으로 사용하였음을 밝힌다.

   ① 도쿄 대학 대학원 법학정치학연구과부속 근대일본법정사료센터 메이지 신문 잡지 문고 원자료부(東京大学大学院 法学政治学研究科附属 近代日本法政史料センター 明治新聞雑誌文庫 原資料部) 소장 자료
   · 경성 지역-『대한일보(大韓日報)』, 『대동신보(大東新報)』, 『용산일지출신문(龍山日之出新聞)』, 『법정신문(法政新聞)』
   · 인천 지역-『조선일일신문(朝鮮日日新聞)』
   · 평양 지역-『평양신보(平壤新報)』, 『평양일일신문(平壤日日新聞)』
   ② 일본 국립국회도서관(国立国会図書館) 소장 자료
   · 대구 지역-『조선(朝鮮)』
   · 신의주 지역-『평안일보(平安日報)』

차 례

조선일일신문朝鮮日日新聞

【대구】

조선朝鮮

【평양】

평양신보平壤新報

평양일일신문平壤日日新聞

【신의주】

평안일보平安日報

【작품 해제】

인 천

조선신보
朝鮮新報
|
조선신문
朝鮮新聞

【사조(詞藻)】

경성 풍경(京城觀)

백선거사(白僊居士)

十萬城家韓帝都	10만 가옥 모여 사는 대한제국 수도에
新煙九萬日人廬	새로이 생활하는 9만 일본인
皇宮北岳隣靈在	황궁은 북악에서 선령들 모시고
統府南山德化敎	통감부는 남산에서 덕화로 가르친다
內外官權東國握	내외 관권 쥔 것은 동쪽의 일본이요
中心宗敎西邦輸	중심 종교 다하는 건 서쪽의 조선
願長無盡漢江水	무진한 한강물 오래도록 흘러서
八道依然草木蘇	팔도에 의연히 초목 소생하기를

(1909년 8월 19일)

【문원(文苑)】

니시지마(西島) 사단장을 맞으며(迎西島師團長)

전성(錢城) 나카이 긴조(中井錦城)

吹角建牙大道迎	나팔 불고 깃발 세워 큰길에서 맞으니
軍容肅肅入邊城	군용(軍容)도 엄숙하게 변성(邊城)에 들어간다
治安偏倚師團力	치안은 오로지 사단(師團) 힘에 의지하니
歷戰皆知宿將名	전쟁 겪은 병사 모두 숙장(宿將) 명성 알겠지
袍末長風晨閱陳	새벽에는 외투 자락에 긴 바람 맞으며 사열(査閱)하고
馬□飛雪暮歸營	저녁에는 군마(軍馬)에 눈보라 날리며 귀영(歸營)하네

勸君一上戍樓望　그대여, 수루(戍樓)에 한번 올라 바라보기를
天帥臺東萬威生　천수대(天帥臺) 동쪽에서 일어나는 큰 위엄을

(1909년 6월 3일)

【반도시단(半島詩壇)】

경주 회고(慶州懷古)

야스나가 슌우(安永春雨)

國亡千載有山河　국망(國亡) 천 년에 산천은 그대로
古塔荒陵秋若何　낡은 불탑 거친 왕릉에 가을 풍경 어떠한가
石佛無言草蟲咽　돌부처 말이 없고 풀벌레는 우는데
瞻星臺上月明多　첨성대(瞻星臺) 위 뜬 달은 밝기도 하다

【반도시단(半島詩壇)】

작은 연회 자리에서(小集席上)

오타 호슈(太田芳洲)

西歐暗搖戰雲橫　서구 열강 은밀한 움직임에 전운(戰雲) 빗기니
又見東洋破和平　동양의 평화가 깨어지려나
草澤閒人多慨氣　초야에 한가로운 이들마저 강개(慷慨)하여서
酒饌場裏亦談兵　먹고 마시는 자리에서도 전쟁 이야기

(1914년 11월 9일)

【반도시단(半島詩壇)】

벽제관(碧蹄館) 터를 지나며(過碧蹄館址)

사사지마 시온(笹島紫雄)

追懷文祿幾英豪　분로쿠(文祿)의 역(役) 영웅호걸 추억하자니
挂甲掛高風滿阜　갑옷 깃발 높았던 언덕에 바람만 부네
今日戰場人給土　이제 전장(戰場)에는 농부가 흙을 북돋고
工夫□出碧蹄陶　일꾼들은 벽제도(碧蹄陶)를 만들어낼 뿐

(1914년 11월 15일)

[송호빈 역]

시사 17자 평(時事十七字評)

경성 난잔세이(京城 南山生)

전망이 없는 조선 정부(進歩の見へぬ朝鮮政府)

언제쯤 봄이 오는지도 알 수가 없는 눈 속 집

いつ春の來るとも見えず雪の家

노력하지 않아도 일본은 일본(努力なく共日本は日本)

깊은 눈에도 후지산의 자태는 감출 수 없네

深雪にも不二は隱れぬ姿哉

옛 왕성에 인적 드물고(舊王城人影稀なり)

마을 근처에 여우가 우는구나 겨울에 뜬 달

里近く狐のなくや冬の月

모 #공사의 진지한 얼굴(某#公使の眞〆顔)

세상 사태는 모를 심산이어라 겨울의 칩거

世の沙汰は知らぬ積りよ冬籠

(1896년 12월 18일)

낙엽 바구니(落葉籠)

지쿠가이세이(竹涯生)

보고도 지나치는 길가의 싸움 겨울날의 달
見て過ぐる辻の喧嘩や冬の月

멧돼지 매고 내려오는 산길에 거센 눈보라
猪負ふて山をくだるや大吹雪

겨울의 칩거 노래 삼매경으로 살고 있구나
冬こもり歌三昧でくらしけり

몹시 다급히 사람들 달려가는 음력 섣달아
あたふたと人走りゆく師走哉

(1908년 2월 18일)

망가진 거문고(破れ琴)

지쿠가이세이(竹涯生)

강을 따라서 술 팔고 있는 집이여 겨울의 나무
川に沿ふて酒賣る家や冬木立

유리 문짝에 파리가 부딪히는 음력 10월아
硝子戸に蠅のぶつかる小春哉

끌어당기어 곁에 둔 머릿병풍 겨울날의 밤
引き寄せる枕屏風や冬のよる

기숙사의 밤 추위를 원망하며 뒤섞여 자네
學寮の夜寒をわびて雜魚寢哉

(1908년 2월 21일)

용산까지(음행) [龍山まで(吟行)]

구보시(九法師)

매연 그림자 피어오르고 있는 복사나무
煤煙の影ある桃の林哉

이곳 나라에 일본 마을이어라 복사꽃이여
此國に日本村や桃の花

큰 강도 없이 구부러진 산길아 복사나무 숲
江もなくて曲る里道や桃林

산기슭 따라 이어진 붉은 복숭아 숲이로구나
山裾に續く緋桃の林かな

복사꽃 피고 밭 가는 소 어르며 한가롭구나
桃咲いて耕牛愛す暇哉

(1909년 5월 11일)

하이쿠 모임(俳句會)

지난 17일 밤, 와타나베 고코쿠 씨의 자택에서 하이쿠를 좋아하는 사람들이 모여 하이쿠 모임을 열었다. 다과를 즐기며 붓을 들고, 서투르지만 몰두하여 선정된 구

去る十七日夜渡邊香墨氏宅にて斯の道のスキ者共集會して俳句會を催す。茶を飲みながら、菓子を喰ひながら、筆取りながら、駄句ながら三昧に入り、選に入りし句

고코쿠(香黑)

시원한 가을 시아귀[1] 준비하는 강 가장자리
秋涼し施餓鬼營む川の面

라이센(來川)

눈을 떠보니 들리는 초가을의 태풍 치는 밤
目を開て聞や野分の夜の音

와카오(若翁)

작년에 비해 여섯 개 모자라는 현관문의 감
去年より六つ少し門の柿

(1909년 9월 21일)

---

1) 굶주린 귀신이나 연고자가 없는 망령에게 음식을 바치는 법회.

으스름달밤의 종소리(おぼろ夜の鐘)

군손세이(薫村生)

노천탕에서 종소리 듣는 산아 으스름한 달
野風呂にて鐘きく山や月おぼろ

종 치는 소리 꽃에 감돌고 있네 망루에 뜬 달
鐘の音の花にこもるや樓の月

으스름달밤 꽃 만개한 가운데 종소리 나네
朧夜や花榮の中に鐘のなる

(1911년 2월 18일)

가을(秋)

대구 규세이진(大邱 玖西人)

산란을 앞두고 강 하류로 내려가는 은어(落鮎)
산란기 은어 뗏목 따라 앞서고 뒤서고 하네
落鮎筏に連れて後やさき

추석에 뜬 달(盆の月)
살다가 정든 타국 땅의 하늘 추석에 뜬 달
住なれし異郷の空の盆の月

(1913년 10월 26일)

부여를 기리는 구회에서 읊다(扶餘忌句會吟)

조토(鳥兎)

구룡평 낙안(九龍坪落雁)

저녁 바람에 낙안의 초원이여 고여 있는 물

夕風に雁落つ原や水たまり

부소산 저녁 비(扶蘇山暮雨)

저녁 소나기 산 우러러 보누나 나그네 마음

夕時雨山仰ぎ見るや旅心ろ

평제탑 석조(平濟塔夕照)

세키카(石香)

아무 말 없는 사람 가을 어느 날 탑에 서있네

物言ぬ人秋の日を塔に立つ

백마강 가라앉은 달(白馬江沈月)

조토(鳥兎)

시험 삼아서 용을 낚아 봐야 할 달 뜬 밝은 밤

試に龍を釣るべき月夜かな

세키카(石香)

백제는 하고 물으니 가리키는 물에 비친 달

百濟はと問へば指す水の月

고란사 새벽종(皐蘭寺曉磬)

세쓰소(雪窓)

새벽 내음이 강에 흘러 내려와 싸늘한 여름
曉磬の江に流れ來て夏寒し

(1915년 8월 24일)

조선 하이단/桐一葉 (朝鮮俳壇/桐一葉)
와타나베 스이하 선(渡邊水巴選)

세이간시(靑眼子)

돌 위 싸늘한 밤을 견디고 있는 오동잎 하나
石上の夜涼に堪へて一葉哉

달 빛나는 곳 사라진 승려 모습 오동잎 하나
月前に僧影去りし一葉かな

다이우(苔雨)

오늘도 있는 오동잎 하나 비 내리는 돌 위
今日もある一葉や雨の石の上

쇼킨시(小琴子)

찬 밤공기가 몰려오는 장지 밖 지는 잎 하나
夜氣迫る障子の外に一葉散る

단#(淡#)

오동잎 하나 문패를 떼어내니 적적해진 집
桐一葉門札取れば家淋みし

사이가이(犀涯)

오동잎 지자 풀을 뛰쳐나가는 귀뚜라미여
一葉落つや草を飛出し蟋蟀

(1917년 9월 27일)

【川柳(센류)】

류켄지 도자에몬 선「손으로 코를 품」집 백팔십일장/오객
(柳建寺土左衛門選「手はな」集句百八十一章/五客)

데코보코보(凸凹坊)

손으로 코를 풀고 일선동화라 억지 부리네
手はなかみ日鮮同化とこぢつける

데쓰간시(鐵顔子)

명물 사탕을 코를 푼 손으로 맛 들이고 있네
名物の飴に手はなの味つけ

(1919년 3월 9일)

【川柳(센류)】

류켄지 도자에몬 선/주막/오객
(柳建寺土左衛門選/酒幕/五客)

대구 만페이(大邱 滿平)

주막 뜰에서 요보 녀석이 돌로 셈하고 있네

酒幕の庭でヨボ奴は石算用

인천 구론보(仁川 苦論坊)

주막까지는 십리다 하는 말을 세 번 들었네

酒幕迄十里と云ふを三度聞き

영등포(永登浦 ##子)

대륙 생활에 익숙해져 주막의 밤을 헤매네

大陸に馴れて酒幕の夜を漁る

(1919년 12월 6일)

【川柳(센류)】

류켄지 도자에몬 선/장옷/전발
(柳建寺土左衛門選/長衣/前拔)

경성 시로보(京城 土郎坊)

인사도 없이 장옷 차림의 사람 지나쳐 가네

挨拶もせずに長衣行き過ぎる

대구 규카보(大邱 邱花坊)

한일합병을 장옷 차림의 아이 모르는구나
韓日合併長衣子は知らず

(1920년 5월 29일)

조선 하이단/대동강 연광정(朝鮮俳壇/大洞江 練光亭)
와타나베 스이하 선(渡邊水巴選)

로쿠덴(六轉)

정자 앉으니 배가 오고 가누나 봄비 내리네
亭に坐せば舟の去來や春の雨

온돌 온기에 오늘도 취해가네 봄 내리는 비
溫突に今日も醉ひけゆ春の雨

(1920년 6월 11일)

[김보현 역]

종소리(鐘の音)

신조 지쿠가이(新庄竹涯)

종의 소리는 들릴 듯 말 듯 낮게 감돌고 있고 녹음 어둑한 들은 밝아
져 오려 하네
　鐘の音は微かに低く漂いて綠小暗き野は明けんとす

늙은 소나무 매달려 올라 넝쿨 끌어서라도 보고 싶은 해 질 녘 무렵
의 숲
　まつはりて老杉昇る蔓草を曳きても見しか夕暮の森

뱃전 노래는 우리 세상의 흥을 싣고서 가네 푸른 갈대 후미에 저녁
놀 지는 구름
　舷歌に吾世の興をのせてゆく靑蘆入江夕やけの雲

(1907년 3월 12일)

통감의 최근 시가(統監の近什)

이토 통감은 천장절[1] 당일 밤 관저에서 만찬회를 열고 석상에서 다
음과 같이 즉석으로 와카를 읊으셨으며, 소네 부통감 또한 칠언절구를
지으셨다.

　伊藤統監は天長節の當夜官邸に於て晩餐會を催し席上左の國風を
卽吟せられ曾根部統監も亦左の七絶を賦せりと。

---

1) 일왕의 탄생일을 기념하는 날.

이토 히로부미(伊藤博文)

천황 폐하를 위하여 기도하는 많은 사람의 충성스러운 마음 만세 외치는 소리

大君の爲めにと誓ふ諸人の赤き心は萬歲の聲

훌륭한 나라 출신 사람이라면 세상에 나가 훌륭해 마지않은 일을 해야만 하네

勝れたる國に生まれし人なれば世に勝れたることなせかし

(1907년 11월 6일)

쓰루하라 장관의 풍류(鶴原長官の風流)

쓰루하라 장관이 와카에 뛰어나다는 것은 그를 아는 사람은 일찍이 알고 있다. 그는 북한 순유 때, 공무 다망함에도 불구하고 주위의 풍취에 흥이나 다음과 같이 몇 수를 읊어 그 마음속 깊이 품은 회포를 술회하셨다.

鶴原長官の國風に巧みなるは氏を知るものの夙に知る處なるが氏は北漢巡遊の砌公務繁劇なるに拘はらず四邊の風趣に興を催し左の數首を咏せられたりと其襟懷想ふべし。

압록강(鴨綠江)

일본의 큰 배 작은 배가 압록강 어귀 바다를 오고 가는 세상이 이루어지려 하나

日の本の大船小舟アリナレの海にも通ふ世になれるかな

평양 모란대(平壤牡丹臺)

오랜 세월의 가을을 지내어온 모란대여라 과거를 말해 주는 유물이 되었구나

幾千代の秋や經めらむ牧丹臺むかしを語るかたみなりけり

개성 만월대(開城滿月臺)

옛적에 도읍 모습이구나 라는 느낌이 드는 가을의 만월대의 해지는 저녁 무렵

いにしへの都の樣ぞ思はるる滿月臺の秋の夕暮

(1906년 10월 25일)

박꽃(夕顔)

미노 스즈키 마사토시(美濃 鈴木正俊)

졸졸 울타리 아래를 에워싸는 흐르는 물에 시원하게 비치는 박꽃의 꽃

さらさらと垣根をめぐるやり水にうつるも涼し夕顔の花

빈고 린스이(備後 林翠)

박꽃의 꽃이 피어있구나 모기 쫓는 불 연기 피어오르는 고향 울타리 아래

夕顔の花さきにけりかやり火の煙なびける里の垣根に

(1909년 8월 14일)

도도이쓰(都々逸)

산조샤슈진(三條舍主人)

가을 기나긴 밤에 꼬시고 있다 보니 벌레가 충고하네 귀뚜라미여
秋の永夜に口說いて見れば蟲が諫めるキリギリス

조선 여인네에게 냄새난다 한 것은 옛날 지금은 합방하여 사이가
좋네
韓婦に臭いと言ふたは昔今は合邦の仲のよさ

무서운 곳 같다며 먼 곳에서 온 한국 이 나라에 멋있는 꽃도 있구나
怖い見たいとはるばる來韓りや國に優れる花もある

합방이 기뻐 쓰개 벗어던져 버리니 허물없는 세상의 온화한 꿈아
合邦嬉しいと戴服を解けば隔てない世の夢まどか

조선 여인 부르니 일본 사람이라고 답하네 그 후로는 키스 소리만
韓婦と呼べば日本人よと返へす後は接吻の音ばかり

(1910년 9월 15일)

해주 가단(海州歌壇)

동문 내 소하쿠무(東門內 礎白夢)

평온한 천황 치세 같은 봄바람 불기 시작한 고려의 깊은 산에 어린
풀 나네
閑かなる御代の春風吹きそめて高麗のみやまに若草ぞもゆ

동문 내 오무라 조지(東門內 大村蝶二)

고향의 것을 떠올리면서 고려 들에서 기쁜 마음으로 봄을 맞이하였네

ふるさとのもの思ひつつ高麗の野に心うれしき春を迎えぬ

남문 내 미치코(南門內 みち子)

문마다 새해 가도마쓰[2] 세우고 천황의 치세 계속 이어지기를 비는 백성들

門ごとに松竹立てて君が代を千代に八千代に祝ふ民草

(1912년 1월 1일)

비행기 사고로 순직한 두 명의 중위를 추모하는 요사노 아키코의 노래−기무라, 도쿠타 두 명의 중위를 추모하며 (飛行殉職兩中尉を悼める與謝野晶子の歌 −木村德田二中尉を悼みて)

요사노 아키코(與謝野晶子)

넓은 하늘을 길로 삼았던 그대 너무도 빨리 파멸에 이르렀네 얼마나 슬프던가

大空を路とせし君いちはやく破滅を踏みぬかなしきかなや

너무나 어린 두 마리의 송골매 피에 물들어 울음소리 그쳤네 두 마리의 송골매

うら若き二羽の隼血に染みて啼く音絶えたる二羽の隼

---

2) 신년에 집집마다 문 앞에 세우는 장식용 소나무.

이 두 사람이 얼마 안 된 세상에 죽음의 길을 고하려고 하는데 누가 범접하겠나

　この二人新しき世の死の道を教ふることす誰か及ばむ

'아아'라고 한순간 오지 못하는 허무의 허무 나락의 나락으로 알 수가 없는 재앙

　あなと云ふ一瞬に來ぬ虛無の虛無奈落の奈落しらぬわざはひ

오랜 영구한 우리의 몸을 푸르른 하늘에서 진흙에 내던짐도 천황을 위함이여

　久方の靑き空よりわがむくろ埴に投ぐるも大君のため

사랑스러운 봄날의 햇살 속에 이 너희들은 다른 무엇보다도 가엾게 죽었도다

　めでたかる春の光にこの君等何物よりもいたましく死ぬ

현세의 육신 부서져 흩어짐을 비행기의 강철로 된 뼈대와 다름없다 말하네

　現身のくだけて散るを飛行機のはがねの骨とひとしく語る

어린아이가 새가 죽은 것처럼 땅에 떨어져 면목 없는 일이여 눈물 흘러내리네

　若き子が鳥の死ぬごと地に落ちぬかたじけなさよ涙ながるる

우리 아내와 봄날의 아침때에 헤어지고서 한참 낮 하늘에서 열두 시에 죽었네

　吾妹子と春の朝に立ちわかれ空のまひるの十二時に死ぬ

덧없이 찢겨 나락으로 부서진 슬픔 슬픔아 단지 흐리멍덩한 티끌 진흙 같은 것

虚無に裂け奈落に砕くあはれあはれ唯うす白き塵ひぢのごと

수다스럽고 성질 나쁜 사람도 알고 있는 것 상당히 많은 이도 그대들 위해 우네

もの云ひのさがなき人も知ることのいみじき人も君達に泣く

푸른 하늘을 추억하는 것이라 무덤덤하게 부모도 봐주시어라 아내도 봐주시어라

靑空を名殘のものと大らかに見給へ親も悲しき妻も

(1913년 4월 2일)

조선 가단(朝鮮歌壇)

여름 해변(夏海邊)

요시마루(よし丸)

밤 파도치는 소리는 들리지만 한창 더위는 더욱 견디기 힘든 바닷가의 마을

よる波の音はすれども日盛はなほ堪がたし海つらのさと

비 온 뒤 여름 달(雨後夏月)

시원한 기운 달에 남겨두고서 소나기 행적 아득히 개어가는 하늘이로구나

すずしさを月にのこして夕立の行衛も遠くはるる空かな

(1913년 7월 27일)

현상모집 신년문예(縣賞募集 新年文藝)
와카/편집국 선(和歌/編輯局選)

경성 아리요시 바이게쓰(京城 有吉梅月)

새로운 해를 맞이하여 정원의 매화 남쪽의 가지부터 꽃피기 시작하고 있구나

あらたまの年をむかへて庭の梅南枝よりさきそめにけり

평양 나리타 #미쓰(平壤 成田#光)

진년의 일본 파도치는 소리도 고요한 중에 떠오르는 해 평온한 사방의 바다

君が代にたつ年波も靜かにてたつ日のどけき四方の海哉

경성 이노우에 고야(京城 井上剛哉)

새해 첫 참배 도리이[3]의 밑에서 잠시 멈춰서 신이 다스리던 때 떠올리는 나

初詣とりゐの下にたたずみて神代のことを我はしのびつ

(1916년 1월 1일)

---

3) 신사 입구에 세운 기둥 문.

현상모집 신년문예(縣賞募集 新年文藝)
와카/진년의 명사/오사코 나오하루
(和歌/辰年の名流/大迫尙敏)

용산 야마모토 주소(龍山 山本沖窓)

따스하게 해 내리비치고 있는 대청마루에 공놀이하는 소리 정말 재미있구나

うらうらと日てりさし添ふ縁側に手毬の音のいと面白に

서대문 하무로 하쿠세이(西大門 羽室白星)

적적한 봄날 아내와 떨어져서 홀로 떡국에 새해를 축하하는 나는 나그네여라

春淋し妻にわかれてただひとり雜煮いはへり我は旅の子

(1916년 1월 1일)

응모 와카(應募和歌)

인(人)

인천 이치야마 유후(仁川 市山雄風)

조그마한 책 펼쳐 읽어 보는데 여름날 파리 불쌍하게 미라가 되어 버렸구나

小い本繙き見れば夏の蠅哀れミイラとなりてありけり

지(地)

김제읍 쓰지베니 스즈메(金堤邑 辻紅雀)

비가 내렸던 나스[4]는 적적하고 저녁 들판의 작은 싸리 흐느껴 우는

새끼 여우여

　雨しぬ那須は寂しき野の夕小萩にむせぶ小さき狐よ

(1916년 2월 26일)

정읍을 여행하며(井邑に旅して)

요시오카 후지아즈마(吉岡富士東)

오늘부터는 나그네로구나 나의 기나긴 머리 흐트러지고 마음 적적
하구나

　今日よりは旅の人なりわが長き髪も亂れて淋しかりけり

기차 내리어 언덕에 잠시 멈춰 저녁노을을 보는 적적함이여 나그네
가 되었네

　汽車下りて丘にイみ夕日見るかなしや旅の子となりけり

(1916년 4월 1일)

조선의 색채(朝鮮の色彩)

#세이(#星)

불그스름한 산 코발트색으로 옅어져 가네 하얀 옷 입은 이들 아무
말 하지 않고

　紅の山コバルトにうすらぐよ白き人など物を語らで

반질반질한 옷 물에 일렁이고 이름도 모를 파랑새 날아대는 고려의

---

4) 도치기현(栃木縣) 북동부에 위치한 지역.

마을이여

艶衣の水にゆらぎて名も知らぬ靑き鳥たつ高麗の里

(1916년 1월 15일)

효창원에서(孝昌園にて)

오카모토 쇼소(岡本小草)

울지 않는 새 한 마리 다가와서 나 쳐다보네 효창원에서의 낮 한참 때의 외로움

嘀かぬ鳥一羽來りて我を見る孝昌園のまひる淋しさ

지난해 봄에 그대와 얘기 나눈 이곳에 와서는 매력적인 그대의 입술을 떠올리네

去年の春君と語りしここに來て色よき君の脣など思ふ

정처도 없이 또 효창원 헤매며 찾아와서는 헤어진 그대 생각 떠올리고 있구나

あてもなく亦孝昌園を迷ひ來て別れし君を思ふなりけり

(1916년 6월 2일)

인천 단카회 영초(仁川短歌會詠草)
고목의 까치(枯木のかさゝぎ)

이시이 다카시(石井龍史)

배고픈 것을 해 질 녘 고타쓰[5]의 온기 속에서 밥 다 완성되기를 기

다리고 있구나

　飢じさに夕べ炬燵にぬくもりつ飯の出來るを待ち居たりけり

　눈 내린다고 알리러 온 아이의 사랑스러운 눈아 눈사람 같은 것 만
들 것이라 하네

　雪降るよと告げに來し子の愛しき瞳よ雪達磨など作らむと言ひつ

　쌓이는 눈 적막한 가운데에 저물어 가는 이 새하얀 거리의 소중함이
어라

　雪つもる靜寂の中に暮れて行く此の眞白なる町の尊とき

　까치 한 마리 마른 나무에 꼬리 대고 있는 것 맞히어 보겠노라 노리
고 있는 남자

　かささきの一羽枯木に尾をふれりそれを射らむとねらへる男

(1917년 3월 3일)

조선가단(朝鮮歌壇)

인천 오쿠무라 쇼단(仁川 奧村小丹)
바람이 그친 밤의 항구 거리는 쓸쓸하고 가끔 장난스러운 어부의
노래 들리네

　風やみし港の街の夜はさびし時々漁師のざれうたきこゆ

인천 니시무라 고지로(仁川 西村幸治郎)
꽃나무 그늘 꽃봉오리 하나도 피지 못하고 아련히 조용하게 지는

---

5) 일본의 실내 난방장치 중 하나.

슬픔이어라

　花かげの一つの蕾咲かずして憐れ靜かに落ちしかなしみ

　따스한 겨울 햇살을 받으면서 아편을 피는 노인은 말이 없는 지나 거리의 한낮

　暖かき冬の陽浴びてアヘン吸ふ翁は默す志那町のひる

함흥 고로반(咸興 幸露晚)

　초목이 마른 산길을 걸어가니 한쪽 가득히 늘어선 소나무의 초록의 빛 좋구나

　冬枯の山路行けば一群の松の木立てる綠よろしも

오우치 가케이(大內夏畦)

　뾰족한 탑에 저무는 겨울 석양 휘감고 있는 빛의 차가운 기운 쓸쓸한 저녁 시간

　尖塔に冬の入日のまつはれる光冷たし悲しき夕べ

(1919년 2월 28일)

조선가단(朝鮮歌壇)

군산 요시다 하쿠요(群山 吉田白楊)

　다정하였던 어머니를 그리는 마음을 품고 항구 거리에 지는 해 바라보고 있네

　溫かき母に懷かるる心もて港の街の入日ながむる

아리랑하는 노랫가락과 함께 석양 저물어 가는 거리여 슬픈 근심이 밀려오네

アラランの歌に入日の沈み行く港の街よ哀愁のわく

경성 야노 히로시(京城 矢野弘)

커튼을 살짝 뒤흔드는 따스한 바람에 봄이 다가오는 기분 끓어오르는구나

カアテンを輕くゆるがす溫風に初春の氣の湧きて來るも

(1919년 3월 6일)

조선가단(朝鮮歌壇)

경성 이와타 기요코(京城 岩田起代子)

오늘 또 다시 걷다가 힘이 들어 산에서 우는 순례하는 아이의 봄은 울적하구나

また今日も歩みつかれて山に泣く巡禮の子の春はわびしや

풀에 싹 나고 우리들의 차가운 눈물마저도 따뜻하게 만드는 봄이 다가와 있네

草芽ぐみ吾れの冷たき淚をも暖かして春は來にけり

군산 요시다 하쿠요(群山 吉田白楊)

봄 접어들어 홀로 저녁 무렵에 떠돌다 보니 기러기 한 무리가 강 건너가고 있구나

春立つや夕べを獨りさすらへば雁の一列江わたり行く

(1919년 3월 17일)

조선가단(朝鮮歌壇)

북소리(皷)

##도카(##桃果)

이른 봄추위 멀리서 들려오는 북소리에 빠져 높은 전각의 사람 아무 말 없이 있네

春寒の皷の遠音聞きほれて高殿人はもだしたりけり

할 일이 없는 봄날 해 질 녘에는 작은 북에다 입김을 불어가며 쳐볼까 하는구나

つれづれの春の夕べは小皷に息をかけて打ちて見るかな

오우치##(大內夏畦)

자그마한 북 쳐보아도 좀처럼 울리지 않네 그래도 기분 좋은 봄날의 초저녁에

小皷をうちてみたれどなかなかに鳴らぬもよしや春の宵にして

(1919년 3월 29일)

조선가단(朝鮮歌壇)

다쓰오(田津夫)

병실 창문에 말없이 있으면서 듣는 개구리 우는 소리에 황혼의 빗소리 쓸쓸하네

病室に窓にもだして蛙鳴く晉に黃昏の雨の淋しむ

읽다가 질려 옆 사람의 숨소리 들으며 홀로 쓸쓸하게 등불의 빛 바
라보고 있네

讀みあきて隣者のねいき聞きながらひとりわびしく灯光見つむ

(1920년 4월 30일)

[김보현 역]

천장절(天長節)[1]

슈소시(秋叢子)

학이 첩첩 산골서 소리 올리듯,[2]	鶴九皋に聲を揚げ、
아래 만민들에게 고해 말하길,	下萬民に告げて言ふ、
황제께서 팔주에 군림하시니,	皇帝八州に君臨ましぬ、
우러러 외경하며 축수 드리라,	仰ぎ畏み壽はぎ奉れと、
기록될 황제 예순[3] 천장절 오늘.	記せり皇帝六十路の天長節。
동양의 혼란함을 일찍이 화평케 하고,	東洋の亂れ早や和ぎて、
그 문명이 안태함을 찬미하노라,	□文明の安泰きを讚美ふ、
황제의 위업은 천지를 비추시니,	皇帝の威德に天地を照し、
황제께서 한 마디 음성을 내리시면,	皇帝一聲を下したまはば、
백 척의 함선들 어전에 늘어서누나.	百餘の船艦は御前につらなる
황제로 하여금 손가락 하나 드시게 하면,	皇帝にして一指を上げたまわんか、
일백만 명 비휴(狴狳)[4]를 뒤로 거느려,	一百萬の狴狳は後へに、
오오 빛나는 황제의 존엄한 위세여,	嗚呼熾なる皇帝の稜威や、
동아의 제패를 목도함에 있어서,	東亞の覇業目睹にありて、
선조들의 유업(遺業) 금세 다 이루리라.	祖先の遺業またゞく成らん。

(1906년 11월 3일)

---

1) 천황의 탄생일을 축하하는 날로 메이지 시대에는 11월 3일.
2) 『시경(詩經)』의 구절 「학은 깊은 첩첩 산골에서 울어도 그 소리가 하늘에 닿는다(鶴鳴于九皋 聲聞于天)」, 즉 현인은 모습을 드러내지 않아도 그 명성이 세간에 널리 퍼진다는 뜻을 차용.
3) 메이지 천황은 1952년생으로 이 해에 55세.
4) 범이나 곰과 비슷한 맹수로 용맹한 군대를 일컬음.

안 돌아가리(歸らまじ)

신조 지쿠가이(新庄竹涯)

아아 안 돌아가리 서리는 깊고,
이른 아침 하늘의 고요함 속에,
아침밥 하는 연기 피어오르고,
초가지붕을 얹은 외딴 오두막.

○

아아 안 돌아가리 봄날 저녁에,
종달새의 노래에 배웅 받으며,
참억새의 파도가 너울거리는,
제비꽃 어지러이 핀 좁은 골목.

○

아아 안 돌아가리 기나긴 밤을,
꿈같은 이야기를 홀린 듯 듣고,
별들이 내는 빛이 새들어오는,
덮은 화장대 아래 더위 식히기.

○

아아 안 돌아가리 가을 깊어져,
아궁이에서 우는 귀뚜라미
동이에 떨어지는 술 방울방울,
즐거운 꿈을 이제 막 꾸려는 참.

あゝかへらまじ霜繁く、
あしたの空の靜けさに、
朝餉のけむり立のぼる、
わが藁葺のはなれ小屋。

○

あゝかへらまじ春の夕、
雲雀のうたに送られて、
□□の浪のうちなびく、
すみれの亂れ咲く小路。

○

あゝ歸らまじ永き夜を、
夢ものがたり聞き□る、
星の光りのもれてくる、
巾ふ顏だなの下すずみ、

○

あゝ歸らまじ秋たけて、
竈にすだくきりへ〜す、
かめに滴たる酒のつゆ、
樂しき夢を見むところ。

(1907년 2월 17일)

두려워하다(悚ゆる)

신조 지쿠가이(新庄竹涯)

하이얀 핏줄기에 저녁 햇살을	白き血汐に夕映を
재화(災禍)의 아이 물들였던가	災禍の子ぞ染めつらん
우물위로 떨어지는 별가루가	井桁におつる星屑の
이윽고 어둠 속을 헤매는구나	やがて暗黑をさまよへる
○	○
그것의 변천이여, 이제 쉬기를	それようつしよ、休らへる
평화가 이제 쇠퇴할 무렵	平和のいと朽ちんとき
연약하기는 느릅 열매 그 덧없음은	脆きは楡の實はかなきは
그를 죄악에 물든 손으로 옮겨	そを罪惡の手にはこぶ
○	○
인정이란 괴롭고도 차갑구나	情は辛く冷たくも
빈약한 품속으로 숨을 불어넣고	弱きふところ息吹きて
불기운을 보내는 위안거리가	火の氣を送るなぐさめの
없는가, 그렇게는 외치지 않으리	なしや、さまではさけぶまじ
○	○
실로 맑은 샘물의 속삭거림도	げに眞淸水の囁きも
봄은 새로 돋아난 어린 풀의	春はなやぎし若草の
시신을 매미에게 안기고서	屍を蟬に抱きては
그저 먼지 벌판에서 말라 사라지누나	唯だ塵のべに浦枯るる
○	○
자연의 여운, 틀어진 곳의	自然の餘韻、ほころびの
향기는 높이 피어오른다 해도	香りは高く匂ふとも
모습을 감추는 사마귀에게	影をくらます蟷螂に

잘 하는 앞다리 낮질하게 하는가 | たくみの刃鋏げたりや
○

피어 있는 마꽃들 뿜어나왔고
어린애의 무심한 장난놀림에
광주리 속을 찢고 나온 작은 뱀
질투에 물든 혀는 잘려졌는가
○

누군가, 조용하게 덮쳐들어온
가슴팍 안쪽에서 불타오르듯
미치광이 불꽃이 갇혀있었고
간계의 독화살을 가진 것으로 보여
○

그러니 쌍수의 소매를 올려
성스러운 검은 머리 덮을 때
과연 힘도 이제 다하였으니
아아, 그 소매도 넓지 않겠지.

ゑまひの夢や湧き出でし
稚兒が無心の戯れに
籠を破りしくちなはの
ねたみの舌は斷たれしや
○

誰か、靜かに□はへる
胸板のうち燃ゆるごと
くろふ焰の鎭されつ
奸策の毒矢ありと見る
○

されば雙つの袖とじて
聖なる黑髮覆ふとき
さすがに精のつききては
吁、その袖も廣がらじ

종지기(鐘樓守)

신조 지쿠가이(新庄竹涯)

붉은 기운 감도는 구름 긴 저녁,
해의 광채 서서히 바래가노니,
영겁으로 이어질 평화의 계시,
종 치며 속죄하고 우는 종지기.
연약한 팔이지만 혼신의,

紅にほふ雲ゆふの、
光彩のやゝにあせゆけば、
永劫に平和の啓示を、
鐘に杵くなく鐘樓守。
纖弱き腕に渾身の、

힘을 담아 종치기를 마치고,
잠시 그 자리에 무릎 꿇으며,
신에게 기도를 바치는구나.
아아, 잠들어 있는 인간 세상에,
깨어나라 숭고한 목소리 올리고,
저녁에 지쳐 있는 인간 세상에,
잠들라고 높이 울려대는구나.
낮 동안 꽃향기에 취해 버려서,
길을 잃고 헤매는 어린 소녀들,
얕은 꿈에서 다시 되돌려놓는,
벚꽃 흐드러지게 하는 종소리.
신비함을 감싸는 푸른 하늘에,
영화로운 기도를 높이 올리니,
비밀의 신궁으로 길이 열리고,
운명의 그림자가 흐릿하노라.

力をこめて杵き終る、
しばしはそこに跪き。
神に祈禱を捧ぐらむ。
朝、眠れる人の世に、
醒めよと強き聲をあげ、
夕、つかれし人の世に、
眠れと高くひゞくかな。
日ねもす花の香に醉ひて、
道忘れたる少女子を、
淺き夢より返しは、
櫻をこぼす鐘の音。
神秘をつゝむ蒼穹に、
榮める祈禱捧ぐれば、
秘密の宮は開かれて、
運命のかげのほのめくよ。

저녁의 시(夕の賦)

신조 지쿠가이(新庄竹涯)

붉은 염색 흐려진 숲의 문 앞에,
의붓자식인 별이 기어나온다,
목마른 구도심 독실한 우리 비구니가,
성스러운 불단에 불 밝히는 얼굴빛과,
꽃의 숨결 물들이는 저녁이구나,
장미 향기 나는 짙은 아지랑이가,

丹摺薄るゝ森の戸に、
繼子の星は這ひ出ぬ、
渴仰あつきわが尼が、
聖壇に燭する頰の色と、
花の息染むる夕かな、
薔薇薫ずる濃き靄の、

옷자락에 요란한 들꽃을 수놓고,	み裾兩亂野花を織り、
여신의 비취색 머릿결 흐트려,	女神翡翠の髮みだし、
유리로 된 병을 품에 안으며,	瑠璃の甕を抱きつゝ、
행복하게 웃는 아이에 북돋우는 아이에,	幸に笑む子に勵む子に、
질투 품은 아이에 상처받은 아이에,	嫉妬もつ子に傷む子に、
공평하게 나눠주는 달콤한 꿈.	等しく頒つ甘きゆめ。
아아 종언의 명목이,	あゝ終焉の瞑目の、
어둠에 흐릿해진 환영이여,	闇に幽めく幻影や、
허영을 쫓아도 아침이 오면,	虛榮を追へど朝來れば、
'저녁'에 웃으며 하늘과 땅에,	「夕」に笑みて乾坤に、
지혜에 번민하는 아이를 태우고,	知惠に悶ゆる子を載せて、
건망증의 심연에 내던지는구나.	健忘の淵に投ぐる哉。

구어시 「남산의 낮」(口語詩 「南山の畫」)

경성동양협회 요시오카 헤이센(京城東洋協會 吉岡萍川)

남산의 낮은 조용하구나.
무성히 자란 덤불에 하얗게 핀 쓸쓸한 꽃,
교회 종 쳐서 울리네………
한낮 종소리의 무거운 울림에,
다정하게 떨리면서.

남산의 낮은 조용하구나.
맑은 샘물 솟는 골짜기에서 날아오른 작은 까치
옷을 빠는 여인을 돌아보지도 않고,

하이얀 날개로 높이 날아올라……….

남산의 낮은 조용하구나.
작은 사당에 들어박혀 무엇을 기원하는 무녀의 얼굴,
그 목소리는 아주 가늘고………산에서 새어나와
부들부들 떨리는 내 혼의 노래와 닮았으니.

南山の晝は靜かなり。
生い茂る叢に白く咲く淋しき花、
チヤーチよ、打ち鳴らす……
眞晝の鐘の重き響に、
やさしくら打ち顫ひつゝ。

南山の晝は靜かなり。
清水出る谷間より飛出でし小さき鵲
衣洗ふ女人を見返りもせで、
白き羽に高く翔りて……。

南山の晝は靜かなり。
小さなる社に籠り何祈ら巫女の顔、
その聲はいと細く……山より漏れて
おののけるわが魂の歌に似たれば。

흰 백합(白百合)

달큰한 향기 가만히 감돌게 하며	甘い香りじつと漂へて
무거운 입술 가만히 다물고	重い唇じつと黙して
골짜기 길 쓸쓸한 저녁	谷道の淋しい夕
흰 백합은 피어 있구나.	白百合は咲いてゐるなり。
새하얀 손에 그려진	眞白なる御手に描れた
우타마로(歌麿)5)의 내음을 따르는	歌麿の匂ひ追ふたる
당지(唐紙)에 그려진 미인이	唐紙の美し人の
그 '정기'가 빠져나간 것처럼.	その「精」のぬけ出でし如と。
단 향기, 무거운 입술, 새하얀 모습	甘い香り、重い唇、眞白き姿
켜진 불 없는 남산 골짜기의 좁은 길	灯なき南山の谷の細道
푹 숙여져 하얀 목덜미의	うなだれて、白いうなじの
흰 백합은 피어 있구나.	白百合は咲いてゐるなり。
달큰한 향기를 가만히 감돌게 하고	甘い香をじつと漂へて
무거운 입술 가만히 다물고	重い唇じつと黙して
각각의 길 쓸쓸한 저녁	各道の淋しい夕
흰 백합은 피어 있구나.	白百合は咲いてゐるなり。

---

5) 기타가와 우타마로(喜多川歌麿, 1753~1806). 에도 시대(江戶時代) 후기의 우키요
에(浮世繪) 화가. 여성의 관능미를 그린 독자적 미인화로 유명.

나팔꽃(朝顔)

힘없이 시들어 있는 들판의 나팔꽃,
목을 떨군 붉은 꽃잎의 약하디 약함
올려보지도 못하고 그저 숙인 채로.
팔월의 정오 무렵, 조선의 강한 태양 빛에
저주받은 여자처럼, 목소리도 높이지 못하고,
훌쩍이며 울지………훌쩍이며 울지……….
골짜기 길에 덧붙여 만들어진 채석장,
──눈에 아프게 들어오는 돌 가르는 빛──
──가슴을 누르는 돌 가르는 울림──
지쳐버린 그 기색과 애수의 빛을 띠며
시들어 있는 들판의 나팔꽃……….

力なく萎れたる野邊の朝顔、
うなだれし紅の花瓣の弱は弱はしさ
仰きもせで、たゞ俯せるまゝ。
八月の正午時、朝鮮の日の强い光に
呪はれし女の如と、聲をあげえで、
すゝりなく……すゝりなく……。
谷道に添ふてつくれる石切塲、
──目にいたき石きる光り──
──胸を壓す石きる響き──
憊疲れたるその色と哀愁の色漂はせ
萎れたる野邊の朝顔……。

(1913년 8월 31일)

까치의 노래(鵲の歌)

고가니(小蟹)

(신 구어시) 조선 까마귀 [(新口語詩) 朝鮮カラス]

고려 까마귀, 저녁을 알리며 높은 나무에.
높이 둥지 짓는 너희를,
새벽 무렵이 될 때까지도,
꿈꾸는 사람은 낮에 본,
너의 모습, 떠올라서,
'저 황천 나라, □ 공작새'
저주하며 부르며 노래로 삼았다.
옛날이나 지금이나 견우와 직녀는,
힘겨운 사이였으니 그립고 그리워도,
하늘 은하수,
신은 건너가기를 허락지 않는,
가을 시작 무렵 단 하룻밤만을 신이 허락하셔서,
무리들을 데리고, 날개를 이어서,
다리가 되어,
자아 자 건너시오, 건너시구려.

◎

배려심 있는 너를 보고,
칠석제, 사람들도 기리는,
일고여덟 살 되는 작은 공주들까지 큰북을 울리고,
피리를 불며,
노래하면서 춤을 춥니다,

◎

너는 다정한 입모양으로,
부싯돌 치는 듯한 소리로 울지,
배와 눈썹이 하얀 까닭에,
꼬리털은 길게 드리운 까닭에,
하양과 검정의 얼룩무늬가,
날개까지도 선명하구나,
비둘기새끼 정도의 몸집을 하고,
검은 눈동자에, 먼 쪽,
사람도 알지 못하는 것을 아는구나.

◎

너, 까치, 좋은 새야,
노란 언덕에 동풍이 불어도,
복숭아가 열려도,
개나리꽃 울타리 사이로 보는,
풀색 쓰개옷 입은 아가씨의,
연심,
위로하는 얼굴에 꼬리를 흔드는가.

◎

쓸쓸하고 황폐해진 조선의,
자연을 저주하고,
황천의 나라, 황천의 나라라고 이름 붙여서,
검은 공작이 있는 거라면,
어린 공작과 너희를,
칭찬하여 노래하며,
여름에 더운, 겨울 또한 추운 나라지만,
마당 한구석의, 먼지 더미의,

닭의 배 털솜, 물고기의 뼈,
쪼아 먹으러 오는 것을,
기다리기 괴롭구나.

高麗カラス、夕を告て高い樹に。
高くすごもるお前らを、
あかつき頃になるまでも、
夢見る人は晝間見た、
お前の姿、おもひ出て、
「彼の黃泉の國、□ 孔雀
のろひ唄ひて歌にした。
昔も今も、彦星と織女は、
つらい中なれば戀ひし〳〵も、
天の川、
神は渡るをゆるさない、
秋のはじめの一夜さを神が許すを、
打つれて、羽根をならべて、
橋となり、
さアさお通り、とほりやんせ。
　　　　　◎
思ひやりあるお前見て、
七夕祭、人もする、
七ツ八ツなる小娘まで太鼓鳴らして、
笛吹いて、
唄ひながらに踊ります。
　　　　　◎

お前やさしい口をして、

切火うつよな聲で啼く、

腹と肩とが白いので、

尻尾は長う垂れるので、

白と黒とのダンダラが、

つばさにまでも、あざやかよ、

小鳩ぐらいな姿して、

黒い眸に、遠い方、

人も氣づかぬものを知る。

◎

お前、カサヽギ、よき鳥よ、

黄色な丘に東風吹くも、

桃は咲くとも、

れんぎようの花の垣まみ、

草色の被衣乙女の、

戀こゝろ、

なぐさめ顔に尾をふるか。

◎

淋しやぶれた朝鮮の、

自然を詛ひ、

よみの國、よみの國とや名をつけて、

黒い孔雀が居るならば、

雛の孔雀とお前らを、

ほめて唄つて、

夏暑い、冬また寒い國なれど、

庭の小隅の、ちり塚の、

鷄の腹綿、魚の骨、

つゝきに來るを、

待ち詫びよ。

(1914년 3월 21일)

군산의 봄(群山の春)

도시나미(俊なみ)

(하나)

군산항에도 꽃이 피누나

지저분한 옥사의 죄인들도

봄의 꽃구경을 하고 싶다고

옥사의 바로 아래 □항리

마을에서 떨어진 한 □□

짙은 다홍색을 한 □의 꽃

신의 성스러운 뜻 빛이 나듯이

둘러보는 모든 곳 꽃 속에 자욱.

(둘)

군산항에도 봄이 왔구나

옷자락을 펼치면 흐드러진 매화

그리운 모습을 한 시라뵤시(白拍子)[6]

작은 개 데리고 나온 팔자수염

어딘가에서 소가 울고 있구나

온갖 풀들 속에서 자랑스럽게

---

6) 흰 복장과 모자를 쓰고 가무를 하는 유녀.

보라색 향기 나는 제비꽃 풀을

머리 내린 아가씨 캐고 있구나

이것이 월명산(月明山)의 봄 경치로다

(一)

群山港にも　花が咲く

汚い獄舍の　罪人も

春の花見を　したがると

獄舍の眞下　□項里

里を離れた　一□□

薄紅の　□の花

神の聖意　輝ゑて

見渡す限り　花かすみ

(二)

群山港にも　春がきた

裾が捌けば　溢れ梅

艶な姿の　白拍子

小犬を連れた　八字髭

何處かに牛が　啼いてゐる

千草の中に　誇りげに

紫匂ふ　董草

お下髪の乙女が　摘むでゐる

月明山の　春景色

(1916년 5월 6일)

[엄인경 역]

소설 코안경(小說 鼻眼鏡)

고쿠초(黑潮)

1회

아마추어 탐정 아사이와 데쓰조(淺岩徹三)와 구도(工藤) 의학사는 고메야 초(米屋町)의 한 저택 2층을 빌렸다. 그리고 독신이었던 그들은 한 노파에게 집안 살림을 맡겼다. 미루베 하치로(海藻邊八郞) 저택에 몰래 들어갔던 어젯밤처럼 오늘 밤도 거센 바람이 불었다. 11월도 벌써 끝나가고 있었다. 아사이와와 구도는 거실에서 함께 공부하고 있었다. 아사이와는 고문서에서 삭제된 부분을 도수 높은 돋보기로 조사하고 있었고 구도는 외과 병상 관련의 최신 학술자료를 연구하고 있었다. 두 사람은 각자의 일에 몰두하고 있었다. 비마저 내리기 시작했고 밤이 깊어질수록 거리의 인적도 드물어졌다.

구도는 연구가 일단락되자 창밖으로 얼굴을 내밀고 도로를 내려다보았다. 이곳은 런던 시내의 한복판이라서 어느 방향으로 가도 10마일 정도 빽빽이 인가가 들어서 있지만, 창밖으로 바라보는 풍경은 마치 서해안의 거친 벌판같다고 생각했다. 게다가 포석이 깔린 인도는 비에 젖어 반짝였고, 넓은 진흙 웅덩이가 생긴 마차길은 각등 불빛이 비쳐서 잘 보였다. 잠시 후 우시즈(牛津) 거리 쪽에서 마차 한 대가 진흙을 튀기면서 이쪽으로 달려왔다. 아사이와는 고문서를 둘둘 말고 돋보기를 아래에 내려놓았다.

"구도, 오늘 밤 우리가 외출할 일은 없겠지? 내가 저녁 동안 매진한 연구는 상당히 좋은 결과를 얻었어. 아무래도 이런 연구는 눈을 상당히 피로하게 하지. 그렇지만 이 고문서가 15세기 중반 어떤 사원의 기록이라…… 어……. 저건 뭔가?"

세찬 바람 소리 사이로 말발굽 소리가 문 앞에서 멈추었다고 생각한 순간, 한 남자가 마차에서 내려서 현관 쪽으로 걸어오는 것이 보였다.

구도 "무슨 일로 온 자일까?"

아사이와 "무슨 일이라니, 지금 시간에 올 사람은 우리를 억지로 바깥으로 끌어낼 사람이 틀림없지 않겠나. 이렇게 세찬 비가 내리는 밤에 끌려나가게 되겠군. 잠깐 기다려보게. 마차가 돌아갔으니까, 아직 희망은 있어. 만약 우리에게 오늘 밤 함께 가달라고 하는 자라면 마차를 세워두었을 테니까……. 미안하지만, 자네가 내려가서 현관문을 열어주지 않겠나. 부인은 벌써 잠들었을 테고, 이 시간에 깨우는 것도 미안하니까."

(1909년 6월 1일)

2회

구도의 안내를 받고 현관으로 들어온 자는 경시청 청년 탐정 가운데에서도 가장 전도유망한 호시 긴노스케(星謹之助)였다.

호시 "선생님은 계십니까?"

호시 탐정이 층계 아래에서 구도에게 묻는 소리를 듣고 아사이와가 2층에서 외쳤다.

"올라오시게. 단 오늘 밤 우리를 바깥으로 끌고 나가는 것만은 사양하겠어……."

호시 탐정은 이 목소리를 들으면서 계단으로 올라와서 젖은 외투를 복도에 걸고는 아사이와가 있는 거실로 들어갔다. 아사이와는 난롯불이 잘 타오르도록 하고 있었다.

"호시 군. 자, 난로 앞으로 와 앉으시게. 시가는 여기 있네. 구도가 자네한테 뜨거운 레몬 물을 전해 줄 테니까. 이렇게 추운 밤에는 아주 좋지. 그런데 얼마나 중요한 일이기에 이렇게 세찬 비바람이 몰아치는 밤에 일부러 여기까지 찾아온 건가?"

호시 "실은 엄청난 사건이 벌어졌습니다. 그래서 오늘 오후 정말로 바쁘게 보냈습니다. 선생님은 석간에 실린 요코스리(橫須利) 마을 사건을 알고 계십니까?"

아사이와 "나는 오늘 12시 이후부터 그 후 무슨 일이 일어났는지 전혀 모르네."

호시 "신문 기사는 단 한 줄밖에 없었습니다만, 이것이 참 심상치 않은 이야기라서 반드시 선생님의 눈에 띄었을 건데요. 제 관할 지역에서 사건이 해결되지 않는 것은 싫으니까요. 저는 철도선로로 7마일이나 떨어진 겐도(劍戶) 군이라는 시골까지 다녀왔습니다. 보고를 받은 것이 3시 15분으로 제가 요코스리 마을에 도착한 것은 정각 5시였습니다. 현장을 전체적으로 둘러보고 막차로 돌아오자마자 바로 정류장에서 선생님 댁으로 온 것입니다."

아사이와 "그렇다면, 자네는 아직 이 사건을 명쾌하게 해결한 것이 아니군."

(1909년 6월 2일)

3회

호시 탐정 "네. 말씀처럼 저는 도무지 짐작도 가지 않습니다. 처음에는 큰 사건이 아니라고 생각했지요. 그런데 조사를 좀 해보니 제가 지금까지 마주한 사건 가운데에서도 가장 복잡한 사건 중 하나라는 것을 깨달았습니다. 게다가 무엇보다도 범인의 동기를 전혀 알 수가 없는 겁니다. 아사이와 선생님, 저는 이 사건 때문에 난처해졌습니다. 아무리 생각해봐도 범인의 동기를 알 수가 없습니다. 그런데 실제로 한 남자가 살해당했습니다. ……그것은 부정할 수 없는 사실입니다. ……하지만 저는 아무래도 누가, 그 남자를 죽인 것인지 동기를 발견할 수가 없었습니다."

아사이와는 시가에 불을 붙이고 의자에 몸을 기댔다.

아사이와 "사건 정황을 말해보게."

(1909년 6월 3일)

4회

호시 "정황은 세세히 알고 있습니다. 하지만 지금에 와서 알고 싶은 것은 이러한 정황들에 어떠한 의미가 담겨있는가 하는 겁니다. 여하튼 제가 조사한 바는 이렇습니다. 수년 전 요코스리 마을에 별장을 매입하고 이사 온 한 노년의 신사가 있었습니다. 사람들은 그를 다카하시(高橋) 박사라고 불렀나 봅니다. 그 사람은 불구자로 하루 중의 한나절은 침실에서 은둔 생활을 했고, 또 한나절은 차에 등나무 의자를 붙여서 하인에게 밀게 하고는 정원을 산책했습니다. 이웃과의 관계는 좋은 편이라 근처에서 그 박사를 학자로 존경하고 있었습니다. 저택에는 회계를 맡은 마오카(眞岡) 부인이라는 노파와 다키구치 사다(瀧口サダ)라는 젊은 하녀가 있었고, 두 사람은 저택 주인이 이주해왔을 때부터 고용된 사람입니다. 성격은 지극히 선량하다고 판단됩니다. 게다가 저택 주인인 박사는 1년 정도 전부터 뭔가 저술 작업을 하고 있었기에 서기 한 명을 고용할 필요가 있었습니다. 그래서 두 사람 정도 고용을 했습니다만 둘 다 마음에 들지 않았던 모양으로 최근에는 대학교를 졸업한 지 얼마 안 되는 청년 시미즈 이사무(淸水勇)라는 자를 고용하고 있었습니다. 그 청년은 박사가 원하는 자에 적합한 인물이었나 봅니다. 그 시미즈라는 자가 하는 일은 오전 중에는

6

박사의 구술을 필기하는 것이고, 오후에는 다음 날 일의 사전조사나 서적 인용 등을 준비하는 것이었습니다. 시미즈 이사무는 학교시절부터 어떠한 특색도 없는 지극히 온화한 남자였습니다. 저는 대학 졸업 증서나 증명서를 봤습니다만, 그저 열심히 공부에 매진한 사람으로 품행 또한 무엇 하나 결점이 없는 남자로 추정됩니다. 그러나 그 남자가 오늘 오전에 다카하시 박사의 서재에서 타살로밖에 볼 수 없는 모습으로 죽어 있었습니다."

밤은 점점 더 깊어지고 밖에는 바람이 더욱 거세게 몰아쳤다. 구도와 아사이와는 난로 가까이에 자리를 차지하고 호시 탐정의 사건 경위를 열심히 듣고 있었다. 호시는 바로 이야기를 이어갔다.

"다카하시 박사라 불리는 사람의 저택은 영국에서도 드물게 외부와의 관계가 적은 저택으로, 일주일 사이 저택을 방문한 사람이 한 명뿐인 것이 이상하지 않을 정도라고 합니다. 또한, 박사는 저술 작업을 했기에 만사를 내던지고, 세상의 사리사욕에는 일절 관계하지 않아서 서기인 시미즈도 이웃 사람과 교제하지도 않고 저택 주인처럼 생활하고 있었다고 합니다. 하녀 둘 또한 저택을 벗어나서 외부와 교제를 하지 않았고, 정원사인 모리시타(森下)라는 사람도 크림 전쟁 시절 육군으로 참전하고 받은 연금과 지금의 월급으로 생활을 하는 남자로, 정원 구석에 목조 창고를 짓고 살고 있었습니다. 이들이 다카하시 저택의 일원입니다. 이 저택의 문은 마을 도로로부터 100야드 정도 떨어져 있었고, 정문에는 달리 문이 달려 있지 않아서 누구라도 들어올 수 있게 되어 있었습니다."

호시 탐정은 숨을 한 번 몰아쉬고는 다키구치 사다라는 젊은 하녀가 서기인 시미즈가 죽은 것을 발견한 당시의 상황을 이야기하기 시작했다.

(1909년 6월 4일)

5회

호시 탐정은 다카하시 박사의 하녀 다키구치 사다가, 서기 시미즈 이사무가 죽어 있는 현장을 발견했을 때의 이야기를 아사이와와 구도에게 이야기했다.

"그 하녀만 이 사건에 대해 명확하게 이야기할 수 있는 유일한 인물입니다. 그녀의 진술에 의하면 사건이 일어난 것은 오전 11시와 12시 사이의 일로, 사다는 2층 침실에서 청소하고 있었고, 저택 주인인 다카하시 박사는 그때까지 침실에 누워 있었다고 합니다. 날씨가 좋지 않은 날에는 12시 전에는 좀처럼 일어나지 않는 것이 습관이라서 달리 이상한 점은 없었고, 그 시각 저택의 회계 담당인 마오카 부인은 뒷문 쪽에서 집안일을 하고 있었다고 합니다. 한편 시미즈 이사무는 처음에는 자신의 거실 겸 침실인 2층 방에 있었는데 하녀 사다가 그 옆방을 청소하려고 올라왔기 때문에 자신의 방 바로 아래에 있는 서재로 내려갔다고 합니다. 그때 사다는 시미즈의 얼굴은 보지 못했지만 침착한 발걸음 소리로 봐서 분명 시미즈라고 생각했다고 합니다. 그리고 사다는 서재 입구 문을 닫는 소리는 듣지는 못했고, 1, 2분 정도 지나자 아랫방에서 끔찍한 비명을 들었다고 합니다. 꺼림칙하고도 기묘한 비명은 남자인지 여자인지 알 수가 없었다고 합니다. 그와 동시에 무거운 발걸음 소리가 집안에 울렸고, 그리고는 아무런 소리도 나지 않았다고 합니다."

(1909년 6월 5일)

6회 (결호)

7회

호시 탐정은 한 장의 평면도를 꺼내서 "이것이 현장 약도입니다. 잠깐 봐주십시오. 그러면 서재 위치나 박사 침실 위치를 더 잘 알 수 있으니까요."라고 말하면서 아사이와에게 내밀었다. 구도는 아사이와의 어깨너머로 지도를 보았다. 서재에는 출입문이 두 개 있으며 문 하나는 복도에서 정원으로 연결되어 있었고, 다른 문은 정반대, 다시 말해 안채 현관으로 연결되어 있었다. 하녀인 사다가 2층에서 내려왔을 때 이 문으로 서재로 들어갔다. 그런데 박사의 침실 위치는 정원을 통하는 서재로 가는 복도와 직각으로 다른 복도로 이어져서 조금 오른쪽으로 간 곳에 있는 별관으로 네다섯 계단 정도 계단을 올라가는 중 2층이었다. 호시는 설명을 이어갔다.

"지도가 정말 조잡하고 간략하게 그린 것입니다만, 사건 정황을 알 수 있는 것은 다 들어있습니다. 그 외에는 선생님이 가보셔서 현장을 직접 보시는 것이 좋을 것 같습니다. 먼저 범인인 남자 또는 여자가 그 서재로 침입했다면 어디로 들어왔을까요? 의심할 여지도 없이 정원을 통해 서재 오른편 문으로 들어왔을 겁니다. 왜냐면 현관 쪽으로 들어와서 다시 그쪽으로 돌아갔다면 다른 방을 지나야 하고, 실제로 하녀가 2층에서 내려왔을 때도 아무도 보지 못했다고 하니까요. 그리고 박사의 침실 쪽으로도 도망칠 수도 없습니다. 왜냐면 서재에서 그쪽으로 가는 것은 길은 하나뿐이고 복도의 막다른 곳에 계단을 올라가면 바로 박사의 침실만 있고 다른 출구는 없기 때문입니다. 그래서 저는 바로 정원에서 들어오는 길을 살펴보았습니다. 그건 비가 왔기 때문에 흙이 젖어서 발자국이 남아있을 거로 생각했던 거지요. 조사결과, 상당히 교묘한 범죄자라는 것을 알게 되었습니다. 발자국이 하나도 남아있지 않았지 뭡니까. 그런데 오솔길 옆 풀밭을 지나간 흔적은 남아있었습니다. 놈이 처음부터 발자국을 남기지 않고자 주의했기 때문에 확실하게 발자국으로 보이지 않습니다만, 사람이 지나간 것은 분명합니다. 그리고 비는 어젯밤부터 내렸고 정원사도 외부로 나가지 않았다고 했으니까 분명 범인이 도망쳤을 당시의 것이라 확신합니다."

(1909년 6월 8일)

8회

아사이와 "잠깐, 기다려보게. 그 정원 오솔길은 어디로 통하는가?"

호시 "마을 도로 쪽입니다."

아사이와 "거리는?"

호시 "90킬로미터 정도입니다."

아사이와 "자네는 그곳에 문이 있다고 했는데 그쪽에는 발자국이 없었는가?"

호시 "문 쪽은 포석이 깔려있어서요."

아사이와 "마을 도로로 나갔을 때는?"

호시 "이미 통행인들이 지나가고 있었습니다."

아사이와 "좋네. 그렇다면 풀밭의 발자국은 집으로 나가는 방향이었나, 집으로 들어오는 방향이었나."

호시 "그것은 형태만 남아있어서 판단이 서지 않습니다."

아사이와 "큰 발자국이었나, 작은 발자국이었나."

호시 "그것은 누가 보아도 판단할 수 없을 겁니다."

아사이와는 참 답답하다는 듯이 "그때부터 계속해서 비바람이 불어서 이 문제를 해결하는 것은 이 고문서를 판독하는 것보다 힘들 것 같군. 그런데 호시 탐정. 자네는 실마리를 찾지 못했다는 것을 알고 나서 다음에 무엇을 했는가."

호시 "저는 최선을 다했습니다. 일단 누가 집 안으로 들어온 것은 틀림없다고 생각해서, 저는 복도 카펫을 조사했습니다. 그런데 코코넛으로 만들어진 카펫이라서 발자국이 남지 않았습니다. 다음에는 서재입니다만, 안에는 장식품이 그다지 많지 않아서 대부분 서적과 커다란 탁자와 서랍이 달린 책장이 있을 뿐이었습니다. 책장에는 두 단 정도 여닫이 장이 달려있었고, 그 한 가운데에는 문이 달려있었습니다. 서랍은 모두 열려 있었는데 여닫이 장은 자물쇠가 잠겨 있었습니다. 여닫이 장 안에는 중요한 서류가 들어있다고 합니다만, 그것을 열어본 흔적은 없었습니다. 그리고 박사의 말로는 분실한 물건이 없다고 합니다. 그러니까 도둑이 한 짓은 아닌 것 같습니다. 다음 죽은 서기의 시체에 대해 말씀드리면, 책장 바로 앞에 쓰러져 있었고, 등 뒤에서 치명상으로 볼 수 있는 날카로운 칼에 찔려 있었기 때문에 자살로는 볼 수 없었습니다.

아사이와 "실수로 칼 위로 자빠졌을 수도 있지 않은가."

호시 "말씀하신 것처럼 저도 그렇게 생각해보기도 했습니다만, 칼이 2, 3척 멀리 떨어져 있는 것을 보았을 때 그것은 불가능하다고 생각합니다. 그리고 서기가 마지막으로 한 말이 무슨 의미인지 생각해보아야만 하겠습니다만, 그 서기는 오른손에 물건 하나를 쥐고 있었습니다."

호시는 주머니에서 금테 코안경을 꺼냈다.

(1909년 6월 9일)

9회

호시 탐정이 꺼낸 코안경은 두 줄의 비단 끈 끝부분이 잘려서 늘어져 있었다.

호시 "시미즈 서기는 눈이 좋은 편이라서 이 안경은 범인이 쓰고 있는 것을 잡아챈 것이 분명합니다."

이렇게 설명했다. 아사이와는 코안경을 손에 들고 정밀하게 검사했다. 자신의 코에 걸치고 살펴보고 창문 쪽으로 가서 도로의 경치를 바라보았다. 그리고 다시 램프 불빛에 비추면서 상당히 세심하게 살펴보았다. 그리고는 혼자 웃으면서 의자에 앉아서 종이에 뭔가를 쓰고 호시 탐정에게 내밀었다.

아사이와 "이것이 지금 내가 할 수 있는 전부일세. 자네에게 조금은 도움이 되겠지."

호시 탐정은 아사이와의 말을 듣고 놀라면서 글을 읽었다.

신분은 낮지 않고 귀부인 복장을 하고 있으며, 상당히 폭이 넓은 코와 사이가 좁은 눈을 지니고 있으며, 볼에는 주름이 많고, 사람 얼굴을 살펴보는 버릇이 있으며, 어깨가 굽은 편이다. 그 부인은 최근 몇 개월간 두 번 정도 안경점에 간 흔적이 있으며, 사용하는 안경의 도수는 상당히 높다. 안경점이 그리 많지 않으니 부인을 찾아내기에는 힘들지 않을 것이다.

이렇게 쓰여 있어서 호시와 구도는 놀라서 서로 얼굴을 바라보았다.

아사이와는 조용히 이야기를 시작했다.

"내 추측은 아주 간단하다네. 안경이 여성용이라는 것은 화사한 모양과 죽은 시미즈 서기의 마지막 말로 추리한 것으로 이 안경처럼 완벽한 증거는 없을 거야. 신분과 복장에 관해서 이야기한 것은 이 안경테가 순금이라서 그에 걸맞은 복장을 한 신분을 가진 자가 틀림없지. 그리고 안경을 끼우는 곳이 상당히 느슨한 것으로 봐서 이 안경 주인의 콧방울은 일반인보다 폭이 넓어야 하네. 이런 넓은 콧방울은 짧고 못생긴 코가 보통이지만 예외도 많지. 이 점은 그다지 중요하게 생각할 필요가 없어. 그리고 눈 좌우가 상당히 근접한 것은 말일세. 그것은 내 얼굴이 보통사람보다 폭이 좁고 눈가가 좁은 편이지만, 이 안경을 쓰고 보니 눈 중심을 잡을 수가 없어서 나보다 더 양쪽 눈가가 좁은 여성일거야. 또한, 안경이 상당히 푹 들어가 있는 것으로 봤을 때 그 부인은 상당한 근시일 거야. 그래서 이마에 주름이 많고 사람을 살펴 보는 버릇이 있어서 어깨가 굽은 것이지."

구도 "아사이와의 설명에는 나도 전부 동의하지만, 어째서 자네는 그 부인이 최근 두 번 정도 안경점에 갔다고 단정하는 거지?"

(1909년 6월 10일)

10회

아사이와는 다시 한 번 안경을 집어 들었다.

"자네들은 이 안경의 가운데 콧대를 지탱하는 부분을 잘 살펴보게. 뒤편으로 코에 닿지 않게끔 얇은 코르크가 끼워져 있지. 그게 반 정도 새것으로 되어 있어. 무슨 이유인지 몰라도 고장이 나서 이 안경을 구매한 안경점에 고치러 갔을 거야. 게다가 나머지 반도 오래된 것이 아닌 것을 보니 수개월 전에 이 안경을 샀을 테고, 그리고 최근에 수선한 것이 틀림없어."

호시 "정말 놀랐습니다. 지금까지 열심히 조사했어도 이 점에 대해 서는 생각지도 못했습니다. 좋습니다. 지금부터 당장 시내의 안경점을 조사하겠습니다."

아사이와 "그렇게 하면 좋을 것일세. 하지만 아직 이야기가 남지 않 았는가?"

호시 "아닙니다. 달리 없습니다. 지금으로서는 선생님께서 이 사건 에 대해 저보다 더 많은 사실을 알고 계신 것 같군요. 저는 인근 마을 에서 외부인이 지나가는 것을 보지 않았는지 조사했습니다. 역도 조사 했습니다만, 성과가 없었습니다. 제일 곤란한 점은 왜 죽였는지 전혀 알 수가 없다는 겁니다. 동기가 무엇인지 전혀 알 수가 없습니다."

아사이와 "그 점에 대해서는 내가 할 수 있는 한 자네를 돕도록 하지.

그래서 자네는 내게 내일 현장으로 같이 가달라는 것 아닌가?"

호시 "무리가 아니시라면, 내일 아침 6시 출발하면 현장에는 8시나 9시쯤에 도착할 겁니다."

아사이와 "그렇게 하지. 이 사건 재미있을 것 같으니 현장을 한번 조사해 보지. 오늘은 너무 늦었으니까 여기서 머물게."

(1909년 6월 11일)

11회

다음 날 아침이 되자 비바람이 멈추었다. 아사이와는 예전처럼 구도 의학사와 함께 호시 탐정의 안내를 받으며 추운 여정에 올랐다.

템스 강 하류에서 차가운 겨울 해가 떠오르고 있었다. 이 광경을 바라보면서 예전 작은 경찰 증기선을 타고 안다만 섬의 사람을 뒤쫓았던 일이 생각났다. (이 이야기는 예전 보물과 사랑이라는 제목으로 번역했다.) 그로부터 겐토군(劍戶郡)에 있는 역에 도착할 때까지 아무런 일도 일어나지 않았다. 마차를 준비하는 동안 빨리 아침 식사를 마치고, 바로 출발해서 요코스리 마을에 있는 다카하시 박사 저택에 도착했다. 이 지방의 경찰 순사 한 명이 저택 문 앞으로 나와 있었다.

호시 "우노(宇野) 순사, 별일은 없었나?"

순사 "네. 특별한 일은 없었습니다."

호시 "누군가 낯선 사람이 지나갔다거나 그런 이야기는 듣지 못했는가?"

순사 "네. 역까지 알아봤습니다만, 어제 아침부터 여행객의 왕래는 한 명도 없었다고 합니다."

호시 "부근 여인숙이나 하숙집은 조사했는가?"

순사 "조사했습니다만, 수상한 사람은 없었습니다."

호시 "역에서 별로 멀지도 않고 또 사람들 몰래 일반 가정에 머무를 수도 있으니 일단은 그것까지는 어쩔 수 없다 치고, 이곳이 말씀드렸던 정원 길입니다. (아사이와를 향해) 여기에는 발자국이 하나도 없었습니다. 단언할 수 있습니다."

아사이와 "누군가 지나간 흔적이 있다는 풀밭은 어디인가?"

호시 "왼편입니다. 지금도 볼 수 있을 겁니다. 어제까지는 확연하게 보였습니다."

아사이와 "그렇군. 아주 조심스럽게 걸었군."

호시 "그렇습니다. 매우 침착한 여자입니다."

(1909년 6월 13일)

12회 [1)]

아사이와는 여전히 부인을 향해,

아사이와 "이 열쇠는 기성품입니까? 아니면 따로 맞춘 제품입니까?"

노파 "다카하시 박사님의 중요 서류를 보관하는 곳이라서 기성품이 아니에요. 여분의 열쇠도 아마 없을 거예요."

아사이와 "좋습니다. 마오카 씨는 가져도 좋습니다. 조금 일이 진척이 되는 것 같군. 그렇다면 여자 손님은 이 책장 쪽으로 가서 열쇠로 열었거나 열려고 했던 것이 분명해. 여자가 그런 행동을 하는 사이 서기인 시미즈가 갑자기 서재로 들어왔고, 여자는 그것을 보고 놀라서 꽂혀있던 열쇠를 잡아 빼다가 여기에 상처를 냈을 거야. 그리고 서기가 자신을 붙잡으려고 하니까 여자는 도망치려고 근처 책상 위에 있던 칼을 들고 찌른 거지. 그런데 그 상처가 공교롭게도 중상이라서 서기는 그대

---

1) 11회와 12회 내용이 연결되지 않는다. 11회가 6월 13일이며 12회가 16일이라는 점에서 회수 차이는 없지만, 한 회 또는 두 회가 게재되지 않은 것으로 보인다.

로 쓰러졌어. 여자는 도망쳤고, 이곳에 몰래 들어와서 훔치려 했던 물건을 훔쳤는지는 모르겠어. 하녀인 사다가 이쪽 문을 열고 들어왔다고 말했는데, 사다 씨, 당신은 시미즈 씨의 비명을 듣고 아래층으로 내려올 때까지 누군가 이 문을 열고 도망치는 소리를 듣지 못했습니까?"

사다 "네. 그런 일은 있을 수 없어요. 제가 계단을 내려오기 전 위층에서부터 서재 문이 보이기 때문이죠."

아사이와 "그렇다면 범인은 절대로 이쪽으로 도망치지는 못했을 테고, 여자는 분명 원래 들어왔던 입구로 돌아갔다는 건데, 다른 출구는 바로 이쪽에서 직각으로 꺾어져서 박사의 침실로 가는 복도로 연결된다고 했고, 그쪽에 정원으로 나가는 문은 없나?"

호시 "다카하시 박사님의 침실로 가는 길뿐, 다른 출구는 없습니다."

아사이와 "좋소, 지금부터 박사를 만나 봅시다."

라고 말하며 아까 그 복도를 따라 걸어갔다. 그리고 갑자기 멈춰 서더니,

아사이와 "호시 군, 이건 어떻게 생각하는가? 이 점은 상당히 중요한 부분이야. 정원에서 서재로 들어가는 복도와 마찬가지로 이 복도도 코코넛 카펫이 깔려있군."

호시 "선생님. 그것이 사건과 무슨 연관이 있는 겁니까?"

아사이와 "자네는 이것이 이 사건과 아무런 상관이 없다는 건가? 좋아, 좋아. 나도 억지를 부리지는 않겠네. 물론 내 생각이 틀렸을 수도 있지. 하지만 나는 이 점이 어떤 도움이 될지 신경이 쓰여서 참을 수가 없어. 여하튼 나와 함께 가서 박사를 소개를 해주게."

(1909년 6월 16일)

13회

일행은 복도를 따라 걸어갔다. 정원에서 서재로 들어가는 복도와

이 복도는 거리상 비슷했다. 막다른 곳에 도달하자 계단이 네다섯 단 정도 있었고 계단을 다 올라간 위에 방문이 있었다. 호시 탐정은 멈춰 서서 문을 두드리자 '들어오시게'라고 하는 소리가 들려서 일행은 다카하시 박사의 침실로 들어갔다.

박사의 침실은 상당히 넓었는데 침대나 장롱 외에도 커다란 책장이 몇 개나 줄 서 있었다. 그리고 넘쳐나는 서적들은 구석 이곳저곳에 산처럼 쌓여있었다.

방 한가운데 침대가 놓여있었고, 이 저택의 주인은 침대 위에서 베개에 기대고 있다가 몸을 일으키려고 했다. 아사이와는 이 저택의 주인만큼 독특한 인상을 지닌 사람을 본 적이 없었다.

얼굴이 좁고 길었고, 긴 눈썹 아래로 빛나는 검은 눈동자에 눈이 깊이 패어 있었다. 머리도 수염도 새하얗지만, 입 주변만 묘하게 누런 색을 띠고 있었다. 박사는 입에 궐련을 물고 있었다. 그리고 방 안은 담배 연기로 자욱했다. 박사가 아사이와와 악수하고자 내민 손도 담뱃진으로 누렇게 변색되어 있었다. 박사는 골초였던 것이다.

박사는 기묘한 어조로 아사이와를 향해 말했다.

"담배를 좋아하시오? 자, 궐련 한 대 피우겠소? 당신은 어떻소? (구도를 향해) 이것은 이집트 산 특제 담배라오. 한번 피워보시게. 2주에 한 번, 한 번에 천 개피씩 보내주니 너무 많아서 다 피울 수가 없소. 뭐 담배는 몸에 좋지 않은 것이 분명하나 나 같은 노인에게는 딱히 즐거움이 없으니까 말이요. 담배와 저술(著述)활동만이 인생의 유일한 즐거움이라오."

아사이와는 궐련에 불을 붙여 뻐끔뻐끔 피우면서, 매서운 눈으로 방 안을 둘러보았다.

(1909년 6월 17일)

14회

다카하시 박사는 아사이와를 향해 말했다.

"방금 말한 대로 나의 즐거움이란 것은 담배와 저술활동 두 가지뿐이라고 했잖소. 너무나도 불행한 일이 아니오. 그 누구도 이런 사건이 일어날 것을 예상도 못했지. 그렇게 일을 잘하던 청년이 살해당할 줄은 누가 생각이나 했겠소. 그는 아주 쥐꼬리만 한 월급으로도 성실히 일해 준 서기였소. 그가 그렇게 되어서 나의 즐거움인 저술활동도 못하게 되었고, 이제는 담배만이 유일한 즐거움으로 남았소. 그건 그렇고 이 사건에 대한 당신의 의견은 어떻소?"

아사이와 "아직 아무것도 짐작할 수 없습니다."

박사 "만약 전력을 다해서 이 사건을 명확하게 해결해 준다면 진심으로 고마울 것 같소만, 어떻소? 보시다시피 나처럼 불구자에 독서광이 이러한 타격을 받는 것이 너무나도 가혹하다고 생각하지 않소? 나는 정신이 혼란스러워서 아무런 생각을 할 수 없는 정도요. 그런데 당신은 이런 활동을 하는 사람이고 사건해결에는 노련한 사람이니 이런 일 정도는 매일 마주할거요. 무슨 일이 일어나도 당신은 달리 놀라거나 하지 않겠지. 다행스럽게도 당신이 와주어서 매우 기쁘오."

박사가 이렇게 이야기하는 동안, 아사이와는 방 안 이곳저곳을 돌아다니다가 박사 앞에 와서 새 담배에 불을 붙이고는 빠르게 담배를 피웠다. 아사이와는 박사 못지않게 이집트 궐련을 좋아했다. 박사는 이야기를 이어갔다.

"정말로 난처하오. 아시아나 이집트를 여행하면서 각 지방의 종교와 관련된 고사(古史)나 서적류를 모았는데 여기 있는 산더미 같은 서적이 바로 그것이라오. 나는 이 자료를 가지고 새로운 종교가 생겨난 근원을 책으로 쓰고자 했지만, 이런 건강 상태로는 서기의 도움 없이는 도저히 불가능했소. 그런데 나의 오른팔 같았던 시미즈를 잃다

니……. 이것을 어쩌면 좋소. 아사이와 씨는 나보다도 더 담배를 좋아
하는 것 같소."

(1909년 6월 18일)

15회

아사이와는 미소를 지으며 대답했다.

"제가 물건을 감정하는 것을 좋아하기 때문입니다……."

이렇게 말하고는 다시 새로운 담배에 불을 붙였다. 이것으로 벌써
네 개비째이다.

"그런데 박사님. 실례가 많았습니다. 서기가 죽은 시각에 박사님은
주무시고 계셨기 때문에 아는 바가 없을 것이니 달리 더 여쭐 말씀은
없습니다. 단지 한 가지 묻고 싶은 것은 '박사님 …… 그 여자였습니
다.'라고 서기가 남긴 마지막 말이 무슨 뜻인지 짐작이 가십니까?"

다카하시 박사는 고개를 저으며,

"그 말을 들었다는 사람은 사다라고 했잖소. 사다는 시골 출신이라
그런 사람들이 하는 말은 믿지 않는 것이 좋소. 내 생각으로는 시미즈
가 잘 알 수 없는 소리를 하니까 사다가 멋대로 들었던 것이 틀림없을
거요."

아사이와 "알겠습니다. 그런데 박사님은 이 사건을 어떻게 생각하십
니까?"

박사 "아마도 불시에 일어난 일이라 생각하오. 정말 불시에 일어난
일로, 나는 내심 자살이 아닐까 생각하고 있소. 젊은 것들은 항상 비밀
을 품고 있지. 남이 알지 못하는 마음속 번민이 있어서 자살했다고
보는 것이 타살이라고 믿는 것보다도 이치에 맞지 않겠소."

아사이와 "그렇다면 손에 쥐고 있던 금테 코안경은 어떻게 된 걸까요?"

박사 "글쎄올시다. 그저 난 학자라 항상 공상에 빠져있으니, 사회나 인생의 실상은 잘 모르오. 그렇지만 만약 치정과 관계가 있다면, 그런 이유라면 인간의 상상을 벗어나는 사건들도 일어나니까. 여하튼 담배 한 대 더 어떻소? 나 같은 애호가가 있다는 사실을 알게 돼서 기쁨을 감출 수가 없소. 그리고 여자의 부채나 손수건, 안경 같은 것을 소중히 간직하는 남자도 그렇게 신기한 일은 아니니까, 자살할 때 여자의 물건을 지니는 것 또한 이상한 일이 아니잖소? 호시 탐정은 정원 길에서 발자국을 발견했다고 했는데, 그런 일은 자주 착각할 수 있는 사항이고, 또한 사체에서 떨어진 곳에 칼이 발견되었다는 것은 죽을 때 고통스러운 나머지 스스로 칼을 빼내서 던진 것으로 볼 수도 있지 않겠소. 물론 내가 하는 말이 어린아이가 하는 말 같겠지만, 나로서는 아무래도 시미즈가 자살했다고밖에 생각되지 않소."

아사이와는 다카하시 박사의 멋진 추리가 꽤나 마음이 들었는지 담배를 피우면서 다시 방 안을 돌아다녔다.

(1909년 6월 20일)

16회

깊은 생각에 잠긴 아사이와는 방 안을 돌아다녔다. 하지만 여전히 담배를 벅벅 피워대고 있었다. 잠시 후 생각이 떠오른 듯이 다카하시 박사를 향해 질문했다.

"서재 책장 중앙에 딸린 여닫이 장에는 어떤 물건이 들어있습니까?"

박사 "도둑이 가져가 봐야 소용이 없는 것들뿐이라오. 집 관련 서류나 아내가 보낸 편지라던가 학생 시절의 학위, 오래된 일기 뭐 그런 것들이지. 여기에 열쇠가 있으니 당신이 열어서 보시게."

아사이와는 열쇠를 받아 잠깐 살펴보고 바로 박사에게 돌려주면서 말했다.

"아닙니다. 그럴 필요는 없습니다. 저는 잠시 실례를 하고 정원을 산책하면서 천천히 사건의 전체적 상황을 생각하고 싶습니다. 박사님의 말처럼 서기 시미즈가 자살했다는 것도 일리가 있는 추리니까 다시 한 번 생각해보겠습니다. 여하튼 쉬시는 데 실례가 많았습니다. 점심 시간이 지나서 다시 찾아뵙겠습니다. 그래요. 오후 2시에 다시 한 번 찾아뵙겠습니다. 그 사이 제가 조사한 것을 보고 드리지요."

아사이와는 곤란한 듯한 묘한 표정으로 아무 말 없이 정원 쪽으로 걸어갔다. 구도는 참지 못하고,

"자네, 뭔가 실마리라도 찾은 건가?"

아사이와 "그건 내가 핀 담배로 결정될 거야. 내 추리가 맞는지 아닌지는 담배가 알려주겠지."

구도 "아사이와 군. 담배가 어떻게 그런……."

아사이와 "그러니까 기다려주게. 자네 스스로 결과를 확인할 시기가 올 테니까. 가령 그렇지 않다고 해도 아무 문제도 없겠지만, 우리는 바보처럼 쓸데없는 실마리를 너무 중요하게 생각하는 경향이 있어. 그래도 뭔가 실마리가 될 만한 것이 있다면 빨리 실험해 보는 게 좋겠지. 아, 마오카 부인이 나왔네. 부인에게 좀 더 물어봐야겠어."

(1909년 6월 22일)

17회

아사이와는 여자를 상대하는 것이 능숙해서 채 5분도 되지 않는 사이 회계를 담당하는 부인과 친해졌고 마치 이전부터 알던 친구처럼 이야기했다.

부인 "맞아요. 당신이 말씀하신 대로, 그래요. 박사님은 엄청난 애연

가라서 밤낮 구별이 없어요. 무슨 말이냐면 밤새 담배를 피우니까, 아침에 방에 들어가 보면 방 안이 마치 스모그가 가득 찬 런던 시내 같아요. 불쌍한 시미즈 씨도 상당한 애연가였지만 말이지요. 아무리 해도 박사님을 따라갈 수는 없었어요. 그렇게 담배를 피우시면 몸에 안 좋을 텐데요."

아사이와 "그렇겠지요. 분명 식욕도 없어질 거 아닙니까?"

부인 "저희로서는 잘 모르겠어요."

아사이와 "박사님은 아마도 거의 못 드시지 않습니까?"

부인 "항상 그렇지는 않아요. 박사님의 습관은 만사가 그렇기는 하지만요."

아사이와 "제가 만나 뵈었을 때는 아침도 아직 안 드셨을 겁니다. 게다가 저렇게 담배를 피우시면 점심도 아마 못 드실 거 같은데요."

부인 "아니에요. 만나시기 전에 침대에서 아침을 드셨어요. 꽤 드셨는데도 점심에 커틀릿을 많이 만들라고 말씀하셨지요. 저는 어젯밤 시미즈 씨가 살해된 것을 보고 식욕도 없어지고 음식을 보는 것도 싫어졌는데 말이죠. 박사님은 묘하게 반대로 식욕이 생기신 것 같았어요."

아사이와는 이것으로 마오카 부인과 헤어지고 다시 정원을 산책했다. 호시 탐정은 마을 아이가 어제 아침 낯선 여자가 지나가는 것을 봤다는 소문을 확인하러 다카하시 저택을 나섰다.

(1909년 6월 23일)

18회 (결호)

19회

아사이와는 다카하시 박사가 내민 상자에서 담배를 한 개비 꺼내려고 했다. 그런데 그 순간, 아사이와는 실수로 손에 너무 힘을 주는 바람에 손에 힘이 없던 박사는 담배상자를 떨어트리고 말았다. 상자가 떨어지자 궐련은 사방팔방으로 흩어졌다. 아사이와는 죄송하다고 말했고, 방구석과 탁자 아래에 머리를 들이밀고 담배를 줍기 시작했다.

물론 구도와 호시 탐정도 함께 담배를 주웠다. 다 줍고 나서 세 명 모두 허리를 폈을 때, 아사이와의 눈이 이채를 발하고 있는 것을 알아챘다. 그것은 아사이와의 성격을 잘 아는 구도 의학사가 아니라면 눈치 챌 수 없는 눈빛이었다. 아사이와의 번뜩이는 눈빛은 확실히 전투 깃발을 올린 것을 의미한다. 아사이와는 박사의 물음에 대답했다.

"이것 한 가지는 분명하게 알게 되었습니다."

이 말을 들은 구도와 호시는 놀라서 서로 얼굴을 쳐다보았다. 그러자 박사의 거만한 얼굴에는 순간 조소가 번졌다.

박사 "그것이 사실이오? 정원에서 알게 되었소?"

아사이와 "아닙니다. 이 방에서입니다."

박사 "여기라고? 언제?"

아사이와 "바로 지금입니다."

박사 "농담하지 마시오. 그 말이 맞는다면 어쩔 수 없이 내가 이 사건 관련자라고 해야 하지 않소?"

아사이와 "저는 이 사건의 실마리를 확실하게 꿰어 맞추었습니다. 반론의 여지가 없을 겁니다. 다카하시 박사님, 당신이 이번 사건에 대해 해결 의지가 있는지 어떤지 저는 아직 모르겠습니다. 그리고 이 사건과 얼마나 관련이 있는지도 아직은 설명드릴 수 없습니다. 하지만 저는 조만간 박사님 스스로 이 사건에 관해 말해주실 것으로 생각합니다."

(1909년 6월 25일)

20회

아사이와 "그러면 저는 지금까지 일어난 사건 경위를 말씀드리겠습니다. 그리고 제가 듣고 싶은 점에 대해서는 박사님께서 설명해주십시오. 그럼 사실은 이러합니다. 어젯밤 어떤 부인이 박사님 서재에 침입했지요. 목적은 박사님의 책장 서랍 안에 있는 어떤 서류를 훔쳐내기 위해서였습니다. 그 부인은 여분의 열쇠를 가지고 있었습니다. 저는 박사님의 열쇠를 살펴보았습니다만, 그 열쇠에는 열쇠 구멍에 상처를 낸 흔적이 없었기 때문에 다른 여분의 열쇠가 있다는 것이 확실해졌습니다. 게다가 박사님은 범인과 공범이 아니었습니다. 부인이 박사님 모르게 어떤 물건을 훔칠 생각으로 침입한 것이 그 증거입니다."

박사는 담배 연기를 내뿜으면서 말했다.

"이거야 참으로 재미있군. 그게 끝이오? 그렇게까지 부인을 잘 안다면 당신은 그 부인이 그다음 어떻게 행동했는지도 알고 있소?"

아사이와 "그것을 알려고 하는 겁니다."

아사이와는 침착하게 이야기를 시작했다.

"먼저 부인은 몰래 서재로 들어갔습니다. 그리고 곧바로 들어온 서기한테 붙잡힌 부인은 벗어나기 위해 손에 잡히는 것 아무거나 붙잡고 서기를 찔렀지요. 이것으로 서기는 큰 상처를 입었다고 생각합니다. 하지만 부인은 중상을 입힐 상각은 없었던 것이 틀림없습니다. 왜냐면 원한 때문에 살인을 저지르고자 했다면 뭔가 무기를 준비해서 왔을 겁니다. 그런데 생각지도 못한 결말이 난 것을 보고 부인은 두려움에 정신없이 서재를 도망쳤습니다. 하지만 불행히도 근시였던 부인은 이 소동 속에서 중요한 안경을 잃어버려서 상당히 곤란해졌습니다. 그래서 원래 침입했던 복도와 다른 곳으로 뛰어갔고, 결국 이 방 쪽으로 오고 말았습니다. 똑같은 카펫이 깔려있었기 때문에 근시였던 부인이 복도를 착각한 것도 무리는 아닙니다. 그리고 침실 방 앞에 이르자 잘못 온 것을 깨달았습니다. 그렇지만 그때는 이미 서재로 사람들이 달려가고 있었습니다. 다시 돌아갈 수도 없지요. 그래서 부인은 어떻게 하면 좋을지 생각했습니다. 돌아가는 것도 불가능하고 이대로 가만히 있을 수도 없었습니다. 앞으로 나아갈 수밖에 없었던 부인은 앞으로 걸어갔고, 그리고 이 방의 문을 열고 박사의 침실로 들어온 겁니다."

(1909년 6월 26일)

21회

박사는 입을 벌린 채 아사이와의 얼굴을 바라보고 있었는데 그 얼굴에는 분명 놀라움과 공포감이 드러나 있었다. 하지만 박사는 오히려 아무렇지도 않은 듯이 어깨를 들썩이면서 껄껄 웃었다.

"훌륭하군. 아사이와 씨의 기량에 감탄하오. 그런데 그 훌륭한 추리에 맞지 않은 부분이 있소. 그것은 내가 이 방에 있었고, 그날은 결단코 이 방 밖으로 한걸음도 나가지도 않았다는 거요."

아사이와 "다카하시 박사님. 그 점은 저도 잘 알고 있습니다."

박사 "그렇다면 당신은 내가 침대에서 자고 있었고, 그 부인이 몰래 들어온 것을 알아채지 못했다는 거요?"

아사이와 "저는 그렇게 말씀드리지 않았습니다. 박사님은 그 부인이 몰래 숨어든 것을 알았고 이야기를 했으며 그 사람이 누구인지도 알고 있었습니다. 그리고 그녀가 도망치는 것을 도왔습니다."

박사는 다시 한 번 크게 웃었다. 그리고 의자에서 몸을 일으켜 일어섰는데, 그 순간 그의 눈은 마치 불꽃이 튀는 것처럼 빛나고 있었다.

"당신은 미치광이구려. 참으로 무례한 말을 하는 사람이오. 내가 그 부인을 도왔고 도망치게 했다고……. 뭐, 좋소. 그렇다면 그 여자는 지금 어디에 있단 말이오?"

아사이와 "여기입니다."

다카하시 박사의 방구석에 놓여있는 커다란 책장을 가리켰다.

(1909년 6월 27일)

22회

아사이와의 말에 다카하시 박사는 벼락이라도 맞은 듯이 몸을 부들 부들 떨면서 두 손을 올리고, 몇 번이나 안색을 바꾸더니 맥없이 뒤에 있던 의자에 털썩 주저앉았다. 그러자 아사이와가 가리킨 책장의 문이 열리고 여자가 나타났다.

"말씀하신 그대로입니다."

독특한 외국어 말투로 여자가 말했다.

"정말이지 말씀하신 대로 저는 이곳에 있었습니다."

이렇게 말하고는 얼굴과 손과 옷에 붙은 거미줄과 먼지를 털었다. 그 얼굴은 무척이나 지저분했다. 하지만 애초에 그다지 미인은 아니었고, 용모는 아사이와가 말한 그대로였다. 튀어나온 턱만이 새로이 알 수 있는 사실이었다.

부인은 근시이기도 했지만, 어두운 곳에서 밝은 곳으로 갑자기 나온 탓에 눈을 깜박거리며 이곳에 누가 있는지를 확인하려는 듯 노력하고 있었다.

이렇게 불편한 상태로 있었음에도 불구하고 그 태도에는 무언가 고상한 분위기가 풍겨났고, 거만한 표정과 머리를 꼿꼿이 세운 것으로 볼 때 분명 사람들의 존경을 불러일으킬 만 했다.

호시 탐정은 바로 여자의 두 팔을 붙잡고 수갑을 채웠다. 여자는 조용히 탐정을 옆으로 밀어 재끼고 무슨 말인가 하려고 하자, 다카하 시 박사는 얼굴을 일그러트리고 눈을 부라리면서 앉아있던 의자에서 몸을 뒤로 젖히고 지켜보고 있었다.

(1909년 6월 29일)

23회

부인 "저는 이제 붙잡힌 죄인입니다. 숨어있던 저곳에서 이야기를 다 들었습니다. 당신이 한 말은 전부 사실임에 틀림없습니다. 모든 것을 다 털어놓겠습니다. 저는 젊은 분을 죽였습니다. 그렇지만 제가 실수로 죽인 것은 말씀하신 그대로입니다. 제 손에 잡힌 물건이 칼이라는 것조차 몰랐을 정도였습니다. 들키게 되면 수상하게 여길 테니 도망치고자 하는 마음에 테이블 위에 있던 물건을 쥐고 젊은 분을 찔렀습니다. 제가 지금 하는 말에는 조금도 거짓이 없습니다."

이런 말을 하는 동안 부인의 얼굴은 먼지로 더러워진데다가 일종의 공포감마저 감돌았다. 그리고 마치 고통을 참고 있는 듯이 보였고, 그녀는 박사의 침대 끝에 걸터앉았다.

"이제 저는 시간이 별로 없습니다. 그 전에 진실을 전부 말씀드리겠습니다. 저는 이 사람의 아내입니다. (다카하시 박사를 가리키며) 이 사람은 영국인이 아닙니다. 러시아인입니다. 이름은 말씀드리지 않겠습니다."

다카하시 박사로 불렀던 이 저택의 주인은 처음으로 입을 열었다.

"제발 그만, 더 이상 말하지 마. 하나코, 부탁하오, 부탁이야."

부인은 박사 쪽을 향해 경멸하는 듯한 표정을 지었다.

"당신은 어째서, 그렇게 목숨을 구걸하나요. 그렇게나 다른 사람들에게 해를 끼쳐 놓고, 아무런 이득도 없었잖아요. 당신한테 무슨 이득이 있었나요? 저는 하느님 앞에 가서도 당신을 위해 변호하지는 않겠어요. 이 집 문턱을 넘었을 때부터 이미 결심했으니까요. 하지만 중요한 이야기를 해야 해요. 시간이 없어요."

부인은 더욱더 괴로운 표정을 지었다.

(1909년 6월 30일)

24회

다카하시 박사의 부인 하나코는 괴로운 표정으로 이야기를 이어갔다.

"앞에서도 말한 대로 저는 이 사람의 부인입니다. 이 사람이 쉰 살, 제가 스무 살, 아무것도 모르는 어린 시절에 결혼했습니다. 장소는 러시아의 한 도시로 대학교가 있는 곳입니다만 이름을 말씀드릴 수는 없습니다."

다카하시 박사는 다시 외쳤다.

"하나코, 하나코, 제발 그 말만은 하지 말아줘."

그러나 부인은 아랑곳하지 않고 말했다.

"저희는 혁명당원으로……. 아실지 모르겠지만 니힐리스트 즉 허무당(虛無黨)입니다. 저희 말고도 많이 있습니다. 그런데 어떤 소동이 일어나서 경찰이 살해되는 일이 생겼습니다. 그리고 많은 사람이 체포되었지요. 그때 증인이 필요했는데 자신의 목숨을 부지하기 위해서 그리고 많은 돈에 눈이 멀어서 남편은 아내와 동료를 팔아버린 겁니다. 남편의 밀고 때문에 저희는 체포되었습니다. 그 가운데에는 사형을 당한 사람도 있었고, 시베리아로 끌려간 사람도 있었습니다. 저는 시베리아로 끌려간 사람들 중 하나였습니다만, 종신형은 아니었습니다. 저의 남편은 나쁘게 번 돈을 들고 영국으로 도망쳤습니다. 만약 이 장소가 알려진다면 1주일도 안 되서 동료들의 처분을 받게 될 것이 뻔합니다."

(1909년 7월 1일)

25회

다카하시 박사는 떨리는 손을 뻗어 궐련을 집어 들었다.

"내 목숨은 당신 손에 달렸어. 하나코, 당신은 항상 내게 친절하지 않았소."

부인 "저는 아직 이 자가 저지른 죄가 얼마나 심각한지 말하지 않았습니다. 저희 동료 가운데 제 친구가 한 명 있습니다. 고상하고 경애할 만한 사람으로 남편하고는 성격이 완전 달랐죠. 그 사람은 폭력을 싫어했습니다. 저희 모두 죄가 있다고 해도 그 사람만은 절대로 무죄입니다. 그 증거로 그는 우리가 계획한 모든 일을 그만두라는 편지를 계속 보냈습니다. 그 편지만 있다면 그 사람의 무죄를 증명할 수 있어요. 이를 전부 제 일기에 기록해두었고 저의 감상도 적어두었지요. 제 남편이 그 편지와 일기를 숨겨 그 사람을 사형 받게끔 했어요. 하지만 다행히도 중범죄가 아니라서 아라키(荒木) 씨는 시베리아로 보내졌고, 지금은 산에서 소금을 채굴하는 광부의 구역을 받고 있습니다. 잘 생각을 해 보라고 이 악당아. 지금 당장 생각해보라고, 이 악당아, 아라키 씨 이름을 당신 입에 담는 것조차 아까워. 존경할만한 신사가 지금은 노예처럼 구역을 하고 있잖아. 게다가 내가 당신 목숨 줄을 쥐고 있지만, 그렇다고 뭘 어떻게 하고자 한 건 아니잖아?"

부인은 감정이 격해질수록 목소리가 높아지고 갈라졌다. 박사는 담배를 피우면서 말했다.

"당신은 언제나 고상한 여자였소."

부인은 일어서려고 했지만, '앗' 하면서 고통을 호소하더니 비틀거리며 뒤로 쓰러지면서 주저앉았다.

"저는 빨리 이야기를 끝내야 해요. 형기가 끝나서 자유로운 몸이 되자, 저는 그 편지와 일기를 되찾아올 일에 착수했습니다. 그 편지와 일기를 러시아 공사관에 제출하면 아라키 씨는 바로 무죄가 될 수 있으니까요."

(1909년 7월 2일)

26회

부인은 괴로운 듯이 숨을 몰아쉬며 말했다.

"저는 남편이 영국으로 도망쳤다는 사실을 알고 있었습니다. 그래서 숨은 곳을 찾았습니다. 마침내 이 저택에 숨은 것도, 그리고 편지와 일기도 가지고 있다는 것을 알게 되었지요. 그것은 제가 시베리아에 있을 때, 제 일기의 한 구절을 인용해서 저를 꾸짖는 남편의 편지를 받은 적이 있습니다. 하지만 이 사람의 성격상 제게 돌려줄 생각은 없을 거로 생각했습니다. 그래서 저는 훔쳐야만 했습니다. 그러기 위해서 탐정을 고용해서 이 집의 서기로 들여보냈습니다. 두 번째 서기가 갑자기 그만두게 된 것이 그래서였던 겁니다. 그 사람이 일기나 편지가 있는 곳을 알려주었고, 열쇠도 복제해서 주었습니다. 하지만 그 사람은 저를 위해 더 이상의 일은 해주지 않았습니다. 단지 집 도면을 만들어주면서 서기가 오전 중에는 박사의 침실에 있으니까 서재에는 아무도 없다고 말해주었습니다. 그래서 저는 용기를 내서 스스로 일기와 편지를 되찾아와야겠다고 생각하고 이곳으로 와서 순조롭게 목적을 달성했습니다. 그런데 엄청난 일이 일어났지요. 저는 서류를 꺼내고 여닫이문을 잠그려는 순간, 젊은 남자가 들어와서 저를 붙잡았습니다. 그 사람을 아침에 마을에서 한 번 만난 적이 있습니다. 이 집 서기라는 것을 몰라서 다카하시 박사의 집이 어디냐고 물었습니다."

아사이와 "그렇군요. 서기가 돌아와서 그 일을 박사에게 이야기했기 때문에 죽기 전에 '그 여자였습니다.'라고 박사한테 말을 남기려고 한 것이 분명합니다."

부인 "제가 이야기할 수 있게 해주세요."

부인은 명령하듯이 말하면서 당장이라도 고통을 참지 못하겠다는 듯이 보였다.

"저는 서기가 쓰러진 것을 보고 놀라서 도망쳤습니다. 길을 잘못 들어서 이 방 쪽으로 왔고, 결국 남편 얼굴과 마주하게 되었습니다. 남편은 저를 경찰에 넘기겠다고 말했습니다. 저는 그렇게 하면 당신의 목숨은 내 손안에 있다고 말했지요. 저를 경찰에 넘기면 저는 이 사람을 바로 니힐리스트 동료에게 넘기면 됩니다."

(1909년 7월 3일)

27회

부인은 이야기를 이어서 했다.

"그것은 제 목숨이 아까워서 한 말이 아닙니다. 저는 아라키 씨를 구하기 위해서 이 방법을 쓸 수밖에 없었습니다. 이 사람은 제가 하는 말이 사실이라는 것을 알고 있습니다. 그것은 이 사람이 목숨을 유지해야 저도 자유를 얻는 겁니다. 그래서…… 그래서 그 계산으로 저를 숨겨주었던 겁니다. 저는 이 책장 여닫이문 안에 숨었습니다. 그리고 음식을 나눠주었습니다. 그리고 문 앞에 서 있는 경찰이 사라지면 저는 이 집을 나가서 다시는 찾아오지 않겠다고 약속을 했습니다. 그런데 당신들이 결국에는 제가 여기 있는 것을 알아차린 것이지요."

이렇게 말하면서 품속에서 작은 봉투 다발을 꺼냈다.

"이번 생을 끝내기 전에 마지막 부탁이 있습니다. 이것은 아라키 씨를 구하는 데 필요한 서류입니다. 저는 이것을 당신들께 부탁을 드릴게요. 러시아 공사관에 전해주셨으면 좋겠습니다. 제 역할은 이것으로 끝났어요. 저는……"

아사이와는 부인에게 달려가 작은 주사기를 빼앗았다. 그러자 부인은 침대로 쓰러졌다.

"이미 끝났어요. 저는 숨어있던 곳에서 나오기 전에 이미 주사를 맞았어요. 머리가 빙글빙글 도네요. 저는 이제 저세상으로 갑니다. 그 봉투를 제발 잊지 마시고 부탁드립니다."

부인은 그대로 숨을 거두었다.

아사이와는 런던으로 돌아가는 기차 안에서 말했다.

"큰 사건은 아니었지만, 상당히 교훈이 될 만한 점이 있었어. 먼저 사건의 대부분이 코안경으로부터 시작되었기 때문에 죽은 서기가 그것을 움켜쥐지 않았다면 해결할 수 없었을지 몰라. 게다가 풀밭의 발자국을 자세히 살펴봤지만, 안경을 잃어버렸다고 한다면 반드시 이쪽으로 돌아왔을 때 발자국이 남아있었을 텐데 조금도 발견되지 않던 것과 복도가 같은 카펫으로 깔려있었다는 점에서 돌아가는 길을 잃었다고 추측할 수 있었지. 그리고 박사의 침실에 들어갔을 때, 그곳에 숨어있을 것을 가정하고 담뱃재를 바닥에 많이 떨어트려 두었어. 우리가 두 번째 갔을 때 일부러 담배 상자를 떨어트려서 바닥을 기어 다니면서 조사했지. 그 결과 책장 쪽으로부터 사람이 왔다 갔다 한 흔적이 담뱃재 위에 남아있는 것을 확인했어. 그것뿐이야. 호시 군은 이제부터 본서로 돌아가서 보고할 것이고, 우리는 역에서 바로 러시아 공사관으로 가서 맡은 물건을 전해주지." (끝)

(1909년 7월 4일)

[이현희 역]

가짜 강도(僞强盜)

고쿠초(黑潮)

1회

아마추어 탐정으로 유명한 아사이와 데쓰조가 구도 의학사와 함께 산책에서 돌아와 보니, 책상 위에 명함 한 장이 놓여있었다. 아사이와는 그것을 손으로 집어서 램프 불빛에 비추고 보았다. 그리고 싫은 기색을 하고 바닥으로 던져 버렸다. 구도 의학사는 그것을 주워서 보았다.

```
중계인 미루베 하치로(海草邊八郎)
```

구도 "아사이와 군. 이 미루베라는 자는 뭘 하는 사람인가?"

아사이와는 구도가 묻자 난로 쪽으로 발을 뻗으면서 말했다.

"런던에서도 가장 극악무도한 악당이야. 뒤편에 뭐라고 쓰여 있지 않아?"

구도를 명함 뒤쪽을 보았다.

'오후 6시 30분에 방문하겠습니다.'

연필로 이렇게 쓰여 있었다.

아사이와 "그렇다면 이제 곧 올 시간이네. 구도 군, 자네는 동물원에서 커다란 뱀을 보면 나도 모르게 몸이 움츠러든 듯한 오싹한 기분이 들지 않나? 나는 이 미루베라는 자 앞에 있을 때 똑같은 감정이 느껴진 다네. 자네가 알고 있듯이 50건 이상의 살인사건을 접해왔지만, 그 중에서도 최고의 악당이라 할 수 있지. 이런 감정을 들게 만든 사람은 아직까지 없었어. 하지만 아무래도 이 자와 한 번은 대결해야겠지. 사실 내가 이 자를 불렀네."

구도 "대체 어떤 놈인 거지?"

아사이와 "이야기해주지. 들어보라고. 이 자는 공갈 협박하는 사람 가운데 왕 중의 왕이라 할 수 있어. 어떤 사람이든, 특히 어떤 숙녀라도 이 자가 노리기만 하면 결국 그 미소 안에 숨겨진 얼음과 같은 냉혹한 마음으로 상대방의 온몸의 피를 전부 뽑아버리는 거지. 이 자는 협박하는 데 천재야. 이것을 다른 방면으로 사용했다면 훌륭한 신사가 됐을 거야. 아쉽게도 나쁜 일에만 그 지혜가 돌아가는 거지."

(1909년 7월 6일)

2회

아사이와 "이 자의 수법을 말하자면 먼저 지위나 명예가 있거나, 부호인 사람의 염서(艶書), 즉 편지를 고가로 매입을 해. 충성심과 거리가 먼 여자나 남자 하인의 손에서 뿐만이 아니라 악당 같은 신사가 그의 정부한테서 받은 편지를 손에 넣는 거야. 그는 결코 증거가 없는 일에는 손을 대지 않아. 나는 이 자가 어느 귀부인이 쓴 두 줄 밖에 안 되는 편지를 그 집의 하인에게서 7천 엔에 매수한 것을 알고 있어. 그 결과 그 귀족 집안이 파멸했지. 이런 물건들이 전부 미루베 손으로 들어가고 있어. 런던 시내에서 이 자의 이름을 듣고 부들부들 떠는 자가 몇 백 명 있을지도 몰라. 그 누구라도 언제 어디에서 희생자가 될지 모른다고. 이 자 또한 꽤나 부자라서 결코 성급하게 일을 진행하지 않는다고 해. 그래서 증거 서류를 몇 년 동안 세상에 풀지 않은 적도 있어. 하긴 가장 몸값이 높을 때, 내놓는 것은 당연한 거겠지. 나는 이 자를 런던에서 제일가는 악당이라고 생각해. 그는 한가로이 규칙적으로 일을 해서 남을 괴롭히고, 마음에도 상처를 입히지. 그리고는 자신의 재산을 늘리고 있어."

구도 의학사는 아사이와가 이렇게까지 격양이 돼서 이야기한 적이 드물다고 생각했다.

"그런데 그런 남자는 당연히 법률의 제재를 받지 않겠어?"

아사이와 "이론상으로는 그렇지. 실제로는 좀처럼 그렇게 되지 않았어. 생각을 해봐. 그를 2, 3개월 징역을 보내게 한들 고발한 자의 명예는 이미 먹칠이 되지 않겠나. 만약 그가 무구한 인간을 공갈 협박했다고 하면 바로 법률의 재판을 받을 수가 있겠지. 하지만 그는 결코 그런 하수의 방법을 쓰지 않아. 그는 진정한 악당이야. 그래서 그와 엮이게 되면 법률의 제재보다 다른 방법을 써야만 해."

구도 "그런 자가 어째서 여기로 오는 거지?"

(1909년 7월 8일)

3회

명탐정인 아사이와 데쓰조도 미루베 하치로의 앞에서는 몸이 움츠러드는 것 같다고 말했다. 이 공갈 협박의 왕을 아사이와가 초대했다는 것은 대체 무슨 일 때문일까. 구도 의학사가 이상하게 생각하고 이유를 물어본 것은 당연하다. 아사이와는 질문에 대답했다.

"어째서냐고 한다면 어떤 신분이 높은 사람한테서 일신상의 관계로 안타까운 사건을 부탁받았기 때문이야. 그 의뢰인이라 하면 요즘 사교계에서 제일가는 미인으로 불리는 구로이 스미코(黑井須美子) 양이야.
스미코 양은 2주일 후 대저 공작과 결혼할 예정이지. 그런데 그 악당
미루베가 스미코 양이 보냈던 편지를 몇 통 가지고 있어. 그 편지는
스미코 양이 시골의 어떤 부잣집 신사한테 보낸 것이야. 그는 상당히
무심한 자로, 그녀가 사랑에 방황하던 어린 시절에 있었던 일이라서
다른 사람이 봐도 얼굴을 붉힐 만한 것은 아니야. 하지만 그 편지가
만약 대저 공작의 눈에 들어간다면, 이번 혼담은 바로 파탄이 날 것이
분명해. 미루베는 그 약점을 파고들어 와서 막대한 금액을 스미코 양
에게 요구했어. 그리고 돈을 내지 않으면 편지를 대저 공작에게 보내
겠다고 협박을 하고 있어. 나는 스미코 양으로부터 의뢰를 받고 이자
와 협상을 해야 해. 가능한 금액을 낮춰달라고 말할 생각이야."

(1909년 7월 9일)

4회

때마침 이쪽으로 마차가 다가오는 소리가 들려서 구도는 창문으로
얼굴을 내밀고 바라보았다. 크고 당당한 풍모의 밤색 말 두 마리가
이끄는 멋진 마차가 반짝이는 램프 불빛에 비춰 보였다. 문 앞에 멈추
고 마부가 마차 문을 열자 외투를 입은 키가 작은 건장한 남자가 나타
났고, 1분 뒤에는 아사이와의 집에 들어와 있었다.

그 남자는 말하지 않아도 다 아는 미루베 하치로였다. 나이는 오십
정도로 둥글고 큰 얼굴에 머리카락이 없고 튀어나온 볼에 끊임없이
미소를 띠고 있었다.

그러나 그 미소는 뱀이 웃는 것 같은 냉정한 것이었다. 금테 안경
뒤로 작은 눈이 날카롭게 빛나고 있었다.

그 목소리도 또한 얼굴처럼 각지지 않은 온화한 어조였고, 방으로

들어오자마자 바로 손을 내밀며 아까 방문했지만 부재중이라서 실례했다고 말하면서 악수를 청했다.

아사이와는 미루베가 악수를 청하는 것을 개의치 않고, 그 대리석 같은 얼굴을 조금도 누그러트리지 않고 상대방의 얼굴을 노려보고 있었다.

미루베는 미소를 띤 채 어깨를 조금 으쓱이더니 외투를 벗어 소중히 뒤편 의자에 걸치고 앉았다.

"이 신사는?"

이렇게 말하면서 구도 의학사를 바라보았다.

"이곳에 있어도 괜찮습니까? 불편하지 않겠습니까?"

아사이와 "구도 의학사는 저의 친구이자 같이 일하는 동료입니다."

미루베 "그렇다면 좋습니다. 저는 당신의 의뢰인을 생각해서 말한 겁니다. 그러니 기분 나쁘게 생각하지 마십시오. 상당히 복잡하게 얽힌 사건이니까요."

아사이와 "구도 의학사는 이미 사정을 알고 있습니다."

미루베 "그렇다면 본론으로 들어갑시다. 그런데 당신은 구로이 스미코 양의 대리인으로 제게 면회를 요청한 것으로 압니다만, 스미코 양은 제 요구를 받아들이겠다고 하는 권한을 어째서 당신에게 맡긴 겁니까?"

아사이와 "요구하는 금액은 어느 정도입니까?"

미루베 "7만 엔."

아사이와 "조금 낮춰주시면 안 되겠습니까?"

미루베 "외람된 말씀이지만, 제게 그런 말씀을 하시면 정말 곤란합니다. 다시 말해 14일까지 금액을 지급해주시지 않는다면 18일 결혼식은 없을 것입니다."

이렇게 말한 미루베는 야비한 웃음을 지어 보였다.

아사이와는 잠시 아무런 말을 하지 않았다.

(1909년 7월 10일)

5회

미루베의 공갈수단은 언제나 이러했다. 돈을 내지 않으면 편지를 가지고 혼례를 망치겠다고 말하는 것이 최후의 수단으로 실로 간단하지만, 당사자로서는 일생일대의 대사건이다. 아사이와 탐정이 이번 구로이 스미코 양으로부터 의뢰를 받은 것도 전부 미루베의 함정에 빠졌고, 스미코 양은 어느 정도의 금액은 내려고 하지만, 미루베가 요구한 7만 엔은 도저히 낼 수 없었기 때문이다.

아사이와는 잠시 생각한 뒤 말했다.

"아무래도 타협이 어려운 모양이군요. 그렇다면 어쩔 수 없지요. 당신의 수중에 있는 편지 내용은 스미코 양한테서 상세하게 들었습니다. 어린 시절 방황으로 생긴 일이니까, 남편인 대저 공작의 관대한 마음을 믿고 모든 것을 참회하겠다고 말하라고 스미코 양에게 이야기할 생각입니다."

미루베는 이 말을 듣자마자 입을 크게 벌리며 웃었다.

"당신은 공작의 성격을 모르기 때문에 그런 말을 할 수 있는 겁니다."

아사이와의 실망한 모습은 분명히 미루베가 말한 대로라는 것을 알려주고 있었다. 그러나 아사이와도 보통내기가 아니라서 이렇게 말했다.

"그 편지가 공작의 눈에 들어간다고 해도 얼마나 해가 되겠습니까?"

미루베 "맞아요. 편지의 문구는 실로 쾌활한 것으로 스미코 양은 상당히 문장력이 뛰어나다고 말하는 것으로 끝나겠지만 말입니다. 대저 공작이라는 사람은 그렇게 담백한 성격의 사람이 아닙니다. 일단 당신과는 협상이 안 될 것 같고, 이리 말씀하신다면 달리 방법도 없으니, 저도 강하게 말씀드리지는 않겠습니다. 이것은 금전상의 문제로⋯⋯. 빠른 이야기로 그 편지를 공작이 읽는 것이 스미코 양한테 이익이 된다면 당신 쪽에서 돈을 내고 돌려받겠다고 할 필요가 없으니까 말이지요."

(1909년 7월 11일)

6회

미루베는 거리낌 없이 말하고는 의자에서 일어나 외투를 입으려고
하자 아사이와는 분한 마음에 열화와 같이 화를 내며 말했다.

"기다려보십시오. 돌아가시기에는 아직 이릅니다. 이런 어려운 사
건에 충분히 수단을 다 마련해 두었습니다. 서툰 짓은 하지 않는 것이
좋습니다."

미루베는 다시 의자에 앉았다.

"당신이 그렇게 말할 거로 생각했지요."

이렇게 말하고는 평온하게 쳐다보았다. 아사이와는 다시 말을 했다.

"그런데 구로이 스미코 양은 결코 부유한 부인이 아니라서 2만 엔을
낸다면 재정적으로 거의 남는 것이 없다는 것을 알아주시기 바랍니다.
7만 엔은 아무리 해도 부인의 힘이 미칠 수 없는 금액이니 부탁드립니
다. 2만 엔을 지불하는 것으로 해주시고 편지들을 돌려주셨으면 좋겠
습니다. 2만 엔은 지금 말씀드리는 최대한의 금액입니다."

미루베는 또다시 미소를 띠며 눈을 번뜩이며 말했다.

"말씀하신 대로 스미코 양의 재산은 2만 엔이 전부겠지요. 그것은
저도 잘 알고 있습니다. 그렇지만 성대하게 축하할만한 혼례를 앞두고
있으니까 스미코 양의 친구나 친척이 상당한 축하금을 주겠지요. 그들
이 혼례를 축복하고자 무엇을 선물할까 생각한다면 런던 시내의 고급
스러운 장식품을 사달라고 하지 말고 편지 한 통씩 사서 스미코 양에
게 선물하는 것이 그녀를 도울 수 있을 테니까요."

아사이와 "2만 엔보다 높은 금액은 절대로 불가능합니다."

(1909년 7월 13일)

7회

2만 엔 이상 절대로 내놓을 수 없다고 말한 아사이와 탐정의 말에 미루베 하치로도 침착함을 잃고, 주머니에서 커다란 수첩을 꺼냈다.

"아무래도 상황이 좋지 않군요. 여자라는 것은 옆에서 권유하는 방식이 잘못되면 결국 어이없는 결과를 맛보게 될 뿐…… 이것을 좀 보시죠."

이렇게 말하면서 인장이 붙은 봉투에서 각서 한 장을 꺼내서 보여주었다.

"이 편지는……. 먼저 내일까지는 입을 다물고 있을 거지만, 일단 이 편지는 내일 아침까지 그 부인의 남편 손에 있을 것입니다. 그리고 부인이 가지고 있는 다이아몬드를 지폐로 바꾼다면 가능할지도 모르겠지만, 그것뿐인 푼돈도 아까워서 내놓지 않으니, 안타깝기는 하지만 어쩔 수 없지요. 그런데 아사이와 씨는 유명한 오쿠이(奧井) 양과 도키(土岐) 대좌의 결혼이 뜻밖에 무산되었다는 것을 알고 있을 겁니다. 결혼식을 올리기 이틀 전에 말이오. 아침 신문에 나왔지요. 결혼이 깨졌다는 것, 그것이 무슨 뜻이겠습니까? 만 이천 엔이라는 보잘것없는 금액을 지불했다면 그 어떤 일도 일어나지 않았을 것이라는 사실을 아무도 모릅니다. 그런데 아사이와 씨 당신처럼 이해가 빠른 분이 금액을 이렇다 저렇다 말하는 것은 저로서는 전혀 이해가 되지 않습니다. 당신에게 전권을 의뢰한 부인의 미래도, 명예도, 행복도 모두 이것으로 결정되지 않습니까? 아사이와 씨, 저에게는 당신의 생각이 너무나도 이상하게 생각되는 군요."

아사이와 "제가 말씀드린 것은 전부 사실입니다. 어떻게 해서든 돈을 구할 방법이 없으니까 2만 엔으로 참아주시는 것이 당신을 위해서기도 합니다. 만약 그렇게 하지 않고 스미코 양의 일생을 지옥으로 떨어뜨렸다고 한들 당신에게는 어떠한 이익도 안 되지 않습니까?"

(1909년 7월 14일)

8회

미루베 "그 부분이 당신 생각이 틀렸다는 거요. 제 쪽에서는 이번 거래가 성사되지 않는다면, 스미코 양의 편지를 세상에 발표하는 것은 간접적으로 대단한 이익이 됩니다. 왜냐면 말씀이죠. 제 손에는 현재 스미코 양의 사건과 같은 것이 8건도 10건도 있기 때문이지요. 지금 이 거래가 걸려있고, 기회가 오고 있기 때문에 스미코 양의 결과가 본보기가 돼서 서툰 짓을 하지 않게 되겠지요. 제가 간접적으로 받는 이익을 말씀드리는 것은 이러한 것입니다만, 어떠십니까? 제가 말씀 드리는 말의 뜻을 알겠지요?"

아사이와는 악마 같은 마음을 가지고 있는 미루베 하치로와 말로 싸운들 아무런 이득이 없다고 생각했고, 갑자기 의자에서 뛰쳐나갈 듯이 일어났다.

"구도 군, 이자의 뒤로 돌아가. 도망치게 하면 안 돼……. (그리고는 미루베를 향해) 자, 수첩 안의 물건을 이쪽으로 넘기시오."

(1909년 7월 15일)

9회

미루베는 마치 생쥐처럼 가볍게 두 사람의 사이를 빠져나가서 벽에 등을 대었다.

"아사이와 씨, 아사이와 씨."

이렇게 말하면서 윗도리 단추를 풀더니 안쪽 주머니에서 커다란 피스톨을 꺼냈다.

"결국은 이렇게 되지 않을까 저도 생각을 했습니다. 그런 방법은 누구라도 쓰는 것으로 저는 몇 번이나 이런 경험을 한 적이 있는 사람이지요. 그렇게 한다고 해도 아무런 도움도 되지 않아요. 제 몸은 어금니

까지 무장하고 있으니까요. 언제라도 상대를 해드리지요. 그리고 법률
이 저를 보호해주고 있습니다. 게다가 당신은 제가 지금 이곳에 스미
코 양에 관한 편지를 가지고 왔다고 생각한다면 틀린 생각입니다. 저
는 그런 아마추어 같은 짓은 하지 않아요. 제가 오늘 밤은 특히나 바빠
서 늦게 돌아가면 곤란합니다."

이렇게 말하고 피스톨을 겨냥한 채 외투를 손에 쥐고 방을 나가려고
했다.

구도 의학사는 어처구니가 없어서 참지 못하고 의자를 들고 달려가
려고 했다. 그러나 아사이와가 고개를 저으며 말려서 어쩔 수 없이
의자를 내려놓았다. 그러자 미루베는 다시 그 야비한 미소를 지으면서
가볍게 머리를 숙이고 눈을 묘하게 찡그리면서 방을 나가버렸다.

미루베가 돌아가는 것을 막지도 못하고 아사이와는 난로 옆에 앉아
서 바지 주머니에 양손을 찔러 넣고 고개를 숙인 채 난로의 타오르는
불꽃만 바라보고 있었다.

아사이와는 한 시간 정도 그대로 아무 말 없이 꼼작도 하지 않았다.
그러다가 무슨 결심이 섰는지 의자에서 뛰어오르듯이 일어나서 바로
침실 쪽으로 가버렸다.

잠시 후 젊은 직공 모습을 한 남자가 파이프를 입에 물고 아사이와
의 침실에서 나오더니 구도 의학사를 보고 말했다.

"나는 잠시 동안 돌아오지 못할지도 몰라."

이렇게 말하고 손으로 수염이 길게 난 턱을 한번 쓸더니 거리로 나
가 버렸다.

(1909년 7월 16일)

10회

이것은 아사이와가 가끔 쓰는 방법으로 상황에 따라 아사이와는 어떤 종류의 인간으로도 변신할 수 있었다. 이 점에 대해서는 확실히 배우 이상으로 능숙하다. 구도는 이것을 보고 아사이와가 미루베 하치로와 전투를 시작했다고 생각했다. 그러나 직공의 모습으로 변신해서 어떻게 하려는지 상상조차 할 수 없었다.

그로부터 며칠간 아사이와는 그 복장으로 변신해서 집에 왔다 갔다 했지만, 목적지가 아사오(麻尾) 마을 방면이라고 밖에 말하지 않아서 구도로서는 전혀 상황을 알 수 없었다. 그런데 아사오 마을이라고 하면 바로 그 악당이 사는 곳이라서 아사이와가 분명히 목적을 달성할 준비를 하는 것은 명확했다. 아사이와도 결코 시간을 허비하는 것은 아니라고 구도에게 말해두었다.

결국, 강렬하게 폭풍우가 치던 어느 날 밤에 아사이와는 일에서 돌아와서, 지금까지 변장했던 직공의 복장을 벗고 지저분한 수염을 떼고, 난로 앞에 앉아 혼자 기분 좋게 미소를 지으며 구도를 향해 말했다.

"자네는 내가 아내를 얻을 거로 생각하지 않겠지?"

구도 "어째서 그런 생각을 하는 거지?"

아사이와 "여하튼 기뻐해 주게. 나는 어떤 부인과 결혼 약속을 했어."

구도 "그것은 축하할 일이지만……."

아사이와 "미루베 집 하녀와 말이야."

구도 "그건 또 무슨 소리인가?"

아사이와 "물어보고 싶은 것이 있어서 말이야."

구도 "아무리 그래도 너무 깊게 들어간 거 아닌가?"

아사이와 "필요한 방법이라서 어쩔 수가 없었어. 나는 야마무라(山村)라는 이름의 직공으로 변신해서 앞으로 기술자로 승진할 거라고 말하면서 그 집 하녀와 친해졌어. 그리고 매일 밤 산책을 하면서 많은 이야기를 했어. 그러는 동안 필요한 모든 정보를 들었지. 나는 지금은 내 손바닥보다 상세하게 미루베 집 안의 모든 것을 알고 있어."

구도 "부인은 어떻게 할 생각인가?"

(1909년 7월 17일)

11회

아사이와는 어깨를 움츠렸다.

"그것은 어쩔 수 없게 되었지. 이렇게 되어 버린 이상, 손쉬운 방법은 뭐라도 붙잡아서 물건을 받아내야만 했어. 그런데 안심해. 그 하녀에게는 나와 대적할 유력한 경쟁자가 나타났으니까 내가 잠시 멀리 떨어져 있다고 해도 금세 나를 잊을 거야. 그런데 오늘 밤은 실로 좋은 밤이지 않나."

구도 "폭풍우가 내려치는 밤이 뭐가 좋은 밤이라는 거야? 자네 어떻게 된 거 아닌가?"

아사이와 "아무렇지도 않아. 지금부터 미루베의 집에 몰래 들어갈 생각이니까 아주 좋은 날씨라는 거야."

구도는 잠시 숨을 멈췄고 말이 나오지 않았다. 그리고 온 몸에 물벼락을 맞은 듯이 소름이 끼쳤다. 게다가 아사이와는 결심을 표면적으로 드러내면서 태연하게 계획을 이야기하기 시작했다.

구도는 칠흑 같은 밤에 번개가 치고, 아사이와가 밤도둑과 같은 일을 하는 상황이 마치 눈앞에 보이는 것 같았다. 만약 이것이 발각될 때는 바로 법률에 따라 범죄자가 될 것이고, 명예로운 경력에 어떻게 해도 만회되지 않는 오점을 남기게 될 것이고, 그 미루베라는 자한테 동정을 받지 않는다면 해결할 도리가 전혀 없다는 것을 이미 잘 알고 있었다.

"그런 바보 같은 짓을 정말 할 수 있겠는지 잘 생각을 해보라고."

이렇게 말하고 그를 멈추게 하고자 했다.

아사이와는 구도가 멈추라는 말을 듣지 않고 말했다.

"그것은 자네가 말한 그대로야. 충분히 생각한 다음 하는 거니까 괜찮아. 나도 결코 무모한 짓을 하지 않을 거니까. 또한, 달리 좋은 방법이 있다면 이런 난폭하고 위험한 짓을 하지 않겠지. 나는 어떻게 해서든 이 사건을 멋지게 해결해야만 해. 그러니까 가령 법률적으로 범죄자가 된다고 하더라도 도리적으로 정당한 행동을 하는 것이라면 자네라도 허락해줄 거로 생각해. 지금 그 집에 침입하는 것은 저번에 그자의 수첩을 빼앗으려고 한 것보다는 훨씬 간단한 거야. 그때는 자네도 나아가 가세하려고 했잖아."

(1909년 7월 18일)

12회

구도는 잠시 아무 말 없이 생각에 잠긴 후 말했다.

"그래. 우리의 일은 법률에 위반하는 일을 하고자 하는 그 재료를 손에 넣으려는 것으로 다른 목적은 없으니까. 도덕적으로 일말의 부끄러운 점은 없지."

아사이와 "바로 그거야. 그러니까 도덕적으로 조금도 부끄러운 게 없으니까, 나는 유일한 신변상 위험이 있을지 없을지 생각하고 있어. 자네도 생각을 좀 해봐. 엄청난 곤경에 빠진 어떤 부인을 만나서 그 사정을 알게 된 신사가 자신의 신변의 위험을 신경 쓰느라고 주저할 수는 없지 않겠나."

구도 "자네가 마침 그 신사 역할에 해당하는 거군."

아사이와 "어쩔 수 없지. 달리 그 편지를 되찾을 수단은 없을 거니까.

스미코 양도 그자가 요구하는 돈을 주면 아무런 일도 없겠지만 그것이 불가능하다는 것과 이 일에 대해 터놓고 상담할 수 있는 사람이 한 명도 없다고 말하니까, 부탁받은 내가 위험을 무릅쓰고라도 결론을 내지 않으면 안 돼. 내일이 그 자와 약속한 날이니까 만약 오늘 밤 계획을 실행하지 않는다면 그 자는 반드시 말한 대로 스미코 양의 비밀을 대저 공작에게 말할 거야. 나는 스미코 양의 의뢰를 포기하거나 마지막 수단을 시행하거나 둘 중 하나는 선택해야만 해. 또 스미코 양 사건이 아니라도 미루베한테 상당한 모욕을 당했으니까 이번 일은 그자와의 결투이기도 해. 자네도 알고 있겠지만 이전에 그자를 만났을 때는 내가 보기 좋게 졌지만, 내 자존심과 세상으로부터 받은 명예를 위해서라도 마지막까지 그자와 싸울 거야."

구도 "알았어. 나도 원하지 않는 일이지만 달리 방법이 없다고 생각해. 그럼 자네는 언제 출발할 건가?"

아사이와 "자네는 오지 말게."

구도 "뭐라고, 내게 오지 말라고? 그렇다면 자네도 가면 안 되네. 자네가 혼자서 간다면 나는 허락할 수 없어. 맹세하지. 자네가 나를 놔두고 가려고 한다면 곧바로 경찰서에 가서 자네의 계획을 말하겠어."

아사이와 "하지만 자네와 함께 가서 나를 구해주려고 해도 도와줄 방법이 없어."

구도 "자네에게는 어째서 내가 도움이 안 된다는 건가? 자네도 어떤 일이 벌어질지 예상할 수 있겠어? 여하튼 자네를 따라가기로 했으니까 설득은 하지 말게. 자네처럼 나도 자존심도 있고 명예도 있으니까."

아사이와도 구도가 이렇게까지 말하자 굉장히 곤란하다는 표정을 지었다. 그러나 얼마 지나지 않아 이마 주름을 펴고 구도의 어깨에 손을 얹고 가볍게 두드렸다.

(1909년 7월 21일)

13회

"알겠네. 자네가 그렇게까지 말한다면 같이 하자고. 우리는 수년간 같은 집에서 독신생활을 하고 있고 형제와 다름없으니까 만약 실패한다면 같이 감방에 들어가는 것도 좋을 거야. 자네에게 이야기한 적이 있었지. 내가 나쁜 방향으로 갔다면 엄청난 악당이 되었을 거라고 항상 생각한다고. 그것을 이제 처음으로 실행으로 옮길 기회가 온 거야. 이것을 좀 봐."

이렇게 말한 아사이와는 작은 가죽 가방을 꺼내서 안에 있는 반짝거리는 각종 도구를 보여주었다.

"이것은 가장 완벽하게 도둑질을 할 수 있는 최신식 도구야. 다이아몬드가 박힌 절단기도 있고, 만능열쇠도 있고, 철봉도 자를 수 있는 절단기도 있어. 이것은 문명의 진보에 따라 개량한 것들이야. 또한, 여기에는 다크 랜턴도 있어. 뭐든 다 있어. 단지 자네가 소리가 나지 않는 구두가 있다면 그것으로 충분해."

구도 "고무 밑창을 댄 운동화가 있어."

아사이와 "좋았어. 그리고 복면은?"

구도 "검은 천으로 만들면 될 거야."

아사이와 "자네는 나쁜 일에도 정확하군. 그렇다면 내 것도 복면을 만들어주게. 그 전에 찬밥이라도 먹고 나가야겠어. 지금이 9시 반이니까 마차로 가면 데라(寺) 마을에 11시에는 도착할 거야. 그리고 30분 정도 걸어가면 링고가오카(林檎ヶ岡)의 탑이 나오는 길이야. 그 앞이 아사오 마을, 미루베가 사는 집이야. 그 자의 습관은 내가 전부 조사해뒀어. 10시 반에는 반드시 침실로 들어가고 한번 잠들면 좀처럼 깨지 않는다고 하니까 우리는 마음껏 작업할 수 있을 거고 스미코 양의 편지를 훔친 뒤, 오전 2시에는 이곳으로 돌아올 수 있을 거야."

아사이와와 구도는 극장에서 돌아가는 사람처럼 보이도록 야외복

산문 문학 | 소설

을 입고, 쓰지(辻) 마차를 고용해서 런던을 떠나 아사오 마을로 향했다. 그리고 도중에 마차에서 내려 외투를 잘 여미면서 시골길을 걸어갔다. 폭풍우는 점점 더 몰아쳤고 날은 추워져 갔다.

(1909년 7월 22일)

14회

아사이와는 걸으면서 구도에서 말했다.

"우리는 상당히 주도면밀하게 작업을 해야 해. 목표가 어디에 있냐면 놈의 서재 안 금고에 있어. 그런데 내 정부인 아키코(秋子) 말로는 자고 있는 놈을 깨우는 일이 가장 힘들다고 하니까 상당한 잠꾸러기인 모양이야. 이것은 돈 많은 남자들이 많이 가지고 있는 버릇이지. 이 점은 우리한테 유리해. 서기를 맡은 사람은 놈의 심복인 남자로 점심 시간은 절대로 서재에서 나오지 않으니까, 우리는 어쩔 수 없이 오늘 밤 안에 일을 끝마쳐야 해. 또 놈은 아주 큰 개를 키우고 있어서 정원 쪽으로 돌아가야 해. 하지만 아키코는 나와 밀회하기 위해서 어젯밤도 그저께 밤도 개집 안에 넣어두었으니까 오늘 밤도 괜찮을 거야. 잘 봐. 저쪽에 보이는 커다란 집이 미루베의 집이야. 먼저 문을 뛰어넘어서 왼쪽으로 돌아가는 것이 좋겠어. 이쯤에서 복면을 써야 해. 창문의 불빛이 새어 나오는 곳은 한 군데도 없어. 만사형통이야."

검은 두건으로 만든 기묘한 복면을 쓰고 두 사람의 그림자는 어려움 없이 문 왼쪽 담을 넘어서 정원을 통과하여 기와가 쌓여있는 긴 테라스로 기어 올라갔다. 그곳에는 창문이 많이 늘어서 있었고 그사이에 출입구가 두 개 있었다.

아사이와 "구도 군. 여기가 놈의 침실이고, 그 다음 문을 열면 서재야. 자네는 이쪽으로 오게. 저쪽으로 돌아가면 온실이 있어. 온실 쪽으로 들어가면 응접실로 갈 수 있으니까. 그쪽으로 몰래 들어가는 것이 안전해."

온실 입구도 물론 열쇠가 걸려있었지만 아사이와는 그 유리 자르는 기구로 동그랗게 구멍을 뚫고 그쪽으로 손을 넣어서 만능열쇠로 문을 열었다. 안으로 들어가자 원래처럼 문을 닫았다. 이로서 두 사람은 처음으로 경찰을 귀찮게 하는 놈들과 한패가 되었다.

(1909년 7월 23일)

15회

온실 안은 따뜻한 공기와 알 수 없는 꽃향기로 가득했다. 아사이와는 구도의 팔을 잡고 화분 사이를 민첩하게 통과했다. 아사이와라는 남자는 실로 경이로운 능력을 갖추고 있었다. 이는 그가 연마를 한 효과로 보인다. 그는 마치 개처럼 어두운 곳에서도 잘 보이는 것 같았다.

구도의 팔을 잡은 채 아사이와는 문을 열고 커다란 방 같은 곳으로 들어갔다. 그곳도 깜깜했지만, 앞쪽에서 희미하게 궐련을 피운 냄새가 나고 있었다.

아사이와와 구도는 탐색하면서 나아갔고, 손에는 벽 쪽에 걸려있는 옷이 만져졌다. 이 주변은 다음 문으로 들어가는 통로 같았다. 아사이와는 다시 살며시 문을 열었다. 그러자 갑자기 방 안에서 무언가가 뛰쳐나왔다. 구도는 심장이 두근거려서 소리를 지를 뻔했다. 뛰쳐나온 것은 고양이였다.

실내에는 난롯불이 다 꺼지지 않았다. 그리고 궐련 냄새는 방금 전 방에서보다 강하게 남아있었다. 아사이와는 살금살금 방 안으로 들어갔고 구도가 들어오는 것을 기다렸다가 소리 나지 않게 조용히 문을 닫았다. 이 방은 미루베 하치로의 서재였고, 맞은 편 문을 열면 바로 침실이다.

서재는 난롯불이 아직까지 타고 있어서 꽤나 밝았다. 문 쪽으로 전등 스위치가 보였지만 킬 필요가 없었다. 난로 한편으로 두꺼운 커튼이 바닥까지 드리워져 있었다. 커튼 뒤편 창문으로는 정원이 내려다보였다. 이 창문을 통해 테라스로 나갈 수 있게 되어 있었다. 서재 정중앙에는 테이블이 놓여 있었고, 붉은 색으로 빛이 나는 회전의자가 놓여있었다.

테이블을 끼고 맞은편에는 커다란 책장이 있었다. 그 위에는 무슨 석상이 놓여 있었다. 책장과 벽과의 사이에는 녹색으로 칠해진 꽤 덩치가 큰 금고가 자리하고 있었다. 금고 문에는 잘 닦인 놋쇠로 만들어진 쇠장식이 빛나고 있었다.

(1909년 7월 24일)

16회

아사이와는 발소리가 나지 않게 살금살금 걸어가서 금고를 바라보고 있었다. 그러다 갑자기 침실 입구 문 쪽으로 가더니 열심히 귀를 기울었다.

침실에서는 아무런 소리가 흘러나오지 않았다. 그와 동시에 구도는 돌아갈 때, 테라스 쪽 문으로 나가는 것이 안전하다고 생각하고는 그 쪽을 조사하고 있었다.

구도가 무심코 손잡이를 돌려보니 자물쇠로 잠겨있지 않았을 뿐만 아니라 아무런 잠금장치도 없었다. 구도는 놀라서 아사이와의 어깨를 붙잡고 이곳을 가리켰다. 아사이와도 상당히 놀란 눈치였고, 구도에게 귓속말을 했다.

"이거 참 곤란하게 되었는데. 왜 그런지 전혀 모르겠어. 그렇다고 가만히 있을 수는 없지."

구도 "어떻게 하면 좋겠어?"

아사이와 "이 문 쪽에 서 있어줘. 만약 누군가 들어오는 기척이 들리면 안에서 봉으로 막고, 우리는 계획대로 도망치면 될 테니까."

구도는 고개를 끄덕이고 자물쇠가 잠기지 않은 문 앞에 서 있었다. 그 순간 처음 느꼈던 구도의 공포심은 어느새 사라져버렸다. 법률상 범죄자가 되어 버리고 나니 법률을 보호하기 위해 탐정 일을 할 때와 마찬가지로 흥미를 느끼기 시작한 것이다. 이 일이 합당한 목적이 있다는 것, 자신의 욕망 때문에 하는 일이 아니라는 것, 의협심이 높은 것을 생각하고 상대인 악당의 독사와 같은 나쁜 일을 막을 수 있다고 생각하면 이 모험은 실로 통쾌한 거사일 것이다. 구도는 이러한 이유로 결코 범죄를 저지르는 것이 아니라 실로 유쾌한 게임을 하고 있는 기분이 들었다. 이 위험한 일이 오히려 기분을 고양시켰다.

아사이와가 무엇을 하고 있는지 살펴보니 놀랄 정도로 차분해져서 도둑질 도구 가방에서 만능열쇠를 꺼내서 외과의사가 정밀해부를 하듯이 정확한 순서로 열쇠를 시험하고 있었다. 구도는 그의 대담함에 감탄하지 않을 수 없었다. 결국 아사이와는 금고를 열 것이고, 유별난 그가 특히나 이런 일을 좋아한다는 것을 구도는 잘 알고 있었다. 그래서 덩치가 큰 녹색 금고를 만났을 때 아사이와의 유쾌한 기분은 상상하고도 남는다.

그리고 그 안에는 수많은 미인이 손으로 쓴 편지들이 독이 있는 용의 손톱에 걸려서 보관되어 있다.

아사이와는 소매를 풀고 외투를 벗어서 의자 위에 두고, 바닥에 많은 열쇠를 꺼냈다. 구도는 문 쪽에서 이곳저곳으로 눈을 돌리면서 만약 누가 나타나면 바로 대응할 준비를 하고 있었다. 그러나 실제로 그런 상황이 닥치면 어떻게 해야 할지 막막한 기분은 피할 수가 없었다.

그로부터 30분 쯤 아사이와는 열심히 금고를 열려고 했다. 도구 하나를 내려놓고 다른 도구를 집어 들기를 반복했고, 이는 마치 숙련된 직공이 기계를 해부하는 것처럼 보였다.

이윽고 쇠가 조금 갈리는 소리가 나더니 내부가 넓은 금고문이 열렸고, 많은 서류가 들어있는 것이 보였다. 그 서류 묶음에는 각각 봉인되어 있었고, 뭔가 글씨를 써서 표시를 해두었다.

아사이와는 그중에서 하나를 꺼내 들었지만 난로 불빛으로는 글자를 읽을 수가 없어서 작은 다크 랜턴을 꺼내서 이것을 비춰 보였다. 바로 그때 아사이와가 갑자기 멈추더니 무언가 귀를 기울였다.

그사이 일어난 일은 몇 초에 불과했지만, 아사이와는 서둘러 금고문을 닫고, 외투를 부여잡고 금고를 열었던 도구를 주머니에 찔러 넣고 커튼 뒤로 숨어서 손짓으로 구도에게도 이쪽으로 오라고 했다.

대체 무슨 일이 일어난 것일까.

(1909년 7월 25일)

17회

구도는 무슨 일이 일어났는지 알 수가 없어서, 아사이와가 지시한 대로 커튼 뒤로 숨었다. 이 집 안 어딘가에서 소리가 들려왔다. 아사이와의 예민한 감각으로 이것을 들은 것이다.

누군가 이쪽으로 오고 있는 것 같았다. 그리고 몇 번인가 방의 문이 열렸다가 닫히는 소리가 났다. 그리고 알 수 없는 희미한 소리가 점점 규칙적으로 발걸음 소리로 바뀌더니 빠르게 우리 쪽으로 다가오고 있었다.

발걸음 소리는 아사이와와 구도가 숨어있는 방 앞에서 멈추었다고 생각하는 바로 그 순간, 문이 열리고 전등이 켜졌다. 방 안은 밝아졌다.

문을 닫는 소리가 들리는 동시에 궐련의 강한 연기가 코를 찔렀다. 그리고 아사이와와 구도가 숨어있는 앞쪽에서 오락가락하는 발걸음 소리가 들렸다.

그리고 의자에 앉은 기척이 들리고 발걸음 소리는 멈췄다. 곧바로 책상 서랍 같은 것을 열쇠로 여는 소리가 났고, 서류를 보는 것 같은 소리도 났다.

구도는 바깥 상황이 궁금해서 참을 수 없는 나머지 살며시 커튼 사이로 훔쳐보았다. 아사이와가 뒤에서 구도의 어깨 위에 목을 올리고 있던 것으로 봤을 때, 아사이와도 바깥 상황을 보고 있었던 것을 알 수 있다. 두 사람의 눈앞에 있는 자는 이 집의 주인 미루베 하치로였다. 놈은 침실에서 깊은 잠에 빠져있을 거라고 생각했는데, 이런 한밤중까지 자지 않은 것이 어째서인지 모르겠지만 두 사람의 손에 닿을 거리에 앉아서 등을 보이고 있었다. 이 악당은 오늘 밤 아직 침실에 가지 않았고, 어딘가 다른 방에서 밤을 새웠던 것이 분명하다. 커다란 대머리가 전등 불빛과 싸우고 있었고, 두 사람과 무척이나 가까운 거리였다. 놈은 붉은 가죽으로 된 회전의자에 기대고 앉아서 양다리를 쭉 뻗고 있었다. 그리고 검고 긴 궐련을 물고 있는 것이 보였다. 옷은 군복에 검은 깃이 달려있었다.

미루베는 서류 한 장을 손에 펼쳐 들고 궐련 연기를 내뿜으면서 열심히 읽고 있었다. 그 침착한 태도를 보면 이곳을 나갈 낌새가 아니었다.

아사이와는 구도의 손을 꼭 잡았고, 이 두 사람이 이러한 상황에 직면한 것은 결코 놀랄 일은 아니었다. 오히려 둘을 위해서는 절호의 기회라고 말하는 것 같았다.

(1909년 7월 27일)

18회

구도는 이때 엄청난 실수를 발견했다. 그것은 금고문이 잘 닫혀있지 않았던 것으로, 아사이와도 이를 눈치를 챘는지 어떤지 모르는 상황이었다. 그리고 미루베가 언제 그것을 발견할지 모르는 일이다. 구도는 미루베가 그 무엇도 놓치지 않겠다는 날카로운 눈빛으로, 만약 금고를 발견한다면 숨어있는 곳에서 뛰쳐나가 자신의 외투를 그의 얼굴에다 덮어씌우고 비틀어 쓰러트리고 그 후의 일은 아사이와에게 맡기기로 결심했다.

그러나 미루베는 결코 서류에서 눈을 떼지 않았고, 몇 장을 넘기면서 열심히 읽고 있었다. 구도는 서류 읽는 것을 기다리는 것이 지루해서 참을 수가 없었다. 서류를 다 읽고 궐련을 피우고 나서는 침실 쪽으로 갈 것으로 생각했다. 서류를 전부 읽지도 않았고, 궐련도 끝까지 피우지 않았을 때, 의외의 사실을 발견했다. 아사이와와 구도는 이 때문에 계획을 바꿔야만 했다. 구도는 그전부터 미루베가 몇 번이나 주머니에서 시계를 꺼내 보는 것을 알고 있었다. 그리고 한번은 기다리는데 지쳤다는 몸짓으로 의자에서 일어나더니 다시 앉은 적도 있었다.

하지만 바깥쪽에서 희미한 소리가 들릴 때까지는 이렇게 늦은 시간에 방문자를 맞이할 거라고는 상상하지 못했다. 테라스에서 소리가 들려왔고, 동시에 미루베는 의자에서 몸을 세우고 손에서 서류를 내려놓았다. 소리는 반복해서 들여왔고 드디어 입구의 문을 조용히 두들기는 소리로 변했다.

미루베는 몸을 일으켜서 문을 열고 무뚝뚝하게 말했다.

"어찌 된 거요. 약속 시각보다 30분이나 늦었잖소."

이렇게 속삭이고는 심야의 방문자를 방 안으로 안내했다. 이것으로 테라스 쪽 입구 문을 잠그지 않은 이유도, 그리고 이 자가 무언가 기다리면서 밤을 새우고 있던 이유도 알게 되었다.

(1909년 7월 28일)

19회

방문자의 얼굴이 아사이와와 구도가 숨어있는 곳을 향하고 있어서 벌어져 있던 커튼을 여몄다. 하지만 구도가 대담하게 커튼을 조금 열고 이들을 바라보았다. 미루베는 어느새 자리로 돌아와서 의자에 앉아 있었고, 역시나 아사이와와 구도에게서 등을 돌리고 있었다. 정면의 테이블을 사이에 두고 복면을 쓴 키가 큰 부인이 서 있었다. 그리고 외투 깃을 세워서 머리까지 숨기고 있었지만 마르고 늘씬한 몸과 조금 칙칙한 얼굴이 복면 사이로 보였다. 이는 전등 불빛이 환하게 빛나고 있었기 때문이다.

부인은 숨이 차오를 정도로 격렬한 감정을 주체하지 못하고 몸을 부들부들 떨고 있었다. 미루베는 다시 입을 열었다.

"당신은 나를 상당히 힘들게 했소. 대체 무슨 생각인 거요? 다른 시간으로 약속을 하면 좋았잖소?"

부인은 그저 고개를 젓기만 할 뿐이었다.

미루베 "어쩔 수 없었다고 한다면 그야말로 어쩔 수가 없지만, 백작 부인께서 그 정도로 엄격하다면, 이번에야말로 당신이 본때를 보여 줄 수 있다는 것을 모르는 건가……. 어떻게 된 건요. 어째서 그렇게 떨고 있는 거지? 그럴 필요가 없소. 괜찮을 거요. 각오는 하시고 지금부터 거래를 해봅시다."

미루베는 테이블의 서랍에서 수첩을 꺼냈고, 다시 말을 이어갔다.

"당신은 하루토(春戶) 백작 부인의 비밀에 관한 편지 다섯 통을 보관하고 있다고 말했었지? 그것을 내게 팔고 싶다고 했으니 나는 사려고 하오. 지금까지는 방해가 될 것은 없소. 단지 앞으로 가격을 정하는 것만 남았을 뿐. 물론 먼저 물건을 봐야만 하겠지만. 그리고 정말 좋은 물건이라면……. 아니, 부인이시지 않습니까?"

미루베는 복면 속 부인이 아무런 말도 하지 않아서, 당연히 하루토 백작 부인의 하녀라고 생각하고 상대했었다. 그런데 복면을 벗은 것을 보고 너무 놀라서 부인에게 정중한 어투로 말했다. 이 여자는 도대체 누구란 말인가.

(1909년 7월 29일)

20회

바로 지금 미루베 앞에서 복면을 벗은 부인은 거무스름한 피부에 눈썹이 길고 코 모양새가 아름다운 미인이었다. 하지만 그녀의 눈빛에서는 엄청난 각오가 드러나 있었고 묘하게 빛이 났다. 일자로 굳게 다문 작은 입술에는 섬뜩한 미소를 일부러 감추고 있었다. 그리고 미루베가 부인이었냐고 말하면서 놀라자,

"저에요. 당신 때문에 인생을 망친 여자예요."

라고 말하고 미루베의 얼굴을 노려보았다. 미루베는 껄껄거리고 웃어 보였지만, 목소리가 떨리고 있었다. 하지만 잠자코 있을 수만은 없어서,

"부인은 너무나 집념이 깊은 사람입니다. 그렇다면 어째서 제게 그일을 말하게끔 했던 겁니까. 부인만 양심에 찔리지 않았다면 제가 손 델 일은 아니지 않았겠소? 저는 벌레 한 마리도 죽이는 것을 싫어하는 사람입니다. 돈을 벌기 위해서는 스스로가 자신 있는 사업이 있지 않습니까. 저는 저의 사업을 위해 한 것으로 제가 할 수 있는 일은 없었습니다. 그리고 저는 부인의 힘으로 가능한 만큼만 요구하지 않았습니까. 그걸 거절했기 때문에……."

부인 "그래서 저의 오래된 비밀이 담긴 편지를 남편에게 보낸 건가요? 그래서 신사로서 가장 높은 명예를 가진 제 남편이……. 저 같은 것이 도저히 신발 끈도 매어드릴 자격이 없을 정도로 고귀한 제 남편이,

당신 때문에 상심하셔서 쓰러지신 채 결국 돌아가셨다고요."

(1909년 7월 30일)

21회

부인 "당신도 기억하실 거예요. 제가 전날 밤 마지막으로 이 방에 왔을 때, 얼마나 부탁을 드렸는지, 당신은 제 얼굴을 보고 그저 웃기만 했잖아요. 지금도 그때처럼 웃고 싶겠지만 겁쟁이 당신의 마음이 이를 용서치 않나 보네요. 그 오그린 입술 모습은 뭔가요? 당신은 여기서 저를 다시 볼 줄을 꿈에도 생각지 못했을 거예요. 하지만 예전에 찾아온 적이 있기 때문에 저는 홀로 당신을 만날 수 있는 길을 알게 되었지요. 미루베 하치로, 더 할 말이 있나요?"

미루베 "뭐라고? 나를 바보로 생각하고 있군. 당신 같은 것한테 바보 취급당할 만한 미루베가 아니라고……."

이렇게 말하면서 의자에서 일어나,

"불평을 늘어놓는다면 하인을 불러서 내쫓겠소. 하지만 당신이 화를 내는 것도 다 이유가 있으니 멋대로 화내면 될 테고, 당장 이 방에서 나간다면 아무 문제도 삼지 않겠소."

부인은 가슴에 손을 얹은 채 동상처럼 서 있었고, 입술에는 차가운 미소를 띠고 있었다. 꽃과 같은 아름다운 입술을 벌려서 마치 불꽃같은 말을 다시 내뱉었다.

"당신은 내 인생이 파멸된 것처럼 다른 여자를 파멸시키지 못할 거야. 내 마음을 괴롭게 했듯이 다른 사람의 마음을 괴롭히는 짓은 하면 안 돼. 내가 이 세상에서 독버섯을 제거해 주겠어……. 받아라. 이 나쁜 놈, 이것도, 또 이것도, 또 이것도."

부인은 작은 권총을 꺼내서 바로 눈앞에 있는 거리에서 미루베의 가슴에 조준하고 4단발 단엽총을 쏘았다.

(1909년 7월 31일)

22회

권총의 탄구 세 발을 맞은 미루베 하치로는 몸을 웅크리고, 테이블 위로 고꾸라지더니 격렬하게 기침을 하면서 서류를 움켜쥐었다. 그리고는 몸을 일으키자 부인은 다시 남은 한 발을 쏘았다.

하치로는 "윽, 내가 당했구나."

하고 외치며 넘어져 쓰러진 것을 마지막으로 꼼짝도 하지 않았다.

부인은 그 모습을 똑바로 바라보다가 천장을 바라보고 쓰러진 하치로의 얼굴을 구두로 짓이겼다. 그리고 다시 그 모습을 쳐다보았을 때는 이미 하치로의 숨은 멎어있었다.

구도와 아사이와는 커튼 뒤에서 조심하면서 이 소동을 지켜보았다. 격렬한 옷자락 스치는 소리가 났고 밤공기가 따뜻한 서재 안으로 들어왔다. 이는 방금 부인이 들어왔던 문으로 나갔다는 것을 알려주는 것이었다. 구도는 처음 부인이 권총을 꺼냈을 때는 멈추게 할 수 없었지만, 한 발, 두 발, 세 발, 계속되는 총소리에 나도 모르게 뛰쳐나갈 뻔했다. 아사이와는 차가워진 손으로 구도의 손을 잡고 놓지 않았다. 그가 잡은 힘에서 이것은 우리가 상관할 일이 아니며, 정의의 힘이 악당을 물리쳤고, 우리의 책임과 목적은 이것이 아니다. 그것은 결코 우리가 잊어서는 안 되는 점이다, 라는 의미를 나타낸 것이다.

부인이 방에서 나가자마자 아사이와는 곧바로 숨은 장소에서 빠져나와 방 입구의 문을 안쪽에서 잠갔다. 그때는 이미 사람들이 달려오는 발걸음 소리가 집안을 울리고 있었다. 권총 소리는 집에 있는 사람들의 잠을 깨웠다.

(1909년 8월 1일)

23회

아사이와는 조금도 당황하지 않고 금고문을 열고 그 안에 들어있던 서류를 모조리 꺼내서 난로 속으로 던져 넣었다. 금고 안은 텅텅 비었고 난로는 재로 된 산이 만들어졌다.

달려오는 사람들의 발걸음 소리는 점차 방 입구에서 멈추었고, 문을 열려고 했는데 자물쇠가 걸려있어서 무턱대고 구두로 발길질을 하는 것이 들렸다. 아사이와는 재빠르게 주위를 살펴보았다. 미루베의 테이블 위에 피가 묻은 편지가 있었다. 그것은 분명 아까 부인이 면회 약속을 한 편지일 것이다. 아사이와는 그것도 난롯불 속으로 던져 넣고, 테라스로 나가는 문을 열고 구도와 함께 바깥으로 나가서 문을 잠갔다.

"구도 군. 이쪽으로 도망치자. 저쪽의 담을 넘어가면 될 거야."

구도는 정원을 달리면서 저택 쪽을 돌아보았다. 창문의 모든 불이 켜져 있었고 커다란 현관문이 열려 있었다. 마구간으로 달려가는 사람의 모습이 보였다. 그리고 많은 사람이 정원으로 달려나와 사방팔방으로 아사이와와 구도를 찾고 있었다.

그 가운데 한 남자가 "찾았다."라고 소리치며 두 사람의 뒤를 집요하게 쫓아왔다. 그러나 아사이와는 이 저택의 실내처럼 정원 구조 지리를 잘 알고 있어서 수풀 사이로 교묘하게 피해서 담 쪽으로 달려갔다.

뒤쫓던 남자가 두 사람의 방향을 따라 달리고 있어서 사람들이 모든 방면에서 이쪽으로 달려오고 있었다. 그리고 처음 발견한 남자가 선두에 서서 구도를 바짝 쫓아오고 있었다.

아사이와는 무사히 담 아래로 도주했고 높이가 1.8미터나 되는 담을 몸을 날려 올라간 순간 곧바로 모습이 사라졌다. 다음으로 구도가 담 위로 올라간 순간 뒤쫓던 남자가 구도의 발을 붙잡았다.

(1909년 8월 3일)

24회

구도는 담에 올라간 순간 뒤에서 발을 붙잡혔지만, 절체절명의 위기에 온 힘을 다해 붙잡힌 남자를 발로 걷어찼다. 그리고 그 힘을 이용해서 담에서 뛰어 수풀 속으로 떨어졌는데, 다행히도 크게 다치지는 않았다. 아사이와의 도움으로 일어나, 두 사람은 초원을 하염없이 달려갔다.

두 사람은 2마일쯤 전력으로 달렸다고 생각할 때까지 한시도 쉬지 않았고, 아무 말도 하지 않았다. 이쯤 오자 더는 추격하는 모습도 보이지 않았고, 비로소 안전하게 되었다.

이 놀라운 모험을 한 다음 날, 아사이와와 구도는 아침 식사를 끝내고 담배를 피우고 있었는데, 현관에 방문자가 나타났다. 안내를 받고 나타난 것은 경시청의 노련한 탐정으로 유명한 쓰루타(鶴田)였다.

"안녕하신가. 아사이와 군. 요즘 많이 바쁘신가?"

아사이와 "바쁘더라고 당신의 일이라면……."

쓰루타 "자네는 아직 모르겠지만, 어젯밤 아사오 마을에서 큰 사건이 벌어졌어. 만약 자네가 매우 바쁘지만 않는다면 이번 사건을 좀 도와주었으면 좋겠는데 말이지."

아사이와 "큰 사건이라면, 무슨 일인가요?"

쓰루타 "살인사건이야. 아주 잔혹하고 독특한 수법이야. 자네가 이런 사건에 상당히 기민한 관찰력을 가지고 있다는 것을 잘 알고 있으니 자네가 만약 링고가오카의 탑까지 가준다면 고맙겠어."

(1909년 8월 4일)

25회

"이 사건은 보통의 살인범과는 달리 꽤나 흥미로운 점이 있어. 우리 쪽에서 계속 미루베 하치로라는 놈을 감시하면서 눈을 떼지 않고 있었어. 우리가 보았을 때 놈은 악당 중에서도 최악이었지. 놈은 공갈과 협박의 재료로 이용하기 위해서 많은 편지를 가지고 있었던 것 같아. 그것을 어제 범인이 모두 태워버린 거야. 그리고 태운 편지 이외에는 분실된 물건이 없는 것을 봐서 범인은 분명 높은 지위 가진 신사들로, 비밀스러운 서류가 세상으로 흘러나오게 하지 않기 위해서 이런 행동을 한 것 같아."

아사이와 "신사들이라고 말하는 것은 범인은 한 사람이 아니군요."

쓰루타 "두 사람인 것은 분명해. 그놈들을 바로 앞에서 놓쳤다고 해. 발자국도 남아있고, 인상착의도 알고 있다고 하니까 십중팔구 범인을 잡을 수 있을 거야. 그중 한 명은 민첩한 놈으로 먼저 도망쳤지만, 나머지 한 명은 정원사한테 붙잡혔는데, 뿌리치고 도망쳤다고 해. 그 남자는 적당히 근육이 있고 중간 키에 완력이 강하고, 네모난 턱에, 콧수염이 난 남자로 얼굴의 반은 검은 복면을 쓰고 있었다고 해."

아사이와 "그것만으로는 인상착의를 완전히 알 수 없지만, 대충 구도 군과 비슷한 모습이군요."

쓰루타는 유쾌하게 웃으며,

"정말 그렇군. 구도 군이라고 생각해도 다름이 없겠어."

아사이와 "그런데, 안타깝게도 저는 이 사건을 도와드릴 수 없을 것 같습니다. 왜냐면 사실 저는 미루베 하치로라는 남자의 사건을 알고 있어요. 런던에서 가장 위험한 인물 중 하나라는 것을요. 그리고 세상에는 법률 재판이 미치지 않는 악당이 있다는 것도 알고 있어서, 어느 정도까지는 한 사람의 복수를 모른 척할 필요가 있지요. 미루베 하치로에 대해서는 달리 할 말이 없습니다. 저는 결심했습니다. 피해자보

다는 오히려 가해자에게 동정심이 가기 때문에 이 사건에는 관여하고
싶지 않습니다."

쓰루타 탐정은 아사이와의 성격을 잘 알고 있어서 실망을 한 채로
돌아갔다.

아사이와는 그로부터 깊은 생각에 잠겼고, 점심때까지 구도에게 말
한마디 하지 않고 있었는데, 식사를 마쳤을 무렵,

"구도 군 생각이 났어."

라고 말하면서 젓가락 던졌다.

"모자를 쓰고 같이 좀 가지." 그러면서 갑자기 집을 뛰쳐나가서 우
시쓰(牛津) 거리에 있는 사진관 앞까지 오자 멈춰 서서 간판에 전시되
어 있는 당대의 미인 사진을 하나하나 살펴보았다. 그 가운데 한 명의
절세미인의 사진에 주목했다.

복장은 궁중 의상으로 머리 장식에는 훌륭한 다이아몬드가 빛나고
있었다. 구도는 그 작고 모양이 좋은 코와 긴 눈썹과 꼭 다문 작은
입술을 보고는 이 사람이 누구인지 기억해내는 데 어떤 어려움도 없었
다. 그리고 그 사진 아래 쓰여 있는 이름을 보니 어젯밤 갑자기 죽은
유명한 귀족으로 이전 유명 정치가였던 사람의 아내였다. 구도는 아사
이와의 안색을 살펴보았다. 아사이와는 아무런 말도 없이 손가락을 입
에 대고 그대로 자리를 떠났다. (끝)

(1909년 8월 5일)

[이현희 역]

탐정실화 제2의 혈흔(探偵實話 第二の血痕)

고쿠초(黑潮)

제1회

아마추어 탐정계의 챔피언인 아사이와 데쓰조(淺岩徹三)는 의학박사 구도 겐지로(工藤源次郎)의 도움으로 각종 탐정 사건을 성공시켰다. 자전거 탄 소녀를 엄청난 운명으로부터 구해준 후, 수십 건의 크고 작은 사건을 의뢰받았던 가운데 지금 이야기하는 것은 제2의 혈흔 또는 사랑의 죄라고 명명할 만큼 교묘한 탐정 기담이다.

이 사건은 영국의 국제 문제와도 관련이 있기 때문에 당시 사람들을 명확하게 기술할 수는 없지만, 어느 해 가을 아침 유럽 외교 사회에서 저명한 두 명의 방문객이 판야마치(麵麭屋街)에 있는 아사이와를 찾아왔다.

그중 한 명은 준엄하고 콧대가 높고 눈빛이 날카로운 신사로 영국 총리대신을 두 번 역임한 스즈마(鈴間) 후작임이 틀림없었다. 다른 한 명은 삼십이 조금 넘은 장년으로 정신도 신체도 아름다움의 정점에 있는 짧은 머리를 한 아름다운 신사로 위엄 있는 그의 태도에 이 장년 정치가가 당시 외무대신 모치즈키(望月) 백작이라는 것을 알 수 있었다.

두 명의 방문객은 아사이와의 응접실 탁상을 둘러싸고 앉았다. 지친 듯하고 걱정스러운 안색을 보니 상당한 중대한 문제가 발생했다는 것을 알 수 있었다. 이 나라를 위해 일하는 대신 두 명이 육군이나 경찰의 힘을 빌리지 않고 일개 아마추어 탐정인 아사이와 데쓰조의 기량을 빌리고자 한다는 것은 대체 무슨 큰일이 일어난 것일까.

총리대신 스즈마 후작의 마르고 창백해진 손은 들고 있는 지팡이의 상아 장식을 움켜쥐고 있었다. 그리고 그 위엄 있는 얼굴에는 걱정으로 그늘져 있었고, 아사이와와 구도를 바라보고 있었다. 외무대신 쪽이 먼저 수염을 잡아당기며 시계에 달린 시곗줄을 만지작거리며 이야기를 시작했다.

"오늘 아침 6시에 저는 중요 서류가 분실된 것을 발견해서 바로 수상님께 보고했습니다. 그리고 수상님의 말씀에 따라 지금 당신을 찾아온 것입니다."

"각하는 경찰 쪽에는 알리지 않았습니까?"

"네. 경찰에는 전혀 알리지 않았습니다. 그런 성질의 것이 아니니까요. 이 사실을 조금이라도 알릴 수는 없습니다. 만약 경찰의 손에 넘어가면 결국 세상에 알려지게 될 겁니다. 그 점만은 저희는 절대로 피하고 싶습니다."

"그것은 또 어떤 이유에서인가요?"

"왜냐면 분실한 서류가 상당히 중요한 것으로 내용이 세상에 알려진다면 유럽의 외교 사회는 대혼란을 일으키게 될 것입니다. 그로 인해 전쟁이 일어날 수도 있기 때문에 과장된 이야기가 아닙니다. 매우 비밀스럽게 서류를 되찾아오지 않는다면 결국 그러한 결과가 야기되겠지요. 그 서류를 훔친 자의 목적은 이 내용을 세상에 발표하고자 하는 것이 틀림없습니다."

"알겠습니다. 그렇다면 모치즈키 백작님. 서류를 분실할 당시의 상황을 명확하게 제게 이야기해주십시오."

(1909년 8월 6일)

제2회

외무대신 모치즈키 백작은 중요 서류분실 사건에 대해 아사이와에게 당시 상황을 설명했다.

"그 과정은 아주 짧게 이야기 할 수 있습니다. 그 분실한 서류라는 것은 모 외국의 주권자가 보낸 한 통의 친서로, 지금부터 6일 전에 도착한 것입니다. 친서 내용은 실로 중요기밀이기 때문에 저는 사무실 금고 안에 보관하다가 퇴근할 때 반드시 직접 들고 집으로 돌아와서 제 침실 서류함에 넣어두었습니다. 어젯밤도 그렇게 서류함에 자물쇠를 채워두고 잠이 들었습니다. 그리고 오늘 아침에 살펴보니 그 친서만 분실되어 있었습니다. 서류함은 침실 머리맡에서 보이는 작은 탁상 위에 두었습니다. 저는 원래 잠귀가 밝은 편이라 자는 동안 도둑을 맞았을 리가 없습니다. 그리고 제 아내도 잠귀가 밝은 편입니다. 저희 두 사람은 잠들어 있기는 했지만 침입한 사람이 없었던 것은 확실합니다. 그런데 서류가 분실된 겁니다. 어젯밤에 확실히 열쇠가 잠겨 있는 것을 확인했습니다만, 오늘 아침에 사라져버린 겁니다."

"각하가 그 서류를 서류함에 보관한 것이 몇 시입니까?"

"7시 반이 저녁 식사 시간이라서 식당으로 향하기 전에 옷을 갈아입을 때만 해도 그대로 있었습니다."

"그리고 몇 시에 돌아오셨습니까?"

"아내가 연극을 보러 가서 저는 11시 반까지 기다렸다가 그러고는 침실로 갔습니다."

"그렇다면 4시간 정도 그 서류가 들어있는 서류함을 지키는 사람이 없었던 거네요."

"아무나 저희 침실에 들어가지 못하도록 하고 있었기 때문에 매일 아침 하인이 청소할 때와 저의 시종과 아내의 시종 이외에는 저희 침실에 들어오는 자는 없습니다. 그들은 오랫동안 고용하고 있는 사람들이라 모두 성격을 잘 알고 있고, 누구 한 사람도 서류함에 친서가 들어 있다는 것을 알지 못했습니다."

"그렇다면 누가 그 친서에 관해 알고 있습니까?"

"집 안에는 아는 사람이 아무도 없습니다."

"백작 부인은 알고 있었겠지요?"

"오늘 아침 분실한 것을 알 때까지 아내도 모르고 있었습니다."

총리대신 스즈마 후작도 이를 인정하는 듯이 고개를 끄덕였다.

(1909년 8월 7일)

제3회

"나도 모치즈키 백작이 공무에 대한 책임감이 강하다는 것을 알고 있소. 그래서 중요한 책임과 가족 간의 사이를 절대로 혼동하지 않으리라 믿고 있소."

모치즈키 백작은 스즈마 후작에게 고개를 숙였다.

"말씀 감사드립니다. 실제로 저는 아내한테 일과 관련된 비밀사항을 이야기한 적이 없습니다."

"그렇지만 부인 쪽에서 추측할 수 있지 않을까요?"

"아닙니다. 결코, 아내는 상상조차 하지 못했을 겁니다. 그 어떤 사람이라도 상상할 수 없을 겁니다."

"각하는 이전에도 서류를 분실하신 적이 있습니까?"

"아니요. 한 번도 없습니다."

"그렇다면 영국에서 이 친서가 존재한다는 것을 아는 자는 누구입니까?"

"내각의 장관들께는 어제 이 사실을 보고했습니다. 수상님께서 비밀로 하라고 엄숙하게 경고까지 했습니다. 그런 것을 얼마 되지도 않은 시간에 분실하다니……."

라고 말하고는 모치즈키 백작은 잘생긴 얼굴을 절망으로 일그러트리며 양손으로 머리를 움켜주었다. 그때 순간적으로 예민한 감정이 폭발해서 자연 그대로의 모습을 드러냈지만, 금세 귀족적인 위엄 있는 가면을 쓰고는 평상시의 평화로운 모습으로 돌아왔다.

"내각 장관 이외, 저의 동료 두 명, 아니 세 명 정도 이 사실을 알고 있습니다만, 그 외 영국에 이것을 아는 사람은 한 명도 없다고 단언할 수 있습니다."

아사이와는 잠시 말을 멈추고 생각했다.

"그렇다면 각하, 저는 친서라는 것에 대하여 자세하게 설명을 들어야겠습니다. 그래야 그 분실한 편지가 얼마나 엄청난 결과를 불러올지 알 수 있으니까요."

두 명의 정치가는 서로 눈길을 마주했고 수상의 얼굴에는 짙은 주름이 생겼다.

(1909년 8월 8일)

제4회

총리대신 스즈마 후작은 이마에 깊은 주름을 지으며 상당히 곤란하다는 표정을 지었지만 결국 결심한 듯이 보였다.

"아사이와 씨, 그 친서는 연푸른색의 긴 봉투에 사자가 웅크린 형태의 인장으로 봉인되어 있습니다. 주소는 굵은 글씨로 크게 휘갈긴 것 같은………."

"이야기 도중에 미안합니다. 실제로 듣고 싶은 것은 편지 내용입니다. 제가 어느 정도까지는 알아야 할 거 같습니다. 친서에는 무슨 내용이 쓰여 있습니까?"

"내용은 외교상 중요한 용건이기 때문에 이야기할 수는 없습니다. 또 그럴 필요도 없다고 생각합니다만, 만약 당신의 기량이 평판대로라면 지금 말한 대로 긴 봉투와 그 안의 편지를 되찾아주세요. 그렇게만 된다면 당신은 국가를 위한 공로를 인정받을 것이고 동시에 저의 힘이 미치는 한 보수를 잘 드리도록 하겠습니다."

아사이와는 살짝 미소를 띤 채 몸을 일으키면서 말했다.

"각하, 두 분은 상당히 바쁘신 분들이십니다. 또한, 저도 저의 작은 업무 때문에 상당히 바쁜 몸입니다. 정말 안타깝습니다. 모처럼 의뢰를 받았지만 도와드릴 수가 없습니다. 시간 낭비하지 마시고 돌아가시길 바랍니다."

총리대신 스즈마 후작은 벌떡 일어나 내각원들도 벌벌 떨게 하는 매서운 눈빛으로 말했다.

"나는 거절당한 일은 처음…………."

이라고 말을 시작했지만, 다시 자리에 앉아 분노를 삼켰다. 그러는 이삼 분 동안 아무도 말을 하지 않았다.

그러더니 늙은 정치가는 어깨를 으쓱해 보이며 말했다.

"아사이와 씨 우리는 당신의 요구를 받아들이지 않을 수 없군요. 내가 실수를 했소. 당신을 온전히 신용하지 않고 이 사건을 당신한테 의뢰하는 것 자체가 무리였소."

모치즈키 백작도 이에 동의하고 말했다.

"그렇다면 저는 아사이와 씨 그리고 동료인 구도 씨를 믿고 이야기하겠습니다. 또한, 당신들의 애국심에 기대어 말할 테니 절대로 비밀을 지켜주시길 바랍니다. 만약 이 사건이 세상에 알려진다면 우리나라는 커다란 불행을 맞이하게 될 테니까요."

"각하, 걱정하지 마시고 저희를 믿어주십시오."

"좋습니다. 그 친서라는 것은 최근 우리나라의 식민 사업 때문에 커다란 타격을 받은 외국 주권자의 밀서로 상당히 서둘러 쓴 자필 편지입니다. 그 후 조사해 보니 그 나라의 수상도 이 사실을 전혀 모르고 있다고 합니다. 그 글이 격렬한 감정을 드러내며 쓰여 있다는 점에서 이를 우리나라 국민이 알게 된다면 위험한 여론을 불러일으킬 것이

분명합니다. 만약 그렇게 되면 발표 후 일주일도 안 되서 대영제국은
일대 전쟁의 소용돌이에 휘말릴 수도 있습니다."

(1909년 8월 10일)

제5회

아사이와는 수첩에 무언가를 적고는 스즈마 후작에게 내보였다. 스
즈마 후작은 수긍했다.

"맞습니다. 그런 편지입니다. 그 친서는 막대한 돈과 수만의 생명을
희생시킬지도 모릅니다. 그런데 이렇게 어처구니없이 잃어버리고 말
았습니다."

"각하는 분실했다는 것을 알렸습니까?"

"그럼요. 암호 전보로 이미 알렸습니다."

"저쪽에서는 친서의 내용이 세상에 발표되는 것을 원하는 건가요?"

"아니요. 지금은 저 주권자가 돌발적인 행동을 했다고 후회하고 있
다는 유력한 증거를 가지고 있습니다. 만약 그 내용이 발표된다면 저
희가 받는 타격보다 그 나라 국민이 우리 이상의 타격을 받을 것이
분명합니다."

"그렇다고 한다면 그 친서 내용을 발표하면 누가 이득을 보게 됩니
까? 훔친 자는 이것을 발표하려고 할까요?"

"아사이와 씨, 당신은 아무래도 외교적 수단 가운데 가장 섬세한 영
역으로 들어가 제게 사실을 말하게 하네요. 그러나 당신이 현재 유럽
각국의 정세를 알고 계신다면, 저의 설명은 듣지 않아도 알 수 있을
겁니다. 모든 유럽은 실로 무장 상태에 있습니다. 그리고 각국의 병력
을 균등하게 유지하는 두 개의 큰 동맹이 있습니다. 영국은 그 균등을
지탱하는 천칭입니다. 그래서 영국의 동맹국 중 어느 한 나라라도 전

쟁을 벌인다면 다른 동맹국들은 어부지리로 이익을 얻게 될 것입니다. 이해가 됩니까?"

"그렇다면 그 친서 내용이 발표되면 우리나라의 적국에 해당하는 주권자가 이익을 보게 될 것이고, 그 결과 우리 국민과 그 나라 국민 간 장벽이 생기는 것이겠네요."

"그렇습니다."

"만약 그 친서가 적국의 손에 들어간다고 한다면, 누구의 손으로 들어갈 것 같습니까?"

"유럽의 강국 어디라도 괜찮습니다. 지금 이렇게 말하고 있는 동안에도 전속력으로 그 친서를 운송하고 있는지도 모릅니다."

모치즈키 백작은 고개를 숙이고 한숨을 내쉬었다. 수상은 모치즈키 백작의 어깨에 손을 올리고는 말했다.

"자네가 운이 없었던 거야. 누구라도 자네를 비난하지 않아. 자네가 허술하게 보관한 것도 아니고 충분히 경계했는데도 이런 결과가 생긴 것이니 어쩔 수 없지. 그런데 아사이와 씨, 당신은 이제 충분히 사실을 알았으니 앞으로 우리가 어떻게 하면 좋을지 이야기를 해주면 좋겠소."

아사이와는 우울하게 고개를 저었다.

"각하는 지금 그 친서가 되돌아오지 않는다면 전쟁이 일어날 것이라고 말씀하신 것이지요."

"아마도 그렇게 될 겁니다."

"그렇다면 전쟁 준비를 하시는 것이 좋겠습니다."

"그거 말이 심하지 않소."

(1909년 8월 11일)

제6회

아사이와는 냉혹하게 말했다.

"각하 먼저 지금의 상황을 생각해보십시오. 서류가 분실된 것은 밤 11시 반 이전입니다. 왜냐면 이후의 시간은 모치즈키 백작 부부가 방에 있었으니까요. 그렇다면 분실된 시간은 밤 7시 반부터 11시 반 사이일 겁입니다. 그리고 도둑은 그 장소를 이전부터 알고 있던 자가 아니면 안 되기 때문에 오가는 만큼 빨리 손에 넣었을 것이 분명합니다. 그런데 중요한 서류가 그 시각에 분실되었다고 한다면 그건 어디에 있을까요? 그 누구도 이것을 중간에 가지고 있을 필요가 없겠죠. 그렇다면 저희가 어떻게 이것을 회수할 수 있단 말인가요? 손에 닿지 않는 것이 아닙니까?"

수상은 자리에서 일어났다.

"당신의 말은 참으로 논리적이군. 우리가 그 어떤 짓을 한들 서류를 되찾아 올 수는 없겠어."

"잠깐 기다리세요. 연구를 위해서 그 서류가 만약 하인이나 하녀들이 훔쳤다고 한다면요……."

"그들은 정말 신용할만한 사람들입니다. 그럴 일은 없습니다."

"이야기에 따르면 각하의 침실은 2층에 있고 외부로부터 침입할 입구가 없기 때문에 사람들의 눈이 띄지 않고 들어올 수 없다고 했지요. 그렇다면 이것을 빼낸 자는 반드시 집 안에 있는 자가 아니면 안 됩니다. 그렇다면 그 서류를 어디로 가져갔을까요? 많은 국사(國事)탐정[1] 중 한 사람 또는 비밀의 대리인이 있는 곳으로 가지고 갔을 겁니다. 제가 알고 있는 바로는 이런 일이 가능한 남자를 세 명 알고 있습니다.

---

[1] 일반적으로 국가 권련에 반하는 행위를 몰래 살피어 알아내는 일을 하는 사람들을 칭한다.

제가 지금부터 외출해서 그들의 동정을 살펴보겠습니다. 그중에 한 사람이 모습을 감춘다고 한다면………. 특히 어제 이후 몸을 숨겼다고 한다면 저희는 그가 중요한 비밀 서류를 어디로 보냈는지 알아낼 수 있을 겁니다."

"그 남자는 어째서 몸을 숨깁니까? 그런 짓을 하지 않아도 런던의 외국 대사관에 가져가면 될 텐데요."

(1909년 8월 12일)

제7회

"저는 그렇게 생각하지 않습니다. 이런 인물은 모두 단독으로 일을 합니다. 대사관과 관계를 맺는 것은 전혀 재미있지 않습니다."

수상은 아사이와의 모든 이야기에 찬성을 표하듯이 수긍하고는 말했다.

"나는 당신의 말을 믿겠소. 이처럼 중요한 물건을 손에 넣었다면 국사탐정은 반드시 직접 본국 정부의 손에 넘기겠지. 그리고 당신이 하고자 하는 방법은 굳세고 강한 것이오. 그나저나 모치즈키 백작, 우리가 이 사건 때문에 다른 업무를 안 볼 수는 없네. (그리고는 아사이와를 쳐다보면서) 오늘 중으로 어떠한 변화라도 생기면 당신들에게 통지하도록 하겠소. 당신도 물론 그 탐정과 관련된 결과를 보고해주길 바라오."

두 명의 정치가는 인사를 하고 무거운 마음으로 방을 떠났다.

이 유명한 방문자가 돌아가고 나자 아사이와는 담배를 피우면서 잠자코 의자에 앉아있었다. 그리고 골똘히 생각에 잠겨 있었다.

그러는 동안 구도 의학사는 아침 신문을 읽으며 어제까지 일어난 런던 시내의 사건에 눈을 돌리고 있었다. 이윽고 아사이와는 소리를 지르며 의자에서 뛰어올라 손에든 담배를 재떨이 위에 올렸다.

"그래, 이것 말고 달리 접근할 방법은 없어. 이 사건은 굉장히 절박하고 심각한 문제야. 이제 와서 그들 가운데 누가 그 서류를 손에 넣었는지는 알아볼 수가 없어. 그렇다고 그들 손에서 벗어났다고는 생각지 않아. 그들에게는 돈 문제도 있으니까, 아직 손을 떠나지 않았을지도 몰라. 그들이 편지를 매물로 내놓는다면 이쪽에서 사는 거야. 뭐 국민이 부담하는 다소의 세금으로 말이지. 그런 세세한 것은 신경 쓰지 마. 훔친 놈이 외국으로 팔기 전에 이쪽에서 함정을 만들어 기다리면 될 것이야. 이런 대담한 일을 벌이는 남자는 런던에서 세 명밖에 없어. 한 사람은 오비에다(帶江田)이고, 다음은 오제키(尾關), 다른 한 사람은 유라토 지로(由良戶次郎)야. 좋아 내가 한 사람씩 조사해주겠어."

구도는 다시 아침 신문을 바라봤다.

"그 유라토라는 남자. 가미야초(紙屋町)에 사는 자인가?"

"맞아."

"그자는 자네가 방문할 필요가 없어."

"어째서?"

"그자는 어젯밤 누군가에게 살해당했어."

(1909년 8월 13일)

제8회

아사이와 데쓰조와 구도 의학사는 지금까지 각종 탐정 사건을 접했지만, 구도가 말한 이 한 마디가 이처럼 아사이와를 놀라게 한 적은 없었다.

아사이와는 구도가 읽고 있던 신문을 빼앗아서 그 살해사건 기사를 살펴보았다.

가미야초 살인사건

어젯밤 이상한 살인사건이 일어났다. 장소는 하원의 대 건축 바로 아래 가미야초 16번지. 이 지역은 모두 19세기 식 오래된 건물이 즐비한 곳이다. 이러한 건물 중 한 채에는 수년 동안 유라토라고 불리는 신사가 살고 있었다. 아마추어 음악가이자 테너인 유라토 씨는 애교 있는 태도로 사교계에서도 유명인사이다. 유라토 씨는 독신이며, 올해 나이 34세이다. 집에는 회계를 담당하는 후루노(古野)라는 노부인과 미즈타(水田)라고 불리는 서생, 이렇게 세 명이 살고 있었다. 후루노 노부인은 평상시처럼 2층에 있는 자신의 침실로 일찍 들어갔고, 서생 미즈타는 그날 저녁 가치야초(鰕治屋町)에 있는 친구를 방문하려고 외출을 했다. 그날 밤 10시 이후에는 주인인 유라토 씨 혼자 깨어있었던 듯하다. 그 시각부터 사건이 일어난 시각까지 일어난 일에 관해서는 아직까지 조사가 이루어지지 않았지만, 11시 25분쯤 바바(馬場)라는 경관이 집 앞을 지나가다 정문이 열려 있어서 주의를 주고자 사람을 불렀지만 아무런 대답이 없었다. 바바 순사는 혹시나 하는 마음으로 집 안으로 들어가 문 앞에 램프 불을 들이밀고 문을 두들겨 보니 역시 대답이 없었다. 이상하게 생각한 바바 순사는 문을 밀어 열고 안으로 들어갔다. 거실에는 예술 작품들이 화려하게 장식되어 있었다. 그러나 물건들은 모두 이리저리 흩어져 있었고, 의자 하나가 거실 한복판에 쓰러져 있었다. 그 옆으로 의자를 붙잡은 채로 집주인이 쓰러져 있었다. 집주인은 가슴에 돌상을 맞고 즉사했다. 흉기는 인도 제품인 단도로 방한구석에 장식되어 있던 각국의 무기 가운데 하나였다.

살인범은 도둑질이 목적이 아니었다. 왜냐면 귀중한 물건이 하나도 분실되지 않았기 때문이다. 유라토 씨는 사교계에서 유명인사라 이러한 불행한 운명에 맞닥뜨렸다는 것에 많은 친구가 애도를 표할 것이다.

이렇게 쓰여 있었다.

(1909년 8월 14일)

제9회

아사이와는 기사를 다 읽고 나자 잠시 생각했다. 그러고는

"구도는 이 사건을 어떻게 보고 있어?"

"이상한 우연 같아."

"우연이라고? 유라토라 불리는 자는 내가 지목한 세 사람 중 한 사람이야. 아마도 밀서 분실사건의 범인이라고 생각했는데 밀서가 도둑맞은 시각으로부터 얼마 되지 않아 살해당했기 때문에 그 사건과 이 사건은 우연은커녕 우연 이상이야. 구도. 이 두 사건은 관계가 있어. 관계가 있어야만 해. 우리는 이 관계를 밝히지 않으면 안 된다고."

"그런데 만약 이 두 사건이 관련이 있다고 한다면 밀서 분실사건도 경찰 쪽에서 판단하지 않겠어?"

"뭐라고? 유라토가 죽은 것에 관해서는 무엇이든 알고 있겠지만, 모치즈키 백작 저택의 일은 전혀 알 수 없어. 이 두 사건의 관계를 알고 있는 자는 우리뿐이야. 유라토가 밀서 분실사건과 관계가 있다고 믿는 명확한 이유는 가미야초의 유라토 저택에서 모치즈키 백작의 저택까지 아주 가깝기 때문이야. 내가 점찍은 다른 사람들은 둘 다 너무 먼 곳에 살고 있지. 그래서 모치즈키 백작 저택 사람에게서 그 밀서를 전해 받았다고 한다면 유라토가 제일 편리한 위치에 있어. 이 사건은 정말로 섬세한 사건이야. 짧은 시간 동안 두 사건이 연결되어 일어났다는 점이 이미 움직일 수 없는 증거야."

이렇게 말하고 있는 사이 현관에 누군가 방문한 듯했다. 하인인 부인이 명함을 들고 들어왔다. 아사이와는 순간 그 명함을 보고 어깨를 으쓱해 보이면서 아무 말 없이 구도에게 전달했다. 그리고 하인을 향해 말했다.

"모치즈키 백작 부인께 이쪽으로 오시라고 말해주세요."

오늘 아침부터 두 명의 고귀한 정치가가 방문한 아사이와의 사무실은 또 한 번 런던 제일 미인의 방문을 받았다.

(1909년 8월 15일)

제10회

아사이와와 구도는 야스타니(康谷) 후작 집안의 막내딸이 절세미인이라는 평판을 들은 적 있었다. 그러나 미모가 얼마나 아름다운지는 사진으로만 봤을 뿐이라 색채감 있게 상상하는 것이 불가능했다. 그리고 지금 이렇게 모치즈키 백작 부인이 되어 나타났다. 늘씬한 몸에 요염하고 아리따운 얼굴을 볼 수가 있겠다고 생각하고 기다리고 있었다. 얼마 안 있어 부인의 안내를 받고 아사이와의 방으로 들어온 것은 일견 사람을 뇌쇄시키는 춘화와 같은 모습이 아니라 정말로 쓸쓸해 보이는 가을 아침과 같은 모습이었다.

모치즈키 백작 부인의 안색은 원래 사랑스럽지만, 지금은 격한 감정 때문인지 창백했다. 눈은 맑게 흐르는 물처럼 선명했지만, 열병 환자의 눈처럼 빛나고 있었다. 그리고 감정적인 입 주변은 무언가 참고 있는 듯 굳게 닫혀있었다.

한번 훑어본 백작 부인은 아름답기보다는 공포에 떨고 있는 사람 같았다.

"제 남편이 이곳에 방문했지요?"

"네. 오셨습니다."

"제가 여기에 온 것을 남편에게는 절대로 비밀로 해주세요."

아사이와는 냉정하게 고개를 숙여 인사하고 부인에게 의자를 권했다.

"부인은 상당히 기묘한 시기에 저를 찾아오셨습니다. 여하튼 자리에 앉으시지요. 그리고 용건을 말해주시죠. 하지만 저는 아무런 연유 없이 약속 같은 것은 할 수 없습니다."

백작 부인은 의자를 움직여서 창을 등지고 앉았다. 그 앉은 모습은 여왕 같은 풍모를 풍겼고, 청초하고 우아한 모습을 발하고 있었다.

(1909년 8월 17일)

제11회

"아사이와 씨."

그녀는 흰 장갑을 낀 손을 쥐었다 풀었다 하면서 말했다.

"저는 당신에게 모든 것을 털어놓고 이야기를 듣기 위해 저도 모든 것을 털어 놓고 이야기를 할게요. 저와 남편 사이에는 단 하나의 사건을 빼고는 완벽하게 서로를 신뢰하고 있지요. 그 단 하나의 사건이라는 것은 외교에 관한 것입니다. 이 사건에 대해서는 남편은 결코 제게 아무런 말도 하지 않습니다. 게다가 어젯밤 모치즈키 저택에서 정말 슬픈 일이 일어났어요. 저는 귀중한 밀서가 분실되었다는 사실을 듣게 되었어요. 그리고 그 일이 외교와 관련된 일이라며 남편은 저를 전혀 신뢰하지 않고 있습니다. 하지만 저는 어떻게 해서든 그 일에 대해서 충분히 알아야만 되겠어요. 당신은 외교가를 제외하고는 이 사건을 알고 있는 유일한 사람이에요. 그래서 당신에게 부탁을 드리고자 하는 것은 무슨 일이 일어났고, 그 결과 어떻게 될 것인지 라는 것을 제게 알려주셨으면 합니다. 당신한테 남편이 비밀보장을 약속받았을 것입니다. 당신도 제 남편도 양해해 줄 거예요. 저를 충분히 신뢰해 주시면 오히려 이익이 될 수 있습니다. 어떤 서류였나요. 분실된 것은요?"

"그것은 답해드릴 수 없습니다."

부인은 커다란 한숨을 쉬고 양손으로 얼굴을 감쌌다.

"부인. 그럴 수밖에 없다는 것을 아셔야 합니다. 왜냐면 백작이 부인께 이 일에 관해 비밀로 할 정도라면 얼마나 업무상 굳건한 맹세를 했는지를, 그리고 그 사정을 전해들은 저로서도 절대로 발설할 수는 없습니다. 그럼에도 그것을 듣고자 한다면 부인 쪽에서 무리한 부탁을 하시는 겁니다. 그래도 부탁을 하신다면 백작께 직접 물어보세요."

"저는 물어봤어요. 방법이 없으니까 당신한테 마지막 부탁을 하려고 온 거예요. 하지만 도저히 이야기해주지 않겠다면 단 한 가지만이라도 제게 말해주세요."

"무슨 말이죠?"

"이 사건으로 인해 제 남편의 정치 경력에 지장은 없나요?"

"만약 도둑맞은 물건이 돌아오지 않는다면 매우 불행한 결과를 맞이하게 될 겁니다."

모치즈키 백작 부인은 다시 한숨을 쉬고는 무언가 결심한 듯 보였다.

(1909년 8월 18일)

제12회

모치즈키 백작 부인은 여전히 만족하지 못한 모습을 보이며 말했다.

"한 가지 더 여쭙고 싶은 것은 제 남편이 처음 이런 재난을 만났다는 것을 제게 알려주었을 때의 안색으로는 그 서류분실로 인해 엄청난 국가 문제가 될 듯이 보였는데요."

"부인께서 그렇게 생각되셨다면 그대로일 겁니다."

"어떤 종류의 서류인가요?"

"부인은 또 제가 대답할 수 없는 것을 물으시는군요."

"아, 그랬나요. 그렇다면 실례가 많았어요. 하지만 저는 당신이 이야기를 해주지 않는 것을 원망하거나 하지 않겠어요. 당신은 제가 남편의 마음을 거슬러서라도 걱정을 함께 하고자 하는 마음을 헤아려 짐작할 수 있을 거니까요. 하지만 제가 이곳에 온 것만은 제발 비밀로 해주시길 다시 한 번 부탁드리겠습니다."

모치즈키 백작 부인은 아사이와의 방을 나가려는 찰나 문 앞에서 뒤를 돌아보았다. 그 아름다운 얼굴과 놀란 눈과 다문 입술이 아사이와의 눈에 들어왔다. 그리고 부인의 모습은 보이지 않게 되었다.

아사이와는 구도를 향해 말했다.

"자, 구도. 미인 방문객은 자네 담당 아닌가. 이 미인의 본 목적은 무엇이었을까. 실제로 원하는 것은 무엇이었을까?"

"그것은 부인 스스로 말한 대로 간단명료한 것 아닌가."

(1909년 8월 19일)

제13회

"흠. 부인의 모습을 생각해봐. 그리고 그 거동, 감정을 억제하고 있는 것과 참지 못하고 안절부절못하는 것을, 뭔가를 물을 때의 집착하는 모습을 생각해봐. 그리고 그 집안이 속내를 드러내지 않는 집안이라는 것을 함께 생각해보게."

"그것은, 아마도 상당히 부인의 정신을 괴롭히고 있었기 때문이겠지."

"그리고 부인이, 남편을 위해서 그 서류가 무엇인지 알아야만 한다고 말했어. 그때 열정적으로 말하는 것이 약간 기묘하게 들렸어. 도대체 무슨 뜻으로 그렇게 말했을까? 구도, 자네도 알아챘을 거야. 부인이

의자에 앉았을 때 일부러 빛을 등지고 앉지 않았어? 부인은 우리에게 안색을 읽히게 하고 싶지 않았던 거야."

"그러고 보니 부인은 의자의 위치를 선택했었지."

"그런데 부녀자의 마음이라는 것은 천변만화하니까 멋대로 단정할 수가 없어. 저번 마루카도(丸角)의 부인 사건 때에도 지금과 같은 이유로 의심을 했지만, 코에 분가루가 묻어 있지 않았다고 말하는 것이 단서가 됐었지. 그래 우리가 이런 연약한 토대 위에 누각을 쌓고 있어 봐야 소용이 없어. 원래 부녀자라는 사람의 아주 작은 거동도 연구해보면 커다란 단서가 되기도 하니까. 또한, 아주 엉뚱한 행동을 해서 아무 의미도 없는 짓도 하니까 말이지. 아무튼, 나는 잠깐 나갔다 올게."

"어디로?"

"유라토 집 부근에 가서 경찰한테 문의 좀 할 것이 있어. 유라토라는 작자가 우리 사건 해결과 완벽하게 연결되어 있어. 아직 나는 어떤 방식으로 이것을 풀어낼지 모르겠지만 사실을 알기 전에 가설을 세우는 것은 커다란 문제가 있어. 여하튼 자네는 여기서 집을 보면서 새로운 손님을 맞이해 줘. 나는 점심시간까지 돌아올게."

(1909년 8월 20일)

제14회

그다음 날도 또 그다음 날도 아사이와는 친구로서 말하자면 침묵하고 있었고, 다른 사람이 봤다면 신경질적인 얼굴을 하고 집을 나갔다 들어왔다 했다.

아사이와가 집에 있을 때는 멍하니 담배를 피운다고 생각하는 순간 바이올린을 켜고 있었고, 또 다음 순간 샌드위치를 먹고 있었다. 구도가 뭔가 중요한 이야기를 시켜 봐도 제대로 대답조차 하지 않았다.

그 모습만으로 봤을 때 사건이 별로 재미있어지지 않는 듯했다. 그리고 사건의 진행에 관해서도 아무 말도 없어서 구도는 간신히 신문기사로 유라토의 서생인 미즈타라는 자가 혐의자로 체포되었고, 아무런 증거가 없어서 방면되었다는 것만 알 수 있었다.

여하튼 유라토 살해사건은 교묘한 방법으로 시행된 것이라는 평판이다. 그 이유로는 용의자를 찾을 수 없었다. 유라토 방에는 귀중한 재물이 많이 있었는데도 그것에는 손도 대지 않았다는 점을 봤을 때 도적의 소행은 아닐 것이다. 또한, 유라토의 서류를 찾은 흔적도 없었다. 그것은 유라토가 외교 정치에 관해 열정적인 연구가였으며, 끈기가 있는 조사원으로 각국 어학에 능통하여 편지 쓰는 것을 가장 즐겼다는 것을 알 수 있을 뿐이었다.

또한, 유라토는 각국 유명 정치가와 친밀한 교제를 하고 있었다는 사실도 알게 되었다. 책상 서랍에 가득 들어있는 서류를 본 것만으로는 범죄의 단서가 될 것은 하나도 없었다.

다음으로 유라토와 관계가 있어 보이는 부인은 상당히 많았다고 한다. 하지만 진실로 사귄 사람은 없었다고 한다.

유라토의 일상생활은 아주 모범적이라서 적을 만들 만한 일은 전혀 하지 않았다고 한다. 그래서 이 죽음은 불가사의하고 앞으로도 수수께끼로 남을 것으로 생각하였다.

(1909년 8월 21일)

제14회

서생 미즈타가 혐의를 받고 구류된 것은 궁여지책으로 이 청년을 길게 구류시킬 만한 증거가 없었다. 미즈타는 그날 어둡기 전에 가치야초에 사는 친구를 방문했다. 그리고 그날 자정이 지나서 돌아왔다고 하는 증거는 완벽했다. 서생 미즈타는 평상시 유라토로부터 인정을 받고 있어서 각종 도구를 받았으며 그 가운데 상등품인 칼이 나왔다. 이것에 관해서 유라토가 선물로 준 것이라고 해명했다. 이를 회계를 담당하는 노부인이 증언했다.

서생 미즈타는 유라토 집에서 3년 정도 일했다. 그런데 유라토가 유럽 쪽으로 여행을 갈 때 한 번도 서생을 데리고 가지 않았다. 유라토는 가끔 파리로 여행을 가서 3개월 정도 체재하는데, 미즈타는 항상 집을 보았다.

회계 담당 부인을 조사해 본 결과 그날 밤은 10시경에 2층 침실로 갔기 때문에 손님이 왔다고 해도 유라토가 현관문을 열어줬을 것이라고 했다.

그리고 사흘이 흘렀다. 구도가 아는 바는 이 정도에 불과했다. 만약 아사이와가 이 이상을 알고 있다면, 아직 비밀로 할 필요가 있기 때문일 것이다. 단지 이 사건에 대해서는 경시청 탐정으로 유명한 미쓰레이조(三津禮造)와 공조했기 때문에 경시청 측에서는 아사이와에게 이 사건을 일임하고 있다는 이야기만 했을 뿐이다.

아사이와가 경찰 측에 손을 뻗고 있는 것 같았다. 4일째가 되어 파리로부터 장문의 전보가 도착했다. 그 전보는 유라토 살해사건의 비밀을 설명해주는 것이었다.

(1909년 8월 22일)

제15회

파리 발행의 데일리 텔레그래프 신문사가 보낸 전보의 전문은 다음과 같다.

………지난 월요일 밤 가미야초 저택에서 누군가에게 살해된 유라토 씨의 비참한 운명에 흑막을 벗길 수 있는 새로운 사실을 오늘 파리 경찰서에서 발견했다. 독자 또한 이미 알고 있겠지만 유라토 씨는 방에서 칼에 찔려 죽어 있었으며 용의자로 같이 사는 서생 미즈타라는 자를 조사한 결과 전혀 반대 증거가 나왔기 때문에 방면되었다. 어제에 이르러 파리 시내 오스테를리츠 거리의 작은 별장에 사는 후루나에 미쓰코(古苗ミツ子)라는 부인이 발광하고 있다는 신고가 있어서 조사한 결과, 상당히 위험한 정신 상태로 치료 가능성이 희박하다고 판명되었는데, 이 부인이 지난 화요일 런던 여행에서 돌아왔다고 하였다. 그리고 그 유라토 살해사건과 관계가 있다는 증거가 나왔다. 후루나에 미쓰코라는 자는 후루나에 시게루(古苗茂)라는 자의 아내로 사진을 비교해본 결과 유라토 지로라는 런던 신사가 파리에서는 후루나에 시게루라는 가명을 쓰고 생활했다는 것이 밝혀졌다. 부인 미쓰코는 상당한 질투가여서 발광하는 모습이 그다지 이상하지는 않다고 전해진다. 그래서 추정해보니 미쓰코는 런던에 있는 남편을 방문하고 질투 때문에 이런 무서운 범죄를 저지른 것으로 보인다. 월요일 밤 부인의 행동은 아직 밝혀지지 않았지만, 런던 정류장을 조사한 바로는 인상이 비슷한 한 부인이 화요일 첫 번째 열차를 탔을 때 정신적으로 상당히 흥분한 상태였다고 한다. 따라서 유라토 살해는 그의 부인 미쓰코가 발광했을 때 일어난 것이거나, 혹은 일시적으로 제정신이 아닌 상태에서 범죄를 계획하고 이를 실행한 후 발광을 한 것인지 아직까지 확인되지 않았다. 이 부인은 지난날의 기억을 되찾을 가능성은 없었고 의사의 진단도 도저히 이전의 정신 상태로는 회복될 수 없다고 말하고 있다. 결국, 사실을 확인할 방법은 없었다. 또 한 가지, 월요일 밤 후루나에 미쓰코로 보이는 부인이 유라토 집 앞을 배회하는 것을 보았다는 증거가 나왔다.

(1909년 8월 23일)

제16회

구도는 이 기사를 읽고 아사이와를 향해 말했다.

"자네는 이것을 어떻게 생각하나."

"자네도 이 사건으로 상당히 골치가 아팠을 것이야. 내가 사흘 동안 자네에게 한 마디도 안 한 것은 실은 할 말이 없었기 때문이야. 지금 이 파리에서 온 전보를 보아도 나로서는 그다지 도움이 되지 않아."

"그렇지만 여하튼 이 사실은 유라토 살해사건에 결정적인 것이 아닌가."

"유라토가 살해된 것은 아주 작은 일에 불과해. 우리의 제일 큰 목적은 유럽에 대소동을 일으키게 할 만한 중요 서류를 분실한 것을 되찾는 것이지. 그런 점에서 보았을 때 문 앞에 장벽이 있는 거 같아. 지난 삼 일간 드러난 가장 중요한 사실은 그 서류가 분실된 결과로 간주할 만한 사건이 조금도 일어나지 않았다는 거야. 만약 그 서류가 날아갔다고 한다면…… 아닌 날아가지 않았을 거야. 날아가지 않았다고 한다면 지금 그것은 어디에 있는 것일까. 누가 지금 그것을 쥐고 있는 것일까. 어째서 숨겨두고 있는 걸까. 지금 이러한 문제들이 망치로 머리를 때리는 것 같아."

"만약 그 밀서가 분실된 것과 유라토가 살해된 것이 정말 우연을 가장한 암호라고 한다면 모치즈키 백작의 서류함에서 분실된 서류는 일단 유라토의 손에 들어갔을 거야. 만약 그렇다면 유라토의 서류 속에 있어야만 해. 그리고 유라토 부인이 가져갔다고 한다면 파리의 후루나에의 집에 있을 거야. 후루나에의 집을 조사하려고 한다면 프랑스 경찰의 의심을 사게 될 것이 틀림없어. 이러한 점은 구도, 죄인처럼 법이 우리를 위험하게 만들 거야. 우리는 지금 이러한 곤란함 속에서 사방팔방으로 적을 만들고 있어. 그렇지만 서류분실의 결과는 엄청날 거야. 만약 내가 이 사건을 성공적으로 해결한다면 아주 멋진 경력이 될 것이지만 말이야……."

이렇게 말하고 있는 사이 부인이 편지를 들고 들어왔다.

아사이와는 편지를 펼치고 한마디 했다.

"여기 전장에서의 가장 최신 소식이 왔어. 앗, 미쓰 씨가 뭔가 재미있는 것을 발견한 것 같아. 구도. 모자를 써. 우리는 유라토 집으로 갈 거야."

(1909년 8월 25일)

제17회

아사이와를 따라간 구도 의학사는 범죄 현장을 처음 보게 되었다. 유라토 집은 천장이 높고 폭이 좁은 튼튼한 18세기 식 건물이었다. 현관에서 투견 같은 얼굴을 한 경시청 미쓰 탐정이 아사이와가 오기를 기다리고 있었다. 두 사람은 바로 순사의 안내를 받으며 범죄가 일어난 방으로 들어갔다. 그러나 이미 모든 흔적이 사라진 뒤였고, 방의 정중앙에 깔린 카펫에 남은 커다란 피의 흔적만이 그때의 사건을 알려주고 있었다. 카펫은 상당히 작았고 주변으로 잘 닦여진 하얀 목제 나무가 깔려있었다. 난로 위에는 여러 나라의 무기가 멋지게 장식되어 있었다. 그 속에 있는 단검이 범죄에 사용되었다. 창문 아래에는 비싸보이는 책상이 놓여있었다. 그 외의 실내장식 또한 매우 화려했다. 미쓰 탐정은 아사이와를 향해 말했다.

"파리의 일은 신문으로 읽으셨습니까?"

아사이와는 고개를 끄덕거렸다.

"파리 친구들이 이번에는 한 건 했습니다. 그들이 말한 대로 그녀가 갑작스럽게 유라토를 방문해서 유라토는 어쩔 수 없이 집 안으로 들였고 거기서 여자는 유라토의 무정함을 다그쳤고, 싸움이 일어나는 동안

무의식적으로 여기에 있던 단검을 빼 들고 그를 찔렀고, 유라토는 이 것을 피하려고 의자를 잡고 휘둘렀을 겁니다. 그때 이곳을 상황이 지 금도 눈에 선합니다."

아사이와는 눈썹을 치켜세웠다.

"저를 부른 것은 그 정도의 정보를 말하기 위해서인가요?"

"아닙니다. 따로 있습니다. 아주 사소한 일입니다만, 아사이와 씨가 좋아할 만한 것이지요. 그것은 실은 기묘한 것으로 아사이와 씨가 놀 라서 소리를 지를 만한 것입니다. 하지만 이 일은 사건과는 아무런 관련은 없습니다. 또한, 관계가 있어 보이지 않는 일입니다."

"대체 그것이 뭐지요?"

"아사이와 씨도 알고 있듯이 이런 종류의 범죄 장소는 가능한 한 당시 그대로 보존해두는 것이 우리들의 일이지요. 그래서 이 방의 가구 도 장식도 하나도 움직이지 않았습니다. 뿐만 아니라 순사 1명은 주야 로 이 방을 지키고 있었습니다. 그런데 시체는 오늘 아침 장례식을 했 고 이 방을 지킬 일도 없어졌습니다. 그래서 저희는 방을 청소하려고 카펫을 움직이자, 아사이와 씨도 지금 보이는 대로 고정되어 있지 않아 서 바로 움직일 수 있었습니다. 그러다 묘한 점을 발견한 것입니다."

아사이와는 상당히 걱정스러운 표정으로 변했다.

(1909년 8월 26일)

제18회

미쓰 탐정이 유라토가 살해당한 방의 카펫을 움직이고는 기묘한 사실 을 발견했다고 말하자, 아사이와는 상당히 걱정스러운 표정을 지었다.

"그래서 발견했다는 것은 뭔가요?"

"백 년이 지나도 상상도 할 수 없는 일입니다. 아사이와 씨는 이

카펫 위에 있는 피의 흔적을 봤지요. 이 정도의 피의 양이라면 그것이 카펫 안쪽으로도 스며들어야 합니다. 이것을 좀 보십시오. 카펫 안쪽에도 이처럼 물들어 있는데 바로 아래 하얀 마루에는 조금도 피가 묻어 있지 않는 것이 이상하지요."

"그렇군요. 마루까지 피가 물들지 않은 것은 이상하군요."

"아사이와 씨도 그렇게 생각하시지요? 그런데 이상한 것은 이것만이 아닙니다."

라며 미쓰 탐정은 마술사처럼 목소리를 내면서 유명한 아사이와를 놀라게 한 사실에 유쾌한 기분을 감추지 못하고 말했다.

"그 이유는 별것은 아닙니다. 실제로 마루에는 피가 묻어 있었습니다. 카펫을 움직였기 때문에 흔적이 맞지 않았을 뿐이라서 이것을 봐 주세요. 딱 맞게 피의 흔적이 묻어 있지요. 어때요. 아사이와 씨는 이것을 어떻게 생각하시나요?"

"뭐, 그건 간단합니다. 카펫의 흔적과 마루의 것은 처음부터 같은 것이었습니다. 하지만 카펫을 움직였기 때문에 이렇게 다른 곳에 있었다는 것뿐이지요. 사각으로 된 카펫은 고정되어 있지 않아서 조금만 움직여도 이렇게 되는 것은 당연합니다."

"그렇지만 우리 경찰 쪽 사람으로서는 이 카펫을 움직였다고 말할 수는 없습니다. 하지만 피의 흔적은 이처럼 떨어져서 묻어 있지요. 누군가 카펫을 움직인 것이 틀림없습니다. 그런데 누가 무슨 이유로 이것을 움직였는지 저로서는 모르겠습니다."

(1909년 8월 28일)

제19회

아사이와의 얼굴은 상당히 굳은 표정으로 무언가 골똘히 생각하고 있는 것 같았다. 그리고 잠깐 가만히 있다가 미쓰 탐정을 향해 말했다.

"미쓰 씨. 당신은 범죄를 발견하고 바로 순사를 이 방에 배치했다고 했습니다만, 지금 복도에 서 있는 자가 처음부터 있었던 사람인가요?"

"그렇습니다. 처음부터 저 순사였지요."

"좋습니다. 그렇다면 제가 충고를 하나 하지요. 그 순사를 조사해 보십시오. 저희가 있는 앞에서는 안 됩니다. 저희는 이곳에서 기다리고 있을 테니 다른 방에서 조사해 보십시오. 순사가 어째서 외부의 사람을 이 방에 들여서 감시를 게을리했는지를 물어보십시오. 그런데 만약 다른 사람을 들였다고 한다면 그것을 질책하지 마십시오. 그 일은 용서해주겠다고 하시고요. 누가 방에 들어왔는지 안다고 말해서 자백을 받으세요. 사실 그대로 자백하는 것이 태만한 죄를 면하는 것이라고 말하고 들어보십시오. 제가 말한 대로 틀림없이 그렇게 해야 합니다."

"그거야 그 순사가 한 짓이라면 저는 어떻게 해서든 진실을 말하게 하겠습니다."

라고 말하고 다른 방으로 갔다. 얼마 안 있어서 미쓰 탐정의 커다란 목소리가 다른 방에서 들려왔다. 미쓰 탐정이 다른 방으로 간 사이 아사이와는 평상시대로 침착한 태도와는 다르게 서둘러 카펫을 들추고 그 아래 마룻바닥을 조사했다.

아사이와는 마룻바닥 위를 기어가면서 열심히 조사했다. 그 손가락에 걸리는 것이 무엇이었던 것일까. 마룻바닥 일부가 조그만 상자 뚜껑처럼 만들어져 있었다.

"이거다. 이거야."

아사이와는 말하면서 그 안을 살펴보았지만, 안에는 아무것도 들어 있지 않았다.

아사이와는 혀를 차면서 일어나 마룻바닥에 만들어진 상자의 뚜껑을 닫고 카펫을 원래 대로 놓았다. 때마침 미쓰 탐정은 순사를 조사하고 이쪽으로 오고 있는 모양이었다. 아사이와는 아무것도 모르는 표정으로 난로 쪽에 기대어 있었고 마치 정신을 놓은 것 같은 표정을 하고 있었다.

(1909년 9월 1일)

제19회

"기다리게 해서 죄송합니다. 저는 아사이와 씨의 눈썰미에 놀라고 말았습니다. 순사가 모든 것을 자백했습니다. 여기로 들어오게. 마키노(牧野) 순사. 이 신사분께 방금 말한 대로 모두 말씀드리게."

뚱뚱하게 살이 찐 순사는 얼굴을 붉게 물들이며 방으로 들어왔다.

"저는 별로 큰일이 아니라고 생각했습니다. 실은 어제 저녁 시간쯤 어떤 부인이 찾아왔는데, 집을 잘못 찾아온 모양이었습니다. 그래서 한두 마디 말을 섞다가………. 경비를 서는 일은 꽤 지루했고, 이야기 상대도 필요했고 해서…………."

"그래서 어떻게 되었습니까?"

"그 부인은 신문을 통해서 이 집의 범죄 사건을 알고 있다면서 실내의 모습을 한 번만 보여 달라고 했습니다. 부인의 행동은 아주 정숙했고 말투도 명료했기 때문에 특별히 이상한 자라는 생각이 들지 않았습니다. 그래서 잠깐이라면 실내를 보여줘도 큰일이 생기지 않을 거로 생각하고 요청하는 대로 허락해버린 겁니다. 그 부인은 카펫 위의 피흔적을 보고는 기분이 좋지 않다고 말하더니 그대로 기절해버렸습니다. 저는 놀라서 부엌으로 가서 물을 떠 왔습니다만 그래도 정신을 차리지 못해서 잠깐 거리로 나왔습니다. 반대편 모퉁이를 돌아가면 브랜디를 팔고 있는 곳이 있어서 그것을 사와서 마시게 하려고 생각했습니다. 제가 돌아왔을 때는 부인은 혼자 정신을 차린 듯했습니다. 이미 집에서 나가고 난 뒤였으니까요. 아마도 창피해서 제게 얼굴을 보이고 싶지 않았을 것으로 생각했습니다."

"그것은 어찌 되었든 간에 왜 카펫을 움직였습니까?"

"부인이 기절했을 때 카펫에 주름이 져 있어서 원래대로 움직여서 고쳐놓았습니다."

미쓰 탐정은 옆에서 말을 했다.

"그렇지. 자네는 이 방에 외부인을 들였던 것이 틀림없어. 나는 카펫을 움직인 흔적이 있어서 분명 그럴 거로 생각했지. 뭐 좋아. 나니까 이 정도 선에서 끝내는 거야. 게다가 무엇보다 분실된 물건도 없는 것 같으니까. 그렇지 않았다면 자네한테 엄청난 일이 생겼을 거야. 그나저나 아사이와 씨. 제가 이런 재미없는 사건에 불러내서 정말 죄송합니다. 저는 피 흔적이 마룻바닥에 묻어 있지 않은 것이 순간 기묘하다는 생각이 들자 당신한테 보여주면 얼마나 도움이 될까 하고 여기까지 모신 겁니다."

"아니요. 상당히 재미있었습니다."

라고 말하고 다시 한번 순사를 향해 말했다.

"그 부인이 온 것은 한 번뿐이었습니까?"

"그렇습니다. 그때뿐이었습니다."

"그 부인은 무엇을 하는 사람이었지요?"

"무엇을 하는 사람인지를 조사하지 않았습니다만 타이피스트 모집 광고를 보고 어떤 집을 찾고 있다면서 번지가 틀려서 여기로 오게 되었다고 말했습니다. 부인은 상당히 쾌활하고 인상이 좋은 사람이었습니다."

"키가 큰 미인이었지요?"

"아주 키가 큰 부인으로 저도 미인이라고 생각했습니다만, 사람에 따라서는 절세의 미인이라고 불릴지도 모릅니다. ---순사님. 제게 잠깐만 보여주세요.---라고 말해서 순간 잠깐이라면 보여주어도 아무런 지장이 없을 거로 생각했습니다."

"부인의 복장은 어떠했는지요?"

"눈에 띄지 않는 모습이라고 할까요? 검은색의 긴 윗옷을 입고 있었습니다."

(1909년 9월 2일)

제20회[2]

"시간은?"

"마침 어두워지고 있었고 제가 브랜디를 사러 갔다 돌아왔을 때, 후루노 부인이 램프를 켜고 있었습니다."

"좋습니다. 알겠습니다. 저는 이것으로 실례하겠습니다. 구도. 이제 가야겠어. 저는 지금부터 다른 곳에 중요한 용무가 있습니다."

아사이와는 유라토 방을 나오면서 미쓰 탐정과 인사를 했고, 마키노 순사의 배웅을 받으며 문을 나오려는 찰나, 뒤를 돌아보면서 주머니에서 무슨 사진과 같은 물건을 꺼내서 마키노 순사에게 보여주었다. 순사는 상당히 놀라며,

"당신은 어째서 이것을 알고…………." 라고 말을 했다. 아사이와는 손가락을 입에 대고는 조용히 하라고 명하고 물건을 주머니에 다시 집어넣고 홀로 기분 좋은 듯이 웃으며 거리로 나섰다.

그리고 잠시 뒤 아사이와는 구도를 향해 말했다.

"잘 되었어. 이 연극은 이제 결말로 가고 있어. 막이 지금 열리려고

---

2) 횟수 오류.

하고 있어. 자네도 안심하라고. 외무대신 모치즈키 백작도 경력을 헤치는 일도 없을 것이고, 우리 영국이 유럽의 모 국과 전쟁을 하지 않아도 될 거야. 외국의 모 군주도 편지를 쓴 것을 세상에 발표될 걱정을 하지 않아도 되고, 우리의 총리대신도 유럽 외교 사회에서 곤란을 처리할 필요도 없어졌어. 누구 한 사람도 손해를 보는 자가 없을 거야."

구도는 아사이와의 놀랄만한 일 처리에 감탄하지 않을 수 없었다. 그러나 어떻게 이렇게까지 안심해도 좋은지 조금도 알지 못했다.

"그렇다면, 자네는 모든 비밀을 알아낸 건가?"

"아니. 그렇지도 않아. 아직 몰라. 역시 처음과 같이 암흑이야. 그렇지만 앞으로 조사하지 않는다면 이쪽의 죄가 되겠지. 지금부터 바로 모치즈키 백작 저택으로 가서 사실을 명료하게 할 생각이야."

아사이와와 구도 두 사람은 모치즈키 백작 저택으로 갔다. 아사이와가 면회를 신청한 것은 의외로 모치즈키 백작 부인이었다.

하인은 아사이와와 구도를 응접실로 안내했다.

얼마 안 있어 모치즈키 백작 부인이 두 사람 앞에 나타났다. 아름다운 얼굴에는 노여움을 나타내는 듯이 붉은빛으로 달아올라 있었다.

(1909년 9월 3일)

제20회

"아사이와 씨 당신이 저를 찾아오시다니 정말로 곤란하군요. 제가 당신을 방문했을 때 당신을 찾아간 것은 비밀로 해달하고 부탁을 드리지 않았나요. 제가 당신을 찾아갔다는 사실을 남편이 안다면 남편의 외교상의 사건을 방해한다고 생각할 수 있으니까 정말 아주 곤란하다고요. 게다가 당신이 저를 지명해서 찾아오시면 당신에게 무언가 의뢰를 한 것으로 생각될 거잖아요."

"어쩔 수가 없습니다. 그래도 저는 부인한테 물어봐야 할 것이 있습니다. 왜냐하면, 그 중요한 비밀 편지를 되찾는 일을 모치즈키 백작으로부터 의뢰를 받았기 때문입니다. 그래서 저는 지금 부인께 부탁을 드립니다. 그러니 부인. 제발 편지를 제게 주십시오."

모치즈키 백작 부인은 얼굴에서 불이 나올 것 같은 분노로 의자를 박차고 일어났다. 그 눈은 빛나고 있었지만, 발걸음은 위험하게 휘청거려서 당장이라도 졸도할 것 같았다. 그러나 역시 백작 부인으로서 바로 기운을 되찾고 안색도 원래대로 돌아왔다.

"당신은 제게 어려운 문제를 말씀하시네요."

"안됩니다. 부인 안 돼요. 편지를 주십시오."

"집사를 불러서 집에서 내쫓겠어요."

"집사를 부르면 안 됩니다. 만약 그렇게 하신다면 모처럼 저의 고심이 소용이 없어지고 어둠에 묻혔던 수치심이 폭로될 것입니다. 자아 편지를 내놓으세요. 그렇게 한다면 만사 원만하게 끝이 날 것입니다. 제가 말하는 대로 하신다면 모든 일을 수습할 수 있습니다. 반대를 하신다면 어쩔 수 없이 부인의 한 짓을 폭로할 수밖에 없습니다."

부인은 여왕과 같은 자세로 마음속을 꿰뚫어 보려는 듯이 아사이와의 얼굴을 노려보았다. 그리고 초인종에 손을 올려놓았지만 울리지는 않았다.

(1909년 9월 4일)

제20회

모치즈키 백작 부인은 초인종 위에 손을 올려 벨을 울릴 타이밍을 보고 있었다.

"당신은 저를 협박하기 위해서 오신 건가요? 아사이와 씨라는 남자가 여자를 이렇게 괴롭히다니 어째서인가요. 그래서 당신은 뭔가요? 무슨 일로 제 비밀을 알고 있다고 말하는 건가요. 대체 무엇을 알고 계시죠? 들어보겠어요."

"이야기해드리겠습니다. 자, 의자에 앉으십시오. 그렇게 계시면 몸을 위해서도 안 좋습니다……. 좋습니다. 네 감사합니다."

"아사이와 씨 저는 당신에게 5분의 유예를 드리겠습니다."

"1분으로도 충분합니다. 저는 부인이 유라토를 방문해서 그 편지를 유라토에게 전달하고, 그리고 어젯밤 다시 유라토가 살해된 방에 들어가 편지를 카펫 아래 숨겨진 장소에서 되찾아왔다는 것을 알고 있습니다."

부인의 안색은 새파래지고 아사이와의 얼굴을 바라보았지만 아무런 말도 하지 못하고 두 번의 기침을 했다. 그리고 잠시 동안 가만히 있었다. 그리고는

"당신은 미치광이네요. 미치광이가 틀림없어요."

아사이와는 이 말에 대답하지 않고 작은 편지 모양의 사진을 꺼냈다.

"저는 필요할지도 모르겠다고 생각하고 이 사진을 손에 넣어두었습니다. 이것을 유라토 집에서 경비를 섰던 순사에게 보였더니 본 적이 있다고 했습니다."

부인은 커다란 숨을 내쉬며 의자에 몸을 기댔다.

"부인, 자아 편지를 주세요. 지금이라면 원래대로 아무 일도 없는 듯이 해결할 수 있습니다. 제가 부인을 곤란하게 하지 않을 겁니다. 저는 편지를 부인에게서 되돌려 받아 그것을 모치즈키 백작에게 돌려주기만 하면 됩니다. 부인의 손에 있던 것을 이야기할 필요가 없습니다."

부인은 다시 큰 숨을 내쉬었다.

"저를 믿고 모든 것을 털어놓으세요. 그것이 부인의 마지막으로 도망칠 수 있는 길입니다."

그때 모치즈키 부인의 용기는 감탄할만한 것이었다. 이런 상황에서

도 부인은 인정하지 않았다.

"몇 번이나 말씀하셔도 소용없어요. 저는 다시 한번 말씀드리겠습니다. 당신, 어떻게 되신 것이 아니신가요?"

(1909년 9월 5일)

제20회

아사이와는 의자에서 일어나서 말했다.

"안타깝군요. 저는 더는 이야기하지 않겠습니다. 이렇게까지 말씀을 드려도 이해하지 못하신다면 이제는 더는 막을 수 없겠네요."

반대로 이번에는 아사이와가 스스로 초인종을 눌렀다. 그러자 모치즈키 집안의 집사가 들어왔다.

아사이와는 수상쩍은 얼굴의 집사를 향해 말했다.

"모치즈키 백작은 지금 집에 계십니까?"

"12시 45분에 집에 오실 예정입니다."

아사이와는 시계를 꺼내 보았다.

"아직 25분 정도 시간이 있군요. 좋습니다. 저는 그때까지 여기서 기다리겠습니다."

집사는 인사를 하고 응접실을 나갔고, 그 모습이 보이지 않게 되자 바로 백작 부인은 아사이와의 앞에 무릎을 꿇고 양손을 모았다. 얼굴에는 눈물이 흐르기 시작했다.

"부탁이에요. 아사이와 씨. 저를 용서해주세요."

라고 호흡이 가빠지면서 호소했다.

"하느님을 위해서 제발 이 일을 남편에게 이야기하지 말아 주세요. 저는 남편을 사랑해요. 저는 남편의 마음을 힘들게 하는 짓 못 해요. 만약 당신이 이 일을 남편에게 이야기한다면 남편은 정신적으로 죽게 될 겁니다."

아사이와는 백작 부인을 일으켜 세웠다.

"저는 부인이 마지막 기회를 잡고 본심으로 돌아온 것에 감사드립니다. 그렇다면 시간이 없습니다. 편지는 어디에 있습니까?"

부인은 자신의 방 책상 서랍에서 연푸른색의 긴 봉투의 편지를 꺼냈다.

"여기에 있어요. 처음부터 저 편지를 보지 않았으면 좋았으련만."

"그렇다면 이제 이 편지를 되돌릴 방법인데요. 모치즈키 백작의 서류함은 어디에 있습니까?"

"지금도 침실에 놔두었습니다."

"얼마나 행복한 일입니까. 부인 빨리 그 서류함을 여기로 가져오세요."

부인은 곧바로 붉게 칠한 평평한 상자를 가져왔다.

"부인은 어떻게 이것을 열었습니까? 아, 부인 복제한 열쇠를 가지고 있을 겁니다. 이것을 열어주세요."

백작 부인은 품속에서 작은 열쇠를 꺼내서 서류함을 열었다. 그 안에는 서류와 편지로 가득했다.

아사이와는 그 연푸른색 긴 봉투를 그 안에 집어넣었다. 그리고 상자에 열쇠를 채우고 부인은 그것을 침실로 되돌려 놓았다.

(1909년 9월 8일)

제20회

"이제 모치즈키 백작이 언제 돌아와도 괜찮습니다. 아직 10분 정도 시간이 있으니 저희가 부인을 감싸드린 대신에 이런 상황에 부딪치게 된 진실을 이야기해주시지 않겠습니까?"

"아사이와 씨. 저는 무슨 이야기든 해드릴게요. 남편에게 이런 괴로움을 줄 정도라면 오른손을 잘라서 죽는 것이 나았습니다. 이 넓은 런던에서 저만큼 남편을 사랑하는 사람은 없을 거예요. 그렇지만 제가 한 일을 남편이 알게 된다면……. 어쩔 수 없는 일이었지만 남편이 안다면 절대로 저를 용서하지 않을 거예요. 왜냐면 저의 남편의 명예는 다른 사람의 죄를 용서하는 것이 불가능할 정도로 중요합니다. 아사이와 씨, 제발 저를 도와주세요. 저의 행복도 남편의 행복도, 부부의 생명과도 연결된 일이니까요."

"이야기를 빨리해주세요. 시간이 없습니다."

"먼저 제가 결혼하기 전에 쓴 한 통의 편지가 있다고 생각해주세요. 그것은 소녀 시절 무분별하게 쓴, 어쩌다 생긴 마음으로 한 남자에게 보낸 편지였습니다. 저는 특별히 깊은 의미로 쓴 것은 아니었습니다. 하지만 그것이 남편의 눈에 띈다면 엄격한 남편이기 때문에 죄악이라고 생각할 겁니다. 만약 그 편지 내용을 읽었다면 저에 대한 신용은 미래 영구히 회복할 수 없겠지요. 그 편지를 쓴 것은 아주 예전의 일이라 지금은 그 누구도 아는 사람이 없다고 생각했습니다. 그런데 의외로 그 편지가 유라토라는 사람한테 전해졌고, 유라토는 편지를 남편에게 보여주겠다고 말했습니다. 저는 제발 그러지 말라고 애원했습니다. 유라토가 말하기를 그렇다면 편지를 내게 돌려줄 테니 그 대신 남편의 서류함 안에 편지 한 통과 교환하자고 말했습니다. 유라토는 사무실에 스파이가 있어서 그 편지가 있다는 것을 알고 있었다고 생각합니다. 그리고 그 편지가 분실되어도 저의 남편에게는 어떠한 피해도 없을 것이라고 단언했습니다. 당신이 저의 입장이라면 어떻게 했을까 생각해보세요. 아사이와 씨 제가 어떤 선택을 했을지."

"부인의 남편분을 믿으면 되는 거지요."

(1909년 9월 9일)

제21회

"아니요. 그렇게 할 수는 없었어요. 저는 그렇게 못해요. 제가 쓴 편지가 남편 눈에 들어간다면 저는 파멸될 것이 분명하니까요. 또 한편으로는 남편이 보관하고 있는 사무실의 편지를 훔치는 엄청난 무서운 짓을 해야 했어요. 이것은 외교와 관련된 것이라 그 결과가 어떻게 될지 저로서는 알 수가 없었어요. 하지만 애정과 관련된 문제는 그 결과가 어떻게 될지 잘 알고 있었기 때문에 저는 유라토가 말하는 대로 했습니다. 저는 열쇠의 모양을 말했고 유라토는 복제 열쇠를 만들어주었습니다. 그것으로 남편의 서류함을 열고 말하는 대로 편지를 꺼내서 유라토의 집으로 가져갔습니다."

"부인이 유라토 집을 방문했을 때 무슨 일이 있었던 건가요?"

"저는 약속대로 현관문을 두들겼어요. 그러자 유라토가 문을 열어주었습니다. 저는 유라토를 따라 방으로 들어갔습니다. 입구의 문은 일부러 열어두었습니다. 왜냐면 한밤중에 다른 남자의 방으로 혼자 들어가는 것은 왠지 무서웠기 때문입니다. 그에 앞서 제가 유라토의 현관으로 들어갔을 때 거리에 한 부인이 서 있는 것을 보았어요. 저는 유라토와 곧바로 편지를 교환했어요. 유라토는 제가 전달한 편지를 책상 위에 두었고 저는 받은 편지를 품속에 넣었지요. 그때 현관문 밖에서 문 여는 소리가 들렸습니다. 그리고 누군가 이쪽으로 오는 것 같아서 유라토는 당황해하면서 카펫을 들추고 그 아래 마룻바닥에 만들어둔 작은 상자 같은 것이 있었는데 제가 전한 편지를 그곳에 감추고 카펫을 원래대로 했어요. 그리고 그다음 일은 지금도 꿈에 나올 정도예요. 제가 망연하게 기억하는 부분에 의하면 그 방에 나타난 것은 검은 피부의 미치광이 같은 얼굴을 한 여자로, 프랑스어로 '내가 지키고 있는 것도 모르고 여자를 들이다니 이제 발각되었으니 용서하지 않을 거예요'라고 외치는 분노 섞인 말이 아직도 제 귀에 생생하게 남아있습니다. 그로부터 두 사람은 야만적인 싸움을 시작했어요. 제 눈에 남은 것은 유라토가 의자를 휘두르고 있던 것과 여자가 단검을 꺼내 들고 있던 것이었어요. 저는 그대로 뒤도 돌아보지 않고 유라토의 집에서 도망쳤습니다. 그리고 다음 날 아침 신문에서 그때의 경과를 알게 되었습니다. 그날 밤 저는 속으로 상당히 기뻐했습니다. 저는 그 편지를 되찾았기 때문에 더이상 남편에게 의심을 받지 않아도 된다고 생각했기 때문입니다. 그런데 여자라는 자가 얼마나 생각이 깊지 않은 지요. 저는 남편이 가지고 온 외교 서류를 다른 사람에게 전달한다면 그 결과가 어떻게 될지는 꿈에도 몰랐으니까요."

(1909년 9월 10일)

제22회

부인은 그때의 걱정이 되살아난 듯이 한숨을 쉬었다.

"그다음 날 아침이 되어 저는 한 가지 걱정을 다른 걱정으로 교환했다는 것을 알게 되었습니다. 외교문서가 분실돼서 저의 남편은 상당히 괴로워했습니다. 저는 그 분노와 슬픔이 점점 제 가슴 속으로 파고들어 오는 것 같았어요. 남편 앞에서 무릎을 꿇고 제가 한 짓을 자백하지 않고는 참을 수가 없었습니다. 그렇게 하면 지나간 제 행실도 참회하지 않으면 안 될 거지요. 그래서 그날 아침 남편이 나갔을 때 당신을 찾아가서 저의 죄가 얼마나 큰 것인지를 물어본 겁니다. 그러고 나서의 일은 말씀대로 유라토에게 준 편지를 되돌릴 방법에 열중했습니다. 그 편지는 무서운 여자가 들어오기 전에 카펫 아래 감추어두었습니다. 유라토가 죽은 후에도 역시 그대로 있을 거로 생각했습니다. 만약 그 여자가 오지 않았다면 저는 그 숨긴 장소를 알 수가 없었겠지요. 그렇지만 어떻게 그 방에 들어갈 수가 있겠습니까? 저는 이틀간 유라토

집 앞을 배회하면서 기회를 노렸어요. 어제저녁 무렵 결국 시행했습니다. 그다음 일은 당신이 말한 그대로예요. 저는 그 편지를 되찾고 돌아왔습니다. 하지만 편지를 어떻게 할지 처치 곤란해서 태워버릴까 하고 있었습니다. 왜냐면 남편에게 돌려주면 제가 한 일을 자백하지 않으면 안 되니까요. 그렇게 하면 역시 저의 이전 죄를 참회하지 않으면 안 되게 될 겁니다…………. 어머 남편이 돌아온 것 같아요. 이 발소리는……………." 부인의 말이 끝나기도 전에 모치즈키 백작은 서둘러 실내로 들어왔다.

"아사이와 씨는 이곳에 있었군요. 어떻습니까. 뭔가 단서를 찾았습니까?"

"다소의 희망이 보입니다."

모치즈키 백작의 안색은 기쁨으로 빛났다.

"그것 잘되었습니다. 지금 총리대신도 오찬을 함께 하기 위해서 집에 오셨습니다. 후작님께도 이 희망을 나누어 드려도 되겠죠? 후작님은 굳건한 사상을 지닌 분이지만 이 사건이 발생한 후 하룻밤도 제대로 잘 수가 없었다고 합니다. (집사를 부르고) 구라미치(倉道), 자네는 총리대신을 이방으로 모셔와 주게. (부인을 향해) 당신은 식당에서 기다리고 있어요. 바로 갈 테니까. 이 사건은 외교와 관련된 것이라 여기에 없는 것이 좋겠어요."

(1909년 9월 11일)

제23회

총리대신 스즈마 후작의 거동은 아주 침착했고 눈은 빛나고 있었고 마른 손으로 주먹을 쥐고 있는 것으로 봐서 후작도 모치즈키 백작과 걱정을 함께한 것을 알 수 있었다.

"어떤 보고를 하는 것이오. 아사이와 씨."

"아직 그 어떤 것도 없습니다. 저는 그 밀서가 어디에 있을지 장소를 모든 각도에서 찾아보았습니다만, 어디에도 없었습니다. 게다가 일어나야 할 위험이 조금도 일어나지 않는 것은 분명했습니다."

"그 정도로는 안심할 수 없소. 우리는 몇 시에 폭발할지 모르는 화산의 정상에 서 있을 수는 없소. 뭔가 확실한 것이 필요하오."

"저도 그 확실한 사실을 포착할 필요가 있습니다. 그래서 오늘 이곳을 방문한 겁니다. 저는 이 사건을 생각할수록 이러한 신념이 강해졌습니다. 그것은 서류가 처음부터 이곳에서 바깥으로 나가지 않았다는 겁니다."

"아사이와 씨…………."

"이 저택에서 외부로 나갔다고 한다면 지금쯤 반드시 세상에 발표되었을 겁니다."

"그렇지만 어째서 이 저택 안에 그 서류를 감춰두고 있을 필요가 있을까요?"

"저는 누구도 그 서류를 훔치지 않았다고 믿습니다."

"아무도 훔치지 않았다면 어째서 서류함에서 분실된 겁니까?"

"저는 서류함 안에서 분실했다고 하는 것을 믿지 않습니다."

"아사이와 씨. 농담도 때와 장소를 가려서 하십시오. 제가 분명히 분실했다고 말하지 않았습니까?"

(1909년 9월 14일)

제24회

"각하는 그 서류함을 화요일 아침 이후 다시 확인해보셨습니까?"

"아니요. 특별히 그럴 필요가 없으니까요."

"각하가 조사를 잘못하셨을지도 모릅니다."

"그런 일은 결코 없습니다."

"하지만 저는 아직 신용할 수 없습니다. 잘못 보는 일은 자주 있는 일이니까요. 그 서류함 안에는 다른 서류가 들어있지요? 그것과 섞여서 들어갔을 수도 있지 않습니까?"

"제일 위에 두었기 때문에 다른 서류와 섞였을 리가 없습니다."

"누군가 상자를 떨어트려서 자리가 바뀌었을지도 모르지 않습니까."

"그렇지 않아요. 저는 상자 안의 서류를 모두 조사했어요."

"모치즈키 백작. 이것은 언쟁보다 실제로 보면 금방 알 수 있지 않겠소. 상자를 이곳으로 가져오면 될 것 아니오."

모치즈키 백작은 초인종을 눌러 집사를 불렀다.

"침실에 있는 서류함을 들고 와주게."

라고 명령했다.

"저는 시간을 낭비한다고 생각합니다만 안심을 하도록 상자 안도 한번 조사를 해보죠."

집사가 가져온 서류함을 받아서 책상 위에 두고 시계 줄에 매달린 열쇠로 상자를 열면서 말했다.

"자, 보세요. 이것이 미즈노 후작의 편지, 하라다 군의 보고서와 러시아와 독일 곡물 세금에 관한 각서, 마드리드에서 온 편지와 하나이 후작의 편지………. 어, 이게 뭐지? 스즈마 후작님. 스즈마 후작님 ………."

스즈마 후작은 모치즈키 백작의 손에서 연푸른색 봉투를 낚아챘다.

"여기에 있었지 않소. 봉인도 그대로이고, 모치즈키 백작 축하하오."

"감사합니다. 대단히 감사합니다. 이것 때문에 얼마나 걱정을 했는지 모릅니다. 그런데 정말 너무나도 이상합니다. 저로서는 상상할 수 있는 일이 아닙니다. 아사이와 씨는 마법사 같습니다. 당신은 어떻게 여기에 서류가 있다는 것을 안 겁니까?"

"저는 달리 있을 곳이 없다고 믿었기 때문입니다."

"저는 제 눈을 믿을 수가 없네요."

이렇게 말하며 서둘러 문을 열었다.

"부인은 어디에 있지? 더는 걱정하지 말라고 말해주어야 하는데………"

라고 혼잣말을 하고 결국 부인을 불렀다. 이쪽에서는 총리대신 스즈마 후작이 예리한 눈빛으로 아사이와의 얼굴을 뚫어지게 바라보며 말했다.

"아사이와 씨. 이것은 우리가 모르는 이유가 있는 것 같소. 어째서 그 편지가 저 상자 안에 돌아와 있는 거요."

아사이와는 일어서서 미소를 지으며 말했다.

"저희에게도 외교상 비밀이 있습니다."

라고 말하고 모자를 집어 들고 문 바깥으로 나갔다. (끝)

(1909년 9월 15일)

[이현희 역]

송아지 조각상(小牛の像)

이즈미 교카(泉鏡花)

(1)

"아버지, 어머니, 저는 오늘부터 18세가 되었습니다."

문득 눈 위에 손을 짚었지만, 산 속에서 손자국이 나란히 눈 위에 찍히면—눈뿐만 아니라, 진흙에도 이런 자국이 찍히면—, 마귀가 그 손을 잡아 이끈다고 들어서, 소맷부리로 자국을 없애고, 벌떡 일어나서 저 멀리 새하얀 골짜기 저편 봉우리 쪽을 바라보았다.

하고, 부모를 여읜 사람은 나에게 말했다.

(2)

매년 설날이면 아버지는 조부의 묘에 참배하곤 하였다. 재작년에 돌아가신 이후, 내가 아버지를 대신하고 있다. 아버지도 어머니도 같은 곳에 묻혀 계신다. 묘지라고 생각되는 곳이 조금 높게 보인 것은 기분 탓인 것 같다. 산은 오로지 눈뿐이고, 주변에 살아있는 것은 아무 것도 없다. 기슭에서 이곳으로 오는 동안에 만난 것은 오직 깡마른 개 한 마리뿐이고, 깊은 산 위의 눈이 날이 갈수록 쌓이면서, 마치 홍수의 힘으로 거대한 돌이 강 하류로 떠내려 오듯이, 늑대가 한 마리씩 마을 주변으로 밀려들어오고 있다고 들어 무서웠기 때문에, 그 털 색깔도 보이지 않았지만, 멈춰 섰다가 옆을 지나서 길을 헤쳐가면서, 서쪽의 천신산(天神山) 숲으로 활모양을 그리며 크게 눈 위를 달려갔다.

뒤돌아보지도 않고 달려왔지만, 발자국은 그곳으로부터 두 줄기로 갈라져 있을 것이다. 한 줄기는 산기슭으로, 다른 한 줄기는 숲 있는 쪽으로, 뒤돌아보니 또 거기서 보고 여기까지 한 줄기 띄엄띄엄 짚신

으로 밟고 온 발자국이 끝없이 이어졌다. 주변에 크게 어지럽혀 있었
고, 조금 떨어진 곳에는 정확히 한 발씩 번갈아 지그재그로 날카롭게
푹 패여 있었다.

멀리 그저 한 줄기의 흰 실을 뽑아낸 것 같았다.

(3)

마음이 울적하구나. 묘지 쪽을 향해 두 분을 불러보았다. 그 묘소를
2정(町) 정도 떨어진 곳에, 봉우리의 사당이 하나 있다.

봉우리의 묘지기와 그 아들 며느리와 둘이서 틀어박혀 있었지만,
설날 성묘 때뿐만 아니라, 오본[1] 또는 기일 등에 산에 오를 때마다
그 곳에 모여 의례 쉬었다. 할아버지는 산사람이나 늑대, 원숭이, 토끼,
나무의 정령에 대한 괴이하고 이상한, 희귀한 이야기를 해주었다. 그
것이 또 매우 재미있었다. 떡을 구워주었다. 밤을 까 주었다. 묘하게
그리웠다. 차가운 버선을 벗겨주어서 재빠르게 화롯가로 생각하고 찾
아온 것은, 바로 눈앞에 5, 6간(間) 정도의 곳이었다. 산 안쪽의 절벽
길이 윗 봉우리부터 한 번의 산사태로 계곡 밑까지 내려서 쌓였다.
발끝을 걸칠 요철도 없고, 가지로 된 표식도 없기 때문에 한 발짝도
더 나아가지 못했다.

불쌍하게 집 안에 갇혀서 이 눈에 묻혀버린 두 사람. 화로가 있는
다음 방으로 언제나 나를 들여 주었다. 저 6조(疊) 방의 남쪽 작은 창을
열어보라. 눈 덮인 산에 네모난 검은 구멍이 나서 그것이 아름다웠다.
얼굴이 보일 텐데, 라고 생각한 순간, 문득 그 6조의 방에 좁은 마루
위에 있던 송아지 상의 장식품이 떠올랐다. 은색 장식은 언제나 뾰족

---

1) 8월 15일에 지내는 일본의 명절.

하고, 피리를 부는 귀여운 목동이 등에 탄 것이었다. 흑단의 훌륭한 받침대에 놓여져, 앞쪽의 다다미는 늘 새것처럼 푸릇한 것이 할아버지의 자랑이셨다.

"받침대는 흑단, 상은 은제품이란다. 선조로부터 물려받은 거지. 이 송아지 눈 좀 보렴. 상냥하기 그지없구나…."
라고 할아버지는 차분히 말했다. 그 조각상을 손에 들고, 가만히 그 눈을 쳐다보면서 어찌할 바를 모를 정도로 상냥하고 그윽하게 바라보았다.

송아지는 오늘도 그런 눈으로 흑단의 받침대도 그대로이고, 그 마루에 놓여 있겠지만, 뒷문을 하나 열면, 산에는 무섭게 간혹 내리는 눈이 세차게 불고 있을 것이다. 그 눈보라의 하얀 소용돌이가 겹쳐지고, 또 겹친 하늘이 돌고 돌아 소용돌이쳐서 점점 깊이 쌓인 쪽은 하얀 눈 덮인 산이 되리니. 고젠가다케(御前ヶ岳)여, 겐가미네(劍ヶ峯)여…

석탄 같은 검은 구름 속에서 술술 갈려나오듯이, 하얀 칼날이 섞여 드러나 보였다. 산은 가까우면 가까울수록 점차 옅은 구름이 흐릿해져서, 남쪽으로 가나카와 마을, 바다 쪽으로는 파란 하늘이었다.

(4)

1월 1일 평소 차림 그대로 하고[2]를 차고 있었다. 12, 13세 정도 아이가 두세 명 문간에 서있는 틈을 지나서 나오기 때문에, 큰길가의

---

2) 모감주나무 열매에 새털을 끼운 제기 비슷한 것.

상점은 아직 하나같이 문을 닫고 있었지만, 지금은 이미 양쪽 집 처마마다 진중하게 검은 상장(喪章)을 매단 국기가 흔들거리고 있었다. 슬쩍 저 멀리 보이는 인력거 소음과 사람들 소리, 대개 떠올릴 정도로—그러나 묘하게 사양하기 일쑤인—정월 초하루 분위기가 넓은 공기를 전하고, 혼자서 눈 속에 서있자 귀에 울려 퍼졌다. 바라보며 멈춰서있자 내 주위가 제법 춥고 거센 바람이 불 때마다 내릴 줄 모르는 눈이 하늘하늘 내려서는 소맷자락에 닿는다. 발가락은 얼음장 같았다. 나는 이제 집에 돌아간다.

정월은 어드메까지
텅 빈 산이 깔려있는 곳까지.

명절 선물은 무엇인고.
비자나무, 황률, 밀감, 탱자나무

요즈음 어떻게든 애절하게, 청아하고 가느다란, 투명한 여린 목소리로 부르는 것이 산 속에서 잘 들린다. 메아리가 울려 퍼지기 때문에.

눈이 잔뜩 쌓인 토인(土人)의 집이 앞문, 뒷문을 보이며 둥그렇게 옆으로 기다랗게 울타리를 치고 대여섯 집 모여 있었다.

아, 눈으로 뒤덮인 하얀 묘소에서 부를 것이다. 그 소리는 귀신이 잡아온 아이에게 부르게 하는 것처럼 들렸다. 또 산처녀가 여자 시종에게 부르게 하는 것 같기도 하고, 고승 슬하의 신참 승려가 부르는 것 같기도 하였다. 계모의 자식이 부르는 것 같기도 하여, 개구쟁이가 소리치는 것 같기도 하였지만, 고향의 아이들은 모두 음력 12월 중순 경부터 노래 부르기도 하여 나는 이것을 어릴 적 문밖에서 눈싸움을 하며 몸은 모두 얼음처럼 차가워져서 저녁 무렵에 집에 들어오면, "이거 봐, 장난이 너무 심하잖아" 하고 화로 위에서 엄마가 손을 쥐며 불러주었다.

(5)

"벌써 18세가 되었습니다."

하고 문득 하늘위로 바라보았다. 눈에 들어온 것은 눈 속에 꽂힌 꽃 한 다발이었다.

수선화, 매화꽃 가지 등 여러 가지가 섞여있었다. 이것은 밑에서 사온 것이다. 마침 산자락을 따라 흐르는 하천의 다리를 건너서, 언덕을 이어주러 오는 □□□[3], 돌로 된 지장 일곱 개 제각기 귀하다. 벼 한 다발을 들고 있던 지장이란 것이 있었다.

올해는 풍작이지만, 예전에 흉작이었을 때 도당(徒黨)을 만들어 이 산 봉우리에

(이하 1행 판독 불가)

일제히 목 놓아 울었다. 그래서 창고가 털리고 여러 빈민은 목숨을 이어갔지만, 중심이 된 사람 7명은 형벌에 처해졌다. 지장당(地藏堂) 옆에 꽃을 파는 가게가 있었다. 그 문을 나서면 마주하는 것이 바로 이것을 안아주는 것 같은 눈 덮인 산이었다.

가게주인인 할멈에게서 사왔다. 매년 그 무렵은 아직 어떤 시장도 가게가 열리지 않기 때문에, 아버지 때도 꽃은 거기서 사곤 했다. 다만 그 일곱 지장을 경계로 하여 대여섯 채 산속 집도 산기슭의 작은 집도 마을에 속하여 정월 초하루에는 초하루는…

---

3) 원문에는 '觀□町と云ふのを出□れる處に'로 되어 있음.

정월 초하루는 어드메까지
텅 빈 산이 깔려있는 곳까지

반복되는 실이 얽히고설켜서 봉우리에서 계곡으로, 온 산을 흔들듯
이 들리는 가운데, 붙잡을 듯 이어지면서 끊어지지도 않는다. 눈매가
상냥한 송아지 상이 있는 방, 눈보라치는 깊은 산 쪽을 돌아보고는
올려다보기를 반복하였다. 하늘은 산을 내려가면서 점차 개이고, 슬픈
듯이 가라앉은 국기의 상모도 분명히 절절해졌다.

(6)

산기슭에서 또 꽃집에서 쉬어갈 즈음,

"이제 올해부터 승려들과 함께 하는 정월 초하루가 되길 바라옵니다."
하고 할멈이 말했다. 그리하여 잠시 고타쓰 위에 따뜻하게 고양이 세
마리가 부스스 일어나서 여유롭게 기지개를 켰다. (마치 이 집의 송아지
상 같은 상냥한 눈매를 하고 있었다.) (끝)

(1913년 1월 1일)

[이승신 역]

초봄(はつ春)

도쿠타 슈세이(德田秋聲)

(1)

"이봐, 언니. 지금 술병 주문한 건 어떻게 된 거야?"

왼쪽 눈썹 위에 상처가 있는 사십 무렵의 도라코(虎公)가 눈에 쌍심지를 켜고 이렇게 말했다.

"정말 죄송합니다. 여기 있습니다."

하녀가 구석 화롯불을 정리하면서 웃음을 지으며 가볍게 머리를 숙였다. 방은 불에 그을려 께름칙한 이층이었다. 게다가 가스불이 켜져 있었고, 불과 6조 넓이에 보글보글 작은 전골을 끓이고 있는 그룹이 세 팀이 있었다.

"좀 전의 이야기인데, 농담은 빼고 진짜 가네(兼) 씨는 참 안됐지 않나."

도라고는 말을 이어갔다.

"안됐지만 내가 알 바가 아니지."

흥미 없다는 듯이 대답한 것은 한 성격 할 것 같은 서른이 채 안 돼 보이는 길쭉한 얼굴에 코가 오똑한 키가 큰 야스키치(安吉)라는 남자였다.

"그건 네가 알 바가 아니지. 그렇지만 누구나 좋아서 그런 병에 걸리는 사람은 없겠지."

"뭐야, 가네 씨의 병세가 많이 안 좋은 건가?"

"그렇지, 넌 아직 그것도 몰랐던 거야?"

"조금도 알지 못했어. 알 도리가 없지 않나. 난 어제 시골에서 막 돌아왔다고."

"그것 참 안 됐군. 모르니 말을 하네만, 늑막염이 세게 걸려서 신음

하고 있다는데.”

“그 가네 씨가…”

“그렇다네, 그래서 자네에게 상의할 게 있다고 했네만, 가네 씨의 병도 병이지만, 가장 곤란한 건 달리 돌봐줄 누구도 없다는 거지. 올해도 저물고 있고 있는데 말이네.”

“음, 그 녀석 참 안됐군.”

“자네 아무것도 안 먹고 있는 거야? 59세가 되는 저 할머니와 세 살이 되는 아이가 있다는 거 아닌가.”

“고맙네.”

“구부정 할머니와 세 살 아이면 도무지 해결이 어렵겠는걸.”

“음, 정말 그렇지. 헤아리기 어렵네.”

라고 야스키치는 얼굴을 숙이고 낮은 목소리로 말했다.

“그대로 방치 상태지. 환자도 살기 어렵고, 두 사람도 굶어죽는 걸 기다리는 거나 다름없는 거지.”

“그렇지, 죽지는 않는대도…”

“그래서 의사는 살지 못할 거라고 말하는 거지. 그건 아무래도 수명이니 어쩔 수 없다고 하지만, 실제로 비참한 것은 어머니와 아이지.”

“음, 참 곤란하군.”

“다른 것과는 틀리지. 자네도 전혀 모르는 사이는 아니고…더구나 당신이 모른다 해도 가네코는 내 형제와도 같지. 자네는 나와 사이좋은 친구이고 나에게만 그렇지는 않지. 가네코의 친구는 자네도 알고 있는 자네 친구로, 가네코와 유곽 나들이를 하는 일도 제법 있었을걸세. 모두가 형제이고, 싸움은 한때의 일인 걸세.”

“그러니 내가 좋아서 아무 얘기를 하지 않는 건 아니라네.”

라고 야스키치는 생각이 난 듯이 술잔을 들었다. 도라는 술병을 들어 술잔에 따르면서

"그렇지, 그러나 그건 마음속으론 아무것도 생각하지 않아도 마누라를 뺏고, 빼앗긴 사이니 세상의 기대대로, 친구인 체면, 그렇게 쉽게 될 리도 없으니까 말이네. 아, 보고도 못 본 척 한다는 거지."

"그렇지."

"그렇지만, 고집도 때와 장소에 따라서 부려야지, 마누라 건은 마누라 건이고, 이제 슬슬 가네코와 사이를 회복하지 그래?"

"음, 사이를 회복하라는 건가?"

라고 야스키치는 불만스레 말했지만,

"그거야 하면 못할 것도 없지. 하지만, 가네코 씨도 남자다. 내 쪽에서 설사 사과한다고 해도, 그래 하면서 기분 좋게 사귀어 주지 않을 거고, 왕래를 할 수 있는 것도 아닐 것 같은데."

"하지만 당신에게 사과하러 갈 마음이 있다면, 가네코도 불만은 없을 텐데."

"왠지 참 이상하군."

이로써 이야기가 끊겨서 두 사람은 식어버린 튀김에 젓가락을 대고 있었지만,

"그럼 가네의 마음부터 들어보자."

"기다려"

야스키치는 생각하며,

"물어보는 것도 이상하지 않아? 그건 집에 돌아가서 오하쓰와 상의해 볼 생각이지만, 살지 죽을지도 알 수 없는 것을 모르고 있었다니… 나도 마음이 좋지 않다네."

"그게 인정(仁情)이라는 걸세."

라고 도라는 고개를 끄덕였다.

"죽으면 죽었다고 기분이 안 좋고, 죽을 때까지도 교제하지 않았다고 해도 나 혼자만 배제되는 것도 배려 없는 이야기지."

"그렇지."

"그럼 오늘밤이라도 가보도록 하지. 경우에 따라서는 내가 아이를 맡아도 좋지만, 그 녀석은 안 되지."

"그렇게 해주면 더 말 할 나위 없지. 같이 가지 않겠어? 그리고 자네 혼자 가는 편이 도리어 형편이 좋을까 싶네."

"가기로 하면 혼자 가는 게 낫겠네."

"그럼 그렇게 하지."

"좋아, 알겠네."

"고마우이."

라고 도라는 술잔을 들었지만, 혀를 차면서 기세 좋게 손바닥을 쳤다.

(2)

기분 좋은 야스키치는 길가의 돌부리를 힘껏 밟으면서, 드르륵 9척 자기 집 격자문을 젖히고 긴 화로에 양반다리를 하였다.

"지금 오는 건가요? 퍽 늦었나보네."

라고 말을 건네는 것은 부엌에서 이쪽을 본 오하쓰였다. 오하쓰는 나이 스물넷, 오색 거무스름한 눈매가 갸름한 여자로, 두발을 이초가에시[1]로 묶어 하얀 비녀를 꽂고 있었다. 대개 다음날 아침 준비를 한참일 거라고, 앞치마에 손을 닦고 들어왔지만, 정면으로 돌아서 야스키치의 얼굴을 내려다보며

"어머, 색이 좋아 보여요. 그리고 좋은 냄새가 나네요. 또 튀김인가요?"

라고 웃는 얼굴로 앉았다고 생각하자 손에 든 담뱃대에 재빨리 담배를

---

1) 여자 속발의 하나로. 뒤로 묶은 머리채를 좌우로 갈라 반달 모양으로 둥글려서 은행 잎 모양으로 틀어 붙인 머리 모양.

넣어 맛있게 물고 있었다.

　"엄청나게 냄새를 잘 맡는 여자로군."

하고 야스키치는 지긋이 얼굴을 보고 허리에서 담배를 뽑아 왔다.

　"난 튀김 냄새와 장어 냄새가 정말 좋아요. 그런데 별로 많이 못 먹는 편이죠. 거짓이라면 한턱내 봐요."

라고 재빨리 두 세 모금 빨고는 세웠던 무릎을 펴고 앉았다.

　"실은 나도 대접받았다네."라고 농익은 감 냄새나는 숨을 담배 연기와 함께 뿜었다.

　"어머, 그런가요. 누구한테서."

　"실은 도중에 도라코를 만나서 오랜만이라 한잔 하자고 하더라고. 그리고 함께 들어간 거지. 나도 얼마 마실 수 없게 되었지만, 도라코도 술이 줄었군. 둘이서 세 병 정도 그 중 한 병은 반 정도 남기고 그걸로 시뻘게지고 말았네."

　"어머, 그랬어요? 나이 탓도 아닐 텐데. 그렇지만 그 정도가 적당하죠. 가네 씨 같아도 곤란하지만요. 방법이 없는 거죠."

　"그건 또 술버릇이 나쁜 거지."

　"정말이네요. 다른 걸로는 실력 발휘가 안되니까요."

　"그렇지만 말야…"

야스키치는 마음을 고쳐먹고

　"평소 같으면 가네코의 험담이라도 하겠지만, 오늘은 하지 않겠네."

　"뭐라고요?"라고 오하쓰는 가만히 바라보더니

　"험담을 한다면 무엇을 할 건데요?"

　"원래 가네코도 좋은 놈은 아니지. 하지만 가네코도 안됐어. 나도 잘한 거 없구."

라고 담뱃대를 입에 물고 천정을 바라보았다.

　"어머, 이상한 말을 하네요."

라고 오하쓰는 재빨리 담뱃대를 밑에 두고 상대의 얼굴을 바라보았다.

"어머 당신 사주를 받고 나오지 않았나요? 그렇잖아요, 기필코 뭔가 얘기를 듣고 온 거죠?"라고 힘을 주었다.

"뭐라고 하는 거야? 그런 얘기할 때가 아니야. 가네코는 대단한 병에 걸린 거라고."

"가네코 씨가요? 그런가요… 그게 어때서요?"
라고 싸늘하게 말했다.

"그래서 안됐지 않나?"

"그거야 안됐죠. 그렇지만 우리 탓도 아니고…"
라고 옆을 보면서 머리에서 귀 밑에 걸친 뒷머리를 쓸어 올렸다.

"그게 자네, 그냥 병이 아니고, 의사도 포기했다고 하네. 그래서 정말 안됐다는 거지."

"어, 그거야 안된 일이죠. 아이도 있구요."
라고 오하쓰는 가라앉은 목소리로 말했다.

"그래, 그래서 불쌍하다고 하는 거야. 그게 지금 현재 자네 아이이고 보면 나라도 가만히 보고 있을 수가 없었던 걸세."

"그렇지만 어쩔 수 없지 않나요?"

"어쩔 수 없다고 하면 그것뿐이지만, 오하쓰, 어떻게든 해주지 않겠나?"

"뭐예요? 어떻게 하라는 거예요?"

"그러니까 자네 어쩔 셈인가?"

"전 아무것도 하지 않아요."

"그럼 인정이 없는 거 아닌가?"

"아니 그쪽이 엄청 저를 괴롭혔는걸요. 아이가 있다고 해도 어쩔 수 없어요."

"가네코는 이제 병으로 죽는다고. 그래서 그대로 둘 수가 없다네. 죽는 사람이야 자기 수명이라 어쩔 수 없다 해도 어머니와 아이가 안됐지. 그래서 도라 씨가 말하기를 이런 경우 평소의 원한은 잊어버리고, 돌봐주면 어떨까 하는 거지. 요즘도 소중한 세 번 끼니도 여의치 않다는군. 다른 일과는 차원이 다르니, 나도 알고서는 그럼 나라도 가네코 씨에게 가보자고 말을 하고 헤어졌지만, 나도 취해 있었기 때문에 형편이 좋지 않아서 가기 어려웠다네."

"그런 가요? 그럼 병문안이라도 가주면 되잖아요."

"그건 그런데, 당장 그 아이의 일이다. 아이 이름이 뭐였지?"

라고 야스키치는 차로 목을 축이면서 정신이 맑아졌다.

"이름은 야치라고 해요."

"그 야치를 데려와서 돌보는 건 어떻겠냐는 거지."

"야치를요? 글쎄요…"

라고 오하쓰는 야스키치의 기색을 살피면서, 판단을 내리기 어려워하고 있었다.

"그렇게 되면, 가네코도 얼마 안 남은 목숨이라도 안심하고 죽을 수 있겠지. 어머니는 언젠가 세상을 뜨시겠지. 그럼 당장 아이를 보살펴 줄 사람이 없지 않은가. 어머니로는 감당할 수 없을 테니 내가 이렇게 말하는 거라네."

"그리고 언제까지나 그렇게 둘 셈인데요?"

"당연하지. 언제까지라니 내 아이로 만들어 키워볼 셈이지."

오하쓰는 잠시 얼굴을 바라보고 있더니, 조금 있다가

"당신, 정말 이렇게 말씀하시기예요."

"내 말은 거짓이 아니네."

"실은 저도 내 배 아파서 낳은 아이들이잖아요. 가네 씨가 아프다고 듣고서 엄청 마음이 쓰였어요. 가네 씨는 밉지만, 이런 경우라면…"

"그렇군. 얘기를 잘 알아들었다면 나는 가기 어렵지만, 당신 혼자서 가서 얘기해보지 않겠나? 가네코도 기뻐할 걸세."

"그렇죠. 그럼 가볼까요? 왠지 사과하러 가는 것 같아서 좀 상황이 좋지 않네요."

"사과하러 간대도 상관없지 않나?"

"그렇지만⋯그럼 가볼까 싶네요."

"그럼 가보게나. 쇠뿔도 단김에 빼랬다고, 바로 가는 건 어떤가. 잘 얘기해서 지금까지 일은 없던 걸로 해보게."

"알겠어요. 갔다 올게요."

라고 오하쓰는 밖으로 나갔다. 그 모습에는 기쁨이 흘러 넘쳤다. 다가온 12월 밤의 구름 낀 하늘. 차가운 바람이 불어 나뭇가지를 흔들어 소리를 냈다. 그 사이를 바쁜 듯한 사람들의 드문드문 외롭게 걸어가고 있었다.

"올해 설날은 아이와 세 명이서 보내겠군⋯"

하고 낮게 읊조리며 오하쓰의 눈에는 눈물이 가득 고였다.

(1913년 1월 1일)

[이승신 역]

독신자(ひとり者)

류스이시(流水子)

1회

　오랜 동안 방랑생활을 하다 겨우 정신을 차린 고야(浩也)는 신문 기자가 되었다. 그때는 스산한 가을바람도 깊어져서 조선의 가을은 이미 살얼음이 얼 무렵이었다. 한강은 흰 연무에 뒤덮여 있고, 오르락내리락하는 돛단배에 묻은 물방울이 얼어붙기 일쑤였다. 남산의 소나무도 스산한 가을바람에 빛깔이 차차 바뀌었고, 삼각산도 울퉁불퉁 삭막한 맨살을 드러냈다. 그렇지만 1년 가까운 방랑생활에 고야는 가지고 있던 옷가지를 잃어버렸다. 추운 가을이 될 무렵에는 갈아입을 옷 한 벌 마련하는 것은 아무것도 아닐 것이라고 생각했지만, 그 예상도 공상으로 끝났고 그가 신문기자가 되었을 때는 겨우 몸에 걸칠 낡은 양복 한 벌밖에 없었다. 그것도 사람들이 불쌍히 여겨 그냥 준 것으로 겨우 추위를 막을 정도라고 하고 싶지만, 어떨 때는 영하를 밑도는 경성의 만추에 맨살에 양복바지를 하나 달랑 입어서는 도저히 추위를 막기에 충분하다고 할 수는 없다. 와이셔츠 깃이 거의 쥐색 가까이 되다시피 변했어도 갈아입고 세탁을 할 여벌옷도 없었다. 게다가 머리에는 올여름 처음으로 50전을 내고 산 여름용 모자, 발에는 걸을 때마다 늑대입처럼 크게 벌어진 다 헤진 구두, 터덜터덜하는 발자국소리는 누가 들어도 구두 소리 같지 않았다. 특히 오른쪽 구두는 심하게 헤져서 젊은 아가씨를 만났을 때는 서둘러 왼쪽으로 피해야만 할 필요가 있다는 것은 고야의 솔직한 고백 중 하나였다.

　"길을 걸을 때마다 발을 충분히 높이 든다고 들지만 구두는 조금도 올라가지 않고 계속해서 땅바닥에 끌리고 있었지요. 그래서 발을 한 번 들면 구두와 발이 두 번씩 땅을 딛게 돼서 남들의 두 배는 더 힘들었습니다."

고야는 늘 그렇게 투덜거렸다.

어느 날엔가는 이런 일이 있었다. 무슨 볼일이 있어서 서대문 밖에 있는 조선인 부락을 돌아다니다가, 화복(和服) 위에 코트를 입은, 마흔 정도 되 보이는 아주 유복한 차림을 한 내지 부인을 만났다.

"혹시 당신은 조선인입니까?"

느닷없이 여자가 그런 식으로 말을 걸자 고야는 가슴이 철렁했다. 옷차림이 지저분하니 만큼 불쌍하기도 하다. 누구 못 지 않은 야마토 (大和) 정신을 지닌 자신이 조선인으로 오해를 받는가 생각하니 자신도 모르게 한숨이 나왔다.

"아니요."

평소 같았으면 한두 마디 대꾸를 할 정도의 언변은 있었으나 그 여자 때문에 영 주눅이 들어서 겨우 그렇게만 대답을 하고 쓸쓸한 미소를 지으며 지나쳤다. 하지만 생각해 보니 너무나 화가 나서 견딜 수가 없었다. 어떻게든 오늘 당한 이 수모에 대해 설욕을 하지 않으면 안 되겠다고 생각했다. 그 사이에 두 사람은 동으로 서로 갈리어 1정(町)[1] 이나 멀리 떨어지게 되었다. 그때 향토모자를 쓴 조선인 한 명이 하얀 두루마기를 나부끼며 이 세상이 모두 제 것이라는 양 활개를 치며 다가왔다. 이것을 본 고야는 순간 생각이 나서 외쳤다.

"아주머니, 조선인은 바로 여기에 있죠. 이게 조선인이라고요."

고야는 가던 길을 서두르며 가슴을 쓸어내렸다.

(1916년 3월 12일)

---

1) 1정(町)은 109m.

2회

회사에 출근을 하자 그는 편집실에서 거의 매일이다시피 화제에 올랐다.

"이봐, 하기나가(萩永) 군, 회사에서 가불이라도 받아서 헌옷이라도 사는 게 어떻겠나? 8엔 정도 주면 제법 괜찮은 것을 살 수 있을 텐데."

하기나가란 고야의 성이다. 그는 이런 말을 들을 때마다 얼굴이 붉어졌다. 아니 그 보다는 전신에 찬물을 뒤집어 쓴 것처럼 오싹한 기분이 든다.

"양복도 양복이지만 우선 이 신발부터."

그는 발밑을 보며 쓸쓸한 미소를 지었다. 그의 박봉으로는 그 달에 거금 8엔이나 주고 양복을 산다는 것은 생각도 못 할 일이라, 그는 단지 신발에만 마음을 졸이고 있었다.

그러고 얼마 안 있어 마침내 약간의 가불을 받아, 그 중 몇 푼을 쪼개 무엇보다 먼저 신발을 어떻게든 할 기회를 얻었다. 그래서 수선을 하려고 마음을 먹고 경성 내에 있는 구둣가게를 다 찾아다니며 보여 주었다. 그러나 그 구두를 수선할 수 있는 기술이 있는 직인은 한 명도 없었다. 그는 어쩔 수 없이 어느 중고가게에 들어가서 겨우 입이 벌어지지 않은 정도의 헌 구두를 구했다. 그리고 이제는 아가씨들의 왼쪽으로 피하는 번거로움에서 벗어났다. 동시에 햇빛의 조롱을 피해야 한다며 모자에 혁명을 일으켜 마침내 중절모를 비싸지 않은 가격으로 구입했다. 이에 형태상으로는 어느 정도 옷차림이 갖추어져서 그는 자신감을 드러내게 되었다.

하지만 그는 한 달도 넘는 동안, 어떤 사람이 베푼 온정으로 그야말로 이름 그대로 식객생활을 하고 있었다. 옷차림도 그렇지만, 이미 직업이 있는 사람으로서 현재 상태로 그대로 있는다면, 남의 동정심에 안주하고 있다고 비웃음을 사지 말라는 법도 없다. 적어도 남자 혼자

살며 꿈에 묻혀 살 수는 없었다. 이렇게 해서 그의 생활에는 또 커다란 혁명이 일어났다.

고야가 하쓰네초(初音町)의 온돌방으로 이사를 한 것은 발에서 쩍 벌리고 있던 늑대의 입을 막고 낡은 모자를 지게꾼에게 준 그 다음날이었다. 말로는 입맛이 까다로워 하숙 생활은 도저히 견딜 수가 없어서 자취생활을 하기로 했다지만, 실은 주머니 사정을 감안하여 오기를 부린 것이다. 그날 그는 날이 저물자 그때까지 신세를 지고 있던 세키모토(關本) 부인으로부터 취사도구와 이부자리를 빌려 지게꾼을 시켜 전날 밤에 찾아 둔 집으로 이사를 했다. 그런데 사람을 보는 눈이 아주 예리한 식민지 집주인은 어제는 고야에게 집을 빌려주기로 약속을 했지만, 그 차림새와 지금 도착한 초라한 짐을 보고는 고개를 갸우뚱했다.

"저, 참으로 딱하게 되었습니다만, 오늘 고향 친구한테서 전화가 와서 근시일내에 조선으로 건너올 것이라며 저희 집을 빌려달라고 하네요. 다른 사람이면 몰라도 예전에 크게 신세를 진 사람이라서 거절을 할 수도 없고…… 에고, 대단히 딱한 일입니다만…."

딱하다는 말로 시작해서 딱하다는 말로 끝난 그 말은 '너 같은 가난뱅이한테 행여나 집을 빌려줄 것 같아?'라는 의미를 포함하고 있었다. 고야로서는 스물세 살이 된 이날까지 이삿짐까지 날랐다가 문전박대를 당한 것은 이번이 처음이다. 이때 그는 화가 나기도 하고 분하기도 했다. 그 부실함을 나무래 보기도 했다.

"그게 어제 계약금이라도 받았으면 어떻게 생각을 해 보겠지만 말입니다…."

집주인은 슬슬 속마음으로 드러냈다. 인간이란 이렇게도 타산적인 것인가 하고 생각하니, 고야는 자신의 마음이 깨끗한데 비해 속악한 인간을 저주하지 않을 수 없었다. 하지만 이제 와서 되돌아가게 되면 재수가 없다고 핑계를 대며, 다시 집을 찾을 동안 이삼일간만이라도 있게 해 달라고 억지로 교섭을 거듭해서 그날 밤은 그 집에서 잤다. 1원짜리 한 장이라도 건네 두니 인간이라는 것은 참으로 신기한 법. 구실이 되었던 그 전보는 어느새 취소가 되었다.

"뭐니 뭐니 해도 본인은 아직 내지에 있으니까요. 좀 더 빨리 이야기했으면 좋았을 것이라고 이야기하면 납득을 할 것입니다. 언제까지가 될지 모르겠지만 계시는 동안은 그대로 계세요. 근처에 아이들이 있어서 시끄럽기는 할 겁니다."

이에 고야의 새살림이 시작되었다.

(1916년 3월 13일)

3회

질그릇 냄비, 곤로, 밥그릇, 접시가 각각 한 벌에 이불 한 채와 램프 하나가 전부였다. 활기를 띠게 하려고 회사에서 원고지를 가지고 와서 아주 대단한 문사인 양 방 안 가득히 종이를 흩트려 놓고 그 안에서 우두커니 책상다리를 하고 있다. 읽을 만한 서책도 한 권 없다. 살짝 부는 바람도 제대로 막을 수 없는 추운 침실, 손님에게 권할 방석 한 장 없는 살풍경하기 짝이 없는 객실, 자기 혼자는 먹을 수 있지만 식사 때 손님이 와도 밥을 퍼서 담아줄 밥그릇 하나 없는 초라한 식당, 그 모든 것을 이 다다미 네 장 반짜리 방으로 겸용하기로 했다.

이렇게 해서 드디어 정착을 하자, 우선 당면 과제로 쌀가게와 숯가게하고 교섭을 해서 쌀 한 되와 숯 한 가마니를 갖다 달라고 했다. 그리고 오늘부터 드디어 자취의 냄비를 끓여야지 하고 회사에서 집으로 돌아와 보니, 집 안주인이 전했다.

"오늘 쌀집에서 찾아 왔는데, 그게 모르는 분한테는 현금이 아니면 안 된다고 하네요.⋯⋯"

　안주인은 이렇게 말끝을 흐렸다. 하루의 피로와 공복, 추위와 싸우다 지옥에서 벗어난 사람처럼 내 집으로 서둘러 돌아왔는데, 공복을 채울 식량 한 톨 없고 방을 데울 숯 한 조각 없다. 처음에 새 살림의 자유를 외친 그도 이제는 깊은 실망의 심연에 빠졌다. 하지만 사람은 음식을 먹지 않으면 안 된다. 그는 그날 밤 외출을 해서 어느 배달가게의 포렴을 헤치고 안으로 들어갔다.

　이삼 일 동안은 가지고 있는 돈으로 그럭저럭 지냈지만, 애당초 그의 처지는 그 방법을 오래 지속하는 것을 허락하지 않았다. 얼마 안 있어 세키모토 부인의 알선으로 약초정(若草町)의 어느 쌀집에서 자취 도구를 날라왔다. 방이 식당, 침실, 서재, 객실 겸용인 것처럼 고야는 그때부터 자신을 삼겸(三兼)이라고 자임했다.

　아침에 일어나서 우선 불을 지핀다. 쌀을 인다. 밥을 앉힌다. 다 되면 먹는다. 출근을 했다가 돌아오면 화로에 남아 있던 불씨를 불어서 방 안에 재가 날리는 것도 모른다. 남이 보면 어쩌면 방종한 생활을 한다고 할지도 모른다. 느긋하다고 해석될 것이다. 하지만 고야 자신에게는 그것이 자유라고 생각되었다. 아니 그렇게 생각하거나 해석하지 않고서는 그의 생활은 하루도 견디지 못할 것이다.

　밥이 다 되면 알루미늄 숟가락으로 질냄비의 밥을 바로 떠먹는다. 그것을 서양바람이 들은 것이라 탓하지 말라. 실은 밥그릇을 더럽히면 설거지를 하는 것이 귀찮기 때문이다. 쌀을 일 때도 손을 물에 적시지 않고 국자를 사용하여 휘휘 젓는다. 그 외에도 온갖 궁리를 해서 게으름을 피운다.

　고야는 무엇보다 찬밥이 싫었다. 가난은 참고 견뎌도 찬밥 앞에서는 밥을 한 술도 먹지 못하는 호사스런 버릇이 있었다. 그렇기 때문에 밥을 자주 지었으며, 한 번에 먹기에는 너무 많아 남아도 그는 그것을 남기는 것을 일종의 죄악을 저지르는 것으로 생각했다. 그래서 위가 찢어질 지경으로 억지로 구겨 넣었다. 그런가 하면 밤 열두 시가 다 되어도 공복을 느끼면 일어나서 밥을 짓는다. 그는 그 정도 수고는 마다하지 않는다.

(1916년 3월 14일)

4회

누가 밤을 만상이 잠드는 때라 했던가? 누가 자는 동안을 아무 생각이 없는 몸이라 했던가? 새어 들어오는 찬바람에 잠이 깨어 꿈에서 깨어났을 때, 그는 먼 옛날의 추억을 되새기지 않을 수가 없었다. 아아, 그때는 연애도 했었고 사랑의 감정도 솟았다. 이팔청춘의 목소리가 있었고 스물 둘이던 작년까지 남부러워 할 만한 사랑도 하던 몸이었다. 그런데 하루아침에 운명의 장난으로 내 세상 같던 사랑도 정도 연애도 끝나버리고 말았다. 봄바람은 꽃을 피우고 가을비는 꽃을 흩날리게 한다. 세상 풍운의 위험이 없다면, 사람에게 반항심이 없다면, 나의 인생은 영원히 안락했을 것을.

고야의 바람은 늘 그런 것이었다. 그는 그야말로 완전히 실연의 자식이다. 큐피드나 비너스에게 사기를 당해 결국 한 인생이 묻혀 버린 남자이다. 이후 여자를 보면 악마를 보는 것 같은 태도로 대했지만, 세월이 흐름에 따라 하루하루 무디어져 갔다. 겐코(兼好) 법사[2]의 말에 크게 공감을 하고 그때까지 심각한 상처를 입은 찰나의 결심도 둔해져서, 자취생활에 들어간 이후부터는 현실의 고독에 절실한 슬픔을 느끼게 되었다. 동시에 그는 어찌할 수 없는 통한에 사로잡혔다. 하지만 그

---

2) 요시다 겐코(吉田兼好, 1283~1353)를 말함. 가마쿠라 시대(鎌倉時代) 말기에서 남북조 시대(南北朝時代)에 걸쳐 활동한 관리, 은둔자, 가인, 수필가. 일본 3대 수필인 『쓰레즈레구사(徒然草)』의 작자.

는 함부로 사랑을 하는 경솔한 사람은 아니었다. 마음속에 열화와 같이 타오르는 청춘의 정은 지극히 치열해도 겉으로는 그것을 전혀 드러내지 않았다. 그리고 현재의 고독에 안주하는 것처럼 오기를 부리고 있다.

고야가 질그릇냄비를 끓이기 시작한지 열흘 정도 지난 어느 날 저녁, 스물 두셋 정도 되는 여자가 혼자서 그 집 이층으로 이사를 왔다. 그리고 하루 종일 변소에도 가지 않고 이층 방 한 구석에 틀어박혀 있다가 밤이 깊어지면 남자가 찾아온다. 그리고 그 남자는 한 시 무렵에 돌아간다. 고야가 그 여자를 사야마(佐山)라고 알고 본정(本町) 근처 어느 잡화점의 주인에게 고용되어 있다는 이야기를 들었을 무렵에는, 남자가 이층으로 찾아와서 사야마와 이야기하는 말 한 마디 한 마디에 귀를 쫑긋할 정도로 주의를 기울였다.

주의를 기울인다는 것은 무슨 의미일까? 여기에서 설명할 수는 없지만, 그 무렵부터 고야에게 사랑이 있었던 옛날을 그리워하는 마음이 솟구친 것은 사실이다. 새의 날갯짓 소리에 꿈에서 깨고 쥐가 찍찍거리는 소리에도 귀를 기울일 정도로 신경이 과민해져서, 그는 그만 머리 위에서 속삭이는 환락의 소리에 단장의 고통을 느끼지 않을 수 없었다. 그것을 질투라고 하면 어폐가 있을 것이다. 과거에 사랑을 했던 청년이라 다른 사람의 사랑을 부러워하지 않고 참을 수 있었지만, 고야는 혼자서 가슴이 뛰었다.

"하기나가 씨도 예쁜 사람 하나 데리고 오는 게 어떠세요?"

이렇게 집 안주인이 젊은 남자의 마음속을 간파한 듯이 말할 때마다 숨기려 해도 표정에 그대로 드러나 흠칫한다.

"예, 데리고 올게요."

어디에서 누구를 데리고 온다는 것인지 고야에게는 딱히 정한 사람은 없지만 말만이라도 그렇게 해 보고 싶었다.

(1916년 3월 15일)

5회

그날은 그해 겨울 첫추위가 찾아온 날이다. 서풍은 쌩쌩 불고 눈보라까지 쳤다. 그날 저녁 얇은 옷으로 견디며 혼마치 거리를 돌아다닌 고야는 밤이 되자 갑자기 발열을 했다. 다음날부터는 회사도 가지 못하고 40도의 열에 신음하는 처지가 되었다. 그때 우연히 젊은 여자가 둘이 찾아왔다. 한 명은 이미 유부녀였고, 또 한 명은 독신이었다. 두 사람 모두 전에 고야와 같은 잡지사에 있던 여자로, 고야가 경성에서 알고 지내는 여자들이었다. 우연히도 2,3일 전에 여자를 데리고 온다고 한 농담이 실현되어서 병상의 머리맡에는 젊은 여자가 둘이나 앉아 있었다. 원래 사랑하는 마음도 일지 않고 정도 일지 않았지만 매력이 없는 독신남에게 농염한 여자가 그것도 둘이나 찾아온 일은 고야로서는 영광스러운 일이었다.

그리고 병이 난 것을 알고는 두 여자는 매일 와서는 약을 먹였다. 그것이 그만 집주인 여자의 신경에 거슬리게 되었다. 요즘 그 집 친척 처녀가 고야에게 접근하려는 기색을 보인 것을 알고 보면 그간의 사정을 대략 짐작할 수 있을 것이다.

어제까지는 다른 사람을 부러워하던 처지에서 오늘은 다른 사람들의 부러움을 사는 처지가 되었다. 독신자의 자유의 가치와 행복은 여기에 있다.

불이 나도 타죽을 염려도 없고 도둑이 들어도 가져갈 것도 없고 빌려주거나 빌려올 옷도 없고 돈도 없고 생각할 것도 없고 후회도 없으며 바랄 것도 없고 질투도 없고 원망도 없다고 하지만, 없는 것은 불이 나거나 도둑이 들 염려뿐으로, 가난한 독신자에게 세모는 역시 상당한 골칫거리다.

계절풍은 고야를 빗겨가지 않았다. 떡을 치는 소리가 귀에 거슬린다. 연말연시 선물 상자가 눈에 띈다. 설빔이 신경에 거슬린다. 설날

명절은 독신자에게는 너무나도 귀찮다. 무슨 일이든 고야는 박봉이 원망스럽기가 짝이 없었지만 그렇다고 해서 두세 달치 봉급을 한 번에 가불을 할 수도 없다. 설빔이 없다고 해서 연시의 예를 건너뛸 수도 없다.

세달 전에 산 구두는 다시 늑대처럼 입을 벌렸다. 8엔을 내고 산 헌 양복은 아직 괜찮다. 설날에 도움이 되는 것은 발끝에서 머리끝까지 찾아 봐도 단 한 가지도 없다. '신문기자는 사람들하고 어울리기도 해야 하고 옷차림도 신경 써야 하니 돈이 없는 사람이 할 일이 아니다'라고 새삼 불평을 해 봐도 소용이 없다. 봉급이 적은 것을 원망해 봐도 소용이 없다. 고야가 그런 생각을 하고 있는 동안에도 시간의 물결은 가차 없이 밀려와서 소용돌이를 쳤다.

"새해 복 많이 받으세요."

고야는 이 말에 눈을 떴다. 부담 없는 독신자에게 설날은 언제 오는 것인가 하는 듯한 표정으로 일어났을 때 시간 벌써 열시 전. 사람들은 모두 첫 글쓰기, 첫 식사, 첫 뭐뭐하고 모두 '첫'이라는 글자를 붙이고 있는데,

"첫늦잠을 잤다."

고야는 혼자 웃으며 밖으로 나와 수많은 사람들이 이미 다 쐬인 첫 햇빛을 올려다보며 "나는 여기서 첫해를 보는군."라고 중얼거리며 득의만만.

설날 축하와 첫 밥 짓기가 끝나고 첫 밥상 위에서는 이것도 인생이라고 하는 듯이 떡국의 떡이 미끄러졌다. (끝)

(1916년 3월 16일)

[김효순 역]

병청년(病靑年)

사다 소쿠호(佐田剛步)

1회

어느 따뜻한 봄날 오후였다. 내가 산책 겸 장충단 숲속을 떠돌고 있을 때 우연히 허약해 보이는 청년 하나를 만났다.

나이는 스물 일고여덟으로 보였는데, 확실히 그보다는 젊었을 것이다. 그의 음울하고 어두운 표정은 내 눈을 속이고 있었다. 그리고 얼굴 전체에서 목에 걸쳐 때에 절은 거무스름한 피부는 틀림없이 그의 피로한 마음—뭔가에 권태를 느낀 것에 대한 염증을 느끼기 있음을 이야기해 주고 있었다. 다만 이는 내가 그와 가끔씩 말을 주고받으며 숲속을 천천히 걸을 때 관찰한 것이다. 그것은 초대면인 사람들에게 흔히 있는, 흘깃흘깃 훔쳐본데서 받은 임프레션에 불과하다.

그와 마찬가지로 때때로 그 청년의 눈빛도 내 얼굴을 살피는 일이 있었다.

"당신은 이 산에 무엇을 하러 오셨습니까?"

청년은 갑자기 저력이 있는 이상한 어조로 내게 이렇게 물었다.

"제가 이 산에 온 까닭 말입니까?"

"그렇습니다."

그는 확실히 대답을 하고, 그에 대한 대답을 한시라도 빨리 듣고자 기다리는 듯 했다.

"그저 산책을 하러—"

나는 간단히 대답했다.

"그저 산책을 하러, 그런 산책이란 말씀이시죠?"

"그렇습니다. 그런 산책이라 해도 별 뜻은 없습니다."

"그럼 역시 시, 간, 때, 우, 기, 의, 시간 낭비를 위한, 산책에 지나지 않는 것이군요."

그는 비웃듯이 말했다.

"그럴지도 모르겠습니다."

나는 대답했다.

그리고 그와 나는 잠시 말없이 있었고, 그 사이에 숲속으로 걸어갔다. 작은 시냇물이 흐르고 마른 풀이 우거진 길을 걸어서 ―마침내 두 사람은 커다란 바위 옆에 다다랐다. 그때 그 청년은 다시 내게 말을 걸었다.

"저 바위 밑으로 갈까요?"

"그럽시다."

나는 간단히 대답했다.

바위 밑에―새싹이 트기 시작한 마른풀이 우거진 위에― 봄기운을 담은 햇볕이 기분 좋게 내리쬐고 있었다. 두 사람이 앉아서 잠시 주위를 둘러보니 어딘가에서 지저귀는 새소리가 아련히 들려왔다.

"어떠세요? ―담배 한 대?"

그는 품에서 꺼낸 파이레트를 내 앞에 내밀었다.

"감사합니다. 담배라면 저도 있어서요."

이렇게 말하고 나도 담배를 꺼내 피우기 시작했다.

"댁은 이곳에 종종 오십니까?"

그는 매우 상기되어 친근한 태도로 다시 이렇게 물었다.

(1916년 3월 18일)

2회

"예, 가끔."

"이곳은 정말이지 좋은 곳이죠. 조용하고 또 마음이 편안해져서요.

—하지만 너무 쓸쓸하다는 생각도 듭니다."

"그런 느낌도 좀 있죠. 하지만 진정한 산책이라면 이런 곳이 아니면 안 되죠."

"그건 그럴지도 모르겠습니다."

청년은 무슨 말인지 하고 싶은 말이 있다는 표정으로 나를 돌아보았지만, 머뭇거리다가는 그만 아무 말도 하지 않았다. 그러고 얼마 안 있어,

"실례일지도 몰라서, 여쭤 보면 안 될 것 같기는 합니다만, —만약 신경에 거슬린다면 용서해 주십시오. 댁이 이 산에 오시게 된 것은— 아마 무슨 목적이 있어서가 아닌가요?"

"아니 뭐, 딱히—"

나는 애써 아무렇지 않은 듯 되물었다.

"그러면 당신이 이렇게 산책을 하시는 데에는 뭔가 목적이 있나요?"

이렇게 반대로 상대에게 그 질문을 던져 버렸다.

"저는 산책이 아닙니다."

그는 좀 화가 난 듯, 시답지 않다는 어조로 내뱉고는 피다 만 담배를 풀숲에 던져버린 채 푹 엎드려 얼굴을 두 팔에 묻어 버렸다. 나는 말없이 주위를 둘러보았다. 자연이 아름답게 빚어낸 이 산속에서 딱 두 남자가 각자 고민을 안고 쓸쓸한 시간을 보내고 있는 것이 몹시도 이상하게 느껴졌다. 더욱이 우연히 만난 그와 내가 같은 곳에 앉아서 헤어지지 않고 있는 것이 말이다.

잠시 후 청년은 갑자기 고개를 들고 넓고 푸른 하늘을 올려다보며 조용히 나를 돌아보았다.

"당신은 내가 산책을 왜 한다고 생각하십니까?"

그는 작고 느릿한 목소리로 내게 산책에 대해 세 번째 질문을 던졌다.

"그것은 저도 모르겠습니다."

"그렇겠죠. 그럴 거예요. 어차피 서로 모르죠. 그리고 둘 다 무엇인가에 늘 위협을 받으며 전율을 하고 있는 것입니다. 그럴 겁니다."

그는 잠시 말을 끊었다.

"그렇죠? 당신, 내가 왜 이렇게 산책을 하는지 그 까닭을 들어 주시지 않겠습니까? 싫지 않으시다면요."

뭔가 고민이 있어서 마음이 아픈 것 같은 그 청년의 표정은 결국 내 마음을 앗아가 버렸다.

"제가 들어도 괜찮은 이야기라면 기꺼이 들어 드리죠."

"들어 주시겠습니까? 정말로 기꺼이…. 그런데 저는 정말이지 마음이 비뚤어져서 배배 꼬여 있습니다. 그러니 그런 줄 아시고 들어 주세요. 지금까지 제가 제 친구들에게 저의 이 비밀 —내지는 내가 생각하고 있는 것을 이야기하면 도중에 농담으로 여기거나 내가 하는 말을 무시하며, 한 사람도 진지하게 들어준 사람이 없습니다. 그리고 그들은 모두 듣지도 않고 오해를 해 버리곤 합니다. 그런 것도 제게는 하나의 고통입니다. 어쨌든 제가 하는 말은 시대가 낳은 미치광이가 하는 말이라고 생각하고 들어 주세요. 그리고 소위 제 산책은 현대의 청년이 치열한 생존경쟁 속에서 악전고투하는 이면에 나타난 과격한 노역에서 생기는 피로와 권태를 치유하기 위해, 그리고 또 너무나 예민해진 신경을 진정시키기 위해 조금이나마 생활의 고통과 외계의 압박으로부터 잠시 벗어나고자 하는 비겁한 수단에 불과한 것이라고 생각해 주세요. 그 반면에서 복잡한 비극이 생깁니다. 그것을 차례대로 말씀드릴 테니 부디 들어 주세요. 저는 당신이 제 이야기를 들어 주시는 것이 행복합니다."

(1916년 3월 19일)

3회

"무슨 이야기부터 해야 할까요?"

그 청년은 이렇게 말하고 다시 한 번 세운 무릎 사이에 얼굴을 묻어 버렸다.

"그래, 그렇지."

내 쪽으로 얼굴을 돌린 그는 자기 앞에 던져 놓은 담배를 집어 들고 불을 붙였다.

그리고 한 모금 쭉 들이키더니 물었다.

"당신은 아내라는 것이 무엇이라 생각합니까? 말하자면 결혼을 말입니다."

"아니, 저는 아직 미혼이라서 그런 것은 잘 모릅니다."

"그렇습니까? 그러면 말씀드리지요. 결혼에 따른 폐해를 —적어도 결혼은 해서는 안 된다는 것을—우선 결혼해서 아내를 자신의 호적에 입적을 하고 그 신고서에 날인을 하는 것은 만원의 차용증서에 날인을 하는 것과 같다고 생각해 주세요."

"세상의 젊은이들은 그것을 모르고 모두 결혼을 하고 있습니다. 또한 결혼을 무엇인가 아름다운 것, 즐거운 것이라고 생각하고 있습니다. 그리고 결혼의 추악함에 대해서는 전혀 모르고 있습니다. 저는 그 말을 하고 싶은 것입니다. 또한 내 자신이 그 추악한 장면이나 비참한 상태를 만들어 왔습니다."

"제가 딱 스물한 살이었을 때, 아버지가 돌아가신 후 친척들의 권유에 의해 생면부지의 여자와 결혼을 하게 되었습니다. (물론 둘이서 먹고 살 만큼의 생활비는 있었습니다.) 그때의 저는 과연 결혼이 좋은 것인지 나쁜 것인지 그런 것에 대해서는 아무 생각이 없었습니다. 단지 한때의 호기심—그래요. 그것은 호기심입니다. 그 호기심 때문에 저는 큰 실패를 초래했습니다."

　"우선 거기에 사랑이 따르지 않은 것도 이유 중의 하나였을지도 모릅니다. 하지만 실패가 또 하나 있습니다. 그것은 앞에서 이야기한 대로 만원의 신용증서에 날인을 한 것입니다. 그리고 여자가 단지 육욕만으로 사는 감정의 동물이었던 것입니다. 그것은 그렇다고 쳐도 결혼에 따르는 어떤 것입니다. 거기에는 반드시 아이가 생기게 마련입니다. 2년 후나 3년 후에는 말이죠. 그리고 그 아이들은 소위 만원의 차용증서에 대한 이자가 되는 것이죠. 그래서 저는 여러 가지 노력을 해야 했습니다. 쓸데없이 무익한 노력을 말입니다. 그리고 그 차용증서에 대한 이자가 제대로 정리가 되지 않을 경우에는 대차관계상, 쌍방이 번거로운 일이 일어나듯이, 한 집안에 여러 가지 번잡스런 문제가 생깁니다. 즉 그것이 불화인 것이죠. 그게 또 한심하게도 머리를 아프게 합니다. 정말이지 전율이 일고 또 어떨 때는 구역질이 날 만큼 괴로워집니다. 그럴 때 조용히 우리를 기다리는 것이 무엇일까요? 그것은 빈궁입니다."

　"제 결혼생활은 그런 상태로 생활을 위한 생활로, 아무런 의미도 근거도 없는 것이었습니다. 정말이지 그랬습니다. 그런 사정으로 아내를 갖게 되고 자식이 생겼다는 것은 제 생활을 개량하는데 아무런 소용도 없고 단지 더 한층 독이 되는 것 같았습니다. 정말이지 제가 미혼 시절에 생각하고 있던 결혼과는 정반대의 것이었습니다. 아내를 갖고 진정한 규율이 있고 질서가 있는 가정생활을 한다는 것은 도저히 있을 수 없는 일입니다. 정말이지 결혼을 한다는 것은 지옥에 떨어지는 것과 같은 일입니다. 그리고 모든 것이 기쁨이 아니라 고통이었습니다."

(1916년 3월 20일)

4회

"그래서 저는 격앙의 눈을 뜨고 생활의 고통 때문에 호읍(號泣)하며 결혼을 저주하게 된 것입니다. 그 원인이 더 한층 힘을 얻어 남녀관계의 추잡한 진상을 보고 독기를 품은, 경의를 품기 힘든 장벽을 비웃게 되었습니다. 그리고 저는 거만한 아내와 이혼을 했습니다."

"그러나 그것은 잔혹하지 않습니까? 아이가 있는 아내와 이혼을 한다는 것은— 서로가 서로에게 말입니다."

나는 격분한 그의 말을 제지했다.

"아니 절대로 불쌍하지도 않고 잔혹하지도 않습니다. 그때 아내와의 이혼은 그녀에게 적어도 행복한 것이었습니다."

"저는 결국 결혼을 파탄을 내고 가정도 파괴해 버렸습니다. 아아! 정말이지 그때 일을 생각하면 전율, 또 전율."

그렇게 외치더니 그는 잠시 말을 끊고 담배를 세게 빨아댔다.

"그러면, —당신이 말씀하시는 바에 의하면 결국 인간이 소멸할 시대가 온다는 것이군요?"

"인간의 소멸?"

그는 원래의 자세로 돌아갔다.

"그렇죠. 인간이라는 것이 없어질 때 말입니다."

"그래요, 그래요. —있을지도 모릅니다. 지금 제가 한 말처럼 만약 생활을 위해서 생활하는 것이 싫다면, —싫어해야만 합니다. 싫어하지 않으면 생활에는 아무런 근거가 없는 것입니다. 그러니까 생활에 어떤 목적을 발견하고 그 목적에 도달하고자 하고, 도달을 했을 때에 생활이 종국을 고해도 괜찮다고 하는 것은 분명하죠. 넓은 의미에서 말하자면 인간이 소멸할 때가 결국 올지도 모릅니다. 하지만, 그런 걱정은 할 필요가 없습니다. 왜냐하면 이 세상에는 바보들이 꽤 많습니다. 살아간다는 한 가지 의미조차 모르는 얼간이들이 —정말이지 아 무사히 있을 겁니다. 그리고 처대(妻帶)를 한 인간이 인류의 번식을 꾀하기 위해서 내지는 선조에 대한 운운 하는 생각으로 결혼을 하는 경우는 한 명도 없습니다. 다만 그들은 육욕에 미친 것입니다. 정말이지 지식계급의 상하를 막론하고 말입니다. ―그리고 아이들이 생기거나 생활이 궁핍해지거나 자신의 힘에 부쳐 우는 사람이 많이 있습니다. 하늘의 별을 육안으로 셀 수 없듯이 우리들의 머리로 판단할 수 없는 사람이 무수히 많습니다. 그리고 생각을 하면 현대는 인류의 대타락의 시대라고 할 수 있을 것입니다."

나는 그저 고개를 끄덕일 뿐, 그의 마지막 말에 대해 동의를 표했다.

"―당신 자신은 지금 자식에 대해 어떤 조치를 취했습니까?"

잠시 후에 내가 묻자, 그는 그 순간 깜짝 놀란 듯이 어깨를 움추렸지만, 이윽고 쓴웃음을 지으며 대답했다.

"아이들 말입니까? 아이들은 내지에 있습니다. 하지만 어디에 있는지는 모릅니다. 아마 고아원에 신세를 지고 있겠지요. 아마 그럴 겁니다. 아내는 혼자서 친정으로 돌아갔으니까요."

(1916년 3월 21일)

5회

"정말이지 이 결혼 때문에 저도 아내도 어머니도 그리고 아무것도 모르는 그저 벌거벗은 채로 태어난 아이도 모두 고통 속으로 빨려 들어갔습니다. 아아, 얼마나 끔찍한 일인지. 한 순간의 환락 때문에 이 엄청난 희생을 지불해야 하다니 ―아아―저는 결혼을 저주합니다. 그것은 정말이지 끔찍합니다."

"예? 제가 조선에 온 동기 말입니까? 그것은 별 특별한 이유는 없습니다. 단지 자유를 얻기 위해, 그리고 어느 정도 돈을 저축하려고 한 것입니다. 하지만 그것은 잘못된 것이었습니다."

"그런데 저는 이 조선에 와서 아직 한 가지, 이는 끔찍한 일입니다. 끔찍하다는 말로는 좀 부족합니다. 그것은 정말이지 한심한 사실을 발견하게 되었습니다. 처음 제가 조선 땅을 밟고 자리를 잡기 위해 이 경성에서 관청에 취직자리를 구하려고 했을 때였습니다. 그때 다행히도 제 친구 중에 한 명이 우선 자리를 알아봐 주었습니다. 하지만 거기까지 일이 되게 하기 위해서는 뇌물을 사용했습니다. 비용이 들었습니다. 세상에. 취직자리 하나 얻기 위해 저는 십만 원이 넘는 돈을 사용했습니다. 너무나 이상해서 참지 못하고 어찌된 일인지 물어보니 친구는, '그렇게 하지 않으면 도저히 안 돼.'라고 하는 것이었습니다. 그리고 뒷돈이 없으면 아무리 좋은 이력을 가지고 있어도 그것은 아무런 도움이 되지 않는다는 것이었습니다. 저는 그때 인간의 비열하고 도덕적 관념이 없는 썩은 마음을 적나라하게 보게 되어서 울음을 터트릴 지경으로 낯이 뜨거웠습니다. 그리고 어쩔 수 없는 일이므로 그대로 모처에 근무하게 되었습니다. 그리고 그곳을 3개월 정도 있다가 그만두고, 그 후에는 이곳저곳 떠돌았습니다만, 어느 곳이나 윗사람에게 반드시 복종을 해야 한다는 —또한 그곳에서는 인간의 약한 마음을 발견하고는 결국 그곳에 근무하는 것을 단념해 버리고 말았습니다."

"인간의 인격이란 것이 얼마나 빈약한 것인지요. 정말이지 아무런 인격도 없고 개성도 없는 이 조선에 사는 내지인만큼 불쌍한 것은 없습니다. 그래서 저는 단호히 부패할 대로 부패한, 생기가 없는, 무슨 목적으로 사는지 그것조차 알 수 없는 곳에서 근무하는 생활을 아무렇지도 않게 파괴해 버린 것입니다."

"그들은 개성이라는 것이 무엇인지 모릅니다. 그리고 자아를 학대하는데 아무런 고통도 느끼지 않는 우둔한 동물에 불과했습니다. 아아! 생각만 해도 불쾌한 일입니다."

"그리고 저는 오늘날까지 하루에 두 번밖에 식사를 하지 않는 가난한 생활을 계속하고 있습니다. 하지만 그들에 비하면 확실히 행복하고 자유로운, 따뜻한 마음으로 진실한 삶을 살고 있다고 생각합니다."

지금까지 이야기를 계속해 오던 청년은 어떤 일정한 도착점에 도달하기라도 했다는 듯이, 잠시 숨을 고르고 평온한 태도로 내 얼굴을 응시하고 있었다. 그 눈 속은 충혈되어 있었고 이마에는 지친 듯이 탁하고 거무스름한 땀이 배어나오고 있었다.

(1916년 3월 23일)

6회

이윽고 그 청년은 무엇인가에 대해 덧없이 체념이라도 한 듯 조용히 눈을 감아 버렸다. 그리고 몇 분 후에 깜짝 놀란 듯 눈을 뜨고는 다시 말을 이었다.

"그래서 여기에서 어려운 문제가 하나 생겼습니다."

나는 원래대로 —진지한 태도로, 적어도 청년이 만족스럽게 생각할 정도로— 이야기를 계속해서 들었다.

"그것은 저의 지금까지의 신념—내가 생각한 대로 지금까지 해 온 모든 것이 내게 희열의 미소를 주었음과 동시에 앞으로 내가 나아갈 곳을 무엇인가에게 빼앗겨 버린 것입니다. 그리고 저는 결국 아무래도 현대의 인간과 어울려 서로 돕고 타협할 수가 없게 되었습니다. 그래서 드리는 말씀입니다만, 이런 제가 사회의 사람들과 타협할 수 없게 된 것은 함께 허위나 위선을 저지를 수 없게 되었다는 것으로 귀착되는 것입니다. 그렇습니다. 허위입니다. 위선입니다. 세상은 모두 그렇습니다. 그리고 그들 위선자 무리는 마침내 진실을 물리치기에 이르렀습니다. —위대한 힘으로—그들은 진실을 두려워했습니다. 그리고 진실의 강력한 무엇인가를 이끌어내면 두려워하며 싸워 버리는 것입니다. 그리고 비웃는 것입니다. 그리고 학대를 하는 것입니다. 아아! 저는 결국 예기한 일을 겪었습니다."

"당신은 이렇게 음침한 사실에 대해 어떻게 생각하십니까? 넓디넓은, 정말이지 무한하다고 할 수 있는 우주 속에서 이 5척밖에 되지 않는 남자가 편히 누울 수 있는 장소조차 없다는 사실을—그리고 현대 사회가 얼마나 모순된 법칙에 따라 만들어지고 있는지를—아아! 끔찍해. 끔찍한 사실이야. 이 사실 만큼은 아무리 많은 사람들이 입을 맞춰 비난을 해도 변하지 않는 사실입니다."

"성실하고 진질된 자일수록 학대를 받고 압박을 받다가 결국 괴로워하며 죽다니, 정말이지 현대는 인류의 대타락을 가져온 시대가 아니고 뭐겠습니까?"

청년은 열심히 단호한 태도로 한 마디 한 마디, 내 폐부를 찌르는 듯한 어조로 이상과 같이 이야기했다. 그리고 기도했다.

"오, 주 예수여. 만약 당신이 무슨 일이든 하지 못하는 일이 없는 신의 힘을 가지고 있다면, 나의 이 어두운 사회에 한 줄기 광명을 주십시오. 그리고 구원받지 못한 이 남자를 구해 주소서."

주의의 적막을 깨트린 그 청년의 외침은 고통스럽게 떨렸고—자연은 다시 원래대로 적막해지고— 새가 지저귀는 소리는 벌써 해질녘이라는 사실을 고하는 것 같았다.

그리고 내가 주위를 위엄 있게 둘러보자 청년은 지친 몸을 천천히 일으키며 인사를 했다.

"죄송합니다. 실례했습니다. 이제 저는 할 말이 하나도 없는 것 같습니다. 정말이지 머리가 혼란스러워서 힘이 드니, 한 발 먼저 실례하겠습니다."

나에게 가볍게 인사를 하고는, 그 앞으로 흐르고 있는 작은 시냇물을 건너뛰었다. 바로 그때였다.

"오, 올 오어 낫씽이다."

이 말을 어미에 힘을 주어 내뱉듯이 던지고 무거운 발걸음으로 숲속
으로 사라졌다.

정말이지 나는 말을 한마디도 끼어들지 않고 그 이상한 청년의 이야
기를 들었다. 그리고 이야기를 다 들은 나는 한마디 말도 던지지 못했다.

아아! 저 지친 청년은 어떻게 구원을 받을까?

나는 그것을 끝으로 그 청년과 다시 만날 기회를 갖지 못했다.

(끝)

(1916년 3월 24일)

[김효순 역]

반도와 문학(半嶋と文學)

마에다 □□(前田□□)

반도에 문학이 성행한 것은 세계 문명사를 연구하는 사람들이 공통적으로 인정하는 바이다. 왜 반도문학은 이렇게 성행한 것일까? 주로 지리나 역사와 관련이 있다고 해야 할 것이다. 대양과 대륙 사이에 개재하여 교통이 편리하고 기후변화가 격심하다는 것은 지리적인 특성이고, 세계의 큰 사건에 의해 늘 그 영향을 받는 것은 역사적인 특성이다. 이러한 원인이 인심(人心)에 지대하게 영향을 미치므로 문학 발흥의 힘이 있다는 것이다. 지금 세계 반도문학의 흔적을 더듬어 살펴보면,

◆ 인도는 바라문(婆羅門) 및 불교의 근원지로, 그 종교에 수반하는 문학 역시 지극히 장려하다.

◆ 아라비아는 회교도의 근거지로서, 특히 국민성이 유연하고 일반적으로 교양이 발달하여 아라비안나이트와 같은 것은 천 년이 지난 오늘날까지 세계 각국에서 사랑을 받고 있다.

◆ 페르시아 역시 인도와 아라비아 사이에 위치하며, 어떤 시대에는 문학이 크게 발흥하여 열국에서 패권을 장악한 적이 있다.

◆ 희랍은 말할 것도 없이 구주, 아니 세계 현대문학의 보고이다. 특히 그 조각(彫刻)과 희극 작가 아리스토파네스의 작품 같은 것은 몰리에르와 어깨를 나란히 하며 많은 문학가에게 자극을 주었다.

◆ 로마는 문학으로 치자면 희랍에 좀 못 미치지만, 일찍이 예링[1]은,

---

1) 예링(Rudolf von Jhering, 1818~1892). 독일의 법학자. 1845년 바젤(Basel) 대학 교수, 이어 로스토크·킬·기센의 각 대학 교수를 역임한 후 괴팅겐 대학 교수가 되었다. 로마법을 연구함에 있어서 단순한 역사적 연구에 그치지 않고 목적론적·법기술적(法

로마는 무력과 종교와 법률로 세계를 세 번 통일했다고 했다. 그 병력은 몰라도 종교와 법률로 세계를 통일하게 한 것은, 현대에도 여전히 신의 말씀으로 존중을 받는 라틴어 및 그 문학이 영향이 매우 컸기 때문임은 말할 것도 없다. 그 유명한 시저의 전쟁기록, 모세의 연설 등은 오늘날 사람들이 감탄해 마지않는 것이다.

◆ 스페인은 오늘날 몹시 쇠퇴했지만 예전에는 독일, 프랑스를 제압하여 패권을 장악하였다. 세르반테스의 돈키호테 이야기는 호머의 일리아드, 오디세이아와 함께 세계문학 상 3대 기적으로 칭송받고 있다.

◆ 스칸디나비아반도의 문학은 현재 가장 새로운 사상을 드러내는 것으로 소위 북구 문학은 입센과 비요른센[2] 등이 장악하고 있다.

이렇게 보면 세계의 반도는 어디나 독립적이고 초월적인 문학을 갖지 않는 곳이 없다고 할 수 있다. 그러나 조선은 유명한 반도국인데, 조선 고유의 문학이라는 것은 어디에서 이를 구할 수 있을까? 개국 이래 우리들이 조선 문학이라고 하는 것은 모방을 한 졸렬한 한시한문이다. 어쩌다 운문이 발명된 이래로 영세한 각본 패사 같은 것들이 있기는 있지만, 일본이 천 년 전에 가나(仮名)라는 문자를 발명하여 국어로 기록한 『고킨와카슈(古今和歌集)』, 『겐지모노가타리(源氏物語)』와 같은 훌륭한 문학을 산출한데 비하면, 애초에 어려운 이야기이다. 개국 이래 나라 안팎으로 전란이 잇따르고 태평한 시대가 드물었기 때문에 문학 창작을 할 틈이 없었다. 공리주의를 처세의 기본으로 삼은 탓도 있겠지만, 아래 세 가지가 아마 그 가장 주된 원인일 것이다.

(1) 사대사상을 품고 있다는 것이다. 예를 들면 한 때 창궐이 극에 달

技術的)·문화적 견지에서 새로운 역사법학파의 입장을 취하였고 이익이라는 것을 법률 생활의 기초적 창조력의 힘으로 하였다.

2) 비요른센(Bjørnstjerne Martinius Bjørnson, 1832~1910). 노르웨이의 작가. 1903년 노벨문학상 수상. 노르웨이 국가 「우리 이 땅을 사랑」을 작곡.

했던 저 폭도들처럼 독립을 요청하며 불의에 항거하는 것을 기치로 삼으면서도 그 격문에 개국의 연호를 쓰지 않고 오히려 명청 말기의 연호를 썼다. 이는 지나의 일부 속국으로서 이 씨가 나라를 일으켰을 때부터 가지고 있던 사대사상을 오늘날 여전히 고수하고 있기 때문에 다름 아니다.

(2) 모방과 시대는 어느 면에서는 일치하지만 꼭 동일한 것은 아니다. 조선인이 일반적으로 어학에 능한 것도 모방성이 일단을 드러내는 것으로, 문학에서 자기 고유의 언어를 습득하여 외국어를 사용하는 것도 별 불편함을 느끼지 않기 때문에 불행히도 자기 고유의 문학을 만들지 못했다.

(3) 소위 문학의 발단을 스스로 기자(箕子) 자손으로써 찾고 있다. 기자가 중국에서 인정(仁政)을 베풀었다고 하는 막연한 전설을 믿고, 주척(周尺)을 사용하고 두루마기를 입고 이렇게 성인의 자손이라 칭하는 것은, 지나의 고전에 사로잡혀 결국은 독립적인 문학을 산출하지 못했기 때문일 것이다. 정부가 최근에 이르기까지 공문서에 한문을 사용한 것처럼, 고유의 문학의 맹아를 자르는데 영향을 미쳤다고 할 수 있다.

이와 같은 폐해는 앞으로 내지인의 지도에 의해 꼭 제거하지 못한다는 법도 없다. 한문을 사용하는 대신 일본문을 사용하는 것도 설령 동일한 국어는 아니지만, 어원이 같고 문법이 같기 때문에 일본의 국어 및 문학이 조선 고유의 것과 동일해지는 것은 별로 어려운 일도 아니다. 문학의 폐해라고는 해도 그것을 제도화하여 문제점을 정치로 고칠 수 있다. 오늘날 진보한 정치는 어떤 폐해를 인식했을 경우에는 바로 이를 교정할 수 있다. 고래로 일본의 제도는 모방을 하는 가운데도, 예를 들면 태정대신 한 명을 봐도 율령격식과 같은 지나의 그것과 다르며, 구분이 간략, 명확하여 그것을 훨씬 능가하는 바가 있다. 이러한 선정을 따름으로써 조선 대대로 부진했던 문학제도를 개선하게 된다면 문학 자체도 예기치 않게 더욱더 빛나게 될 것이다. 사대사상과 같은 것은 점차 일본의 위치를 이해하기에 이르든가 혹은 자신이 이 새로운 천황의 국민의 일원임을 자각하기에 이르면 완전히 불식할 수 있을 것이다.

이상 세 가지 점이 확실히 개선되면, 그 사이에 문학이 출현할 것이다. 이는 삼림이 번성하면 맑은 물이 저절로 솟고 봄이 되면 기분 좋게 저절로 꽃이 피는 것과 같다.

바위 덩어리 같은 민둥산에 식림을 시도하는 사람들은 많다. 들판에 소를 놓아기르는 사람들 역시 아직 많다. 그리고 이 삭막한 반도에 문학의 꽃을 심고 이것을 희랍, 로마의 반도처럼 함께 후세에 전할 자는 누구인가?

(1911년 10월 1일)

[김효순 역]

조치원에서 신기하게 여겨진 일(鳥致院にて珍らしく思ひし事)

조치원에서 야마자키 겐이치로(山崎源一郞)

(1)

나는 이번에 4, 5년 만에 조치원에 왔는데, 그 변천이 현저한 데 대해 깜짝 놀란 점이 십 수 가지 있다. 즉,

(1) 화금건(和金巾)[1]과 양금건(洋金巾)의 지위가 완전히 뒤바뀌어 화금주의 세력이 왕성해진 것.

(2) 창고가 많이 생긴 것

(3) 게다가 그 중 하나는 인천재제품 전용창고인 것.

(4) 정미소가 두 곳이나 생긴 것.

(5) 조선인 쌀 상인 중 인천의 정기거래를 하는 자가 생긴 것.

(6) 각지로 가는 교통 기관으로 마차, 인력차가 생긴 것.

(7) 이들 인력거꾼 및 마차의 마부 등은 처음에는 일본 내지인이었지만, 점차 조선인 종업자가 증가하여 오늘날에는 거의 대부분이 조선인으로 이들에게 새로운 노동의 길을 준 것.

(8) 충남 연기군청이 조치원으로 이전한 것.

(9) 군청 이전은 괜찮지만, 어느 정도 이곳은 신시가지인데 연기군청은 충남 관할에 속하고 구시가는 충북 청주군에 속하기 때문에 모처럼 평화롭게 발전한 지역에 어느 정도 파란이 생기지 않을까 신경을 썼지만 그런 흔적은 보이지 않는다는 것.

그 외 경무기관으로서 임시 파견 기병대대 및 경무고문부 토벌대가

---

1) 금건은 일본음으로 가네킨. 면직물의 일종. 동인도지방에서 짠 것이 원형으로 일본에서는 포르투갈어 카니퀸(canniquin)이 어원인 금건이라는 이름으로 생산.

물러난 후에는 겨우 순사주재소가 남아 있을 뿐이다. 그러나 최근에는 헌병분견소(소장헌병조장 겸 총독부 경부 후지타 료야(藤田良彌) 씨)를 설치하여 전의군(全義郡)까지 관할 하에 둔 것, 그리고 훌륭한 자격이 있는 개업의 두 명과 산파가 생긴 것 등이다. 이 외에 인구 증가에 대해서는 지국 사카이(酒井) 씨의 통신에 의해 알 수 있으니 생략하기로 하겠다. 어쨌든 오늘날의 조치원은 4,5년 전과는 그 분위기가 완전히 달라졌다. 이하에 앞에 열거한 사항에 대해 약간의 감상을 더하겠다.

●화금건이 세력을 얻은 것.

내가 전에 종종 남부조선을 여행하며 늘 신경에 거슬린 것은 화금건의 세력이 미미하고 그에 비해 양금건은 거의 파죽지세로 조선인들의 시장을 황폐하게 했다는 것이다. 왜 일본의 상인들은 이렇게도 기개가 없을까? 그렇게 애써서 청일전쟁, 러일전쟁 두 전쟁에서 거액의 군비와 희생을 치루고 조선반도에 세력을 부식했음에도 불구하고 이렇게 한심한 상태가 된 것은 어찌된 일인가? 게다가 조선 상인들이 화금건 취급을 싫어하는 것은 그렇다 쳐도 당당한 일본인……일본에서 태어나 일본에 적을 두고 있는 상인들까지가 화금건 판매를 싫어하는 것은 왜인가? 나는 이 점에 대해 적지 않게 분개를 한 나머지 그 이유를 조사해 보았다. 조선인은 물론 내지 상인들까지 싫어하는 원인은 많다. 첫째 이입 원산지에서 물건을 떼 오는 것이 서툴다는 것. 둘째 서툴기 때문에 만사 융통성이 없어 수매인은 엄중하게 대금 징수를 당해야 한다는 것. 셋째 양금건보다 중량이 많아 운임에 다액의 비용이 필요한 것 등 일일이 거론할 수 없을 정도인데 반해, 양금건은 □□□ 또는 □□□ 상(商)의 손에 의해 취급되어 그런 면에서 전혀 빈틈이 없어 압도적이라는 말을 듣고 심히 유감스럽게 생각했다. 그런데 우연히 이번에 조치원에 와서 그 위세가 완전히 전도되어 있어 깜짝 놀랐

다. 이는 물론 지나 난동의 영향으로 남청(南淸) 각지를 경유하여 유입
되어야 하는 양금건이 두절된데 대해, 일본 내지에서는 지나행 면포
불황 때문에 가격도 따라서 하락하였고 양금건 제품이 얇고 비싼데
반해 화금건 제품이 질이 좋고 싸기 때문에 자연히 조선인의 기호를
자극했기 때문인 것 같다. 거기에는 은시세 영향도 있어서 조선의 화
금건은 천운의 진보를 이루게 되었다. 이와 같이 현재 시장은 양금건
의 영향이 전혀 보이지 않고 오로지 화금건만 득의만만하게 시장의
총아로서 귀한 대접을 받고 있다. 나는 이러한 현상에 대해 5,6년 전의
체증이 일시에 가신 것 같다. 하지만 그에 대해서도 지나동란 회복
후의 조선 면포업계는 과연 이상과 같은 쾌현상을 지속시킬 수 있을까
하는 의문이 든다. 나는 이에 대해 굳이 우견을 피력하지 않겠지만,
당 업자의 각오에 대해서는 들은 바가 있다. 아울러 조치원 시장의
화금건 일년 매출액수는 다음과 같다. (다만, 지금처럼 화금건이 순조롭게
판매될 경우를 상정하여 계상한 것이다.)

산지	표시	수량	가격
오사카(大阪)	三A	600포	82,200엔
도쿄(東京)	각인(刻印)	380	51,060엔
와카야마(和歌山)	하타□(旗□)	120	18,140엔

(1912년 3월 2일)

(2)
●창고와 곡물의 저장력
조치원에 창고가 많이 생긴 것도 놀라운 발전이다. 특히 인천재제상
전용 창고를 갖기에 이른 것은 놀라지 않을 수 없다. 현재 창고는 여섯
개 동으로 조만간 지방 금융조합의 창고를 더 설치한다고 한다. 그렇

게 되면 이 좁은 조치원에 일곱 동의 창고가 생기는 것이다. 그리고
조만간 두 동은 (이하 25줄 원문 훼손으로 내용 확인 불가능)

●조선인의 정기거래 열기
(이하 5줄 원문 훼손으로 내용 확인 불가능)

　조선인과 투자…이렇게 말하면 약간 위험한 느낌이 없지 않지만,
출자정기거래란 '선견의 이명(異名)'이라고 하듯이, 원래 그 안에 다소
오락적 의미가 포함된다고 해도 도박과는 완전히 그 성질을 달리 한
다. 즉 도박은 우연의 적중도를 다투는 것을 목적으로 하며 경제상의
고려와는 전혀 몰교섭하지만, 정기거래는 전혀 그렇지 않다. 이를 실
행하기 위해서는 빈틈없는 경제적 지식을 필요로 한다. 게다가 그 조
건에 의해 확고한 전망을 세워야 한다. 특히 그 효과는 생산을 조성함
으로써 경제상 필수불가결한 관계에 있다. 만약 그것이 상업을 목적으
로 하여 단순히 물건과 물건을 교환 또는 수수하여 그 사이에서 이익
을 얻는 것을 주안으로 하면, 정기거래는 그러한 교환 또는 수수를
필요로 하지 않고 훌륭하게 차액을 얻을 수 있는 장점이 있다. 즉 어떤
경우에는 이들 장소와 시간과 노력을 절약할 수 있지만, 다른 면에서
는 충분한 지력과 경험과 지식을 필요로 한다. 따라서 이 점에서 보면
정기는 매우 진보된 상업이라고 할 수 있다. 지방 조선인들이 일약
이 시장에 뛰어들려 하는 것은 꼭 기우할 현상만은 아니다. 하지만,
영국의 경제학자 매컬로크[2] 씨가 말하기를 '정기와 도박 사이를 구별
하는 것은 매우 어려운 일'이라고 했고, 일반적으로 사람들은 정기시
장을 공식적으로 허가하는 도박장으로 이해한다. 다른 사람이 위탁금

---

2) 매컬로크(John Ramsay McCulloch, 1789~1864). 영국의 경제학자. 주저는 『경제학
　원리(The Principles of Political Economy)』(1825).

을 소비하든가 아니면 자기 소지금을 과도하게 쓰는 경우 이것의 보충 책으로 정기거래를 시도하는 일이 있다. 물론 도박으로 이해함으로써 그 매매를 하는데 있어 아무런 고려도 없고 심한 경우에는 추증(追証)의 준비도 하지 않고 소위 모 아니면 도라는 식으로 승부를 거는 일이 있다. 하지만, 정기거래상의 원칙으로서 선견지명이 없는 사람에게 승산은 있을 리 없으며 실패를 하여 조락을 하고 결국은 영어의 몸이 되거나 자살을 하는 사람조차 있다. 이는 최근 인천정기시장에서 종종 보이는 안타까운 현상이다. 지방 조선인 쌀 상인 또는 농가로서 정기거래를 시도하는 자가 있는 것은 이러한 사정과는 좀 다른 점이 있다. 원래 그들은 상응하는 자본력을 가지고 마찬가지로 자가의 저장미를 팔려고 하는데 있어서도 현재의 가격과 정기 시세를 비교하여 선도(先渡) 쌀 가격이 높다고 판단하면 이것을 정기에 내고, 또 상당한 시세예측을 한 결과 정기 즉 선도의 시세가 좋지 않을 때에는 현재보다 오를 전망이 서고 나서 정기 시장에 매수주문을 내는 등, 모두 자가 생업의 필요상에서 시세 예측을 하고 매매를 하는 것이므로 절대 앞에서 언급한 것처럼 위험한 거래와 동일시해서는 안 된다.

하지만, 정기거래 상에 있어 필요한 조건으로서 다음 5개 자격을 갖는 자가 아니면 도저히 최후의 승리자가 될 수 없다. 5개 자격이란 무엇인가? 지식, 자본력, 경험, 승부욕, 선견지명이 있는 자이다. 과연 시장에서 거래를 시도하는 조선인 중 이상 5개 자격을 구비한 자가 있을까? 몹시 의심하지 않을 수 없다. 이는 일본인 거래자들에게서도 거의 기대할 수 없으므로 잠시 문제 삼지 않기로 한다. 다만 나는 그들이 종래의 단순한 거래법에서 일변하여 시세예측거래를 시도하는 등 시세예측 향상 경향에 대해 그 진경(進境)을 바라는 바이다.

(1912년 3월 5일)

(3)

●전화는 사치품이 아니다.

이상의 언급 외에 빠뜨린 것이 더 있다. 그것은 새로 전화가 가설된 것으로 사람에 따라서는 아직 너무 이르다는 경우도 있지만, 내가 본 바로는 절대 그렇지 않다. 원래 이 지역의 상업으로서는 청주, 공주를 큰 단골로 해야 한다. 그런데 그 거리는 청주까지 40리, 공주까지 60리 남짓 되므로, 두 지역과의 관계를 밀접하게 하기 위해서는 반드시 전화가 필요하다. 물론 공주에는 아직 전화개통이 되지 않았지만 조만간 가설될 것이다. 그렇게 되는 날에는 이 지역이 더욱더 번영할 것이다. 그렇지만 내가 이 지역 사람들이 주의했으면 하는 것은 작금에 전등을 설치한다고 해서 일부 인사들 사이에 운동을 하고 있는 것으로, 나는 유감스럽게도 이에 대해서는 그것은 너무 이른 이야기라는 쪽에 가담하지 않을 수 없다.

●천편일률적 신발전지

조선 내륙 어느 신개지(新開地)를 봐도 다소 내지인의 집합으로 일본 인촌 하나는 형성하고 있다. 우선 첫째로 생긴 것은 자치적 민간회합으로 이들 시설 사업으로서는,

(1) 아동교육기관, (2) 위생 설비, (3) 부근도로 개량 및 교량 가설, (4) 방공방화설비 등

시설도 이 정도 되면 지극히 양호하다. 하지만 그 욕구는 차츰 과대해져서 어떤 경우에는 공원을 만들고 구락부(俱樂部)를 만들고, 앞에 든 자치기관 같은 것은 점점 더 규모가 커져서 지금까지 유사기관에서 취급했던 사무도 따로 독립된 일가옥을 요구하고 종래 소학교 교사가 짬짬이 보았던 사무도 새로 전임 서기를 고용하는 등 점차 그 규모가 방대해짐에 따라 재주자의 부담은 더욱더 커지고 있다. 때문에 지금까

지 과금(課金)과 같은 것도 이것을 취급하러 가는데 오히려 상대방이 머리를 숙이고 차 한 잔이라도 대접한 후에 아무 문제없이 돈을 냈던 것을, 지금은 좀처럼 그렇게 되지 않고 두세 번 만에 주지 않는 것은 물론이고 어쩌다 만나면 불평불만을 있는 대로 늘어놓으며 집금 담당자를 곤란하게 하기에 이르렀다. 이렇게 되다보니 자연히 거주자 간에 반감을 일으키고, 무슨 무슨 파라든가 무슨 무슨 당이라든가 하여, 신발전지에는 이들 쓸데없는 알력이 상당히 많다고 들었다. 하지만 조치원에는 아직 이러한 분규가 없다니 참으로 무엇보다 다행이며, 나는 이 점에 있어 실로 조치원 인사들의 자중자애를 바라는 바이다.

●신문사가 생기게 되자 마침내 함께 쓰러짐
그건 그렇고, 시설, 사업이 팽창하는데 대한 폐해로서 그 다음에 생기는 것은 진정한 방면의 상업회□□, 더 나아가 사치시설로서 극장, 당구장 등이 잇따라 발흥한다는 것이다. 그렇게 되자 신문사는 신개지 하나라도 욕심을 내서 이것이 바로 발전하여 중첩이 되지만, 어쨌든 지방 신문이라는 것은 재정상의 어려움으로 한편으로는 당파 기관지가 되고 싶어 하는 법이다. 그렇게 되면 또 다른 한편의 당파는 다른 신문사를 만든다. 우후죽순처럼 두 개 세 개 신문사가 생기고 결국은 투자자도 신문자도 함께 쓰러지는 예가 많다. 원래 조치원의 인사는 □□□□ 현실이다. 사람이 많음으로써 이러한 헛소동을 일으키기에 이르지 않은 것도 다행. 아직 시가지 설비도 완전하지 않고 초가지붕도 많은데, 거기에 전등을 켜려는 것은 좀 발전열에 들떠 있는 것으로 여겨진다. 뿐만 아니라, 결국 전화가 개설되었다. 그렇지 않아도 시민들의 주머니 사정은 작년 무렵과는 상당히 다르고 특히 시가 기타 발전에 따라 각자 부담액은 매년 증가하는 경향을 보이기 때문에, 여기에서 더 나아가 전등을 설치하여 시민의 부담을 과중하게 하는 것은 조치원의 전도를 위해 옳지 않다.

물론 이 지역 현재의 재정능력으로서는 설령 전등 정도를 설치한다고 해도 그렇게까지 개인 경제에 영향을 줄 것이라고는 생각하지 않는다. 하지만, 나는 조치원으로서는 전등 이상의 급선무가 더 많다고 생각한다. 다음에서 더 이야기하겠다.

(1912년 3월 6일)

(4)

●시설해야 할 급무

나는 조치원 인사가 전등과 같은 비교적 급하지 않은 설비를 서두르기보다 우선 아래와 같은 8건의 사항에 대해 충분한 연구를 하기 바란다.

(1) 공주 또는 만주로 향하는 사람들에 대해 현재의 교통기관인 인력거 및 마차가 과연 여객의 만족을 살 수 있을까? 특히 인력차부와 같은 것은 그 운임은 그 지역을 잘 모르는 사람을 보면 뜨내기 교군꾼들처럼 폭리를 탐하지 않는가?

(2) 인력거로 공주로 가는 사람들은 한 명 당 10전이라고 한다. 거의 유례없는 도선(渡船) 요금을 탐한다. 물론 관리는 누구라도 무료로 하고 소위 서민들만 이런 부당한 부담을 강요받는 것은 아닌가?

(3) 청주, 부강(芙江) 사이에 경편궤도 설치가 있을 것이라 들었다. 그 경우 과연 그에 대비한 각오와 준비가 되어 있는가?

(4) 부근 유수의 시장, 청주군으로 가는 도로는 완성되었는가?

(5) 조치원 시가 중앙에 큰 호수가 생겨 신구가지 간 상호교통은 이 호수를 건너든가 아니면 크게 우회해야 하지 않는가?

(6) 몇몇 상인은 대찬성을 하겠지만, 이를 운용할 기관은 결여되어 있지 않은가?

(7) 방화 준비로서 지붕의 이엉을 개선해야 할 필요는 없는가?

(8) 출수 시의 방어를 미리 강구하여 시민에게 거주의 안심을 부여해야 할 필요는 없는가?

일일이 거론하자면 끝이 없겠지만 나는 우선 이상 8개 항목에 대해 조치원 인사들에게 철저한 반성을 촉구하는 바이다.

● 이는 간과할 수 없는 문제

즉 조치원으로서 최우선 급무는 지금 부근과의 교통기관을 설비할 필요가 있다는 것이다. 공주 사이의 궤도 및 금강(錦江) 가교 같은 것은 공주시민과 협력하여 하루라도 빨리 완성시키는 것이 득책이다. 만약 그것이 청주 부강 간의 궤도로 해서 개통을 하면 경부선과 청주 간의 화객(貨客)은 대부분 부강에 빼앗길 것이다. 특히 청주 혹은 청주에서 동쪽에 있는 충북 각도와 공주 사이의 교통도 점차 이 궤도 및 금강 주운(舟運)에 흡수시켜야 한다. 그 외 시가지로서 실시해야 할 사업이 많이 있음에도 불구하고 일부 인사들이 이들 사활이 걸린 문제를 간과하고 헛되이 외관의 미만 꾸미며, 초미의 급무를 잊는 것은 몹시 유감스러운 바라고 할 수 있다. 나는 거듭 조치원 인사의 분기를 절실히 바라는 바이다.

(1912년 3월 7일)

[김효순 역]

나는 돼지새끼로소이다(吾輩は豚の兒である)
(이자를 깎아 주는 조건)

　충청남도 공주군 남부면 하복촌에 거주하는 박덕□라는 사람은 상당한 재산이 있는 사람이다. 그런데 어찌된 일인지 3,4년 전에 공주의 대지주 오나미 쇼조(大南省三) 씨에게서 돈 30엔을 5부의 이자로 빌렸다. 기한이 지나도 변제를 하지 않자 채권자인 오나미 씨가 독촉을 한 결과, 최근이 되어서야 박 씨는 단지 원금 30엔만을 지불하고 이자는 모두 면제해 달라고 부탁을 했다. 그래서 오나미 씨는 농담 삼아 네가 나에게 '나는 돼지새끼이오니 이자를 깎아 주세요'라는 증서를 쓴다면 이자를 깎아 주겠다고 했다. 박 씨는 이것을 곧이곧대로 듣고 집으로 돌아가서 바로 '나는 돼지새끼이다, 운운'라고 증서를 써서 인감까지 찍어 가지고 와서는 것으로 이자를 깎아달라고 했다. 오나미 씨도 어이가 없어 돌려보냈지만, 박 씨를 알고 있는 조선인은 아무리 돈이 탐이 난다도 해도 그렇지, 돈이 없는 사람이라면 몰라도, 어쨌든 상당한 재산을 가지고 있으면서 이렇게 비열한 짓을 하는 것은 왜일까 하고 몹시 분개했다는 것이다.

(1912년 3월 8일)

[김효순 역]

용과 조선(龍と朝鮮)

△용은 경복(景福)의 신

조선 최동단인 웅기에 상륙하여 몇 리 지난 곳을 바라다보면 끝없이 광막한 평야가 두만강 일대로 이어져 모호하게 흐려 보이는 안산(案山) 외에 시야를 가리는 것도 없고 이름에 걸맞은 간동(幹東) 벌판은 그 웅대한 경치를 마음껏 드러내고 있다.

이 평야의 일각인 경흥(慶興) 부근에 조선에서는 드문 커다란 연못이 있다. 적지(赤池)라고 하여 웅기군 외곽의 적도(赤島)와 나란히 북부 조선의 2대 기관(奇觀)으로 일컬어지고 있다. 둘레는 30리 이상이나 되며 물은 탁하여 바닥은 보이지 않고 어쩐지 음산한 연못이다.

이렇게만 소개해서는 본론과 별로 관계가 없는 것 같다. 하지만 이 연못에 관한 지방의 전설을 들어 보면 상당히 상서로운 이야기가 있다. 그것은 이렇다.

옛날에 이 연못 주변에 궁술에 능한 소년이 있었다. 하늘을 나는 새도 그 소년이 화살을 겨누면 날개를 움츠리고 날지 않을 정도였다. 그런데 어느 날 밤 그 소년의 꿈에 새하얀 용이 나타나서 아주 초라한 모습으로 부탁을 했다. 자신은 이 연못 동쪽 구석에 살고 있는데 매년 새끼를 낳으려 하지만 늘 검은 용이 와서 새끼가 태어나면 바로 잡아 먹는다, 그래서 아무리 해도 새끼를 키울 방법이 없다. 이렇게 늙다가는 혼자 쓸쓸해질 것이라는 생각이 들어 어떻게든 그 해를 막으려고 해도 딱히 좋은 생각이 나지 않아 걱정을 하고 있다, 올해도 또 임신을 해서 산달이 되었지만 흑룡이 또 노리고 있기 때문에 오랜 동안 싸우고는 있지만 이번에도 새끼를 빼앗기는 것은 기정사실이다, 원컨대 당신의 화살로 이 해에서 구해 달라고 하는 것이었다.

소년은 잠을 깨고 나서도 별로 신경을 쓰지 않았는데, 백룡은 매일 밤 꿈에 나타나 자꾸만 부탁을 했다. 그래서 소년은 마침내 기이하게 생각되어 어느 날 밤 화살을 들고 일러준 장소로 가 보았다. 가보니 과연 두 마리의 용이 서로 노려보고 있었다. 그런데, 어느 쪽이 백룡이고 어느 쪽이 흑룡인지 구별을 할 수 없었다. 그래서 소년은 그대로 돌아왔다.

그날 밤 백룡은 다시 꿈에 나타나서 오늘 왜 화살로 쏘아 주지 않았냐고 원망스러운 듯이 물었다. 소년은 그에 대답하여 같은 색을 하고 있어서 흑백을 구별하지 못해 어쩔 수 없어서 그대로 돌아왔다고 대답했다. 그러자 백룡은 과연 그럴 만도 하다며, 서쪽에 있는 것이 자신이며 동쪽에 있는 것이 흑룡이라고 가르쳐 주었다. 다음날 그 소년은 화살을 갈고 팔을 흔들며 달려갔다. 그리고 동쪽의 용을 겨냥하여 쏘았다. 화살은 훌륭하게 그 용을 맞추었고 흐르는 피는 이 연못으로 흘러들었다.

적지라는 연못의 이름은 여기에서 기인하는 것으로 일명 사룡연(射龍池)라고 했다. 그리고 훗날 백룡은 소년에게 감사해 하며 대경(大慶)이 있을 것이라고 했다. 이 소년은 누구였을까? 5백년 역사를 장식한 이조의 원조(遠祖) 도(度) 씨였던 것이다. 그러니까 이 씨의 복락은 백룡의 혜복(惠福)에 의한 것이라고 한다. 그래서 고래로 용은 조선의 수호신으로 여겨진다.

(1916년 1월 1일)

[김효순 역]

남대문(南大門)

우리가 산책을 하는 것은 새로운 경성의 도시적 진보에 대한 심미적인 가치를 논하자는 것이 아니다. 단지 잠시 끌리는 대로 과거와 현재, 그 진보 현상의 급격한 틈새를 마음 가는 대로 가보고 감흥이 일어나는 대로 걸어보자는 마음이다. 올해 가을 9월, 결성한 지 5년째 되는 공진회(共進會)가 경복궁 안에서 개최된다고 하여 참석자로서 과거의 경성과 현재의 경성을 소개하고자 한다. 처음부터 '안내기(案內記)'를 쓰려는 것이 아니므로 먼저 남대문 역에서부터 쓰려고 한다.

지금이야말로 경성의 현관은 남대문 역이다. 하루 승하차 객은 평균 이천 명, 조선철도의 사실상 기점으로 현재 이곳을 통과하지 않은 경성 사람은 없다. 예전 미루나무 아래 아리랑 노래가 흘러나오던 시절의 남대문 역은 볼품이 없었고, 황야 속에서 적막하게 존재했다. 이 시절 찍은 사진은 한 장뿐으로 남산정(南山町)의 무라카미 덴신(村上天眞)씨한테 받아서 소중히 간직했는데, 작년 화재에 원판이 다 타버리고 말아서 실로 안타깝다.

거류일본인이 메이지(明治) 27년(1894)부터 해온 노력은 수포로 돌아갔다. 재류민은 절박한 상황이었고, 조금도 안정을 찾을 수 없었다. 그 당시 우리 정부는 한국 정부에 촉구하여 경인철도 건설권을 겨우 얻어내기는 했지만, 청일전쟁 이후 좋지 않은 경기로 이를 돌아볼 여유가 없었다. 이를 관망하던 재류미국인들이 돌연 암약을 개시했다. 이를 알게 된 우리 거류민은 조급해졌다. 바로 관계자가 사업 관련 진행을 해보았지만 아무런 효과도 없었다. 그 사이 미국인의 운동이 주효하여 미국인 모스(James R. Morse)라는 자가 경인철도권 권리를 획득했다. 우리 재류민에게는 모처럼 얻은 부설의 특권을 외국인의 손에 넘겨줘야만 했다. 대표자를 보내 동상위원(東上委員)으로 하여 우리 정부에 건의한 결과 메이지 34년 8월 경인선 부설권이 우리나라의 손에 들어왔고 그달 공사를 시작해서 메이지 38년 1월 1일 일부 사업을 개시하게 되었다.

　20년이 꿈처럼 빠르게 흘러갔다. 되돌아보면 철도국에서는 공진회 첫 모임을 계기로 천 리 기념축하회를 개최하는 계획도 있었다고 한다. 그리고 남대문 역 개축 설계도 이미 계획되어 있다고 한다. 아아, 초라한 건축물. 서양 건축의 남대문 역은 지금은 귀인의 마차, 자동차 바퀴가 쓰러질 것 같은 상황이다. 저속하고 게다가 칠이 벗겨진 남대문 역은 도시의 우스꽝스러운 외견으로 품격 상으로 봐도 새로운 경성의 현관으로 어울리지 않는다. 나는 근세 공업의 진수를 보여주는 아름다운 남대문 역의 출현이 필요하다고 생각한다.

(1915년 3월 13일)

[이현희 역]

숭례문(崇禮門)

　새로운 경성이라는 도시가 급격히 변화하는 사이 탄생한 근세 공업의 대표적 도로, 남대문 역에서부터 조선은행 앞까지 구성된 이 도로는 매일 자동차, 마차, 인력거, 전차를 타는 사람들에게는 그 어떤 상쾌함도 느끼지 못하겠지만, 이전 진흙투성이 경성의 도로를 기억하는 사람이라면 긴장감이 있는 기분 좋은 도로와 예전 도로를 비교하면서, 분명 자신도 모르게 근대 문명을 누리는 자로 느껴질 것이다.

　부산에서 미숙하고 게다가 졸속한 건축물을 차창 밖으로 바라보며 경성까지 올라온 외국에서 건너온 자에게 남대문 역을 빠져 나와 처음으로 보이는 것이 현재 경성에서 가장 소중하고 귀중한 보물 중 하나인 숭례문, 즉 남대문을 이 도로에서 바라보는 것이다. 그리고 가로수가 벗겨지고 서양 건축 풍의 인가가 줄지어 있어서 기묘한 기분이 들 수도 있지만, 이 도로 만큼은 그 가치를 칭찬할 만하다. 2, 3년 전의 남대문 근처는 도로가 포장되기 전으로, 교통이 빈번해지자 지나가는 차들의 사고가 자주 일어났다. 그러자 경성의 도시는 침착하게 정돈을 시작했다.

　남대문은 그야말로 경제극의 연출 무대였다. 이 시절 남대문은 종로의 종소리가 울리는 밤 8시에 문을 닫았다. 이 시간을 맞추지 못한 사람은 어떤 급한 용무가 있어도 날이 밝을 때까지 문밖에서 밤을 지새워야만 했다. 시대의 진보가 손을 내미는 사이, 성벽을 둘러싼 문을 자유롭게 개방하게 되었다. 전차가 지나가고, 자동차가 달렸다. 그리고 경성의 어르신 사이에는 한편의 옛이야기로 전해지게 되었다. 조선왕조 오백 년 사이에 지어진 훌륭한 예술품인 남대문은 정수의 미와 함께 활기가 넘쳐흐르는 건축의 미가 흐르고 있다. 더불어 이조 최고의 관문으로 자리 잡고 있다.

아, 파묻힌 성벽이여. 봄의 풀들이 새싹이 나자 그 피해는 멀리 저편에 떠돌고 있다. 나는 따뜻한 날에는 산에서 보내면서 □□에서 서있는 기와를 바라보면서 쓸쓸한 정취를 느낀다.

(1915년 3월 14일)

[이현희 역]

서대문(西大門)

아직 추위가 가시지 않았지만, 봄기운이 느껴진다. 발길 닿는 대로 남대문을 지나 거리에서 오른편으로 걸어가니 일본 가옥과 조선 가옥이 잡거하고 있었다. 조화롭지 않은 큰 도로를 마음을 먹고 따라 걸어가니 오래되고 낡은 문이 나왔다. 이것이 서대문이다. 이 오래되고 오래된 역사를 지닌 문도 드디어 다가오는 10일에는 없어지게 된다. 지붕에서부터 기둥, 기둥에서 포석 하나 하나까지 이 세상에서 영원히 사라진다. 그 모습을 보자, 화려했던 그 위풍당당했던 시대가 떠오른다.

원래 서대문이 세상에 태어난 것은 지금부터 오백여 년 전, 조선 세종 즉위 3년, 일본에서는 아시카가 요시모치(足利義持) 장군 말년으로, 엄격한 감수 아래 삼십만 명의 손으로 만들어졌다고 한다. 본래 이름은 '돈의문(敦義門)'이지만 방위 관계상 사람들에게는 서대문이라는 별칭으로 불렸다. 지금부터 삼십 년 전까지만 해도 많은 위사(衛士)[1]들이 엄중하게 이 문을 지키고 있었다. 여명의 바람과 함께 종로에서 종소리가 서른세 번 울리면 위사가 이 문을 열었으며, 저녁놀이 인왕산으로 넘어가고 어둠이 사방에서 찾아오면 다시 스물여덟 번 종소리가 울리자마자 문을 닫아 시민들을 편안하게 잠들게 했다. 만약 시간에 늦게 되는 경우가 있으면 부모님의 임종이라도 볼 수가 없었다. 그 어떤 중요한 용무가 있더라고 예외가 없었으며, 호랑이나 늑대 소리가 나는 찬 서리 내리는 성 밖에서 다음날 문이 열릴 때까지 기다릴 수밖에 없었다. 지금에야 도로개정을 위해 철거하게 되지만, 번창할 때에는 이 문의 못 하나를 빼내도 '대명률(大明律)'이라는 까다로운

---

1) 대궐이나 능(陵), 관아(官衙) 또는 군영을 지키던 장교를 말한다.

형법에 따라 엄중한 벌을 받았다. 변화가 있는 것이 세상의 법칙으로
이제서야 말이지만 시대의 진보에 놀라울 뿐이다. 이 문을 지나 전찻
길을 따라가면 동대문이 나온다. 봄바람이 살랑살랑 유혹한다. 다음에
는 경성 각지의 낙타산(駱駝山)에 대해 말해보고자 한다.

(1915년 3월 22일)

[이현희 역]

반도 예술계와 비평가(半島藝術界と批評家)

재경성 하쿠슈세이(在京城 白愁生)

(1)

인생 생활에 있어서 첫 번째 출발점은 자신이라고 한다면 자신의 존재와 그 확립, 나아가 그 보증은 인생 생활의 안정이나 긴장 속에서 영원히 중요한 요소이어야 할 것이다.

근대인이 항상 근대생활 속에서 초조함으로 고통과 동요 사이를 번뇌하는 것은 결국 근대인이 자신의 생활 존립과 확립을 보증하고, 나아가 이를 유지하기 위해 노력하고 동시에 인생 생활의 안정과 영원을 추구하고자 하기 때문이다.

그렇다고 한다면 우리가 자신의 존재와 그 확립을 유지하고 동시에 인생 생활의 안정과 영원함을 획득하기 위해서는 어떠한 조건이 있어야 하는가라는 문제는 근대인 – 적어도 교양 있는 사람들은 한시라도 잊어서는 안 된다.

여담이기는 하지만 나는 사랑을 단순하게 대타(對他)적인 관계 속의 정념이라고 생각하지 않는다. 그 대타(對他)적 관계에 대아(對我)적 관계가 함께 해야 한다는 것을 믿고 있다. 따라서 사랑의 첫 번째 요소는 자기 자신이어야 하는 것이다. 자신을 사랑하지 않고는 절대 다른 사람을 사랑하는 것은 불가능하다. 이러한 의미에서 나는 다른 사람을 사랑하듯이 나를 사랑하고 있다. 나 스스로 그 자체에 대한 위해나 억압에 대해서는 야수처럼 싸울 것이다. 이는 나의 의지가 용맹하고 건전하다는 것을 증명하는 것이다.

그리하여 나는 언제나 자신과 멀어지게 되면 어떤 일이라도 그 가치를 유순히 받아들일 수 없다. 그렇다면 나는 항상 나를 가장 총명하게 이해하고자 노력하는 동시에 나의 상대방인 타인이 견지하는 나를 최선 또는 총명하게 이해하고자 노력해야 한다.

따라서 나에 대해 항상 엄격하고 자혜로운 비판자가 되는 동시에 모든 사람에 대해서도 엄격해야 한다. 하지만 성격의 비극으로, 다시 말해 모순이 많은 성격을 가진 나로서는 나 자신의 열애자이면서도 엄격한 비판자로 자신을 가혹하게 관찰하고 혹사하는 일이 많다. 따라서 나는 그 가혹한 관찰과 혹사를 피하고, 자기 자신을 통일시키기 위해서 자신을 이해하고 성찰하여 자신의 생활에 안정과 영원을 추구해야 한다.

'자신을 성찰하라'라는 문구는 성자 크리스트가 한 구원의 말이다. 이에 관해 철학자 톨스토이가 말하길 '일절 사람은 그 업에서 벗어나 자신을 향해 스스로가 어떠한지, 어디에서 와서 어디로 가고 있는지를 묻고, 자신을 위한 것과 자신이 나아갈 곳의 틈새를 일치시켜야 한다'고 말한다. 더불어 '스스로 성찰하라, 이는 크리스트교의 가르침이니라, 사람이여, 업에서 벗어나면 모두가 제왕이며 병사이며 대신이다. 신문기자는 세속적인 부분을 버리고 진정 스스로가 어떠한지 앞으로 어떻게 해서 지향하는 곳으로 나아갈지 성찰하여라. 사람은 모두 한 사람의 개인으로 생각하고, 지금 세상의 악의와 타락에서 인류의 사랑을 구하는 길은 오로지 크리스트교와 같이 단순하게 양심에 따라 스스로 어떻게 해야 할지, 왜 생존하는지 무엇을 해야 할 것인지를 묻는 것'이라고 말했다.

(1916년 2월 3일)

(2)

다른 사람을 아는 것처럼 두백(杜伯)의 인생의 전반기, 그는 '나의 참회'에 도달하기까지 인생을 회고하면서 고뇌에 빠졌다. 즉 그는 인생 생활에 대한 회의(懷疑)와 자기반성을 끊임없이 해온 심각한 비사였으며, 그 스스로가 '나는 자신이 알고 있는 것을 적을 것이며 또한 가르치리라' 하며 한탄하듯이 통렬하게 말한 자이다. 따라서 인생의 후반기에 들어설 때까지 그는 자신이 누구인지, 무한한 인생 생활의 일부분이며 (이하 2행 판독 불가)

고전연구에 빠져 원시적 크리스트교를 구하고자 드디어 성자의 교의를 수천 년 후에 □□하게 되었다.

자신에게 엄격하면서도 총명한 반성은 자신의 존재나 확립을 보증하는 유일한 요소이다. 나는 이를 믿고 있다. 그래서 우리가 항상 현재를 벗어나는 일이 불가능하며, 자신의 가장 엄격한 성찰은, 말하자면 과거의 자신에 대한 이해와 비판과 동시에 미래에 대한 가장 건실한 의사의 집행이며 행위의 원동력이다.

그러므로 우리는 과거의 비판으로부터 현재 자신의 생활을 창조하고 장래의 의사에 따라 이를 더욱 추구해야 할 것이다. 하지만 세상 사람들이 자주 말하는 성급하고 자만이 없는 자는 없다. 즉 자신을 총애하고, 열애하는 것과 동시에 우리는 자신의 비판에서 종종 자신에게 모든 것을 쉽게 타협하고 자만의 결과가 나오는 경우가 많다. 우리의 생활을 꼼꼼히 고찰한다면 우리는 이 쉬운 타협에서 벗어나 모든 결론을 지을 수 있다. 그러므로 우리는 이에 대하여 시시각각 우리의 생활을 파괴하려고 하는 것을 깨닫고, 우리는 우리를 가장 진심으로 이해하는 다른 사람의 총명한 비판을 요구하여 그 쉬운 타협에 따른 생활의 파괴를 방지할 필요성을 획득해야 한다. 즉 우리는 이 이해할 수 있는 비판으로 자기비판의 부족을 보충하고, 나아가 자신의 생활을 확보해야만 한다. 여기서 나는 자타 관계를 묻지 않는 그 비판이 창조의 첫 발걸음이며, 진보 상향의 주안이라는 것을 말하고 싶다.

그래서 나는 지금 우리의 반도 예술계의 총명한 비평가의 출현을 요구하는 것이다.

생활 즉 예술이라는 것은 우리에게 진정한 생활로서 순전한 예술이
며, 그 생활의 사회적 관계를 가장 총명하게 비판하는 작품은 가장
탁월한 예술품이다. 따라서 반도 특히 식민지에서 우리의 생활은 실로
모국과 구주대륙과는 다른 특수하고 유별난 감격이나 정취나 광경을
배경으로 하고 있다. 따라서 식민지에서 예술 또한 특수한 것이며, 유
별한 것이다. 이는 우리의 생활이 지리와 시대에 따라 각자 천차만별
이기 때문이다. 그렇다면 구미(歐美)인이나 혹은 우리 모국인의 생활을
기본으로 창작하는 예술품을 바로 식민지로 이동시키는 것은 불합리
한 것으로 식민지는 특수한 감격과 정취와 광경이 담긴 식민지예술이
어야 한다.

(1916년 2월 4일)

(3)

따라서 지금 반도에서 예술계를 논하자면 그것은 유형적, 모방적,
사무적인 것뿐으로 대부분 이미 식민지 예술에서 발견되는 바이다. 그
러므로 이 예술품에는 항상 식민지 생활의 독자적인 색채가 없다. 맛
도 없다. 냄새도 나지 않는다. 이는 반도 예술계로서는 애석해할 일이
며, 크게 부끄러워야 할 일이다. 지금 반도의 문물제도가 점차 질서를
유지해가고 있다. 이러한 시기에 우리 예술계만 홀로 유형적이고 모방
적이기 때문에 점점 더 침체하고 있으며 주목해야 할 만큼 □□□□□
반도예술이 쇠퇴하고 있지 않은가.

지금 여기 실제 사례를 적지 않겠지만, 『조선신문』, 『경성일보』를 비
롯하여 『조선공론』, 『조선급만주』에는 항상 고단(講談)이 발표되고 있
다. 창작물이나 이와 관련된 글의 작품을 볼 때마다 모방적인 것에

놀라움을 금할 수 없다. 이런 작품에 대해서는 어떠한 권위도 찾아볼 수 없다. 그리고 동시에 나는 자신의 작품에 대해서도 항상 커다란 수치심과 굴욕을 맛보고 있다. 특히 우리는 좋든 싫든 식민지 예술— 적어도 식민지 문예의 산출을 위해서 노력해야 한다. 그 산출 노력을 게을리하는 자들은 어째서 식민지 예술이 나오지 않는가를 논하지 말아야 한다.

여기에는 각종 원인이 잠재하고 있다. 즉 식민지 생활이 공리적이며 모든 것이 모국 또는 구미의 모방이라는 것이기 때문이다. 식민지는 항상 본국과 종속 위치에 있으므로 이를 통치하고, 본국과의 동화정책으로 모든 문물제도가 그 공□책을 편리로, 항상 본국의 모방을 편의라고 생각하는 것은 어쩔 수 없는 일이다. 하지만 모방하는 대책은 식민지 정책에서 영원한 것은 아니며 일시적이고, 게다가 그 초기시대 수단이다. 지금은 오히려 식민지의 재정통치 외의 독립과 동시에 내용 있는 동화정책을 선택해야 할 시대가 도달했다.

(1916년 2월 5일)

(4)

지금 조선 반도에 대한 모국정책은 이미 모방의 사대를 넘어 내용이 있는 정책으로 통치해야 하는 시대에 도달했다. 식민지 생활에서 모방 시대의 꿈을 무너트려야 한다. 그리하여 □□적 꿈보다 건실한 기초 아래에서 생활의 기초를 수립해야 한다. 따라서 생활 그 자체가 되는 예술 모방기보다 신천지로 나아가고 발전해야 한다. 아니, 오히려 하는 것이 당연하다. 식민지예술을 탄생시키기 위해서는 우리와 같은 예술계를 가장 잘 이해하는 총명한 비평가가 출현해야 할 것이다.

식민지 예술계의 사람들은 단지 모방에 이끌려서 총명한 자기비판으로 자신을 비판하기보다는 혼자 즐기고 있다. 자만이 지나친 사람들이 되는 것이다. 나는 혼자 즐기고 있다는 것을 직간접적으로 들은 적이 있다. 어쩜 이리도 무지할까. 어쩜 이리도 불성실할 수 있을까. 뭐라고 언급조차 할 수 없으며, 실로 이는 자만의 군상이다. 이미 앞에서 논했듯이 이렇게 즐기는 것은 이미 그 사람이 퇴보했으며, 식민지 예술계도 퇴보했다는 것을 말한다. 이는 도저히 진정한 예술이라고 할 수 없다.

이러한 의미에서 나는 우리 자신의 생활에 자기비판의 결여를 보충하고 제3자의 비판을 요구하고자 한다. 이는 식민지 예술계를 가장 잘 이해하는 비평가의 출현으로 순수한 식민지예술의 탄생을 의미한다. 지금도 이미 두세 명의 총명한 비평가가 있지만, 이는 일부분에 불과하므로 결말에는 알력 싸움이 될 수 있다. 왜냐하면, 항상 비평가는 그 자체로 연약하고 힘이 없으며 나아가 매도로 끝날 수 있기 때문이다. 따라서 자존심이 강하고 자만심까지 있는 작가는 매도에 더해 비평가를 매도하거나 비겁하고 초월적 태도의 가면을 쓰고 불성실한 태도를 보이기 때문에 이러한 것은 모두 식민지예술의 진보를 저해한다.

따라서 나는 비평가의 출현을 요구하는 동시에 그 비평가의 태도에 더욱 이해심이 있으며, □□있는 것으로 힘이 있는 자를 요구한다. 나아가 건실한 기초 아래 장식된 예술품을 발표할 수 있는 기관이 설립되기를 희망한다.

(1916년 2월 6일)

[이현희 역]

크리스마스의 기발한 선물(クリスマスの奇抜な贈物)

크리스마스가 다가오자 경성과 인천을 비롯한 각 시내 완구점에는 산타클로스나 그 외 다양한 완구를 진열하기 시작했다. 경성에 있는 각국 영사관 사람들은 본국이 전쟁 중이라서 선물 발송을 중지하는 움직임도 있지만, 미국과 □□ 등의 영사는 이미 여러 가지 완구를 발송했다고 말하기도 했다. 이 완구 가운데에는 일본 특유의 취미를 발휘한 니시키에(錦繪)[1]나 일본 종이에 목판으로 판 그림엽서, 비단으로 만든 니시키에 등으로, 특히 영국에서는 목하 전시 중이라서 완구를 선정하는 것 또한 이에 상응하는 것이 좋을 것이라는 점에서,

◎청일, 러일전쟁이 담긴 에조시(繪草紙)[2]나 그와 비슷한 완구를 보냈다고 한다. 경성에 사는 사람들은 본국에서 멀리 떠나, 가족과도 이별하여 살고 있기 때문에 서로 친밀하게 교제하여 매년 크리스마스에는 다양한 선물을 주거나 만찬회를 열어 영사도 어린아이처럼 즐기면서 춤을 추거나 창가를 부르거나 하면서 축일을 축하한다고 한다. 그리고 내빈에게는 매년 취향을 바꿔서 기발한 선물,

◎기뻐할 만한 물건을 고르기 위해 고심한다고 한다. 경성 시내에서는 앞에서 기술했듯이 산타클로스 이외 완구가 전시되는데, 그 가운데에서도 미쓰코시(三越)에서는 이번 15일부터 3층 일부를 크리스마스 완구로 진열하고 있다고 한다. 또한, 올해는 일반에게 완구 종류를 □

---

1) 목판으로 인쇄한 일본의 풍속화.
2) 에도 시대부터 전해온 목판화.

□하고 있지만, 지금까지 없는 기발한 물건이 많이 있다고 한다. 친밀
한 여학생 사이에서는 연말 선물 대신 그날 여러 가지 물건을 보내는
경향도 나타나고 있다. 서양요리점에서는 크리스마스 날 거위찜을 준
비하여 손님의 주문을 기다리고 있다고 한다.

(1916년 12월 21일)

[이현희 역]

철도 여행(鐵道旅行)

(상) 각종 할인 승차권

정월 초하루부터 얼굴을 때리던 잔혹한 추위가 올해에는 더 이상 찾아오지 않을 것처럼 보인다. 특히 수일 내 달팽이가 칩거에서 깨어날 것이다. 봄의 장막이 떨어지려고 한다. 새가 지저귀고, 꽃이 피는 매혹스러운 봄이 점점 다가오고 있다. 여행의 계절이 이미 바로 앞에 와 있다. 대두와 석탄의 만주평야, 뭔가를 덧붙여서 문제를 일으키는 북경(北京), 한코우(漢口) 근처의 좋은 경기와 새봄과 함께 한층 더 활기 넘칠 내지. 견문을 넓히기 위해서, 남으로 갈지 북으로 갈지, 즐기고자 하는 사람들을 위해, 철도여행의 각종 편의를 소개하고 그 여행 계획의 일부를 소개하겠다.

△일선만 순유권(日鮮滿巡遊券)

먼저 지리적으로 가깝고 가장 흥미를 끄는 여행은 만주이다. 만주를 이쪽 안동, 봉천(奉天)을 지나 다롄(大連)으로 가서 오사카 상선회사(大阪商船會社)의 다롄 항로를 따라 모지(門司)에 도착한다. 그로부터 철도로 고베(神戶)로 이동할지, 또는 같은 배로 세토나이카이(瀨戶內海)를 통과할지, 그것은 각자 자유로 하고, 교토(京都), 오사카를 거쳐 도쿄(東京)를 구경한 뒤 귀성하여, 관부연락선으로 조선에 도착한다. 이것이 이 승차권의 유효경로이며 유효기간은 60일간, 요금은 3할 할인하여 일등석 91원 70전, 이등석 53원 30전, 삼등석 33원 70전이다. 남대문, 부산, 대구, 평양에서 발매하고 있다. 원래 여행 경로는 내지를 앞에 두고 만주를 뒤로하는 동시에 이를 반대로 여행하는 것도 각자 자유이다. 이 승차권은 봉천(奉天)-장안(長安) 구간, 우에노(上野)-닛코(日光)

구간, 모지-가고시마(鹿兒島) 구간, 등 유효경로의 지선(枝線)에 해당하는 부분의 여행에 대해서 역시 3할 할인으로 승차하는 특권이 부여된다.

△일지주유권(日支周遊券)

만주여행에 이어서 흥미를 끄는 여행이라고 하면 지나, 중국 여행이다. 따라서 이 여행의 가장 적합한 승차권은 일지주유권으로 경로는 다음의 두 갈래로 나뉜다.

```
        부산 ======시모노세키======모지======상해
         ‖                                   ‖
(갑)    남대문                              남경
         ‖                                   ‖
        안동 ========봉천=======북경=====한커우

        부산 ======시모노세키======모지======상해
         ‖                                   ‖
(을)    남대문                              남경
         ‖                                   ‖
        안동 ========봉천=======북경======천진
```

여기서는 남대문을 출발역으로 경로를 나누었지만, 부산, 인천, 평양, 진남포 등 각 역에서도 이 승차권은 구매할 수 있다. 이를 자세하게 설명하자면 남대문을 출발하여 봉천에서 중국 국유철도로 바꿔 타고 북경으로 직행한다. 그곳에서 갑의 경로로 가면 경한철도(京漢鐵道)로 양자강 상류의 한커우에 도착하고, 청일기선회사(日淸汽船會社)의 기선으로 상해로 내려간다. 만약 을의 경로로 간다면 북경에서 천진(天津)으로 돌아가서 진포철도(津浦鐵道)로 한커우에 도착한 뒤 남경으로 넘어가 철도로 상하이에 도착한다. 갑의 경로는 특등 선객에 한해서는 남경-상해 구간은 기선 이외 여행자가 자유롭게 호영철도(滬寧鐵道)를

탈 수도 있다. 여기서 상해-모지 구간의 교통은 일본우선회사(日本郵船
會社)의 기선, 모지-부산 구간은 관부연락선을 타고 부산에 상륙, 철도
로 남대문에 도착하는 순서이다. 이 승차권의 사용 기간은 4개월간이
므로 본 행로의 지선에 해당하는 봉천-다롄 구간, 북경-장가계(張家
界) 구간, 시모노세키(下關)-도쿄 구간 등, 여행을 더 하고자 한다면
충분한 여유가 있다. 이 승차권의 요금 또한 약 3할 할인하고 있으며,
앞에 기술한 지선 여행에 대해서도 3할 할인 승차의 특전이 주어진다.
남대문에서 출발하는 할인운임은 다음과 같다.

	일등실	이등실	삼등실
갑 경로	□8원 80전	20원 10전	□□원 □□전
을 경로	2□원 30전	□8원 □□전	□□원 □□전

△내지조선왕복권(內地朝鮮往復券)

　만주 및 중국 방면의 여행은 앞에서 기술한 그대로다. 일본 내지를
가고자 하는 사람이라면 내지조선왕복권을 이용하길 바란다. 이 승차
권은 남대문, 용산, 인천 그 외 조선철도 각 주요 정차장과 철도원선의
각 주요 정차장 구간을 왕복 여행하는 경우에 적합하다. 요금은 왕복
모두 2할 할인하고 있으며, 사용 기간은 60일로 정해져 있다. 그리고
도중하차는 보통승차권과 마찬가지로 사용된다. 위의 정보는 단독으
로 여행하는 경우이며, 만약 20명 이상의 인원이 단체여행을 하게 된
다면 요금은 5할 할인이 된다. 즉 편도요금을 지급하고 왕복 승차를
할 수 있다. 또한, 단체여행에서 단체의 안내인은 여행객 수가 50명
또는 그 미안일 때, 한 명당 할인해주며, 전 여행 구간 왕복 등 무료
기차 운임을 대우를 받는 특전을 마련하고 있다.

(1917년 1월 29일)

(중) 승차권 교환권·철도 호텔

전날 기사에서는 승차요금 할인에 관해서만 기술했지만, 여기서는 방향을 바꿔서 2월 1일부터 실시되는 승차권 교환권을 비롯하여 철도 호텔 및 철도의(鐵道醫)를 소개하고자 한다.

▽승차권 교환권

보통 철도의 승차권이라는 것은 기차가 출발하기 전 정류장에서 현금으로 구매하는 것이 원칙이다. 사정상 수일 전에 사고 싶어도 불가능한 일로, 어떤 때는 실로 불편한 경우가 생기기도 한다. 예를 들어 사고가 나서 먼 거리에 있는 사람을 부르거나 갑 지역의 사람이 을 지역의 사람을 초대했을 때 등의 경우, 상대방에게 현금이나, 수표로 기차요금을 보내는 것은 상당히 어려운 일이며 그렇다고 상대방에게 기차요금을 지불해서 오라는 것도 미안한 일이다.

이는 종종 있는 일로, 이러할 때 이용할 수 있는 가장 적합한 것이 승차권 교환권이다. 먼저 앞의 사례에서 초대자 또는 갑 지역의 사람이 그 지역의 정류장에서 을 지역에서 갑 지역으로 가는 승차권의 교환증을 구매하고 상대에게 보낸다. 그러면 초대를 기다리는 사람 또는 을 지역 사람은 그 지역의 정차장에 가서 그 교환증을 제시하고, 해당 구간의 승차권으로 바꿔 승차할 수 있게 되는 것이다. 승차권의 유효기간은 30일이므로, 아무리 먼 지역이라도 충분히 여유 있게 사용할 수 있다. 이것은 이용상의 사례에 지나지 않으며, 여행자에게 선물 또는 특별한 경우에 보답품으로 사용하는 것도 가능하다.

△철도 직영 호텔

조선철도 직영의 서양여관은 현재 부산, 신의주 및 경성에 있다. 6월 1일부터 10월 31일까지 강원도 온정리에 금강산 호텔이 개축된다.

이들 호텔은 내외의 설비를 정비하고 요리를 엄선하여, 요금도 낮춰서 일반여객의 이용을 맞이하고 있다. 하지만 이들 호텔은 아직 일반인들이 잘 이용하고 있지 않다. 이는 호텔이라는 명칭에 대해 내키지 않아 하는 사람이 많기 때문이다. 한 번 이곳을 방문한다면 간편하고 유쾌하여 내키지 않는 마음은 연기처럼 사라질 것이다. 구미지역의 호텔 상황을 살펴보면 숙박 업무만이 호텔이 취급하는 업무가 아니며, 일반 사교의 기관으로 식당, 술집, 음악실, 응접실 등을 잘 활용하고 있다. 그러므로 저녁을 먹을 때도, 차 한 잔을 마실 때도 기탄없이 이용할 수 있다. 그러므로 조선의 철도 호텔에서도 이러한 종류의 고객을 환영하고 있다. 숙박하는 경우에는 3식 1박으로 5원 또는 6원이 보통이다. 소위 □식에서는 보통 침실 대금으로 2원 또는 3원을 지불하고 식사는 별도로 계산하는 편의도 있다. 일본의 여관에서 숙박하는 것과 요금 차이가 크게 없으며, 침구를 비롯한 식기, 그 외 청결, 모든 설비의 완벽함 등 그 수를 세어보면 보통 여관과 비교하면 편리하고 또한 저렴한 것뿐이다. 또한, 철도 호텔에서는 각 급행열차의 발차 시간 마다 유니폼에 청색 완장을 차서 호텔을 이용하는 여행객을 환송하고 있으며, 각 역장, 열차장, 차장 등은 여객의 의견으로 전보와 그 외의 편의를 무료로 해주고 있다.

△철도 의사

조선철도의 각 주요 정차장에서는 철도 의사가 상주하고 있다. 용산, 대전 및 초량역에는 철도병원이 설비되어 있다. 여행 중 발생하는 갑작스러운 질병, 혹은 위생상의 사항에 관하여 여행객의 요구가 있을 때는 각 역장, 열차장, 차장 등은 바로 근처 철도 의사가 있는 역에 타전하여 진찰을 지원하고 있다. 물론 정차 시간 안에 처리할 수 있으면 좋겠지만, 역에 하차하여 진찰을 받는 것도 가능하다. 희망하는 자에 한해서는 앞에서 기술한 철도병원에 입원할 수 있다. 또한, 여행 중 불시의 상처, 배탈 등으로 철도 의사의 진단을 받을 때까지 일시적 또는 응급한 수단을 요구할 때에는 열차 내 이와 관련된 약품을 준비 해두고 있으므로 곧바로 차장에게 부탁해서 처치를 받을 수 있다.

(1917년 1월 30일)

(하) 철도 소하물 편의 이익
△철도 소화물

철도 소화물은 각종 물품을 운송하는데 가장 이상적인 운송수단이 다. 철도는 소화물을 운송하는데, 여객열차를 이용하여 충분한 주의 아래 정확하게 운송할 수 있기 때문에 첫 번째로 안전하고, 그리고 확실하다. 소하물은 각 정차장에서 넘겨받은 뒤, 최신 발차하는 열차 에 실어 발송하고 도착하면 바로 정차장 소재지 시내 또는 각 정차장 을 중심으로 주간 1리 반 이내의 지역이라면, 따로 배송요금을 징수하 지 않고 하수인(荷受人)의 주소로까지 배달한다. 빠른 점에서도 이것보 다 나은 운송수단은 없을 것이다. 하송인(荷送人)의 요구에 따라 도착 역에서 바로 넘겨받을 수 있는 경우도 물론 가능하다.

철도 소화물의 요금은 지극히 저렴하다. 가령, 한 근의 하물을 70리 거리까지 운송하게 되면 1원 7전으로 충분하다. 특히 소하물 요금은 거리체감법(距離遞減法)을 사용하고 있으며, 이는 거리가 멀어지는 만 큼 싸지는 계산법으로, 물품의 중량도 무거운 만큼 싸진다.

운송구역은 조선은 물론 내지, 만주의 각 철도역을 비롯한 성진, 청 진 등 조선 연안의 항구, 멀리 청도, □□ 등까지 이르고 있다. 운송 물품의 종류로는 가장 중량이 큰 것이 24관(이 이상의 물품도 사정에 따라 서는 인수하기도 한다.)이라고 하지만 제한은 거의 없다. 따라서 개인 간

보답품, 부패하기 쉬운 과일, 생선 및 일반상품의 운송에서 이 운송방법은 가장 최적이다.

특히 상품 거래 시 편리한 것은 대금 교환 거래이다. 이는 조선철도 각 주요 역에서 취급하고 있다. 대략적 방법을 설명하자면, 하송인은 구두로 취급 역에 가서 대금 교환을 위한 신청을 하고 수수료를 일정액 지불한 뒤, 소하물 표와 대금 교환증을 받는다. 한편, 철도 쪽에서는 바로 그 소하물을 도착역으로 운송한다. 도착역에서는 하수인에게 해당 소화물의 도착과 교환 대금액을 통지하고, 역에서 넘겨받는 물건은 바로, 거주 지역에서 넘겨받는 물건은 배송하고 대금을 받고 소하물과 교환한다. 다음으로 철도 대금 교환이 완료되었다는 통지를 출발역과 도착역에서 하송인에게 통지한다. 하송인은 도착역에서 통지장과 교부한 대금 교환증을 제시하고 대금을 받는다. 이러한 순서로 안전하고 빠르게 상품이 대금과 교환된다. 앞서 기술한 하물 교환증이야 말로 자금 운송에 있어서 실로 절호의 것이라 할 수 있다.

철도 소화물은 각 정차장 외 경성, 부산, 대구, 인천, 평양의 각 시에는 시내소화물 취급소가 있어서 그곳에서 이를 취급하고 있다. 경성은 혼마치(本町) 2초메(丁目), 인천은 혼마치(本町) 4초메에 철도국 하물 취급소가 있는 것은 일반적으로 다 아는 사실로, 이곳으로 가져온 하물은, 바로 정차장까지 무료로 운송되며 가장 빠른 여객열차에 실어 목적한 역을 향해 운송된다.

또한, 시내 소하물 취급소에서는 하송인의 편의를 위한 내국운송회사로써 소화물의 집하를 취급하기 시작했다. 출하하는 사람은 전화로 거주지를 통지하여 하물의 대소, 거리의 원근과 상관없이 한 개에 3전의 운송료를 지불하면 집에서 바로 철도 소화물을 발송할 수 있다.

이상은 철도 소하물에 대해 기술하였다. 그 외, 금, 은, 동화, 지폐, 유가증권 및 미술 공예품, 귀중품 또한 철도 소하물 편으로 운송할 수 있다. 단, 특종의 물품에 대해서는 운송 중 특히 주의를 요하기 때문에, 보통 소하물 요금보다 비싸게 받는다. 고가의 물건이나, 식기류 등 파손되기 쉬운 물품도 보통 요금의 2배를 지불하고 특별히 주의를 요하는 운송을 위탁하는 것이 가능하다. 소하물을 위탁할 때 주의할 사항은, 하송인과 하수인의 주소와 이름을 바깥쪽에 명기하거나, 수하물 표를 송부할 것, 발송하는 물품의 품질 중량 등에 따라 각자 적절하게 포장을 할 것이다. 특히 내지 행 등 원거리 하물은 충분히 주의해서 하물을 보내기를 바란다. 그리고 내지 및 만주 방면은 세관의 검사를 요하기도 한다. 이 부분은 일절 철도나 기선회사에서 처리하고, 세금을 요구하는 경우에는 일시적으로 이를 대신 지불하고, 도착 후 하수인으로부터 받으므로, 이러한 종류의 하물은 품명, 수량, 가격 등을 표기해 두어야 한다.

(1917년 1월 30일)

[이현희 역]

【단문란(短文欄)】

중국인 거리의 저녁(支那人の街の夕)

유메토(夢人)

힘이 없는 겨울 노을이 회색 벽돌로 된 중국인 가옥의 담을 희미하게 물들이고 있다. 돌을 다듬는 도구를 품에 지닌 남자가 고개를 숙인 채 모퉁이를 돌았다. 감옥처럼 보이는 이층집 창문 밖으로 안색이 창백한 여자가 소변을 보고 있었다. 노동에도 피해이고, 제발 그러지 좀 말아라. □□한 국민이 사는 경성이여, 노을빛마저 애처롭게 보인다.

그 생활(其生活)

인천 다가와 후지카(仁川 田川富士香)

모든 것이 파산해버렸다. 그리고 새롭게 운명을 개척하고자 결심했다. 그래서 기쁜 마음에 오늘 밤은 잠을 잘 수가 없었다. 그런데 그것은 한순간의 공상-에 지나지 않았다. 그다음 날 역시 그는 무디고 살풍경한 자신의 생활에 굴복하지 않을 수 없었다. 아니 그 주위의 모든 것들이 그 생활로 돌아가게 만들고 있었다. 그날 밤도 다음날 밤도 그는 백치의 공상에 빠져 있다.

오늘의 사건(今日の出來事)

□로시(□露子)

4시를 알리는 소리가 울리자마자 관청을 빠져나가 곧바로 집으로 가는 길로 뛰었다. 한 순간 위험천만하게 노모와 부딪힐 뻔하고 난 후, 느릿느릿 걸어서 집에 도착했다.

아무런 일도 없는데도 오늘 내가 서두른 것을 생각하고 쓴웃음을 지었다.

"어머니, 춥지요."

이웃 □짱이 빨개진 얼굴을 하고 바깥에서 돌아왔다.

팔랑팔랑 하얀 것이 떨어지면서 날아다니고 있었다.

(1920년 12월 22일)

이시모리 고초 선/떡을 치는 아침(石森胡蝶選/餅搗く朝)

이주인세이(伊集院生)

떡을 치는 소리는 잠자리에서 몰래 듣기도 했었다. 눈을 깜박이며 듣고 있었는데, 이유도 없이 그는 즐거워져서 혼자 웃음을 지었다. 역시 따뜻한 침실에서 나오는 것은 힘들다. "빨리, 빨리"라고 서두르는 듯이 떡 치는 소리에 잠꾸러기라는 별명으로 불리지만 이상하게도 일찍 일어났다.

미련이 있는 자(未連者)

인천 다가와 후지카(仁川 田川富士香)

그는 다시 쓸쓸한 기분이 되었다. 이렇게 문득 누워 있는 것이 불안해졌고, 또한 너무 부끄럽다는 생각이 들었다. 연말-그는 이렇게 생각하면서 어째서 자신은 죽지 않았는지 생각했다.

봄-어떠한 미련도 없었다. 단지 지속해서 '죽음'에 대한 쓸쓸함이 마음속 깊이 파고들었다. 그와 동시에 자신을 남기고 죽은 창백하고 아름다운 그의 여자가 얼마나 자신을 죽음으로 이끌고 있는지 생각하지 않을 수 없었다.

눈이 녹는 모양(雪の解けさ)

고요세이(胡葉生)

동북쪽 대평원은 정월이 가까워지면 큰 눈으로 하얀 벌판으로 변한다. 그리고 북쪽의 강 상류로 올라가면 강이 아주 차분하게 흐른다. 밤이 깊어졌다. 그는 조용히 절벽 위에 서서 커다란 강으로 빨려 들어가면서 눈이 녹는 것을 바라보고 있다. 아마도 10년 전의 일이다.

(1920년 12월 26일)

[이현희 역]

세키가하라 10월의 달(關ヶ原名殘の月)
신파 나니와부시(新派浪花節)[1]

스에히로테이 다쓰마루(末廣亭辰丸)[2] 구연

(1)

후와 관문(不破の關屋)[3] 자리는 황폐해지고

폐허에 달빛 새는 이부키야마(伊吹山)[4]

그 산허리 길목의 패한 무장을

가련하다 그리며 이야기하네

그 중에서도 특히 이슬이 깊은

아오노가하라(青野ヶ原)[5]의 마른 억새야

꽃은 시들지라도 이름은 남고

---

1) 나니와부시(浪花節)란 에도(江戶) 말기에 성립한 예능으로 로쿄쿠(浪曲)라고도 한다. 샤미센(三味線)을 반주로 독특한 가락을 넣어 이야기를 진행하며, 의리와 인정을 소재로 하는 내용이 많다. 나니와부시를 전문적으로 공연하는 사람을 로쿄쿠시(浪曲師), 샤미센 반주자를 교쿠시(曲師)라 한다.

2) 스에히로테이 다쓰마루(末廣亭辰丸, 1878~1908): 메이지 시대(明治時代)의 로쿄쿠시. 본명은 후쿠시마 신타로(福島信太郎). 초대 스에히로테이 다쓰마루 문하에 들어가 2대를 습명했다. 신문 소설인 오자키 고요(尾崎紅葉)의 「곤지키야샤(金色夜叉)」나 기쿠치 유호(菊池幽芳)의 「나의 죄(己が罪)」 등을 나니와부시로 각색하여 평판을 얻었으나 31세에 병으로 요절했다.

3) 기후 현(岐阜縣) 후와 군(不破郡) 세키가하라 초(關ヶ原町)에 있었던 관문. 에치젠(越前)의 아라치 관문(愛發の關), 이세(伊勢)의 스즈카 관문(鈴鹿の關)과 함께 고대의 세 관문 중 하나. 세키가하라 전투(關ヶ原の戰い)의 무대가 된 '세키가하라'라는 지명은 여기서 유래한다.

4) 시가 현(滋賀縣) 마이바라 시(米原市), 기후 현 이비 군(揖斐郡) 이비가와 초(揖斐川町), 후와 군 세키가하라 초 세 지역에 걸친 이부키야마 산지(伊吹山地)의 주봉으로 표고 1,377m.

5) 현재의 기후 현 오가키 시(大垣市), 후와 군 다루이 초(垂井町)에 걸친 지역. 세키가하라에 인접한 지역으로 세키가하라 전투의 전장이 아오노가하라로 전해진 까닭에 당시에는 아오노가하라 전투라고도 불렸다.

이시다 미쓰나리(石田三成)[6) 그가 떠나고

영혼은 어드메를 방황하려나

이야기 제목은 세키가하라(關ヶ原)[7)

10월의 달(名殘の月)[8)을 보며 한 자락 풀어

이에 들려 드리도록 하겠소이다

세상에는 운이란 것이 있어 인간의 영고성쇠를 지배하는데, 똑같이 한 줄기로 난 길을 걷더라도 물건을 잃어버리는 자와 주워 얻는 자가 있다. 천고의 영웅도 이 운이라는 한 글자의 풀이에 대부분 고난을 겪었으니, 이시나 미쓰나리도 분명 이 운이라는 글자 하나를 손에 넣지 못한 불행한 사람이었다.

고슈(江州)[9) 사와야마(佐和山)(지금의 히코네(彦根)) 18만 석 성주 이시다 지부쇼유 미쓰나리(石田治部少輔三成)는 오미노쿠니(近江國) 아자이 고리(淺井郡) 이시다무라(石田村)의 찢어지게 가난한 농민 사고로(佐五郎)의 자식[10)이었다. 모친은 오카메(お龜)라 하며 오카메[11)의 배에서 나

---

6) 이시다 미쓰나리(石田三成, 1560~1600): 아즈치모모야마 시대(安土桃山時代)의 무장. 오미(近江) 출신으로 아명은 사키치(佐吉). 도요토미 히데요시(豊臣秀吉)로부터 능력을 인정받아 다섯 부교(奉行)의 한 사람이 되어 내정 면에서 활약했다. 오미 사와야마(佐和山) 성주가 되어 19만 4천 석을 영유했으나, 히데요시 사후 세키가하라 전투에서 도쿠가와 이에야스(德川家康)에게 패하여 처형되었다.

7) 세키가하라 전투의 무대. 게이초(慶長) 5년(1600년), 이시다 미쓰나리가 이끄는 서군과 도쿠가와 이에야스가 이끄는 동군 사이에서 천하의 패권을 두고 벌어진 전투. 고바야카와 히데아키(小早川秀秋)의 배신에 의하여 동군이 대승을 거두고 미쓰나리 등은 처형, 히데요리의 유아 도요토미 히데요리(豊臣秀賴)는 60만 석의 다이묘(大名)로 전락했다.

8) '名殘の月'는 새벽녘 동이 터 오는 하늘에 남아 있는 달을 가리키기도 하며, 그해의 마지막 달맞이를 아쉬워하는 의미에서 후월(後月), 즉 음력 9월 13일 밤의 달을 나타내기도 한다. 또한 게이초 5년 음력 9월 15일(서력 1600년 10월 21일)에 벌어진 세키가하라 전투를 연상케 하는 경물이기도 하다.

9) 현재의 시가 현(滋賀縣)에 해당하는 오미노쿠니(近江國)의 이칭.

온 것이 한냐(般若)¹²⁾가 아니라 사키치(佐吉)라 하는 개구쟁이였다. 그런데 이 사키치는 어릴 적부터 꽤나 별난 녀석이라 굴러도 넘어져도 매를 맞아도 결코 눈물이라는 것을 흘리지 않았다. 더불어 아무리 맛있는 것을 주어도 웃지 않았다. 울지도 웃지도 않는 기묘한 아이였다. 그러나 아무리 노력해도 가난한 백성이란 서글프게도 부부 사이의 연결고리라 할 수 있는 단 하나의 자식¹³⁾을 양육하는 것도 어려운 지경이니, 부부는 의논 끝에 이시다무라 마을 전체의 위패를 모시는 절인 간논지(觀音寺)에 동자승으로 들여, 주지 엔칸(圓觀) 스님에게 교육을 부탁하기로 했다.

장난이 한창이라 일고여덟 살
닳고 휘어진 짚신에 해어진 솜옷
훗날 천하를 두고 병권을 휘둘러
아오노가하라의 싸움을 벌일
영웅이 되리라고는 알 수 없었네

엔칸 스님도 가련하다 여겨 흔쾌히 승낙했는데, 상당히 영리하여 불을 보면 화재를 내다보고 사람을 보면 도둑이라 간파하는 선견지명이 있는 아이였다. 세월에는 장사가 없어 사키치가 13세가 되었을 무렵, 고슈 나가하마(長濱)의 성주 하시바 지쿠젠노카미 히데요시(羽柴筑

10) 미쓰나리의 부친인 마사쓰구(正継)는 농민이 아닌 무장의 신분이었으므로, 본문의 내용은 사실과 다른 허구의 서술이다.
11) 일본 예능에 사용되는 가면의 하나. 오타후쿠(おたふく)라고도 하며, 둥근 얼굴에 볼이 불룩하고 코가 납작한 여자의 모습으로 추녀의 상징이기도 하다.
12) 일본의 전통극 노(能)에서 사용되는 가면의 하나. 두 개의 뿔, 크게 찢어진 입을 가진 귀녀의 모습으로 여인의 분노와 질투를 상징한다.
13) 해당 부분 역시 사실과 다른 허구로, 미쓰나리는 마사쓰구의 차남으로 태어났으며 맏형 마사즈미(正澄)도 그와 함께 히데요시(秀吉)에 사관했다.

前守秀吉)¹⁴⁾가 이시다무라 근처로 매사냥을 나섰다. 아침부터 몸을 움직여 목이 말랐으므로 히데요시는 차를 마시고자 간논지에 들렀다. 지극히 가벼운 차림이었고 종자도 고작 네다섯 명에 지나지 않았는데, 간논지의 툇마루에 걸터앉더니 청을 넣었다.

"아아, 이거 이거 정말이지 폐를 끼치게 되었소만 차를 한 잔 대접해 주지 않겠는가."

화로 곁에서 꾸벅꾸벅 졸고 있었던 사키치는 이 목소리에 놀라 눈을 번쩍 뜨고 히데요시의 얼굴을 구멍이 뚫어져라 유심히 바라보더니, 미지근한 차를 커다란 잔에 찰랑찰랑 부어 바쳤다. 목이 말랐던 히데요시는 단숨에 꿀꺽꿀꺽 들이키고 입맛을 다시며

"맛있군 맛있어, 한 잔 더 다오."

"예에."

이번에는 약간 따뜻한 차를 납작한 찻잔에 부어 바쳤다.

"맛있군 맛있어, 한 잔 더 다오."

이번에는 매우 뜨겁고 진한 차를 자그마한 찻잔에 부어 바쳤다. 행동거지 하나하나가 마음에 드는 동자승이라 아무래도 물건이 될 법하다고 눈독을 들인 기민한 히데요시가 엔칸 스님과 담판을 지어 고쇼(小姓)¹⁵⁾로 삼아 나가하마 성내로 데려갔다.

나가하마 성내로 들어온 다음날, 13세의 사키치가 중대한 용건이

---

14) 도요토미 히데요시(豊臣秀吉, 1536~1598): 아즈치모모야마 시대의 무장. 오와리(尾張) 출신으로 아명은 히요시마루(日吉丸), 초명(初名)은 기노시타 도키치로(木下藤吉郞). 오다 노부나가(織田信長)를 섬기며 전공을 세우고 하시바 히데요시(羽柴秀吉)라 칭했다. 노부나가 사후 아케치 미쓰히데(明智光秀)와 시바타 가쓰이에(柴田勝家)를 물리치고 시코쿠(四國), 규슈(九州), 간토(關東), 오슈(奧州)를 평정함으로써 천하를 통일했다. 도요토미(豊臣)는 다이조다이진(太政大臣)으로 임명되며 조정에서 내린 사성(賜姓).
15) 귀인 곁에서 잡무를 처리하며 시중을 들던 소년. 시동.

있다는 말씀을 올렸다. 무슨 일인가 하고 히데요시가 군무에 관한 논의[16]도 제쳐 두고 그 이유를 묻자 사키치가 말하기를

"성주님, 고양이 한 마리를 데려오더라도 청어 한 묶음 정도는 지불하는 법입니다. 하물며 이 몸은 한 명의 인간………제가 스스로 원한 바 들어오게 된 것도 아닙니다. 성주님께서 데려오신 이상은 엔칸 스님 및 제 부모에게 그간의 양육비를 내려 주시면 지극히 감사하겠나이다."

히데요시는 일리 있는 청이라 여겨 사키치의 몸값을 엔칸 및 양친에게 지불했다. 벌써부터 일거일동이 이처럼 범상치 않으니, 영웅의 심리는 영웅이 알아주는 법이라고 16세 무렵에는 히데요시의 문갑[17]을 관리하는 중책을 담당하는 동시에 새로이 봉록 5백 석을 받게 되었다. 16세의 풋내기가 아무런 공적도 없이 5백 석의 큰 봉록을 받게 되었으니 서로 모이기만 하면 입을 모아 그 빠른 출세를 부러워했다. 그러나 사키치 본인은 5백 석 봉록 따위는 코딱지만큼도 중히 여기지 않았고, 당시 미노(美濃)[18]의 낭인(浪人)으로 호걸이라고 평판이 높은 가와구치 간베에(川口勘兵衛)를 직접 방문하여 가신으로 맞아들였다. 그 대가로 약속한 봉록이 5백 석이니 내로라하는 호걸인 가와구치 간베에도 그 큰 도량에 놀랄 수밖에 없었다. 이 자가 후일 세키가하라의 큰 싸움이 벌어졌을 때 아군을 배신한 고바야카와 다카카게(小早川隆景)[19]를 일갈(一喝)하고 미쓰나리를 평생토록 추종한 가와구치 간베에였다.

(1907년 11월 1일)

---

16) 원문에는 군사상의 기밀을 나타내는 '軍機'로 되어 있으나 '軍議'의 오기인 듯하다.
17) 가까이에 두고 편지나 서류 등을 보관하는 작은 상자. 따라서 이를 관리한다는 것은 측근에 대한 신임을 나타낸다.
18) 현재의 기후 현 남부에 해당한다.
19) 세키가하라 전투에서 서군을 배신한 '고바야카와 히데아키'의 오기. 다카카게(隆景)는 히데아키의 양부에 해당한다.

(2)

그런데 사키치는 16세로 대단한 미남자요, 가와구치는 38세로 정강이에 털이 숭숭한 험상궂은 면상의 사내이니, 대동하고 길을 가는 모습을 보며 악귀가 보살을 모신다는 소문이 돌았다. 안팎으로 이에 대한 이야기가 돌아 히데요시의 귀에도 들어가니, 히데요시가 사키치를 불러 묻기를

"그대가 가와구치 간베라는 가신을 들였다고 들었는데 봉록은 어느 정도나 주었는가."

"극히 사소한 것에 불과합니다."

"사소하다니 얼마 정도인가."

"예, 5백 석이옵니다."

아무리 히데요시라 해도 이 대답에는 놀랐다.

"이 녀석 사키치, 네게 내린 5백 석을 그대로 가신에게 넘겼다면 네 자신은 어떻게 먹고 사는 게냐."

"아뢰옵기 황송합니다만 주군께서 자시는 음식에 독이 들었는지 시식하며 지내고 있나이다."

히데요시는 이 말을 듣고 더더욱 놀랐다. 독이 들어있는가를 시식한다고 하면 듣기에는 그럴 듯하지만 실질적으로는 히데요시 자신의 음식을 가장 먼저 한 입씩 슬쩍한다는 것이다.

> 히데요시마저도 깜짝 놀라니
> 오다 노부나가(織田信長)를 곁에서 모신
> 도키치(藤吉) 시절의 자신마저도
> 그 대담한 태도에 견줄 수 없네

그러던 중 사키치는 18세가 되었고, 같은 18세의 여인이 분별을 잃

을 만큼 그에게 푹 빠지고 말았다. 사랑에 빠진 여인은 그림으로 그린 듯한 용모에다 히데요시의 안사람인 네네(ね〻)의 시녀로 있는 사사(さ〻)라는 미인이었다. 안주인 네네는 이후 기타노만도코로(北の政所)[20]가 되는 현명한 부인으로, 네네라든가 사사라든가 하면 어딘가 우습게 들리겠지만 히데요시 시대에는 이런 식으로 여성의 이름을 짓는 경우가 많았다. 히데요시의 안사람은 네네, 시녀의 이름은 사사, 호리오 요시하루(堀尾吉晴)[21]의 안사람은 토토(と〻), 우키타 히데이에(宇喜多秀家)[22]의 안사람은 요요(よ〻), 요도기미(淀君)[23]의 이름은 차차(ちゃ〳〵). 이어서 한 번에 말하면 네네 사사 토토 요요 차차, 사람을 놀리는 듯한 이름이다.

이 사사는 빼어난 미인으로 학문에도 소양이 있고 노래도 지으며 꽃꽂이에 조예가 있고 다도에도 능숙했다. 유술(柔術)[24]도 익혔고 나기나타(薙刀)[25]도 휘두른다는 여걸이었다. 사키치가 자신의 부군이 되지

---

20) 셋쇼(攝政) 및 간파쿠(關白)의 정처를 공경하여 일컫는 호칭. 특히 히데요시의 정처인 네네(ねね)에 대한 통칭으로 유명하다.
21) 호리오 요시하루(堀尾吉晴, 1543~1611): 아즈치모모야마 시대의 무장. 오와리 출신으로 도요토미 히데요시를 섬겼으나 세키가하라 전투에서는 동군에 가담했다.
22) 우키타 히데이에(宇喜多秀家, 1573~1655): 아즈치모모야마 시대의 무장. 도요토미 히데요시를 섬기며 시코쿠, 규슈, 오다와라(小田原) 정벌에서 전공을 세우고 임진왜란, 정유재란에도 참전했다. 세키가하라 전투에서 패한 후 하치조지마(八丈島)에 유배되어 사망했다.
23) 요도기미(淀君, 1567~1615): 도요토미 히데요시의 측실. 이름은 차차(茶々). 부친은 아자이 나가마사(淺井長政), 모친은 오다 노부나가의 여동생 오다니노카타(小谷の方). 아자이 씨 멸망 후 시바타 가쓰이에의 처가 된 모친과 함께 에치젠으로 이주했고, 시바타 씨 멸망 후에는 히데요시의 보호하에 지내다가 그의 애첩이 되었다. 야마시로(山城)의 요도 성(淀城)에 거처하며 장남 쓰루마쓰(鶴松), 차남 히데요리를 낳고 권세를 휘둘렀으나 오사카 여름 전투(大坂夏の陣)에서 패하여 자결했다.
24) 유도의 전신.
25) 긴 자루 끝에 초승달 모양의 칼날이 달린 무기. 혹은 그것을 사용하는 무술. 헤이안(平安) 후기로부터 무로마치 시대(室町時代)에 이르기까지 널리 사용되었다. 센고쿠 시대(戰國時代) 이후로 창이 유행하게 되어 에도 시대(江戸時代)에는 주로 여성이 사용

않는다면 그를 죽이고 자신도 죽겠다고 할 정도로 홀딱 반한 상태였
다. 요컨대 일이 뜻대로 되지 않는다면 동반 자살이다. 여자 쪽에서
억지로 끌고 들어가 죽겠다는 것이다.

> 가련하다 천하의 영웅이라고
> 세상 끝날 때까지 찬사를 받을
> 이시다 쇼유 미쓰나리도
> 여자에 한해서는 뜻대로 안 되니

안주인 네네는 일찍부터 사사의 의중을 눈치채고 히데요시에게 이
에 대하여 이야기했으나, 히데요시는 허허 헛웃음만 내뱉으며 상대를
해 주지 않았다. 하지만 그녀는 부인인 만큼 더더욱 열심히 간청을
거듭했고, 히데요시도 성가셨기 때문에 사키치를 불러 사사를 아내로
삼으라 명했으나 수락하지 않았다. 하는 수 없이 사사에게 사정을 밝
히자 그날부터 그녀는 중병에 걸리고 말았으니, 세상에서 말하는 상사
병이다.

> 병들어 누워 있던 여인 사사는
> 사람이 없는 틈에 몰래 일어나
> 잠자리에서 떠나 눈물에 젖네
> 이리도 연모하고 괴로워해도
> 뜻대로 되지 않는 뜬세상이여
> 아예 이 자리에서 세상을 떠나
> 사랑하는 남자와 나란히 함께

하는 무기로 간주되었다.

삼도천을 건너고 명도(冥途)의 산을

동행할 수 있다면 바라는 바라

시들어 버린 모습 눈 속에 묻혀

울타리 아래 누운 풀솜대(雪笹)[26] 같아

이럴 바에야 남자를 죽이고 자신도 죽겠다는 무시무시한 결심을 하고 밤낮으로 사키치의 빈틈을 노렸으나, 언제나 지옥의 파수꾼 같은 가와구치 간베에가 곁에 버티고 있었으므로 그 목적을 이루는 것은 불가능했다.

어느 날 사키치는 히데요시를 대신하여 성내의 산노마루 신사(三の丸神社)에 참배하게 되었다. 이 성을 세운 사람을 제신(祭神)으로 모시는 신사로, 밤중에 참배하는 것을 관례로 하고 있었다.

(1907년 11월 2일)

(3) 1907년 11월 4일 결호로 인하여 내용 확인 불가능

(4)

물 흐르는 듯하던 결단마저도

그대로 무너뜨린 큰 도량이여

이에 애절하게도 가로막힘은

연정에 무너지고 만 여인이어라

---

26) 일본어 발음은 '유키자사(雪笹)'로 '사사(笹)'라는 이름과 통하여 그녀의 신세를 비유하고 있다.

　자신은 그 자리에서 자결하려 했으나 인정 어린 사키치의 한 마디에
비로소 꿈이 깬 듯한 기분………방으로 돌아와 생각해 보니 이미 절체
절명………

　결심을 굳힌 그녀는 머리를 고쳐 묶고 몸차림을 정돈한 후, 의복을
갖추어 입고 히데요시의 안사람 네네 님 앞에 나섰다.

　"덧없는 연모의 일념………이승에서 이루어질 수 없는 일이라면 적
어도 저승길 길동무로 삼으려 했던 자신이 새삼 두렵기 짝이 없나이
다………어떻게든 처단해 주시기를 바라옵니다."

　　　전혀 숨기지 않고 털어놓은 후
　　　굳게 마음을 다진 그녀의 자태
　　　눈 속에 줄기 꺾인 조릿대(小笹)[27]로다

　난처하게 된 것은 네네 님이었다. 내밀히 히데요시에게 청을 넣었으
나 그저 잘 살펴서 처결하라는 한마디뿐………이제 자결하는 것 외에
는 다른 수단도 방법도 없으니 사사를 호출한 네네 님은

　"아무 일도 없었다는 양 처리하고 싶은 마음은 태산 같으나, 다른
사람들에게 면목이 서지 않는 까닭에………그대로 상사병으로 죽는
것이라 단념해다오."

　최후의 선고를 내렸다. 이전부터 각오를 굳히고 있었던 사사는 머리
카락 한 올도 흩뜨리지 않고 안색도 변치 않았다.

　"그럼 안녕히………"

---

27) 일본어 발음은 '고자사(小笹)'로 '사사(笹)'라는 이름과 통하여 그녀의 신세를 비유하
　　고 있다.

그야말로 이승의 마지막 인사
자리에 무릎 꿇고 고개를 들어
우러르는 귀한 분 눈동자에는
하염없이 흐르는 눈물이구나
헤아리면 기나긴 세월 속에서
지금껏 받은 은혜 산과 바다라
열여덟 한창 나이 오늘 이날에
이러한 마지막을 맞이하다니
꿈속에서도 전혀 생각지 못해
이 무슨 불충인가 한심한 이 몸
절절히 사죄의 뜻 말씀 올리고
맥없이 물러나며 자리를 떠나
방을 나서는 모습 바라보시는
성의 안주인이신 네네 마님도
심경은 마찬가지 눈물이어라
세상에 보기 드문 저런 여인을
곁에 두어 기르고 지켜본다면
그야 믿음직스런 재주 될 텐데
구해 낼 길이 없는 가련한 최후
얼굴을 감추고는 흐느껴 우네
보옥을 잃어버린 기분이로다

  방 정리를 담당하는 하녀에게 일체의 소지품을 주어 내보내고 혼자
가 되어서야 비로소 소리를 내어 울었다.
  "이시다 님 정말이지 너그러운 처사이십니다. 정말이지 너그러운
처사이십니다. 아무리 제정신이 아니었다고 해도 소중한 당신에게 상

처를 입히고 마님에게까지 심려를 끼쳤으니 드릴 말씀도 없습니다………무간지옥이라는 곳에 떨어지더라도 이 죄를 씻기에는 부족합니다………이루어질 수 없는 바람이지만 단 한 번만이라도………도리어 저승길의 방해가 될 테니 생각하지 않으련다………이시다 님, 무운장구(武運長久)를 기원하나이다. 마님, 백 년의 만수무강을 기원하나이다."

가련하다 죄를 지어 죽음을 맞이하는 신세란 글을 남기는 것조차도 여의치 않구나. 방의 네 귀퉁이에 명향(名香)을 피워 두고 몸을 정결히 한 후 의복을 갈아입었다. 네네 님께서 하사한 단도를 빼어 들자 등불을 반사하여 번쩍 빛났다.

> 단도의 앞과 뒤를 번갈아 보고
> 사내보다도 나은 각오를 품은
> 열여덟 나이다운 색향이건만
> 피워 보지 못하고 홀로 외로이
> 한밤중의 폭풍에 흩날리다니
> 이 얼마나 비참한 운명이런가

삼가 단도를 받쳐 들고 숨을 한 차례 내쉰 후………목을 찌르려 한 찰나………장지문을 열고 나타난 것은 아직 떠나지 않고 있었던 하녀의 모습이었다. 그녀는 눈물을 흘리며 양손을 바닥에 짚고

"방금 이시다 님으로부터 몸을 정결히 하라는 말씀과 함께 이 명향을………."

"감사한 일이로다. 이시다 님, 천 부 만 부의 경문(經文)보다 감개무량하고 기쁩니다. 이시다 님께 잘 전해 주시게………어서 물러가시게나………."

이제 여기까지라 사사 여인은

그 모습 장하게도 목숨을 끊었네

훗날에 이시다 미쓰나리가

세키가하라의 그 싸움에서도

옛일을 잊지 않고 기억하고자

사사가 가지고 있던 단도를 취해

그 몸에 간직했던 영웅의 심중

그 마음 생각하니 애절하도다 (끝)

(1907년 11월 5일)

[이윤지 역]

도리이 스네에몬(鳥居强右衛門)

쇼린 하쿠치(松林白知) 강연

새해를 기념하는 관습으로 조선신문사의 취향에 따라 한 자리 마련하여 이야기를 올릴까 하는데, 덴쇼(天正)[1] 연간의 호걸 도리이 스네에몬 가쓰타카(鳥居强右衛門勝高)의 전기입니다.

이미 말씀드렸지만 때는 덴쇼 3년으로 즉 을해년(乙亥年)의 5월 1일, 고슈(甲州)[2]의 맹장 다케다 이나시로 가쓰요리(武田伊奈四郎勝賴)[3]의 부친 되시는 기잔 대거사(機山大居士) 신겐(信玄)[4]이 서거한 지 3년이 지났는데, 당국에서야 상을 비밀로 하고 있었으나 주변의 여러 무장들이 이를 정탐하고, 개중에는 다케다 가문에 등을 돌리는 자도 나타났습니다.

다행히 사망 3주기 법회도 마무리되었으므로 이제 슬슬 주변 영지를 정벌하고자 마음을 먹었는데, 분별이 있는 자들은 그 생각이 옳지 않다, 설령 오백이나 팔백 정도의 아군이 이반할지라도 두려울 것 없

---

1) 아즈치모모야마 시대(安土桃山時代) 오기마치 천황(正親町天皇)과 고요제이 천황 (後陽成天皇) 치세의 연호. 1573년 7월 28일부터 1592년 12월 8일까지에 해당.

2) 현재의 야마나시 현(山梨縣)에 해당하는 가이노쿠니(甲斐國)의 이칭.

3) 다케다 가쓰요리(武田勝賴, 1546~1582): 센고쿠 시대(戰國時代)의 무장. 부친 신겐 (信玄)의 사망 후 그 영지를 계승하여 오다(織田), 도쿠가와(德川) 세력과 대립했다. 나가시노 전투(長篠の戰い)에서 대패하고 오다 노부나가(織田信長)의 추격을 받아 덴모쿠잔(天目山) 기슭에서 자결했다. 통칭 시로(四郎). 시나노노쿠니(信濃國) 이나다니(伊那谷)에 위치한 다카토 성(高遠城)의 성주였던 까닭에 이나시로(伊奈四郎)라고도 불렸다.

4) 다케다 신겐(武田信玄, 1521~1573): 센고쿠 시대(戰國時代)의 무장. 이름은 하루노부(晴信). 신겐은 법명, 기잔(機山)은 법호. 부친 노부토라(信虎)를 폐하고 시나노노쿠니 일대를 장악하여 우에스기 겐신(上杉謙信)과 대립했다. 교토(京都) 진출을 목표로 미카타가하라(三方ヶ原)에서 도쿠가와 이에야스(德川家康)에게 승리를 거두고 미카와(三河)로 진입했으나 진중에서 병사했다.

다, 오로지 군비(軍備)를 엄중히 한다면 어떤 상대가 침공할지라도 수월히 격퇴할 수 있다고 간언을 올렸으나 받아들여지지 않았습니다. 선수 필승이요 후수는 불리하다는 말도 있고, 그 중에서도 용납할 수 없는 자가 산슈(三州)[5] 나가시노(長篠)에서 버티고 있는 오쿠다이라 구하치로 사다마사(奧平九八郎貞昌)였으므로 가장 먼저 출전의 제물로 삼아 그 성을 공략하기로 했습니다.

동원한 병사가 2만 7천의 대군이었던 것에 비하여 대항하는 나가시노 측은 고작 8백이었습니다. 눈 깜박할 사이에 짓뭉개 버리겠노라고 정면 부대 1만 7천, 측면 부대 1만이 5월 초하룻날 사시(巳時) 무렵 벼와 삼과 대와 갈대마냥 주위를 겹겹이 에워싸고 이를 선두로 공격하여 성을 떨어뜨리려 했으나, 지혜와 용기가 특출하게 뛰어난 사다마사인지라 적이 천변만화의 비술을 동원하면 동원할수록 그에 맞서 능란하게 대응하고 철저히 방어하니 다케다 군은 쉴 틈도 없이 초하룻날부터 2일, 3일, 4일, 5일, 6일에 이르도록 밤낮 구분도 없이 싸워야 했습니다. 그러나 아무리 해도 성이 떨어질 기색이 보이지 않았으므로, 그렇다면 두고 보자 하고 이번에는 군세를 멀찍이 뒤로 물려 이후로는 모든 공격을 중지했을 뿐 아니라 진 내부에서 술을 마시고 춤을 추며 떠들썩하게 소란을 피웠습니다.

이에 대하여 성의 총대장 구하치로 사다마사는 이달 닷새가 단오절이라 여느 때라면 성대히 축하연을 베풀어야 할 것이나 한창 전쟁 중이요 군량에도 한계가 있었으므로 농민들이 바친 우렁이를 말린 것을 두 알씩 물에 담그고 여기에 미나리를 약간 넣어 장국으로 만든 후 성안 사람들에게 돌려 약간이나마 뭇 병사들의 마음을 어루만지고, 나아가 여러 방면으로 방어전을 준비하고 있었습니다.

---

5) 현재의 아이치 현(愛知縣) 동부에 해당하는 미카와노쿠니(三河國)의 이칭.

　전술한 바와 같이 다케다 측에서 포위전을 택한 것은 다름 아닌 군량에 대한 압박이었으므로 정말이지 곤란한 상황이 되었습니다. 상황을 살피는 사이에 10일, 11일, 12일, 13일이 지나고 이전과는 판이하게 달라진 적의 태세에 무작정 버틸 수도 없으므로 5월 14일 구하치로가 성안의 사람들을 넓은 방에 불러들였습니다.

　구하치로 "그러면 여러분께 말씀드리겠소이다. 애당초 이번 전투의 원인은 우리 부자가 도쿠가와(德川) 가의 수하가 되어 고슈를 등지고 재작년 그 가문에 투항했다는 점이 그 첫 번째요, 또한 이 성이 본디 다케다 가문의 소유라는 점이 그 두 번째라 할 수 있소. 그 결과 가쓰요리는 극히 분노하여 무슨 수를 쓰더라도 우리를 격멸시키고자 하니 이것이 세 번째 이유요. 그럼에도 오늘에 이르기까지 여러분의 충의에 힘입어 이렇게 버텨 왔는데, 곰곰이 작년의 상황을 돌이켜 보니 분명히 이 성에 대하여 군량 면에서 압박을 시도하리라 사료되오. 전장의 승패는 시운(時運)에 달린 법이니 설령 적이 3만에 가까운 수라 할지라도 필사의 각오로 응전한다면 버티는 데까지 버틸 수 있겠으나, 지금 이 상황에서 군량의 압박을 받는다면 성안의 사람 수를 고려할 때 이미 열흘도 버틸 수 없을 것이오. 따라서 더 이상 버티기에도 귀공들에게 면목이 없고 죄송스러운지라 이 몸이 홀로 할복하겠소. 그 후로는 다들 오카자키(岡崎)[6]에 계신 부모에게로 돌아가 아무쪼록 다시 한 번 충절을 다하기 바라는 바요."

　이 말에 마쓰다이라 야쿠로 가게타다(松平彌九郎景忠), 마쓰다이라 마타시치로 이에타다(松平又七郎家忠) 두 사람이 입을 모아 항의했습니다.

　두 사람 "이는 대장의 언사라 생각되지 않습니다. 군량이 부족하여

---

6) 오카자키 성(岡崎城)은 도쿠가와 이에야스(德川家康)의 조부 마쓰다이라 기요야스(松平淸康) 시대부터의 거성으로, 이에야스의 출생지이기도 하며 한때 본거지로 삼기도 했다.

이 성이 버틸 수 없으니 일동을 대신하여 할복하겠다는 것은 언뜻 보면 합당한 처사로 보이오나 우리들도 이렇게 구원병으로 가담한 이상 그대로 주군을 배알한다는 것은 절대로 있을 수 없는 일입니다. 그러니 대장과 더불어 할복하고 성안의 8백 명을 구명하기로 하지요."

그러자 이번에는 다른 사람들이 나서서 이를 가로막았습니다.

"아니 아니, 실례하겠소만 어찌되었건 지금까지 이렇게 곁에서 모시던 우리들이 이제 와서 세 분과 사별하고 오카자키로 향한다는 것은 매우 난처한 일이외다. 게다가 군량을 남기고 죽는 것도 아쉬운 일이라 지금 사이에 성내를 정리하여 조금이라도 보기 흉한 꼴이 남지 않도록 하고 성을 베개 삼아 전사하기를 바라니, 이 뜻을 받아들여 주소서."

이렇게들 전혀 납득하는 분위기가 아니었으므로 내로라하는 세 장수도 얼굴을 마주보며 한동안 침묵을 지켰습니다. 그것은 개죽음에 불과하므로 아무쪼록 자신들의 의견을 따르도록 여러 모로 설득했으나 아예 듣고자 하는 자세가 아니었습니다. 이에 구하치로도 마음을 정한 듯,

구하치로 "그리 말씀해 주신다면 이제 여러분의 의견에 따라 이 자리에서 최후의 주연을 베풀겠소."

하는 말을 채 끝맺기도 전에 아득히 말석에서

"이거 이거 주군께서는 서두르지 마소서. 천금의 활은 들쥐를 향하여 날리지 않고, 닭을 잡는 데 어찌 소 잡는 칼을 쓰겠느냐는 옛말이 있나이다. 결단은 잠시 미루어 주셨으면 합니다."

하고 늠름하게 목소리를 높이는 사람이 있었으므로 일동이 크게 놀라 대체 누구인가 하고 바라보니, 산슈 마에다무라(前田村) 출신이며 당시 1백 석 녹봉을 받던 무사로 성명을 도리이 스네에몬 가쓰타카라 하는 자였습니다. 당년 39세, 신장은 5척 9촌[7]이나 되는 대장부로, 힘이 세

---

7) 1척(尺)은 약 30.3㎝, 1촌(寸)은 1척의 10분의 1로 약 3.03㎝에 해당한다. 따라서

고 헤엄치기에 따를 자가 없다는 달인이자 호걸이었습니다. 구하치로
가 그를 바라보며 물었다.

구하치로 "그렇다면 그대에게 생각이 있는가."

도리이 "말씀드리겠나이다. 아마도 지금 이 성이 이러한 위급존망의
처지에 빠졌다는 사실을 오카자키를 비롯하여 오다(織田) 가문도 모르
고 있을 것이오니, 이렇게 된 이상 소인이 무슨 수를 써서라도 성을
은밀히 빠져나가 오카자키에 사자로 다녀오겠습니다."

구하치로 "그게 무슨 말인가. 그대가 오카자키로 향하겠노라고?"

도리이 "그렇사옵니다. 그리 되면 이 성의 8백 명은 무사히 성을 지
킬 수 있을 것이옵니다."

구하치로 "만일 일이 제대로 풀리지 않을 경우에는?"

도리이 "송구하오나 이 성을 탈출하는 이상 한 목숨 이미 없음이라,
존안을 뵙는 것은 이것으로 마지막이리이다. 이러이러한 방법을 사용
할 것이므로, 아무쪼록 이후 사흘간만 말미를 주시옵소서."

태연하게 낯빛조차 바꾸지 않고 각오를 토로하는 도리이의 모습에
구하치로는 부채를 들어 두세 번 그를 부쳐 주었습니다.

구하치로 "참으로 장하도다 그대의 결의, 그렇다면 부디 성안 8백 명
의 목숨을 대신하여 오카자키에 사자로 가 주시게."

도리이 "명심하겠나이다."

구하치로 사다마사는 가문에 전해지는 명향(名香)을 그에게 내렸습
니다. 스네에몬은 감격의 눈물로 목이 메어 바로 그 자리에서 물러났
습니다.

이것저것 준비를 마치고 은밀히 성을 빠져나온 것이 5월 14일 밤

5척 9촌은 약 178.8cm.

자시(子時) 무렵이었는데, 야규 문(柳生の門)이라는 곳에서 암벽을 타고 이와시로가와(岩代川) 기슭까지 도달했습니다. 무어라 해도 이 나가시노 성은 오노가와(大野川)와 다키가와(瀧川) 사이에 끼어 있어 출구가 하나밖에 없었으므로, 다케다 측에서는 만일 한 사람일지라도 성에서 빠져나가는 자가 있어서는 안 된다고 살벌한 기세로 급류 속에 큰 밧줄 작은 밧줄을 여러 겹으로 교차시켜 쳐 두었습니다. 아무리 작고 하잘것없는 물체라도 이를 건드리면 딸랑이가 시끄럽게 울리도록 만들어져 있어, 여기에는 스네에몬도 크게 당혹했지만 그래도 두세 번 정도 시도를 해 보던 중에 시각이 되어 바바 미노노카미 노부후사(馬場美濃守信房) 군이 아토베 오이노스케(跡部大炊助) 군과 교대하게 되었습니다.

스네에몬으로 말하자면 그 전부터 옷가지를 개어 기름종이로 싸고 화약은 수달 가죽에 넣어 물이 스며들지 않도록 갈무리해 두었습니다. 감색의 굵은 밧줄로 배를 감고 대도(大刀)를 짊어진 후 하치마키(鉢卷)[8]를 둘러 감고 꾸러미는 허리에 묶고 단도를 들고 있었습니다. 아토베 군이 교대한 후에도 두세 번 도강을 시도해 보았는데 날이 어두워져 이전과 달리 물속을 확인할 수 없을 테니 이쯤 되면 괜찮을 것이리라 여겨졌습니다.

"아미타불과 유미야하치만(弓矢八幡)[9]께서도 굽어 살피소서. 제가 지금 성안의 일동을 대신하여 사자가 되어 오카자키로 향하는 도중이오니, 아무쪼록 순조롭게 강을 건너게 해 주시옵소서."

진심을 담아 기도하는 그 충정을 받아들이신 것인지, 돌연 하늘을 구름이 뒤덮더니 큰 비가 쏟아지고 우르릉 꽝꽝 번쩍번쩍 천둥 번개가

---

8) 무사가 무장할 때 투구 아래의 에보시(烏帽子)가 흘러내리는 것을 방지하기 위하여 머리를 천으로 감는 것. 혹은 그 천.
9) 궁시(弓矢)의 신인 하치만대보살(八幡大菩薩)을 가리키며, 이 신의 이름으로 맹세한다는 의미로 무사가 서약할 때 하는 말.

치기 시작했습니다. 스네에몬은 천지를 향하여 절을 올리고 크게 기뻐하며 바로 이때다 하고 물속으로 풍덩 뛰어들었습니다. 단도를 번뜩이며 크고 작은 밧줄을 전부 잘라 내고 무난히 이와시로가와를 건너, 그 자리에서 신호로 삼은 횃불을 올렸습니다. 나가시노 성내의 면면이 이를 발견하고

"이야, 횃불이 올랐다. 그렇다면 도리이가 순조롭게 진중을 빠져나간 것으로 보이니, 각자 방심하지 말라."

하고 사기가 충천하였으니 이도 당연한 일입니다. 한편 스네에몬은 바로 옷차림을 정돈하고 신시로(新城)에서 가메아나(龜穴), 가시야마(樫山), 단노(段野)를 거쳐 오카자키까지의 거리가 10리에 이르는 것을 달리듯 걸어 지금 식으로 말하자면 딱 15일 오전 8시 무렵에 오카자키 성 입구에 도착했습니다.

마침 안배에 따라 구하치로의 부친 오쿠다이라 미마사카노카미 사다요시(奧平美作守貞能)가 당시 등용되어 근무하고 있었으므로 잘 되었다 싶어 스네에몬은 엎드려 사실을 고했습니다. 보고를 받은 사다요시가 그를 바로 이에야스(家康) 공[10]의 어전으로 데려가 주군에게도 상세한 사정을 고하자 크게 놀라시어 스네에몬을 들이라 명하셨습니다.

이에야스 "구하치로의 가신, 스네에몬이라는 자가 그대인가."

도리이 "옛, 존체 강건하신 모습을 배알하여 더없이 기쁘옵니다. 금일 참상한 것은 제 개인의 일이 아니옵고, 주인 구하치로, 마쓰다이라

---

10) 도쿠가와 이에야스(德川家康, 1543~1616): 에도 막부(江戶幕府)의 초대 쇼군(將軍). 마쓰다이라 히로타다(松平廣忠)의 장남. 오다 노부나가와 결탁하여 스루가(駿河)를, 도요토미 히데요시(豊臣秀吉)와 화의를 맺고 간토(關東)를 지배했다. 히데요시 사후 세키가하라 전투(關ヶ原の戰い)에서 이시다 미쓰나리(石田三成) 등 히데요시의 유아 히데요리(秀賴)를 추종하는 세력을 일소하고 게이초 8년(1603년) 세이이타이쇼군(征夷大將軍)이 되어 에도 막부를 개창했다.

야쿠로 가게타다 외 8백 명이 고슈 군 2만 7천을 맞아 농성하는 가운데 이미 며칠도 버티기 어려운 상황입니다. 이에 소인이 적의 포위를 뚫고 이렇게 참상한 것이옵니다. 부디 저희 성을 불민히 여기사 시급히 원군을 보내 주시기를 바라나이다."

이에야스 "아아, 그러했는가. 자네들의 사정은 나도 염두에 두고 있었네만 노부나가(信長) 공[11]의 왕림을 기다리고 있었기에 생각 외로 늦어졌네. 여하튼 이는 내버려 둘 수 없는 중대사이니 이 이에야스가 일군을 이끌고 나가시노로 향할 것이네. 수고 많았으니 일단 휴식을 취하도록 하라."

말씀하시는 중에 바로 지금 노부나가 공 부자(父子)가 5만 명의 군사와 더불어 비슈(尾州)[12] 오모테(表)를 출발하여 우시쿠보(牛窪)에 도착하셨다는 연락이 들어왔습니다.

이에야스 "그리 되었는가. 지금 2만 명의 군사에 스네에몬을 딸려 산슈 우시쿠보로 향하라."

이것으로 두 분이 대면하게 되었고 스네에몬도 노부나가 공을 뵙게 되었습니다.

노부나가 "장하구나, 자네의 활약에 감탄했네. 일단은 푹 쉬게나."

치하하는 말씀에 스네에몬이 대답했습니다.

도리이 "황공하오나 두 분 성주님께서 출진하셨다는 사실을 한시라도 빨리 성안에 알리고 싶사오니, 소인은 이만 물러나고자 하옵니다."

11) 오다 노부나가(織田信長, 1534~1582): 센고쿠, 아즈치모모야마 시대의 무장. 오케하자마(桶狹間)에서 이마가와 요시모토(今川義元)에게 승리하여 오와리(尾張) 일대를 통일하고 이후 아자이 씨(淺井氏), 아사쿠라 씨(朝倉氏)를 멸망시킨 후 쇼군 아시카가 요시아키(足利義昭)를 추방했다. 다케다 가쓰요리를 나가시노에서 물리친 후 아즈치(安土)에 성을 세우고 사실상 일본 제일의 세력을 과시했다. 주고쿠(中國) 출진 도중 교토 혼노지(本能寺)에서 아케치 미쓰히데(明智光秀)의 모반으로 사망했다.
12) 현재의 아이치 현 서부에 해당하는 오와리노쿠니(尾張國)의 이칭.

노부나가 "그 뜻은 가상하나, 한 차례 적의 허점을 뚫고 무사히 빠져 나왔다 해서 이번에도 이전과 같이 성내로 잠입한다는 것은 상당히 어려운 일이야. 특히 일본 최강이라는 고슈 군이니 자네도 때를 기다리는 게 좋겠네."

도리이 "감사한 말씀이오나 소인이 여기까지 달려온 것은 성내 8백 명의 목숨을 대신한 것이니, 제가 늦어지면 늦어질수록 일동의 근심이 깊어질 것이옵니다. 하오니 반드시 성으로 돌아가야 하옵니다."

노부나가 "아아, 그러한가. 구하치로는 훌륭한 부하를 두었군. 그렇다면 원하는 대로 귀성을 허락할 테니 이쪽의 답서를 지참하게."

도리이 "황공하오나 서신에 관해서는 다시 생각해 주셨으면 하옵니다. 제가 만일 나가시노 성에 무사히 들어간다면 다행이오나 불행하게도 적의 손에 붙잡혔을 경우 역으로 일이 틀어질 수 있사오니, 철포(鐵砲) 한 정만 내려 주시기를 바라옵니다."

노부나가 "으음, 갈수록 그 마음 씀씀이가 감탄스럽군. 여봐라, 스네에몬에게 잔을 주어라."

커다란 대접에 넘칠 정도로 따른 술을 받은 스네에몬은 한 차례 절을 올린 후

도리이 "금생에서 존안을 배알하는 것도 이번이 마지막이 될는지도 모르옵니다. 아무쪼록 무운장구하시기를."
하고 어전을 물러나오자마자 길을 서둘러 후나쓰키산(船着山)에 도착한 것이 16일 한밤중이었습니다.

이번에도 나가시노 성안에서는 오늘 밤 신호가 있을 것이리라고 초저녁부터 기다리던 중에 과연 횃불이 오르니 그것을 목격한 성안 사람들의 기쁨은 비할 바 없었습니다만, 야음(夜陰)에 총포 소리가 들려오니 당시 산기슭을 방비하던 나이토 슈리노스케 마사토요(內藤修理亮昌豊)가 이 때아닌 총성은 무슨 일인가 하고 50명의 수하를 이끌고 수색

에 나섰습니다. 스네에몬은 임무를 완수했으므로 한숨 돌리고 산을 내려오는 도중에 구부러지는 길에서 그 일행과 정면으로 마주쳤습니다.

나이토 "그 자리에서 움직이지 마라, 뭐 하는 녀석이냐."

도리이 "알겠습니다."

일단 말을 받았으나 당황하여 잠시 머뭇거리다 덧붙였습니다.

도리이 "저는 아나야마 이즈노카미(穴山伊豆守)의 수하이옵니다."

나이토 "이름은 무어라 하느냐."

도리이 "그것은…"

하고 입을 열었을 뿐 바로 대답이 나올 리 없었습니다.

나이토 "수상한 녀석이군, 저 자를 끌고 오라."

명령을 받은 수하들이 좌우에서 덤벼들었습니다. 이렇게 된 이상 하는 수 없으니 서너 명 가량을 때려눕혔으나 결국 그 자리에서 포승에 묶여 다케다 가쓰요리의 진중으로 끌려왔습니다. 가쓰요리가 직접 나서서 정체를 심문하자

도리이 "이 몸은 오쿠다이라 구하치로의 가신인 도리이 스네에몬 가쓰타카라 하는 자요. 성안의 위기를 구명하고자 오카자키 성에 소식을 전하러 갔다가 돌아오는 길, 이렇게 발각되었으니 별 수 없으나 이제 얼마 지나지 않아 7만의 대군이 들이칠 것이니 목이나 씻고 기다리시구려."

하고 주눅이 들지도 두려워하지도 않고 대답했습니다.

가쓰요리는 짐짓 너그러운 태도로 노부나가 공의 군대는 고슈를 공격할 뜻이 없으니 지금이라도 어서 성문을 열고 항복하라는 거짓 편지를 써서 화살에 끼워 성으로 날려 보냈습니다. 뿐만 아니라 필적을 모방한 오쿠다이라 미마사카노카미의 거짓 편지까지도 함께 보냈습니다만, 찬찬히 살핀 구하치로 측이 가짜라는 사실을 간파했으므로 갈기갈기 찢어 버린 후 정면 출입구의 망루에서 8백 명의 사람들이 얼굴을

내밀고는 앗핫핫핫하 소리를 높여 비웃었습니다. 꽤나 시끄러운 웃음 소리였으리라 생각됩니다. 이에 가쓰요리가 해자 언저리로 스네에몬을 끌고 와서 편지 내용이 사실이라 알리도록 명령하자, 뜻밖에도 그는 천지에 진동하는 커다란 음성으로 7만의 군세가 도착할 것이라고 외쳤습니다.

가쓰요리는 열화와 같이 분노하여 나가시노 성 밖의 아루미가하라(有海が原)라는 곳에서 그를 책형(磔刑)에 처하도록 명했습니다. 성안 사람 중 이를 보고 눈물을 흘리지 않는 자가 없었는데, 그때 스네에몬이 눈앞에 닥치는 창날을 잠시 제지하더니

도리이 "우리 주군의 생명을 대신하여 가는 것이니 무엇이 아쉬우랴 당당한 무사의 길."
이라고 낭랑히 사세구(辭世句)를 읊고 숨을 거두었습니다. 실로 그 호담한 용기라니 보기 드문 대장부라 하겠습니다.

이후 도쿠가와 막부의 치세가 되자 스네에몬이 성을 빠져나올 때 통과한 야규 문을 산슈 요시다(吉田)에 옮겨 세웠습니다. 또한 그 자식도 호걸이라 마쓰다이라 시모우사노카미(松平下總守)의 권유를 받아 5백 석, 손자 대에는 8백 석이라는 봉록을 받고 일생을 자유롭게 지냈다고 합니다.

이상 스네에몬 전기의 일부분이었습니다. 대강 줄거리만 추려서 말씀드렸습니다만…………. (끝)

(1909년 1월 1일)

[이윤지 역]

우시호메(牛ほめ)[1]

산유테이 엔우(三遊亭圓右) 구연

이자와 덴요(飯澤天洋) 삽화

　금년은 소의 해라서 뭔가 소와 관련된 이야기를 하고자 합니다. 라쿠고(落語)라고 하면 군담(軍談)과 달라서 우스운 이야기가 대부분이고, 고샤쿠(講釋)[2] 쪽이라면 일반적으로 호타이코(豊太閤)[3]라든가 혹은 도쿠가와 미카와노카미 공(德川三河守公)[4]의 일화 등 곤겐사마(權現樣)[5]가 곧잘 등장합니다만 이쪽 바닥에서는 그런 인물은 나오지 않습니다. 가능한 한 재미있는 내용만 선택하여 옛날이야기를 해 드리는 것인데, 이름은 모두 바꾸어 말씀드립니다………굳이 이렇게 말씀드리는 것은 등장인물의 이름 따위 아무 문제도 없다고 단언할 수 없기 때문입니다. 만일 하치(八)라는 분이 계신다고 합시다. 그 하치 님이 정말이지 괜찮은 역할로 등장하는 이야기를 말씀드린다면 별반 불평이 나오지 않겠으나, 공교롭게도 그 하치 님이 불쾌한 역할로 등장하는 이야기를 말씀드렸더니 듣고 있던 하치 님이 화가 치밀어 요세(寄席)[6]에서 돌아

---

1) '소 칭찬하기'라는 의미. 라쿠고(落語)의 공연 목록 중 하나로 조쿄(貞享) 4년(1687년)에 출판된 『하나시다이젠(はなし大全)』에 수록된 「화재 방지 부적(火除けの札)」을 그 원화(原話)로 한다.
2) 에도 시대(江戶時代) 청중을 모아 군담을 들려주던 예능으로 근대 이후 고단(講談)의 전신. 혹은 이를 전문으로 하는 고샤쿠시(講釋師)의 약칭.
3) 도요토미 히데요시(豊臣秀吉)에 대한 경칭.
4) 에도 막부(江戶幕府)를 개창한 도쿠가와 이에야스(德川家康)를 가리킨다. 미카와노카미(三河守)는 관직명.
5) 도쿠가와 이에야스에 대한 경칭. 혹은 이에야스를 제신으로 하는 도쇼구(東照宮)를 가리킨다.
6) 라쿠고, 고단, 만자이(漫才) 등의 대중 예능을 흥행하는 연예장(演芸場).

가는 길에 이야기꾼을 습격했다거나 무언가 해코지를 했다는 가공할 사건도 있으니, 등장인물은 모두 가명을 붙여 이야기하도록 하겠습니다. 그래서 무사 분이 등장하면 마쓰키 시주로(松木脂十郞) 혹은 이시가키 가니타로(石垣蟹太郞)라 하는 묘한 이름을 붙여 두기로 하고, 하인에게는 일단 곤스케(權助)라는 이름을 붙이겠습니다. 그리고 의원님은 의사답게 다비우라 운사이(足袋裏雲才) 님, 아마이 요칸(甘井羊羹) 님, 요코하마 고에키(橫濱交易) 씨, 산카쿠 긴난(三角銀杏) 씨 등으로 하고, 약간 멍청한 사람이나 바보 같은 사람에게는 요타로(與太郞) 씨나 폰타(ポン太) 씨라는 이름을 붙이기로 하겠습니다.

그 요타로 씨의 이야기인데, 못난 자식일수록 부모가 귀여워한다는 말이 있습니다만 이것이 표현 그대로 귀엽다기보다는 안쓰러움이 더 한다는 게지요. 세간에서 못났다 못났다 비웃는 이 자식 놈이 제몫을 하기를 바라는 것입니다. 못났다는 사실을 충분히 알고 있으면서도 조금이라도 나아졌으면 하는 딱한 심정이야말로 부모 자식 간의 정이라,

서면 기어라 기어가면 걸어라 부모님 마음
이토록이나 거짓말이 가득한 세상 속에서 자식의 귀여움은 티 없는 진실이라

하는 노래도 있고, 다른 집 자식이 죽은 것과 자기 자식이 넘어진 것에 대하여 놀라는 정도가 비슷하다고도 하는데 설마 그렇지야 않겠지만 뭐 그 정도의 애정이 아니면 자식을 키울 수 없다는 말이겠지요. 그렇게 성장하면 혼자서 자랐다는 양 큰소리를 치며 머리가 다소 굵어지면 부모가 하는 말은 듣지도 않는데, 그런가 하면 자식을 위하여 부담을 주지 않고 죽고자 하는 사람도 있으니 말입니다.

게다가 평생 골칫거리가 되는 경우도 있는데, 삼부자가 바보였다고 합니다. 곤란한 것이 형제가 바보에다 아버지도 바보였는데, 여름에 동생 바보가 빨래를 널러 나가서 무언가 엉뚱한 짓을 하고 있기에 형 바보가 말을 걸었습니다.

형 "뭐 하고 있냐."

동생 "지금 말이야, 별님이 가득 떠 있어서 장대로 하나 따 보려고."

형 "그런 짧은 장대로는 안 될 거야. 또 하나 가져와서 길게 이어야지."

그러던 중에 아버지가 다가와서, 부모는 부모인 만큼

아버지 "뭐 하고 있냐. 떨어지면 위험하다니까 떨어지면. 아래로 떨어져 다치면 안 돼."

동생 "응. 지금 말이야, 별님을 하나 따 보려고 해."

아버지 "별님이라니, 저건 별이 아냐. 비가 내리는 구멍이다."
라고 했다는 이야기도 있고,

아버지 "요타로[7], 요타로."

요타로 "예에."

아버지 "이리 오너라."

요타로 "네에……."

아버지 "이리로 와라."

요타로 "예에………."

아버지 "그렇게 서 있지 말고 이리로 들어와 앉아라……."

요타로 "응……."

아버지 "언제까지 대답만 할 셈이냐. 다름이 아니라 네 숙부[8]가 이번

---

7) 라쿠고에서 멍청하거나 어리석은 등장인물의 이름으로 자주 사용되는 인명. 본문에서는 아들의 이름으로 사용되고 있다.

에 새 집을 지었는데 말이다."

요타로 "응……."

아버지 "저렇게 우유를 모아들이고 있으니까 시내보다도 외곽의 벽촌이 좋다고 해서 메구로(目黑)에 살림을 마련했다."

요타로 "응."

아버지 "얼마 전 가 보고 왔는데 공사가 꽤 잘 되었더구나. 숙부가 이름난 호사가이기도 해서 상당히 근사하게 지어졌어. 그래서 요타로도 한번 와 주었으면 좋겠다고 하는데, 굳이 말하지만 너만큼 모자란 녀석은 없어서 친척 사이라도 그다지 보내고 싶지는 않다. 네 숙부의 부탁이기도 해서 가 봐야겠지만 너만큼 모자란 녀석은 없어. 그게 부모 마음이다. 말할 필요도 없지만 다른 사람들에게 얼간이니 바보니 하는 소리를 계속 듣게 되는 것도 부모 입장에서는 그다지 기분이 좋지 않아. 그래서 오늘은 내가 가르쳐 줄 테니까 절대 실수하지 않도록 해라."

요타로 "응."

아버지 "내가 가르쳐 주는 대로만 말하고 쓸데없이 입을 놀리지 말아야 한다. 오래 있지도 말고 서둘러 돌아와라."

요타로 "어어."

아버지 "이전에 네 녀석이 뭐였더라, 그래 아저씨 댁에 가서 화병을 쓰러뜨려 컵을 일곱 개나 깨지 않았더냐."

요타로 "그건 말야, 아저씨 집에 둥근 탁자가 있잖아."

아버지 "그야 그렇게 진열대를 장식하고 있으니 꽃을 꽂은 화병 주위로 컵이 열 개나 열한 개쯤은 놓여 있겠지."

---

8) 본문에는 숙부(叔父)와 백부(伯父)가 혼동되어 사용되고 있다. 이하 본문 표기와 무관하게 숙부로 통일한다.

요타로 "아버지, 그 꽃이 말이야. 이렇게 튀어나와서 보기 싫으니까 꽃을 치우려 했는데 꽃병이 작아서 넘어진 거야. 더 크고 물이 들어 있었으면 괜찮았을 거야. 꽃병이 나빠."

아버지 "말도 안 되는 변명을 해도 소용없어. 조심해서 들어가야 한다. 오늘은 이전 다녀왔던 아저씨 댁과 전혀 다르고 가게 옆으로 모서리를 깎아 만든 격자문이 있으니 그리로 들어가라."

요타로 "응."

아버지 "너는 다른 사람 댁에 갑자기 나타나서 아무 말 없이 사라진다고 하는데 그건 좋지 않아. 친밀한 사이에도 예의라는 것이 있다. 사람이 되어 무례한 것은 금수와 다름이 없고 숙질간에도 그런 법이야. 먼저 문 앞에서 '실례합니다' 하고 사람을 부르고 안쪽에서 '누구십니까'라는 소리가 들린다고 바로 격자를 열어서는 아니 되느니라. 안내하는 사람이 나오지 않으면 다시 한 번 불러야 하고, 사람이 나와서 '이쪽으로 들어오십시오' 하고 말하면 그 후 장지문을 열고 들어가는 게다."

요타로 "응………."

아버지 "그리고 숙부님을 뵙게 되면 손을 땅에 짚고………정말이지 너는 인사를 드리는 모양이 엉망이야. 요전에도 헤이에몬(平右衛門) 씨가 왔을 때 우두커니 버티고 서서 꼴사나우니 인사드리지 않을 게냐 꾸짖으니 네에 하고 밟혀 죽은 개구리마냥 납작 엎드렸잖아. 인사 예절 하나도 제대로 몰라서야 곤란하지 않으냐. 양손으로 공손하게 다타미(疊)를 짚고 손가락 끝이 이마에 눌리도록 정중히 고개를 숙이면 예의 바르게 보인다.

요타로 "응………."

아버지 "알겠느냐."

요타로 "응………."

아버지 "그 다음 '숙부님 요전에는 아버지가 찾아와서 폐를 끼쳤습니다. 그때는 여러 가지로 환대해 주셔서 감사합니다'라고 말씀드리는 게다."

요타로 "응."

아버지 "그리고 말이다………."

요타로 "응………."

아버지 "집을 구경하고 '아버지께 들었습니다만 정말 공사가 잘 되었네요' 하고 칭찬하도록 해라. 알겠느냐."

요타로 "응."

아버지 "그리고 주변을 둘러보고 '아아, 숙부님 정도의 분에게는 아무래도 실례가 되는 말이겠지만 요즈음 목재 값이 비싸고 품삯까지 오른 가운데 이렇게 빈틈없이 공사를 마치셨군요. 그런데 이 편백나무는 실로 그 향도 은은하고 상쾌하며 산뜻한 기분이 듭니다. 무엇보다도 숙부님, 이 목재의 절단면을 보니 천장은 최근 귀한 사쓰마(薩摩)[9]의 우즈라 목(鶉木)[10]이 아닌가요' 하고 말해라. 알겠느냐. 그리고 '좌우 벽은 오사카 흙(大坂土)[11]을 섞어 바르셨습니까? 다타미는 빈고(備後)[12]의 고부베리(五分緣)[13]로군요'라고 칭찬해라. 알아들었느냐."

요타로 "아버지, 그 말은 누가 하는 거야?"

아버지 "네 녀석이 해야 할 말이다."

요타로 "그런 긴 말은 기억 못 해."

---

9) 현재의 가고시마 현(鹿兒島縣) 서부에 해당한다.

10) 가고시마 현의 야쿠시마(屋久島)에서 자생하는 삼나무인 야쿠스기(屋久杉)의 별명. 수령 천 년이 넘는 경우도 있는 거목으로, 나뭇결이 치밀한 고급 목재이다.

11) 벽의 미장에 사용하는 붉은빛을 띤 황토. 오사카(大坂)의 시텐노지(四天王寺) 부근의 흙이 상질로 평가되었다.

12) 현재의 히로시마 현(廣島縣) 동부에 해당한다.

13) 다타미(疊)의 가두리를 통상의 1촌(약 3.03㎝)이 아니라 그 절반 폭으로 두르는 것. 혹은 그 가두리. 일반적인 다타미에 비하여 방이 산뜻해 보이며, 빈고(備後)에서 생산되는 다타미는 최고급품으로 평가되었다.

아버지 "그럼 적어 가라. 비망록을 적어 가란 말이야."

요타로 "비만록이라고………"

아버지 "뭐라고………?"

요타로 "비만록을 적어 가자."

아버지 "비만록이 무슨 말이냐. '비망록'이야. 덩치는 커다란 게 혓바닥도 제대로 못 놀리다니."

요타로 "뭐라는 거야."

아버지 "'집은 편백으로 지으셨군요'."

요타로 "그리고………?"

아버지 "'좌우 벽은 오사카 흙을 섞어 바르셨네요'."

요타로 "응."

아버지 "'천장은 사쓰마의 우즈라 목이군요'."

요타로 "응."

아버지 "'다타미는 빈고의 고부베리로군요'."

요타로 "'다타미는 빈고의 고부베리로군요'라고."

아버지 "'거기 도코노마(床の間)[14]는 깊숙한 것이 정말이지 근사하군요'라고 말해라. 알겠느냐."

요타로 "응."

아버지 "계속 써, 받아써라. '그리고 이 마룻귀틀이 수수하니 괜찮네요. 무엇보다 마루 판자가 훌륭합니다'라고 말하는 게다. 알겠느냐."

요타로 "응."

아버지 "족자부터 칭찬해야 한다. 얼마 전 걸어 두었던 가지 그림 족자가 그대로 있다면, '숙부님, 저 족자는 가지를 그린 당화(唐畫)로군

---

14) 일본 건축에서 바닥을 한 단 높여 만든 곳. 벽에는 족자를 걸고, 화병 등을 두어 장식한다.

요'라고 말해라."

요타로 "당근이랑 가지는 없었는데."

아버지 "무슨 말이냐……?"

요타로 "채소가게 말이야."

아버지 "채소가게 이야기를 하는 게 아냐. '숙부님, 가지를 그린 당화로군요. 이 노래는 파는 사람도 아직 맛보지 못한 첫 가지로고, 라는 기카쿠(其角)[15]의 홋쿠(發句)[16]가 아닙니까'라고 덧붙여라."

요타로 "'이 노래는 시카쿠(四角, 사각) 돗쿠리(德利, 술병)가 아닙니까'라고 말해야 한다."

아버지 "그게 아냐. '기카쿠의 홋쿠'란 말이다. 화병은 고동(古銅)으로 만들어진 것이었으니까 그냥 '이 고동 화병은 운치가 있네요………' 하고 칭찬해 두고, 꽃은 뭐가 꽂혀 있든 '꽃이 잘 어울립니다'라고 말해 두면 된다. 이쯤에서 숙부님을 한 차례 추켜세워 주어라. '숙부님, 제가 가 본 적은 없지만 이 남천(南天)[17] 기둥은 교토(京都)의 긴카쿠지(金閣寺)라도 그 앞에서 맨발로 달아날 듯한 크기로군요'라는 식으로 한 번 띄워 주란 말이다."

요타로 "아버지, 맨발보다는 짚신을 신는 게 좋아요."

아버지 "쓸데없는 말은 하지 말아라. 그 다음은 정원을 둘러보아야 한다."

요타로 "응."

아버지 "정원에 대한 이야기는 어려우니까 '숙부님 정원은 전부 미카

15) 다카라이 기카쿠(寶井其角, 1661~1707): 에도 시대 전기의 하이진(俳人). 본명은 다케시타 다다노리(竹下侃憲). 바쇼(蕉門)의 대표적인 문인 중 하나.
16) 렌가(連歌)나 렌쿠(連句)의 제1구로 5·7·5의 17구로 이루어진다. 혹은 해당 구를 독립시켜 읊은 단시(短詩). 근대 이후의 하이쿠(俳句)에 해당한다.
17) 남천은 성장이 극히 늦지만 장수하는 수종으로, 기둥으로 사용할 정도로 굵게 자란 나무는 호사가들 사이에서 도코노마(床の間)의 장식 기둥으로 선호되었다.

게이시(御影石)[18]로 꾸미셨군요' 정도로 말하면 된다."

요타로 "'정원은 전부 미카케다오시(見掛け倒し)[19]로군요'라고 말한다."

아버지 "괜한 말은 넣지 말라니까. '미카게이시로 꾸미셨군요………' 라고 하면 그 다음 다실(茶室)로 안내할 게다. 거기 부엌으로 향하는 곳에 건물을 지탱하는 커다란 기둥이 있는데, 어찌 된 일인지 큼지막한 옹이구멍이 있어서 숙부가 대단히 신경을 쓰고 있단다. '이게 어떻게 된 일인지. 무슨 방법이 없을까?'라고 숙부가 내게 상담을 해 왔는데, 그때 대답해 주려 했지만 잠시 생각해 보니 내가 해결책을 내면 특별할 것도 없으니까 그보다는 너를 보내서 말하도록 하는 것이 좋겠다고 생각해서 일단은 접어 두었다. 만일 숙부가 네게 이 구멍이 마음에 걸린다거나 하는 이야기를 하면 '숙부님. 그런 걱정은 마시고 아키바 님(秋葉樣)[20]의 부적을 붙이도록 하세요. 옹이구멍은 가려질 테고 화재 염려도 없으니 좋지 않습니까?' 하고 충고하면 용돈이라도 줄지 모르지."

요타로 "하하하, 그런가요. 구멍을 보게 되면 '아키바 님 부적을 붙이세요'라 말한다고 적어 두어야지."

아버지 "한심한 녀석이로구나. 그리고 혹시 숙부가 자기 생업이기도 하니 소를 보여줄는지도 모른다."

요타로 "음, 소 같은 거 봐도 몰라."

아버지 "보여주면 이렇게 말하도록 해라. '숙부님, 근사한 소네요. 천각지안일흑이소치위(天角地眼一黑耳小齒違)[21]입니다'라고 말해 주어라."

---

18) 현재의 고베 시(神戶市) 미카게(御影)에서 산출되는 화강암 석재.

19) 외관으로는 번듯하지만 내실은 형편없는 것. 또는 그러한 모습.

20) 아키바 신사(秋葉神社) 및 신사의 제신인 호노카구쓰치노카미(火之迦具土神)를 가리킨다. 방화(防火)의 신으로 숭앙되었다.

21) 천각지안일흑직두이소치위(天角地眼一黑直頭耳小齒違)에서 유래한다. 뿔은 똑바로

요타로 "'십이만삼천사백오십육 석(石) 칠
두(斗) 팔 승(升) 구 홉(合)'이라."

아버지 "이 녀석아 쌀을 셈하자는 게 아
냐. 소는 천각이라 해서 뿔이 위쪽을 향하
고 지안이라 해서 눈이 땅 밑을 바라본다는
뜻이다. 일흑이라는 것은 몸뚱이가 검은 녀
석을 말하고 이소란 귀가 작다, 치위란 이
가 가지런하지 못한 것을 말한다. 이런 소
를 천각지안일흑이소치위라 하는 게야."

요타로 "그런가."

아버지 "이해가 되었느냐."

요타로 "응, 그럼 다녀와야지."

아버지 "다녀오너라. 말씀 잘 드리고."

요타로 "네에."

잊지 않도록 받아 적은 내용도 품속에 간직하고 집을 나섰으나 바닷
물에 휩쓸린 쓰레기마냥 저리 이끌리고 이리 참견하며 어찌 어찌 숙부
의 집에 도착했습니다.

요타로 "가게 문으로 들어가면 안 된다고 했지. 여기다 여기다. 격자
문이 있어………실례합니다."

숙부 "예, 누구십니까."

요타로 "실례합니다….."

숙부 "어느 분이신지……"

요타로 "실례합니다."

하늘을 가리키고 눈은 땅을 응시하며, 털빛은 전체적으로 검고 대가리가 꼿꼿하며,
귀는 작고 이는 위아래가 어긋난 것이 좋다. 우량한 소의 특징을 묘사한 말. 단 원문에
는 마지막의 '치위(齒違)' 부분이 '치합(齒合)'이라는 정반대의 한자로 표기되어 있다.

숙부 "이래서야 누구신지 모르겠는데 문을 열고 들어오시지요."

요타로 "실례합니다. 일이 이렇게 되었으니 격자문을 열어야지. 어라 어라 어라 엄청난 방울이 달려 있네."

드르르르륵

요타로 "먼저 이렇게 들어가라고 했지………."

숙부 "누구신지, 이리로 와서 앉으시지요."

요타로 "예에 실례합니다."

숙부 "또 시작했네………곤란하게 되었군, 오늘은 아무도 없는데………이쪽으로 들어오십시오."

요타로 "네에………."

숙부 "아니, 요타 아니냐."

요타로 "네에 안녕하세요………."

숙부 "그래 잘 지냈느냐………별일이 다 있구나. 네가 인사를 다 와주다니, 날씨에 이변이라도 없으면 좋으련만. 자, 자, 이리 오너라."

요타로 "안녕하세요………."

숙부 "그런데 무슨 일이냐."

요타로 "네에………."

숙부 "놀러 온 게냐."

요타로 "네에, 숙부님. 이렇게 손을 짚고, 이마는 여기쯤이면 될까요?"

숙부 "뭐 하는 게냐."

요타로 "인사를 해요………."

숙부 "아니 뭐 굳이 인사까지………."

요타로 "안녕하세요."

숙부 "오냐."

요타로 "요전에는 아버지가 찾아와서 환대를 받고 폐를 끼쳤습니다."

숙부 "그래, 그때는 대접이 변변치 못해서 미안하게 생각한다. 그 후 아버님은 바로 귀가하셨느냐?"

요타로 "네에. 정말 근사한 집을 지으셨네요." (둘러보며)

숙부 "뭐 대단치도 않다만 이런 곳으로 옮긴 이상 별 수 없으니 정원 가꾸기라도 하지 않으면 즐길 거리가 없단다."

요타로 "보아하니 이 집은 편식."

숙부 "뭐라고………?"

요타로 "편백으로 지으셨군요."

숙부 "그래."

요타로 "편백나무는 그 향도 은은하고 상쾌합니다. 자웅의 벼는………."

숙부 "응………?"

요타로 "좌우의 벽은 오사카 흙을 섞어 바르셨네요."

숙부 "그렇단다."

요타로 "천장은 사쓰마 산 고구마………사쓰마 산 우즈라 목이지요?"

숙부 "그래………."

요타로 "다타미는 빈고의 고부베리로군요."

숙부 "과연 건축에 관심이 많은 분의 아들이라 안목이 확실하구나."

요타로 "숙부님, 역시 도코노마는 깊숙하게 만들어야 한다니까요. 옻칠한 마룻귀틀을 보세요, 마루 판자에 비해 수수하니 괜찮습니다."

숙부 "그렇지. 마루 판자도 중요하지만 그 옻칠도………."

요타로 "꽃병은 고동으로 만든……"

숙부 "너 아까부터 품속만 들여다보면서 말하고 있구나."

요타로 "아, 이건 비만록이라서요………숙부님. 여기의 기둥은 남천이네요."

숙부 "아아."

요타로 "대단히 굵은 남천인데요."

숙부 "아아, 귀한 물건이지."

요타로 "저도 가 보지는 않았지만 교토의 긴카쿠지도 짚신발로
………맨발로 달아날 정도인데요. 족자는 가지를 그린 당화인가요.
'파는 사람도 아직 맛보지 못한 첫 가지로고'………기카쿠의 홋쿠입니
다. 그런데 숙부님, 정원은 전부 미카케…미카게이시로 꾸미셨군요."

숙부 "이거 놀랍구나. 하나하나 감탄스럽기 짝이 없어. 여느 때의 요
타로가 아냐. 이거 참 별일도 다 있군. 네가 그렇게 관심이 많다면 별
실을 한번 둘러보겠느냐."

요타로 "네에, 다실에………"

숙부 "다실이라 부를 정도는 아냐. 물건이나 쌓아 두는 곳이지만 보
려무나. 이곳은 부엌이다."

요타로 "아니, 어디에 적어 두었더라?"

숙부 "왜 그러느냐………?"

요타로 "어디 보자………"

숙부 "그런데 여기 가장 중요한 기둥에 이렇게 구멍이 있단다. 이
옹이구멍이 마음에 걸리고 신경이 쓰여 죽겠구나. 마름질에 문제가 있
었던 게야. 네 아버지에게 이 구멍을 가릴 방법이 없겠느냐고 물어
보니 마찬가지로 '글쎄 말이다' 하고 고개를 갸웃하고는 그대로 돌아
가 버리셨거든."

요타로 "숙부님. 그렇게 걱정하지 말고 아키바 님의 부적을 붙이세요."

숙부 (탁 하고 손바닥을 치며) "그거 좋은 생각이구나. 세 살 아이의 가
르침으로 얕은 여울을 건넌다[22]고 하지만 네 머리에서 나온 지혜라고

---

22) 세 살 아이의 가르침으로 얕은 여울을 건넌다(三つ子の敎えで淺瀬を渡る). 즉 경험
   이 풍부하고 현명한 자라도 자신보다 미숙하거나 어리석은 자에게 배울 만한 것이
   있다는 의미.

여겨지지 않을 정도야."

요타로 "천만의 말씀………."

숙부 "음, 과연. 아키바 님의 부적을 붙이면 옹이구멍이 가려질 테고 화재도 막을 수 있으니 좋겠어."

요타로 "헤헤헤, 내가 할 말이었는데………저기 숙부님."

숙부 "뭐냐 요타로, 손 벌리지 마라. 용돈을 달라는 게냐."

요타로 "네에."

숙부 "답례하는 셈 치고 얼마간 내어 주마."

요타로 "감사합니다, 그게 목적이라."

숙부 "수상한 말을 지껄이는구나."

요타로 "어서………"

숙부 "그렇게 손을 내밀지 말라니까. 나중에 두둑이 챙겨 줄 테니 기다려라."

요타로 "예에."

숙부 "그런데 말이다, 성주님 저택에서 일하던 오마쓰(お松)도 잠시 내려와 있다. 너희들은 사촌지간이니 만나 보도록 하려무나."

요타로 "예에."

숙부 "만나 봐라."

요타로 "누구를 만나라고요?"

숙부 "오마쓰 말이다."

요타로 "뭐였지, 오마쓰란 게."

숙부 "일가붙이 이름을 기억하지 못하는 녀석도 있느냐. 내 딸 말이야."

요타로 "아아, 누님 말이지요?"

숙부 "그래."

요타로 "자랑하려고 보여 주시는 게죠."

숙부 "굳이 그런 건 아닌데."

요타로 "만나게 되면 내가 칭찬해 드려야지."

숙부 "무슨 말로 칭찬할 셈이냐………?"

요타로 "'천각지안일흑이소치위'라고 해서 천각이라 함은 뿔이 위를 향하고 지안이라 함은 아래를 내려다본다는 뜻이니 사팔뜨기인가. 일흑이란 몸뚱이가 새카만 것이고 치위란 이가 가지런하지 못한 것이니 천각지안일흑치위이소[23]라고 칭찬하지요."

숙부 "요타로, 그건 소를 칭찬하는 말이 아니냐. 내 딸과 소를 똑같이 취급하면 쓰겠느냐."

요타로 "아아, 그랬지. 착각했다."

숙부 "저 소를 보려무나."

요타로 "역시 천각지안일흑이소치위, 근사한 소로군요."

숙부 "소야 좋지만 저놈의 똥은 처치곤란이야. 정말이지 매일매일 힘들다."

요타로 "으음……."

숙부 "저기 가 봐라, 말에 비해 소 쪽은 엉망이다. 아무리 치워 주어도 그 자리에서 더럽히고 있으니, 저놈의 구멍이 말썽이라니까."

요타로 "그러면 숙부님."

숙부 "뭐냐."

요타로 "구멍이 문제라면 아키바 님의 부적을 붙이도록 하세요 ……………."(완결)

(1913년 1월 1일)

[이윤지 역]

---

23) 원문의 표기는 '천각지안일흑치합이소(天角地眼一黑齒合耳小)'이다.

인 천

조선일일신문
朝鮮日日新聞

후처(後妻)

쓰네 군(常君)

(결호로 인하여 이전 내용 확인 불가능)

제18회

쓰나유키(綱之) 선생이 가집을 펼치고 있었는데, 뒤를 돌아보며 말했다.

"아, 나이토(內勝) 군, 지금 가시는 건가?"

군서기는 머리를 숙이고 말했다.

"네, 겨우 이제야, 아니 뭐 적성에 맞는 일이 아니니까요, 조금이라도 즐겁다고 생각한 적은 없습니다. 아하하."

이렇게 말하면서 경박한 웃음을 지었다.

"그렇군. 하지만 상당히 흥미가 있어 보이는데. 아닌가? 아까 와카코(わか子) 씨가 보였는데 지금은 돌아간 것 같군."

"네."

"와카코 씨 말로는 집안 사정으로 기분이 좋지 않을 때는 노래를 부르면 바로 기분이 나아진다고 하던데."

"네, 그렇습니다. 약을 사는 것보다는 효과가 있지요."

똑똑한 척을 할 생각이었는데, 쓰나유키의 기분을 꽤나 상하게 했다.

"자네는 바로 그런 말을 하니까 안 되는 거야. 노래의 길과 약을 파는 것을 같다고 생각하는 사람이 어디 있나?"라고 꾸짖었다.

서기는 크게 턱을 괴고 말했다.

"아하하하하, 정말 죄송합니다. 저도 모르게 그런 말이 나와 버렸습니다. 아하하하.”

그리고는 공연히 머리를 긁적거렸다.

“오늘 아침은 정말로 감사드립니다. 와카코 씨도 좋아했고, 선생님
께 빌렸다고는 말씀하지 않았지만 말입니다.”

선생의 기색이 점점 좋아졌다.

“나이토 군, 결코 그런 일을 와카코 씨에게 말하면 곤란하네. 와카코
씨가 기뻐한다면 나도 그것으로 만족하네.”

“아, 그렇습니까. 감사한 말씀으로, 와카코 씨를 대신하여 깊은 감사
를 드립니다. 그런데 선생님. 또 다시 큰 사건이 벌어졌습니다.”

선생은 당황한 듯한 모습을 보였다.

“그게 무슨 일인가?”

“생명과 관련 있는 것으로, 그것이 또 오늘 아침 신세를 진 와카코
씨의 동생 신스케(新介) 군 말인데요.”

“허.”

“나아가서 와카코 씨의 신변에도 영향을 미치는 사건으로 꼭 선생
님의 손으로 불행한 와카코 씨를 구해주셨으면 합니다.”

쓰나유키는 고개를 좌우로 흔들면서 말했다.

“나이토, 자네가 무슨 말을 하는지 모르겠지만, 여느 날과 다르게 오늘
와카코 씨의 안색이 좋지 않았으니 이런 노래를 불러야 할 것 같군. 이렇
게 말하면서 책상 위에서 종이 한 장을 나이토에게 보여주었다.

　　사람들이 모르는 고민은 영원히 사라지지 않고
　　나에게 냉정하게도 붉은 매화가 떨어지는구나.

책을 손에 집어 들고는 “역시, 멋지십니다.” 두세 번 입 속으로 되뇌
며 말했다.

"선생님. 이 노래의 심정을 알고 계십니까?"

"……"

선생은 수염을 만지면서 아무런 말도 하지 않았다.

"와카코 씨가 불쌍하지 않습니까? 실로 동정을 멈출 수가 없습니다."

이렇게 말하며 "이 사건은 선생님의 힘이 꼭 필요합니다. 선생님, 진심으로 말씀드리기 어렵습니다만, 조금이라고 돈을 융통해주시길 바랍니다. 저를 믿으시고 빌려주시지 않겠습니까? 그 용도는 일절 불문으로 하시고요."라고 열심히 말했다.

"저에게 능력을 보여주시면 안 되겠습니까?"라고 확신에 찬 말을 했다.

쓰나유키는 장지 유리 너머 정원의 홍매화를 바라보며 말했다.

"묘한 말을 하는 사람이군. 여하튼 자네의 용건은 그것인가, 나이토 군."

종이 한 장을 나이토 앞에 내보이며, "이걸세. 나의 심경은 이 속에 있네."

"그렇군요."

"알겠는가. 다른 말을 하면 곤란하네."

약간 가라앉은 듯한 선생님의 말투, 서기는 매우 진실한 얼굴로 "알겠습니다."라고 무릎을 치며, 종이 두 장을 바라보았다.

와카코는 다테후지(舘藤)의 집을 나와 서둘러 집으로 가려는데, 성곽의 해자 쪽 편하게 오가는 군역소 부근에서 담뱃대를 물고, 괭이를 매고 돌아가는 모쿠(杢) 병사와 만났다.

"이야, 부인, 무슨 일이 있습니까?"라고 얼빠진 목소리로 그녀를 불러 세웠다.

(1905년 8월 9일)

(이후 결호로 인하여 내용 확인 불가능)

[이현희 역]

대구

조선
朝鮮

나지막이 읊다(低唱吟)

스미무라 미네코(炭村峰子)

길 가다 우는가 사랑으로 죽으려나 어차피 신성한 결단은 신의 소관 인간은 판단 말라.

道に泣くや戀ひて死なんやいづれ淸ききばきは神ぞ人よ手入れな。

꽃으로 보라 빛깔은 거짓 없는 들녘의 사치 몇 해라도 인간인 이 몸을 감싸 주네.

花に見よ色いつはらぬ野のおごり幾とせ人のわれを蔽へる。

교활한 생각 갖은 수작 얹고 도는 이 땅을 별은 오랜 세월 웃으며 지켜보네.

こざかしきうごめきのせてめぐる地を星いくとせか笑みて見まもる。

웃게 하더니 다시 울게 하더니 꼭 끌어안고 이토록 회롱함은 신의 의지이런가.

笑ませてははた泣かせてはかき抱きたはぶれまさむ神の御意とか。

시는 인간을 되살아나게 하는 영혼의 수단 신이라 칭하기를 꺼리지 말라 그대.

詩は人をよみがへらする靈の手よ神と云はむにはばかるな君。

(1905년 2월 13일)

아아 조선국(嗚呼朝鮮國)

후루야마 겐푸(古山劍風)

　팔도의 하늘에는 먹구름 짙고, 슬픈 바람 고요히 육지에서 바다로
　아아 북녘 한국의 산아 남녘 한국의 물아, 영겁의 마무리요 영구한 종말이라,
　보라 호마(胡馬) 달리지 않는 경상도의 들녘에, 보라 새가 우짖지 않는 함경도의 시내에,
　소리 없고 울림 없는 낙동강의 흐름이여, 아아 영원한 사멸일지라 태양은 빛을 잃었네,
　빛을 발하는 팔도의 문화 이제는 과거, 널리 비추는 팔도의 정화 이제는 과거,
　아아 지금은 혹시 무슨 꿈인가, 아아 지금은 혹시 무슨 환영인가,
　성 위에 뜨는 달은 희게 비치고, 슬픈 가락 한 서린 노래 숨 잃어 가네
　지금이야말로 마지막, 지금이야말로 아쉬움
　나라 스러질 때에 사람들 웃음 보이고, 사람들 웃을 때에 나라 스러져,
　그들은 이 무슨 모양인가, 그들은 이 무슨 어리석음인가,
　우는 사람 나라를 염려함이 아니요, 웃는 자 나라를 생각함이 아니요,
　오십의 춘추 허망하게 흘러가, 시신의 흰 그림자 산에 그리고 들에,
　성자의 복음 들리는 일 드물고, 문명의 여광 이 땅을 비추지 않네
　나라에 부가 있고 백성에 재보 없네, 글 속에 천국 있고, 사람에게 뜻이 없네,
　아아 조선국, 아아 조선인
　八道の空雲黒く、悲風蕭々陸より海に、
　あゝ北韓の山南韓の水、永劫の果て永久の終り、

見よ胡馬□かず慶尙の野に、見よ鳥唄はず咸鏡の溪に、
聲なき音なき洛東の流れ、あゝ永遠の死滅天日光なし、
輝く八道の文化そは昔、照り渡る八道の精華そは昔、
あゝ今將た何等の夢ぞ、あゝ今將た何等の幻ぞ、
城頭月は白ふして、哀韻恨詠死して行く、
今はの極み、今はの名殘り
國亡ぶ時人に笑あり、人笑む時國亡ぶ、
彼等何等の狀ぞ、彼等何等の愚ぞ、
泣く人國を患ふるにあらず、笑ふ者國を思ふにあらず、
五十の春秋空しく流れて、死軀の白影野に又山に、
聖者の福音聽くこと稀に、文明の余光此地を照さず
國に富あり、民に寶なし、書に天國あり、人に理想なし、
あゝ朝鮮國、嗚呼朝鮮人

(1905년 2월 20일)

교카(狂歌) 적군의 패전 소식(敵軍の敗報)

콩알 세례를 얻어맞고 놀라는 흑비둘기가
어찌 우리 대포알에 넋 나가지 않으랴
豆鐵砲喰て驚く黑鳩が
なぞ我砲に魂消へざる

비둘기라도 이제는 삼지지례 잊었으리라
펑톈(奉天), 철령(鐵嶺) 지역을 버리고 달아나니
鳩もモ一三枝の禮[1]を忘るらん

奉天鐵嶺捨つる不始末

(1905년 3월 27일)

인간사 노래(人事詩)

도쿄(東京) 구라키샤(久良岐社) 동인
슈지(秀耳)

연극에서는 한 명도 죽지 않는 일본인 병사
芝居では一人も死なぬ日本兵

우코(宇皎)

배가 찬 것도 3개월 만이라는 포로의 트림
滿腹も三月ぶりだと捕虜おくび

겐카이보(幻怪坊)

사랑에 빠져 이야기 속 미남자 되고 싶어서
好きな奴昔男になりたがり

고신보(悟新坊)

인도와 차도 그러면 골목길은 마도라 할까
人道車道きて橫道が魔道なり

---

1) 삼지지례(三枝之禮). 비둘기 새끼는 어미가 앉은 가지에서 세 가지 아래에 앉는다고
하여, 지극한 효성을 비유해 이르는 말.

구모쓰키보(雲突坊)

헌법에 의해 연애에도 보장을 해야 할 때라
憲法に戀愛保障を式部說き

(1905년 4월 17일)

한국의 속요(韓の俗謠)

개야 개야 짖지 마라 짖지 마라 담을 넘어 오는 이는 우리 우리 임이
란다, 개야 개야 짖지 마라 짖지 마라 밥을 주지 밥을 주지
나는 좋아 좋아 총각(젊은이를 의미)이 나는 좋아
犬よ〜 吠くな〜 塀を越えて來る者は大事な〜 色男じや、犬
よ〜 吠くな〜 飯をやる〜
私はよい〜 チョンガ(若衆のこと)が私はよい

(1905년 6월 5일)

대구 하이쿠 동호회 기록(그 첫 번째)
大邱俳友會詠草(其の一)
과제-고로모가에(衣更)[2] 課題衣更

니코(二香)

옷을 바꾸고 먼저 난초의 잎을 닦아 주었네
衣更て先つ蘭の葉を洗ふたり

---

2) 계절의 변화에 따라 의복을 갈아입는 것.

옷을 바꾸는 툇마루에 뒹구는 혼자 몸인가
衣更の椽寢轉ぶ獨りかな

도로(棠郞)

옷을 바꾸니 새잎 스치는 바람 불어오누나
衣更て靑葉の風に吹れけり

옷을 바꾸고 이제부터 시채(詩債)를 갚아 나가리
衣更いざや詩債つくなわん

□□(朱□)

옷을 바꾸네 이 부(府)가 관할하는 삼천의 관기(官妓)들인가
衣更府下三千の官妓かな

옷을 바꾸고 대사(大使) 분을 안채로 맞아들였네
衣更や大使を奧に請しけり

□□(□□)

산의 빛깔도 짙어져 가고 옷도 바꾸었다네
山の色黑みつ＼衣更にけり

옷 바꾸는데 부산스런 아이는 뛰어다니네
衣更そ＼かしき兒の飛び廻る

□□(花□家)

접고 개키며 때 묻어 부끄러운 옷을 바꾸네
た\まれて垢恥かしき衣かへ

어린 마음에 예의를 가르칠까 옷 정리하기
子心に行儀正すや衣かへ

스테부네(捨船)

만주 땅이여 비휴(豼貅)3) 백만 용사의 의복 바꾸기
滿洲や豼貅百萬衣かへ

옷 정리하고 작은 뜨락에 물을 뿌려 주었네
衣更て小園に水そ\ぎけり

추가(追加)

□□(南□)

옷 정리하고 한 손에 부채 들고 바람 쏘이나
衣更へ團扇片手にすゞみかな

옷 정리 중에 책상에 달라붙어 신문지 읽네
衣更へ机にか\り新聞紙

---

3) 범이나 곰과 비슷하다고도 하는 상상 속의 맹수. 비(豼)는 수컷이고 휴(貅)는 암컷을 칭한다. 용맹한 군사를 비유할 때 사용된다.

옷도 바뀌고 만주 향한 관심도 워싱턴으로
衣更へ滿洲熱もワシントン

하쿠우(白雨)

여윈 문사(蚊士)⁴⁾의 너무나 빨아 바랜 옷 정리하기
瘠蚊士洗ひ晒のころも更

앓는 이 몸도 여동생의 권유로 옷을 바꾸네
病る身も妹の勸めでころも更

(1905년 6월 26일)

강화 이루고 기꺼워하는 자는 말밖에 없네
講和成り喜ぶものは馬ばかり

강화 이루고 우는 소리 드높아 일본 전역에
講和成り泣聲高し日本國

(1905년 9월 11일)

[이윤지 역]

---

4) 모기와 같이 득시글대는 문사(文士)를 비꼬아 지칭하는 말.

한국의 소설(韓國の小說)

우에무라 쇼난 기술(上村湘南 譚)

이른바 한국의 소설 비사는 역사적으로 청국인이 지은 것을 번역한 것이 적지 않다. 그러므로 『삼국지』와 같은 소설이 국민에게 가장 많이 읽혔다. 하류사회에서는 언문을 번역한 것을, 중류사회 이상은 원문(한문)을 애용했다.

한국에는 소설기자와 같은 전문가가 없고, 소설은 유생이 일세를 풍미한 이야기나, 그 외 심규(深閨)의 잡담으로 부인을 위로하는 이야기, 즉 우리나라의 무용전과 비슷하며, 이와 함께 불가사의한 묘술을 가지고 노는 이야기 등의 종류가 많았다. 『양풍운전(揚風雲傳)』, 『조운전(趙雲傳)』이 이러한 것이다. 꿈속의 기이한 이야기를 담은 『제마무전(齊馬武傳)』은 초한의 호걸이 저승의 판결로 위촉오의 영웅이 돼서 전생의 인연으로 서로 성쇠를 이루는 내용이다. 『임경업전(林慶業傳)』은 사실을 바탕으로 한 소설로 재미있게 편집한 것이지만, 사실을 바탕으로 하면서도 취사선택한 부분이 적지 않다. 단, 모 한국인이 지은 『춘향전』, 「사씨남정기」, 「구운몽」과 같은 작품은 말하자면 명작으로 부를 수 있는 작품이다. 『춘향전』은 인정과 연애를 그리고자 했다. 이 작품의 작자는 지금으로서는 알 수 없다. 「사씨남정기」는 유명한 김춘택(金春澤)의 작품으로 시대를 풍자하고 있다. 「구운몽」 또한 같은 자의 작품으로, 그는 남정기에서 첩을 들이는 변명에 관해 매도하고 적발했다면, 이후 후속작인 구운몽에서는 첩을 강하게 배척하고 있는 것을 변명하듯이 저술하고 있다. 근거도 없고 비현실적인 괴설 기문을 빈 땅에다 저술하는 자의 것들이 많지만 이는 생각할 가치도 없다.

원래 한국인은 오늘날에 이르는 소설 비사에 대한 관념이 희박하고,

그 결과 위와 같은 명작이라 불리는 것들은 부녀자 또는 야인배들의 잠을 깨우는 데 불과했다. 그러므로 구독자가 적었고 이러한 작품으로 일세를 풍미하는 것은 드물었다. 하지만 한국은 예전부터 유의유식(遊衣遊食)을 즐기는 사람들이 많았다. 이들은 기분전환을 위한 것이라며 소설을 천대했으며, 상점의 지배인이나 점원이 가게에 손님이 없어서 한가할 때 즐기는 것이었다.

경성의 거리에는 대여본으로 영업하는 자도 있었다. 그 대여본 영업은 소설 비사만이 아니라, 기행, 유고, 집설 등의 대여를 위한 것이다. 이들 또한 상응하는 수입이 있어서 의식주에 궁하지 않은 것을 보았을 때 책을 빌리는 사람이 상당히 있다는 것을 알 수 있다.

기자는 앞에서 기술한 『춘향전』 및 다른 작품을 대략 번역했으며 독자에게 일반 한국 소설을 소개하고자 한다. 춘향전은 대부분 맨땅에 이상(理想)을 그리는 것이라는 설이 있다. 예전에 전라도 남원에서 춘향이라는 기생이 살았다는 것은 사실이며, 부사의 어느 아들과 깊은 관계가 있었다는 사실 또한 존재한다. 원래 한국의 관사가 기생과 같은 전업부와 관계를 맺기도 했지만, 이를 부인으로 삼는 것은 대장부의 커다란 수치였다. 그런데 춘향은 결국 그 갈망을 이루었고, 죽음에 이르렀다. 즉 부사, 어사의 실명을 밝히지 않은 것 또한 앞서 기술한 사정 때문에 춘향전의 작자를 삭제하고 그 연애의 가엾음으로 속세의 무정함을 느끼게 하고, 재미있게 그린 것이었다. 따라서 이 기사는 대부분 작품의 이상을 알리기 위해 조금이나마 춘향의 이름만을 인용한 것에 지나지 않는다. 이 개요는 점차 번역 작품을 보면 알게 될 것이다.

(1905년 4월 17일)

[이현희 역]

삼각 여행(三角旅行)

레이난세이(嶺南生)

이번에 좋은 기회를 얻어 경성에서 평양으로 들어가 이 지역에서 원산으로 갔다가 경성으로 돌아왔다. 경성과 평양 사이가 50리, 평양과 원산 사이가 50리, 원산과 경성 사이가 50리로, 마치 직각 삼각형 세 변을 여행한 느낌이 들었다. 그러므로 이 여행을 '삼각 여행'이라고 부르기로 하고, 이 지역의 강과 호수들을 소개하고자 한다. 경성과 평양에 관해서는 이미 본지에 실은 바 있으므로 이번에는 생략하고 경성에서 원산으로 가는 것부터 기술하도록 하겠다.

평양과 원산

이 구간의 50리 도로는 산세가 아주 깊었다. 으슥한 골짜기 사이를 지나는 동안 마을은 전혀 보이지 않았으며, 멀리 강동, 성선, 양덕의 세 군 이외에는 완전히 한촌 백지만 있을 뿐이었다. 논밭도 적었고, 평양에서 강동군으로 가는 지역만 논밭이 개척되어 있었다. 산의 모양은 남쪽의 모양새와 완전히 달랐으며, 잡목이 무성했고 시냇물 또한 맑아서 마치 우리나라 산요(山陽) 부근을 여행하는 것 같았다.

양덕군에는 석탕지(石湯池), 사탕지(舍湯池), 평탕지(坪湯池)로 불리는 온천이 세 개 있었다. 이 온천은 물이 맑고 여러 병에 특효가 있다고 한다. 실로 보기 드문 좋은 온천이었다. 아호비령은 평안도와 함경도의 경계에 있는 분수령으로 높이 해발 천 척 정도 된다. 마식령은 평양과 원산 사이에 위치하고 있으며 가장 위험한 도로로 알려져 있다. 고개의 거리는 3리에 이르며, 높이 해발 삼천 오백여 척이다. 늦봄인 이 절기에도 마식령 정상은 흰 눈이 쌓여 있었다. 1리 또는 2리 정도의 거리를 두고 열에서 스물 정도의 주막이 열을 지어 서 있었다. 이 주변 전체가 목재가 풍부하였으며, 가옥 구조는 남부 지역에 비해 훨씬 좋았고 장대했다.

인심은 소박하고 또한 친절하며 정중한 편이다. 단지 산간을 왕래하는 자가 거의 없기 때문에 강도가 출몰하여 여행객을 위협하는 경우가 많다고 했다. 평양에서 출발해서 원산까지 동포를 한 명도 볼 수 없어서 불안한 마음이 들기도 했다.

원산과 경성

이 구간은 작년 우리가 군용도로를 준공한 이후 한인의 손으로 인력거가 왕래하고 있었다. 따라서 도로 또한 한국의 다른 지역에서는 찾아볼 수 없는 훌륭한 도로였다. 요금은 2명당 1정(挺) 40전 이상을 요구하고 있으며, 4일 또는 5일 정도 걸린다. 철도는 목하 측량하는 중이다.

여행자의 주의

평양과 원산 사이는 백동화(白銅貨)[1]가 통용되지만, 원산부터 철령까지는 엽전을 요구하고 있었다. 그리고 철령부터 향성까지는 다시 백동화를 요구했다. 참으로 기이한 것이 철령 이북 쪽은 백동화 하나의 가치가 엽전 10문이지만, 철령 이남은 엽전 25문을 요구한다. 재미있는 현상을 마주하여 예를 들어 돈의 교환 상황을 소개하겠다.

내가 원산에서 교환할 때는 일본 화폐 2전 3리가 백동화 하나, 엽전으로는 19할이다. 그래서 철령에서 백동화 하나 교환하면 엽전 10문을 준다. 즉 백동화 하나가 일본 화폐로는 1전 9리이다. 그런데 철령을 지나게 되면 25문을 요구하는 것이다. 그래서 백동화 1장의 가치는

---

1) 1892년부터 1904년까지 전환국(典圜局)에서 주조·유통시켰던 화폐이다.

일본 화폐로 4전 7리가 조금 넘게 된다. 이와 반대로 백동화 하나를 가지고 철령 이북에서 값을 지불하고자 하면 일본 화폐로 2전 3리였던 백동화는 1전 9리의 가치밖에 되지 않는 것이다. 따라서 철령 기슭에 있는 고산역에서 엽전과 백동화를 교환할 필요가 있다.

여행자에게 한 가지 더 주의를 필요로 하는 것은, 이 노선을 여행하는 자는 병참부 혹은 그 지부 주재소에 빠짐없이 신고해야 한다.

□□도 산이 깊고 □□ 금화(金化) 이남 지역은 논밭을 일구었으며, 남쪽으로 내려갈수록 점점 농업이 발달한 것을 볼 수 있다.

(1905년 5월 23일)

[이현희 역]

장백산에 오르다(長白山に登る)

이마가와 씨 일행(今川氏一行)

장백산은 조선의 북쪽 경계에 있다. 산맥은 남쪽으로 반도의 척수를 따라 멀리 제주도에 이른다. 북쪽으로는 만주 길림성으로 이어져 있다. 이 산은 한반도의 가장 높은 산이며 높이 7,700척으로 소화산이다. 실제로 우리가 등산했을 당시에도 산봉우리부터 2리, 산기슭까지는 1면 정도 화산재가 덮여 있는 데다가 그사이에는 잡초조차 자라지 않고 있었다.

봉우리에는 동서로 길게 남북으로는 짧게 연못이 있었다. 아직 전부 측량하지 못했지만, 눈대중으로 동서로 20정, 남북으로 10정에 이르는 것 같다. 연못 주위는 암석으로 둘러싸여 있으며 아마도 암석들이 늘어서 있어서 쉽게 접근하기 어려웠다. 우리 일행은 용기를 내어 될 수 있는 한 가까이 다가가려고 했지만, 도저히 다가갈 수 없었다. 한 발 잘못 디디면 생명이 위험할 정도였다. 연못에서 멀리 떨어진 남쪽에 서서 연못을 바라보니, 연못은 수심이 깊고 맑은 물이 넘쳐흘렀고, 아직 설빙이 군데군데 떠다니는 것을 봤다. 연못의 물은 남쪽과 북쪽 양방향으로 흘러나갔다. 이 물은 북쪽으로 흘러가서 송화강이 되었고, 남쪽으로 흘러가서 두만강이 되었고, 도중에 갈라져서 서쪽으로 압록강, 동쪽으로 두만강이 된다.

산맥의 북쪽으로는 간도 평야가 형성되어 있으며 그 넓이는 17평방리에 이른다. 처음에는 크고 작은 경작을 시도하기도 했지만, 대부분은 황무지로 남아 있으며 개간되기를 기다리고 있다. 산기슭의 산림은 모두 러시아 인 프리노프 씨가 벌채하고 있었고, 그 넓이는 수십 리에 이른다. 그 산림에 자생하는 나무의 종류는 나열하기 어려울 정도로 커다란 자원이다. 우리는 갑산을 지나 포태산으로 내려왔다. 멀리 장백산을 보니 우리 후지산과 흡사한 점이 있었다. 그곳에서 일행은 삼산(三山)을 거쳐서 평안도로 내려와 함경방면을 지나 원산으로 갔다.

등산을 위한 주의사항으로, 해당 지역은 심산유곡으로 인가가 드물고 1리 사이 한두 채의 가옥만을 발견할 수 있었다. 이러한 점으로 보았을 때, 식량의 곤란은 말할 필요도 없고 밥은 물론 다른 식사를 구하기도 어렵다. 만약 등산하고자 한다면 가장 필요한 것이 식량 준비이다. 또한, 해당 지역에는 진드기 종류가 많고 물리기라도 하면 몸에 해를 입을 수가 있다. 실제로 일행 중에 이 벌레에 물린 사람도 많았다. 그 외 맹수인 호랑이, 표범 그리고 곰이 많이 출현한다고 한다. 하지만 일행이 확인한 동물은 멀리 10간 정도 앞에 뛰어가는 곰을 발견한 것뿐이다.

(1905년 8월 28일)

[이현희 역]

평 양

평양신보
平壤新報

매화 50구(상)[梅五十句(上)]

스이카(粹花)

기찻삯까지 에누리하여 주네 미토(水戸)의 매화
汽車までが割引そなり水戸の梅

왜지 모르게 기분까지 저절로 추워지누나
なんとなく氣の寒むげなり

처음 피었네 하녀가 발견해낸 매화 두 송이
初咲や下女の見つけし梅二輪

매화 향기에 별 그림자 그윽한 작은 뜰에서
梅が香に星影にほふ小庭かな

붉은 매화꽃 그윽한 향기 나네 소맷자락에
紅梅のうつり香洩るゝ袂かな

붓통에 꽂은 매화가지 보이네 서생의 방에
筆さしに梅一枝や書生部屋

그림자 엷게 새가 머물러 있네 달빛 매화에
影うすく鳥とまれり月の梅

손으로 심은 매화나무 울타리 위엄 있구나
御手植の梅に囲のいがめしき

가나 글자들 속에 덮여 있구나 매화나무 꽃
がな文字に封じてあるや梅の花

발소리 나네 올해 들어 내리는 계곡의 매화
足おとや其としふるゝ谷の梅

꽃잎과 함께 등불도 깃들었네 달빛의 매화
花と共に明も宿れる月の梅

붉은 매화꽃 눈에 익어 기쁘네 서리 온 아침
紅梅や見覺えて嬉れし霜の朝

이른 매화꽃 단카를 적은 종이 늘어져 있네
早梅やもう丹冊のさがり居る

님 만나는 날 오니 피어있구나 들에 핀 매화
あう日の來てさえたるや野辺の梅

매화꽃 피니 구경삼아 아가씨 만나보았네
觀梅をかねて娘見の合かな

같이 어울려 옷을 입은 어르신 매화꽃 보네
共連れて被布召す老の梅見かな

계곡 물소리 속삭이며 흐르는 계곡의 매화
溪流のさゝやき訪ふや谷の梅

빨리 피었네 꽃집 가게에 들러 보고 있었네
早咲き花屋の店にながむ哉

제비를 묶은 나무 밑 어둠 속에 매화 희구나
神きびて木の下暗に梅白し

모여서 오는 꾀꼬리 쫓는구나 덤불 속 매화
集來て黄鳥追ふや藪の梅

(1906년 2월 17일)

[김계자 역]

삿갓의 물방울(笠の滴)

조우코지(蝶羽居士)

(결호로 인하여 10회를 제외한 내용 확인 불가능)

10

방 한 칸의 등불을 희미하게 하고 뭔가 속삭이던 끝에 큰소리로 웃는 도친(道陳)의 목소리만이 높은 가운데 밤도 어느덧 깊어갔다. "그러면, 기이노쿠니(紀伊國)[1] 아오바야마(青葉山)의 성이라고 하셨는가……기쿠히메기미(菊姫君)란."

용기 있는 산마 다유(三馬太夫)가 이 말에 이끌려,

"아니, 목소리가 커. 조용히 해. 세상의 바람이 불어왔다 불려가는 대로 내맡기고 있구나."

주위가 완전히 조용해지고 달빛만이 밝아 미풍을 맞으며 나뭇잎 그림자 점차 엷게 드리울 무렵,

날이 밝지도 않았는데 맑게 비치는 달빛을 길안내 삼아 주고쿠(中國) 길을 우회하며 큰 칼 소리를 내며 따라가는 앞에 아오바 성이 보인다. 장성한 장정이 기쿠히메기미를 맞으니, 어찌할 것인고. 무슨 연고가 있어 멀리 떨어진 높은 곳에 은둔하고 있는가. 긴 세월 아침저녁으로 마음을 어디에 두고 사람들의 비웃음이나 세상의 놀림을 아랑곳하지 않으며 높은 봉우리 망루 끝에 천금 같은 봄날 저녁을 홀로 자며 지내는가. 산마 다유가 물어보니 대답하기를, 사람 사는 세상 모호하여 깊

---

1) 현재의 와카야마 현(和歌山縣)과 미에 현(三重縣) 남부 지역에 해당한다.

은 안개 속을 헤매는 것을 생각하면 종이 한 장 같다. 하물며 전국(戰國)의 인정에 휘둘리는 신세가 되었으니 종국에 어찌될 것인가. 이튿날 도친의 서원에는 늘 그랬던 것처럼 고요하게 파초 잎에 맺힌 이슬을 세며 저녁 달빛에 정원에 서니 쓸쓸한 노래만이 들려온다.

여름도 깊어 이제 여기저기 산의 나뭇잎에 바람이 약해졌다. 내려다보니 멀리 보이는 남쪽 바다 위 구름인가 산인가 하늘에 접한 바다의 파도는 보이지 않지만 오가는 배의 돛이 여기저기 보인다. 돌아보니 미쓰코시(三越) 산마루의 산길이 보이고 신록이 우거진 봉우리 구름을 거처삼아 큰 봉우리가 구모토리야마(雲取山)의 이어진 봉우리와 나란히 보인다. 돌아보니 가즈타카다케(和田か岳)의 산기슭 길에 벌써 저녁 노을이 엷게 드리우고 깊은 산속 길의 그림자도 완전히 저물었다. 험준한 산 계곡을 둘러보니 원숭이와 여우 소리만이 처연하고 오가는 행인들의 그림자조차 끊어져 나무꾼 외에는 다니는 자도 없으니 점차 사냥꾼의 활 소리 바람을 울리고 때때로 산자락에 대나무 소리 들리니 수사슴 암사슴이 다니는 길이 나 있을 뿐 달리 길도 없다. 이렇게 깊은 산속 협곡에 여전히 활기찬 것이 있을까. 해가 이미 저물어 깊은 산속 어둠 속에 하늘을 덮는 나뭇잎 사이로 달빛이 조금 비추는 외에는 빛 그림자가 없다고 생각하던 차에, 갑자기 등불이 희미하게 보이니 사람이 사는 기색이다.

때마침 저녁은 이미 저물어 2시 남짓 되었는데, 시끌시끌하던 마을도 쥐 죽은 듯 조용해진 무렵, 하물며 서까래를 나란히 할 집도 없는 깊은 산속에 그저 적막하고 사람 소리도 다른 소리도 들리지 않는 때에 똑똑, 하고 문을 두드리며 찾아온 남자 한 사람.

"부탁드리오, 부탁드립니다."

보아하니 이 근방에서는 낯선 역력한 무사이다. 문을 두드리면서 소리를 높여, 부탁드리오, 소리 높이 부른다. 안에서 등불을 켜는 소리가 들리고, 그 밖에는 대단찮은 노파의 기침소리가 들린다.

"누구십니까? 여기는 겐베에(源兵衛)라고 하는 사냥꾼 집입니다. 예예, 숙소라면 여기에서 2리(里) 정도 가시면 마을이 있을 텐데요."

무사는 더욱 목소리를 높여,

"길 잃은 사무라이(侍)입니다. 결코 수상한 자가 아닙니다. 길 아닌 길을 2리 3리 가다 이렇게 밤이 늦어 헤매고 있을 뿐입니다. 아무쪼록 하룻밤 묵을 곳을 청하고 싶소. 염치없지만 근래 이삼일 먹지도 못했습니다. 조금이라도 먹을 것을 좀 주시오."

노파 말하기를,

"예예, 어엿한 사무라이시군요. 이것 참 죄송합니다. 잠깐 기다리세요. 지금 문을 열어드릴 테니."

(1906년 2월 17일)

[김계자 역]

평 양

평양일일신문
平壤日日新聞

봉도(奉悼)

이쓰시카(逸鹿)

신이신 그대 영혼이 돌아가는 밤의 정원에 별빛 맑게 빛나고 매 줄 지어 날아가

神にます君靈歸る夜の庭星色純くつら鷹渡る

이승의 소리 계시지 않은 것을 기도드리니 영혼 보내드리는 이승의 소리 슬퍼

世の聲にいえ在さんこと祈りしを御靈送らん世の聲哀し

상복 입는 때 싸리 언덕에 가서 잠깐 쉬는데 하얀 이슬은 지고 천지가 우는구나

諒闇の萩原行きて立休めば白露ちりぬ天地泣くか

징소리 울려 어둠을 멀리에서 떨치고 떨쳐 사람들 여윈 얼굴 쓸쓸한 작은 가마

鉦の音は闇を遙に消え消えぬ人顔細る淋しの篝

(1912년 9월 15일)

[김계자 역]

부모의 마음을 자식은 모른다(親の心子知らず)

지난 12일 엽서란에 투서된 상태 그대로 적어놓은 철도 아무개 씨 운운한 건에 대해 다시 이야기하겠다.

철도 아무개 씨 경찰서 부근 모 집안의 젊은 주인을 재삼 끄집어내어 걱정과 폐를 끼치는 것은 너무 무정한 짓이다. 적당히 해두라. 젊은 주인의 부모님이 불쌍하다.

이런 의미의 투서가 있었다. 그리고 기자는 다시 어떤 사람으로부터 실제로 양친이 걱정하고 계신다고 들어서 어제 아침에 그 아무개 씨라는 사람을 방문하였다. 그러자 아무개 씨는 즉시 기자를 만나주었는데, 그 태도가 실로 면목이 없어 보였다. 기자의 물음에 대답하기를,

"2, 3일 전에 귀사의 신문에 실렸다고 하는데, 지금 다시 당신이 찾아오니 참으로 면목이 없을 뿐입니다. 설령 누가 무슨 말을 해도 아들이 정신만 확실하면 결코 상대방을 원망하는 일은 없을 겁니다. 실은 어리석은 자식에게 의견을 이야기할 생각입니다만, 큰 장례를 치르고 있는 때이므로 부모와 자식 간에 말을 거칠게 하는 일이 있으면 윗분께도 죄송하고, 세간에 대해서도 아무리 생각해 봐도 가정이 흐트러져 있다고 사람들이 생각하는 것도 유감이므로, 15일까지는 뭐라고 말씀드릴 수 없지만 16일이 되면 충분히 의견을 말하려고 생각하고 있습니다. 상대는 철도의 ─ 그러나 이름만은 대답하기 어렵습니다."

기자는 그 양친 되는 사람의 자애로운 마음에 감복하여 잠시 이 사건에 관한 일체의 기사를 중지하기로 하였다. 그러나 이른바 아무개 씨라는 사람으로 하여금 간사한 책략을 그만두지 않으면 곧바로 이름과 함께 상세한 사실을 공표할 테니 조만간 개심하여 금후 세상 물정

에 어두운 소위 아무개 씨의 젊은 주인에게 나쁜 꾀를 사지 않도록
하는 것이 좋다.

(1912년 9월 15일)

[김계자 역]

미토코몬기(水戶黃門記)

이토 고교쿠(伊藤湖玉) 구연

(결호로 인하여 190회를 제외한 내용 확인 불가능)

190회

"야, 야. 무엇을 하고 있는 게냐. 짐은 네가 짊어지고 가거라."

다키치(太吉)가 말했습니다. 만고로(萬五郎)는 마음속으로,

'이 녀석, 심한 말을 하는 놈이군.'

이렇게 생각했습니다만, 노공이 아무 말씀도 하시지 않으니 하릴없이 짐을 들어 짊어졌습니다.

다키치가 "자, 갑시다" 하고 터벅터벅 출발했습니다만, 다시 "저, 영감" 하고 불렀습니다. 노공이 "예, 무슨 일입니까?" 하고 대답했습니다.

"자네는 행복한 사람일세. 내가 누구라고 생각하는가? 이 근방에서 다키치 두목이라고 하면 대개는 사람들이 벌벌 떤다네. 나는 도박장도 두세 곳이나 갖고 있고, 부하도 백 명이나 있거든. 그런데 요즘 계속해서 돈을 빼앗겨 옴짝달싹 못 할 정도로 빚을 져서 하는 수 없이 이렇게 가마를 지고 있지만, 나 같은 대 두목에게 가마를 짊어지고 걸어가게 하는 것은 큰 죄를 짓는 것이지. 보통은 결코 자네 같은 농사꾼을 태워 주지 않아. 고맙게 생각하게."

다키치가 이렇게 말했습니다.

"네, 그러십니까. 저희들은 농부라서 전혀 그런 사정은 몰랐습니다만, 당신 같은 두목이 가마를 지고 가주니 제법 좋습니다."

노공이 대답했습니다.

이렇게 이야기를 주고받는 사이에 4, 5정(町) 왔나 싶은 곳의 어느 찻집에 다키치가 가마를 내려놓고 말했습니다.

"어떤가? 잘 지내나?"

"오, 대장님. 묘한 일을 하시는군요. 가마지기를 하십니까?"

아범이 말했습니다.

"정말 이번에는 어쩔 수 없었네. 완전히 다 털려서 하는 수 없이 이렇게 가마를 지고 다니지 않으면 먹고 살 수도 없는 꼴이니."

다키치가 말했습니다.

"그래도 대장님이 가마를 지시다니……." 아범이 말을 잇지 못했습니다.

"이보게, 농부 늙은이 가마에서 나오시오. 오다와라(小田原)에 도착했소이다."

다키치가 말했습니다.

"네, 뭐라고 하셨습니까."

"나오라고 했소. 오다와라에 도착했으니까."

노공은 가마의 휘장을 올리고 건너편을 바라보셨습니다.

"저, 여기가 오다와라입니까?" 노공이 물었습니다.

"그렇소. 저쪽에 팻말이 보이죠? 이 산을 넘으면 오다와라요."

다키치가 말했습니다.

"이건 이야기가 다르지 않소. 내가 가마를 탈 때 약속한 대로 오다와라의 가타오카(片岡)라고 하는 숙소까지 데려다줘야 하오."

노공이 말했습니다.

"저, 늙은 양반. 건방진 말 그만 두오. 오는 도중에 말한 대로 나는 댁의 가마를 질 신분이 아니란 말이오. 이 근방의 대 두목이라고 하지 않았는가. 빌어먹을 놈 같으니…… 저쪽에 역참이 보이니 알아서 걸어가면 될 게 아니오. 구시렁거리지 말고 빨리 나오쇼."

다키치가 말했습니다.

노공은 아무래도 어처구니없는 가마에 타고 말았다고 생각하면서 말했습니다.

"이보쇼, 아직 4, 5정밖에 오지 않았잖소."

"아무래도 상관없어. 구시렁거리지 말고 빨리 나오라니까……. 아범, 잠깐 술 한 잔 따라주게."

다키치가 말했습니다.

"예, 알겠습니다" 하고 아범이 대답했습니다.

찻집의 아범은 즉시 술을 데워 들고 와서 같이 일하는 동료에게 건넸습니다.

"자, 이보게. 한잔하게나" 하고 다키치가 말했습니다.

"대장님, 감사합니다."

동료들은 이렇게 말하고 자리에 걸터앉아 술잔을 기울이며 마시기 시작했습니다. 노공은 이런 악당의 가마에 탄 것이 불운이라고 체념하며 하는 수 없이 가마에서 나왔습니다.

"여봐라, 어쩔 수가 없구나. 이럴 바에야 갈아타지 않았더라면 좋았을 것을. 약속한 운임을 드려라."

노공이 하인에게 말했습니다.

"예, 그럼. 가마꾼, 여기 약속한 운임이오. 여기에 놔두겠소."

하인이 말했습니다. 다키치는 한잔하면서 300문(文)의 돈을 힐끗 쳐다보고 말했습니다.

"아니, 이게 뭐야? 이게……"

"뭐라니, 이게 뭔지 모르겠는가. 가마 운임 300문 아닌가."

노공이 대답했습니다.

"이 얼간이 같으니. 다키치 대장님의 말씀을 듣고도 너희들 아직 모르겠느냐. 고작 이 돈으로 어쩌겠다는 거야. 내가 말하지 않아도 너희들이 나서서 정말 적은 돈입니다만, 하고 돈을 1부(分) 정도 내는 것이 당연하지 않느냐. 술값을 내라, 술값" 하고 다키치가 말했습니다.

"뭐라고? 술값이라니……. 우리들은 농부여서 전혀 그런 돈은 가진 게 없소이다."

노공이 대답했습니다.

"장난치지 마라. 술값을 내지 않으면 좋지 못할 거야. 내가 가마를 져 주셨는데, 무슨 말을 하는 거냐."

다키치가 말했습니다.

"아, 그렇습니까. 당신들, 생각해 보시오. 300문의 돈을 내는 것부터 아무래도 나는 잘 납득이 안 가오."

노공이 말했습니다.

(1912년 9월 15일)

[김계자 역]

신의주

평안일보
平安日報

신협약 체결 평안일보의 발간을 축하하며
(新協約成り平安日報の發刊を祝して)

평안(平安)히 최종 확인도 성사되어 **해**(日) 떠오는 곳 **보**(報)은은 여기에서 반짝이고 있구나

平安にきわめも成りて日の本の報いはこゝにかゞやきにける

발간을 축하하며(發刊を祝して)

휘파람새의 첫울음 그윽하여 듣고 있었네

鶯の初音床しく聞きにけり

가을 세 수(秋三首)

조선의 잣에 스마(須磨)에도 들리는 가을의 소리

松のみの須磨にも聞くや秋の聲

가을이 높고 달도 맑게 보이네 산의 소나무

秋高く月も澄みける峰の松

가는 곳마다 가는 곳마다 다시 달밤이구나

行先も丿丶又月夜かな

(1907년 9월 3일)

잡음(雜吟)

가이토(海藤)

안에 있는가 찾는 이 기쁘구나 가을 해질녘
內にかと訪はれてうれし秋の暮

시사에 느끼는 바 있어(時事に感あり)

가을날 나비 마음 둘 곳도 없이 어디 가느냐
秋の蝶心もとなき行衛かな

떠나는 곳을 내게는 말해다오 가는 기러기
行先を我には告けよ歸る雁

지혜와 어진 용기 있으니 과연 허수아비네
智仁勇ありてさすがに案山子かな

기거하면서 듣는 밤의 정취여 벌레 울음도
宮居して聞く夜あはれや虫の聲

(1907년 9월 5일)

암중관(暗中觀)

우키쿠사세이(うきくさ生)

옹이구멍을 들여다보았더니 아 무서워라 도깨비들 모여서 화장 삼

매경이네

ふし穴を覗いて見ればおそろしや化物どもの化粧三昧

해질 무렵에 까닭 없이 산책을 나가 봤더니 여기도 저기에도 머리가
흰 노인들

夕ぐれにそぞろ歩行をして見よやどこもかしこも白首のむれ

매일 밤마다 띵 뚜루 딩 울리는 샤미센 소리 언제 띵 하는 소리 처음
으로 냈을까

夜な〳〵にてんつるてんとなる三弦はいつはつてんの音を出すやら

첫 소리 내며 울리던 샤미센은 들어봤는데 언제 번성하려나 북 치며
생각하네

はつてんとなる三味線は聞きにけりいつ繁盛と鼓うつやら

잠시 기다린 것이 다리 놓은 지 삼 년 되었네 그때는 쇠북소리 울려
퍼질 것이다

待てしばし架橋三年其時はかねの太鼓の鳴りわたるらん

(1907년 9월 8일)

[김계자 역]

기차 견문록(汽車見聞錄)

빨간 차표(赤切符)

(상)

▲경부선과 경의선▼

▼부산에서 신의주까지▲

▲기차에 탈 때까지

8월 26일 오늘부터 의주에 가자고 두세 명의 친구와 결의하여 부산 항에서 자동차를 빌려 초량(草梁) 역으로 달려왔다. 정거장은 벨 소리 요란하게 울려 다음 손님이 이어지니 부산에서부터 손님이 북적거려 혼잡하기 이를 데 없다. 선로에는 경성행 급행열차가 빈번하게 매연을 내뿜고 있다. 이러니저러니 하는 사이에 개찰구가 열리고 승객들이 앞을 다투니 젊음은 강하다. 늙은 여자는 주눅이 들어 혼잡한 곳을 빠져나가고, 간신히 나 또한 혼잡 속을 헤치고 올라탄 객실은 삼등칸 한쪽 구석이다.

▲경성까지의 차표 주인

경성까지의 차표를 끊은 사람은 누구신가요? 유행하는 리본을 매고 스물아홉이 아닌 스물여덟의 처녀가 빨간색 차표로 경성까지 가는 승차권을 손에 들고 플랫폼을 두세 번 왔다 갔다 하니, 그 마음 씀씀이가 가상한데 대답하는 사람도 없다. 그래서 처녀는 "이상하구나!" 하고 중얼거리고 떠났다. 그런데 양복을 입은 신사 선생이 넘어질 듯한 자세로 개찰구에서 뛰어와 그 처녀에게 재삼 사례를 한다. 지금 수그리는 머리는 4원 15전인가.

▲객차의 개량은 할 수 없는가

과연 연락 급행열차인 만큼 일·이등실도 삼등실도 객실이 모두 만석인데, 활기차다 못해 번잡스러운 지경이니 오늘날의 반도는 날마다 번영하는 모습이다. 그러니 생각한다. 이제 연락선은 세 척으로 그 연락을 온전히 수행하니 무슨 유감을 느끼겠는가. 다만 바라건대 긴 여정의 여행자가 밤사이 현해탄의 파도에 흔들리고 게다가 혼잡한 객실이 상자 같은 급행열차에 또다시 흔들리니 몸이 피로하기 이를 데 없다. 이러하니 경부 직행만은 승객으로 하여금 매우 편안하게 하여 긴 여행의 피로도 꿈속에서 풀 수 있게 실내를 개량하기를 아무쪼록 바라 마지않는다.

(1907년 9월 3일)

(중)

▲경부선과 경의선▼

▼부산에서 신의주까지▲

▲음료수와 세면장

경성철도가 여행객을 위하여 마련한 음료수 및 세면장이 여러 정차역에 보이는 것은 여행객으로서 기쁜 일이 아닐 수 없는데, 수백 명을 태운 열차가 정차해서 일시에 그곳으로 몰려드는 때에는 어떻게 한 개의 음료수 용기과 한 개의 컵으로 족하겠는가. 몰려온 사람이 모두 순서를 기다리며 이래저래 하는 사이에 기차 차장의 신호에 따라 곧 발차한다. 그러니 정차하는 사이에 앞을 다투어 마른 목을 축이려고 온 자들도 결국에는 갈증을 삼키며 승차하지 않을 수 없는 상황이다. 뿐만 아니라 세면장도 같은 상황이니, 더워질 무렵에는 이러한 설비의 보완도 당국자에게 바라는 바이다.

▲식당 보이의 무례함

철도가 관영이 되면서 차장이나 역원은 몰라볼 정도로 친절하고 상냥해졌는데, 딱 하나 식당의 요리사 혹은 보이 혹은 판매원 꼬마, 녀석들의 요즈음 판매 태도는 무례한데다가 비싼 물건을 강매하는 경우가 있다. 이들이 미미한 일개 판매원에 지나지 않는다고 해도 제대로 단속하지 않으면 어떤 폐해 혹은 승객의 불편을 초래할지 알 수 없다.

▲매춘부 잘못하여 귤을 주다

기차는 이제 마산선 환승을 마치고 발차하여 1리가 지난 무렵인데, 나이가 스물여덟을 넘긴 한창때의 추녀 일행 네 명이 옷차림이나 나누는 이야기를 들어보니 완전히 수입물인 매춘부임에 틀림없다고 빨간 차표인 나는 감정했다. 무엇을 착각한 것인지 하얀 목을 한 여인이 나를 향해 돌아보지도 않고 하귤 한 개를 건넸다. 나는 연유를 몰라 잠자코 일행을 바라보고 있는데, 계속 받지 않으니 매춘부 일행이 갑자기 돌아서서 나를 보았다. 이때 나의 시선이 그들을 놀라게 한 것인지, "어머나" 하는 소리와 함께 뜻밖의 홍조를 얼굴에 띠고는 "미안합니다"라고 말하며 무릎에 떨구었을 때의 우스꽝스러움이란……

(1907년 9월 4일)

(하)
▲경부선과 경의선▼
▼부산에서 신의주까지▲

▲철도의 수비

신협약에 의하여 파견된 재류민 보호군이 그 임무를 제대로 완수하여 일본인은 말할 것도 없고 각 국민이 안심할 수 있게 되었다. 경의, 경부 각지의 철교에 천막을 치고 수비를 하니 그 임무 또한 많을 것이다.

▲용산과 영등포

연선에서 최근에 눈에 띄게 발달한 곳은 영등포와 용산 두 역이다. 전자의 발전은 경인선 접속으로 인한 것이고, 후자의 발전은 한강의 전도에 공업 발전의 희망이 있다는 것으로 보인다. 반도의 중심에 자리하며 이 지역에 한강이 흐르고 있어서 양조업에 가능성을 걸고 있는 것 같다.

▲처음 타는 경의선

속성(速成) 공사로 부설한 경의선은 아직 선로가 다 건설되지 않았고, 비가 내릴 때에는 언제나 불통의 불편을 가져와 교통에 다대한 유감을 일으키는 원인이다. 당국에서도 공사를 마감하려고 착착 서두르고 있는 모양이다. 그렇다면 이는 경부선과 마찬가지로 완비될 시기도 머지않은 것 같으니, 준공일 아침에는 대급행열차를 출발시켜 부산까지 하루 밤낮 정도에 도착하게 될 것이다.

▲평양의 예기 무용

반도 이북의 도회지로 지정된 평양은 군대가 철수했다고는 해도 상당히 번화하여 장래의 전망은 확연하다. 그리하여 빨간 차표는 이곳에 일박하였는데, 시가지를 빠짐없이 구경해 보니 불야성의 미도리마치(綠町)에서 뭔가 기념일이라며 무대를 설치하고 수십 명의 예기 창기가 가장(假裝)은 하지 않았지만 맞춤옷을 입고 교대로 서서 손을 놀리며 무용하는 것을 보고 있노라니 그 모습이 화려하다.

(1907년 9월 5일)

[김계자 역]

신의주를 보다(新義州を觀る)

남한의 낭인(南韓の浪人) 아카겟토세이(赤毛布生)

(1)

▲무슨 기이한 인연인가

모처럼 반도를 돌아다니고 있는데 그 최종 극점을 보지 못하면 모국의 벗에게 이야기할 것이 없을 듯싶어 전부터 마음속에 품고 있던 의주(義州)의 천지를 찾았다. 그런데 선배인 고토세이(江東生)가 동지와 함께 평안일보(平安日報)를 시작했다는 이야기가 남한 땅에 전해졌다. 이 말을 듣고 좋은 기회를 놓쳐서는 안 된다는 생각에 평소 바라던 염원을 비로소 이루게 되었다. 가토(加藤), 고니시(小西) 일행이 꿈처럼 바라고 이루지 못했던 압록강을 볼 수 있게 되었다. 더욱이 압록강 강물을 벼루에 담아 검 대신 붓으로 만한(滿韓)을 지배하게 된 것은 무슨 기이한 인연인가.

▲예상한 대로 신의주는

한반도 남쪽으로 수백 리 떨어진 땅에서 바라보는 신의주는 그저 왕래하는 사람들의 이야기를 통해서라면 공상적 혹은 축소적이 되는 것은 어쩔 수 없지만, 이를 기억하여 떠올린 신의주는 본래 반도의 마지막 극점으로 청나라 안둥 현(安東縣)과 서로 마주하며 압록강 강변에 위치하고 있어 당연하지만 그 느낌은 대동소이 혹은 비슷하다. 부산으로 비유하자면, 구 의주를 초량 혹은 부산진으로 바꾸면 신의주는 부산항이 되는 것과 같은 이치이다.

▲눈에 비친 신의주

내가 도착한 날은 공교롭게도 뚜렷하게 관찰하는 것은 불가능했지만, 다만 첫눈에 비친 신의주는 구의주(舊義州)와 40리 남짓 떨어져 있어, 여기에 하나의 시가지를 이룩하게 된 것은 전적으로 경의선이 생긴 덕분이라는 사실은 아무리 단언해도 지나치지 않다. 그리고 만주와 한반도의 국경인 압록강이 이곳에 무한히 약진할 편리를 부여하여 이 땅으로 하여금 사회적으로 큰 무대가 되게 만든 것은 환영할 일이다. 더욱이 이 땅과 가장 인연이 깊은 맞은편 청나라의 안둥 현은 이달 1일부터 민단법(民團法)을 실시하여 재류민의 행정적 방침을 확고히 해가고 있다. 따라서 이 땅도 역시 그에 따르는 준비를 해야 할 것이다.

▲신구(新舊) 시가지 지리

기름진 들판이 천리에 달하고 천지에 이어지니 발전하기 위해 고심하던 장소가 현재 가옥이 육백 채를 능가하는 지금의 신시가지로 순조롭게 변화했다. 함석지붕이나 초가지붕이 새롭게 건축된 가옥을 보니 신시가지의 모습이 완전히 정착한 것 같다. 그러나 구시가지는 현재 서쪽의 많은 부분이 관리국의 사택으로 메워져 동북 지역이 발달하고 있는 느낌이다. 향후의 이주자는 다수가 신시가지의 일부에 정착할 것으로 생각된다.

(1907년 9월 6일)

(2)

▲ 모래 도로

반도의 곳곳에 도로가 험악하여 교통이 불편한 사정은 사람들이 아는 대로이다. 근래에 다소 완전해진 것을 볼 수 있는 곳은 도회지로, 경성, 인천, 부산뿐이다. 다른 곳은 모두 도로 개수비로 곤란해 하고 있는 실정이다. 언덕이 울퉁불퉁한 불완전한 도로가 있는데, 이 지방에 와서 도로를 밟으니 모래가 그대로여서 강변을 걸어가는 느낌이다. 그러나 이곳도 도로 수선은 어려운 문제 중의 하나이다. 모래 도로 때문에 언덕이 적은 것은 기뻐할 일이지만, 만약 이런 길에 오랫동안 비가 내리게 되면 진창을 없애는 일이 매우 곤란할 것은 충분히 예상할 수 있다. 그렇다면 어쩌면 자연스럽게 생긴 언덕의 단단한 도로가 오히려 좋다고 생각되기도 한다. 그러나 이 도로도 모국처럼 작은 돌이라도 뿌려놓은 상태라면 좋을 텐데, 이와 같이 새롭게 개척한 토지로서는 그저 공상에 지나지 않는다.

▲신의주의 가구 수

여러 나라 사람이 함께 모여 사는 잡거지는 아닌데 거류지가 아닌 신의주는 소위 용산과 비슷한 일본인의 제일 신시가지로 비교적 낙관적인 지역의 느낌이 있다. 최근의 조사에서 5월 말 현재 548가구에 1807명이 살고 있어서, 1가구 당 3.5명 남짓의 비율로 1가구에 사람들이 살고 있는 모습이다. 그런데 지금 시가지를 한 바퀴 돌아보니 전에 조사한 것과 대비하여 대략 계산해보면 적어도 600여 명이 증가하였다. 그렇다면 이곳의 현재 가구는 650여 가구에 대하여 2500여 명이 살고 있는 것이 분명하다. 그러나 이주지의 확실한 조사라는 것은 절대적으로 불가능하다. 그런데 청국인 1가구 당 1.5명 정도가 있다는 사실은 놀라지 않을 수 없다.

▲가옥과 건축

무대가 청국과 서로 마주보고 재목은 장백산이라고 하는 유명한 삼림지역이 있어서 가옥의 건축도 장대할 것이라고 상상했는데, 비교적 그렇지 않고 기와지붕은 관리국 사택을 제외하고는 두셋 정도에 머물러 있다. 또한 가옥은 모두 좁은 건조(建造)면인데, 여관이나 요릿집은 모두 2층 건물이라니 과연 손님을 상대하는 장사하는 집답다. 그러나 이렇게 한기가 혹심한 땅에서 식민하러 온 재류민이 방한 가옥을 갖지 못하는 것은 놀라운 일이다.

▲상업계의 정태

지리상으로 보면 이곳은 반도의 최종점으로, 교통이 경의선을 통해 경성, 인천, 부산으로 연결되는 기점이다. 경쟁적인 이식 신흥지를 보유하고 있으면서 건너편의 안둥 현 때문에 상권을 빼앗기고 있는 느낌이다. 거리를 둘러보며 거리의 상표를 보면 많은 경우에 점포는 안둥 현의 지배에 속하는 경우가 많고, 듣자니 거래할 때도 받은 돈의 일부를 돌려주는 세율에 관계없이 안둥 현과 거래하고 직접 게이한(京坂)이 거래하지 않는 것은 매우 기세가 활발하지 못한 것이라고 생각할 수밖에 없다.

▲니호(二穗) 부이사관

평안북도 선천(宣川) 출장 중에 오늘처럼 이곳을 출장으로 와 있던 통감부 혼다(本田) 통역관과 같이 귀청(歸廳)하게 되었다.

(1907년 9월 7일)

[김계자 역]

식도락과 여도락(食道樂と女道樂)
이리후네로(入船樓)

후쿠오(福男)

　벗이 먼 곳에서 오니 이 또한 기쁘지 아니한가. 짱꼴라 선생이 하신 말이긴 하지만, 정말로 그 말대로이다. 벗이 남한에서 갑자기 와서 대여섯 명의 벗과 함께 이리후네로에 올랐다. 야, 오늘밤은 굉장하다며 손님방에 나온 사람은 이름도 유명한 지요(千代) 씨. 서양요리가 식탁 위로 올라오고 맥주가 나왔다. 자, 먹자고 하여 나이프를 손에 들고 맥주를 컵에 따랐는데, 손님 중에 두 사람의 벽창호가 있었다. 한 사람은 식도락이고, 또 한 사람은 여도락(女道樂)이다. 식도락은 나이프와 포크가 싸움이라도 하는 것처럼 짤랑 짤랑 소리를 내며, 프라이가 어떻고 비프스테이크가 어떻다는 등 독설을 이야기하며 금세 접시를 다 비우고, 옆자리의 접시마저 침입하는 모습이었다. 1인분으로는 부족하다며 2인분을 다 먹어치운 대식가였다. 한 사람은 먹고 싶은 서양요리도 먹지 못하고 마시고 싶은 맥주도 마시지 못하며 목에 손을 대고 뱃속에서 소리가 나는 것을 눌러 진정시키면서 지요 씨 앞에서 점잖은 척 앉아 있었다. 친구들에게 들키지 않으려고 신경 쓰며 눈동자를 지요 씨 쪽으로 굴리고 있었다. 그래도 지요 씨는 이를 전혀 모르고 있으니, 도락 선생이 참다못해 "자, 지요 씨" 하며 컵을 내밀었다. 컵을 받아 든 지요 씨는 맥주를 마시고 잔을 돌려주었고, 그 다음은 아무것도 모르는 한베에(半兵衛) 씨. 식도락은 한 층 더 먹고, 여도락은 더욱 지요 씨를 노리고 있다. 지요 씨가 문득 자리를 떠서 식도락 옆에 앉으며, "서방님 손을 보여 주세요" 하면서 손을 잡고 손금을 보며

　"서방님 손금이 좋아요, 저는 당신처럼 사양하지 않는 남자다운 분

을 매우 좋아해요, 깨작거리며 먹고 싶은 것도 먹지 않는 남자는 보기
만 해도 싫어요."

　이런 말을 한다. 요리는 다 없어지고, 과일을 먹어치우고 커피를 마
시고 나서 이리후네로를 나왔다. '아, 이럴 바에야 서양요리를 먹었으
면 좋았을걸' 하고 후회해도 이미 어쩔 수 없다. 여도락은 낙제하여
결국 꿀벌을 잡지 못하였다.

(1907년 9월 7일)

[김계자 역]

담총(談叢)

스이손(翠村)

1. 잊은 것

어떤 사람이 새롭게 신발을 지으려고 발 크기를 세심히 쟀다. 그리고 하인을 십 리 반 정도 떨어져 있는 신발집으로 보내 신발을 맞추려고 하였다. 그런데 갑자기 다른 볼일이 생겨 하인을 신발집에 보낼 수 없게 되어 자신이 몸소 신발집으로 가기로 하였다. 집을 나와 절반 정도 갔을 즈음에 갑자기 멈춰 서서 머리를 긁으며 중얼거렸다.

"아, 깜빡했네. 치수 적은 것을 놓고 왔군."

그러나 곧이어 다음과 같이 말했다.

"아냐, 아직 절반밖에 안 왔으니까 다행이야. 얼른 달려가서 가져와야지."

이렇게 말하며 집으로 돌아갔다. 그리고 다시 나와서 신발집으로 갔다. 땀을 많이 흘리며 이런 이야기를 하자 신발집 주인이 붙임성 있게 말했다.

"감사합니다. 이 치수를 적은 종이가 있으면 혹시 당신이 발을 댁에 두고 오셔도 곧바로 신발을 만들 수 있으니까요."

2. 아이의 나이

옛날에 어떤 사람이, "당신 아이는 태어난 지 며칠째입니까?" 하고 물으니, "네, 이틀째입니다" 하고 대답했습니다. 또 어떤 사람이 교대로 와서, "당신 아이는 태어난 지 몇 개월째입니까?" 하고 물으니, "네, 2개월째입니다" 하고 대답했습니다. 그러자 또 다른 사람이 와서, "이 아이는 태어난 지 몇 년 째입니까?" 하고 물으니, "네, 2년째입니다"

하고 대답했습니다. 그래서 이번에는 "도대체 이 아이는 언제 태어난 겁니까?" 하고 물으니, "그건 섣달 그믐날에 태어난 아이를 정월 초하루에 나이를 헤아린 겁니다" 하고 말했습니다. 과연 그 말대로였습니다. 섣달 그믐날에 태어난 아이를 정월 초하루에 나이를 헤아리면, 날로 따지면 이틀이요, 달로 하면 2개월이라고도 할 수 있고, 2년이라고 하면 2년이라고도 말할 수 있습니다. 요시쓰네(義経)가 에조(蝦夷)[1]에서 남편 아이 여섯, 내 아이 여섯, 합쳐서 아홉이라고 말한 사람을 요시쓰네가 멋지게 맞춘 것과 마찬가지로 재미있는 이야기입니다.

(1907년 9월 12일)

3. 사슴

불 탄 들의 꿩과 밤의 학이 길을 가다 우연히 만났다.

"너와 나는 언제나 자식을 생각하고 있는 것처럼 인간이 말을 하지만, 자식도 없는 것이 자식을 생각할 리 없다."

이런 이야기를 하고 있는 곳에 사슴 한 마리가 우연히 지나가며 말했다.

"내가 울 때마다 아내가 그리워서 우는 거라고 정해놓고 이야기하는 인간이고 보면 그 정도의 착각은 있겠지."

4. 죄인의 노래

안네이(安永) 무렵에 사나다 도쿠에몬(眞田德右衛門)이라는 사람이 위조화폐를 사용해서 책형에 처해졌을 때,

---

[1] 홋카이도(北海道)를 일컫는 옛 명칭.

이제와 새삼 후회도 어리석은 생각 전부터 목숨과 바뀌어버린 솜
씨인 걸 알았네

세상 하직하는 이런 노래를 읊었다. 후회해도 어리석다고 읊은 구
(句), 스스로 자신의 천성을 보기에 이르렀다. 또한, 언제 무렵인지 도
적이 고문을 받았을 때 아무 말도 하지 않고 노래 한 수를 읊었다.

꽃을 피우지 못하게 되었구나. 빨리 시드니 죄를 바로잡는 건
숲이 한 처사로고

또한, 도적이 죄에 빠져서 목이 베일 참에 두견새가 울자,

그 다음에는 저승에서 듣겠네 두견새 울음

이런 노래를 읊었다고 한다. 어떤 사람의 마지막이든 대체로 애틋함
을 알 수 있으며 덧없는 일이 아닌가.

5. 세 사람의 명의(名醫)

명의 듀믈렌이 임종의 자리를 몇 명의 벗이 둘러싸고 있는데, 모두
슬퍼하고 있으려니 마지막 이별을 고하면서 말하기를,

"여러분, 내 뒤로 세 명의 명의가 남아 있습니다."

모두 자신들을 이야기하는 것으로 생각하여 듀믈렌의 입술에 귀를
기울이고 듣고 있으니, 희미한 목소리로 말해다.

"물에, 운동, 식사"

6. 스웨덴 왕과의 결투

옛날에 유럽에서 결투가 크게 유행하여 사사로운 일에도 칼이나 총을 꺼내 들고 소동을 피우던 시절이 있었다. 여러 나라의 제왕이 모두 걱정하여 이를 금하는 법을 만들었지만, 쉽게 멈추지 않았다. 그런데 스웨덴 왕 혼자만 조금 재치를 발휘하여 결투를 멈추게 했다는 이야기가 있다.

(1907년 9월 13일)

6. 스웨덴 왕과의 결투 (계속)

스웨덴 왕은 어느 때인가 결투 금지를 내렸지만, 그 후 얼마 지나지 않아 두 명의 사관이 뭔가 원한이 있어서 결투를 하게 되었다. 그러나 이미 금지령이 내린 후였기 때문에 국왕의 허락을 받지 않으면 안 되었다. 두 사람은 왕 앞으로 가서 청을 하였다.

"좋다. 결투하라."

왕은 이렇게 말하고, 정해진 날 정해진 장소에 한 사람의 시종 무관을 데리고 가 보았다. 이제 막 결투가 시작되려고 하는 순간, 왕은

"두 사람 중에서 한 사람의 목이 떨어질 때까지 충분히 싸워라."

이렇게 말하고, 뒤를 돌아 시종무관을 향해,

"그리고 뒤에 살아남은 한 사람의 목은 네가 베어버려라."

하고 말씀하셨다.

두 사람의 사관은 서로 얼굴을 마주 보았다. 결국 두 사람 모두 결투를 하지 않기로 하였다. 이때부터 스웨덴에서 결투는 완전히 그쳤다고 한다.

7. 모자 가게의 간판

유명한 프랭클린의 친구에 모자를 만드는 사람 존 톰슨이라는 사람이 있었다. 자기 가게에 걸어둘 간판을 만들려고 고심했는데, 마침내 한 가지 생각을 해냈다. 위쪽에 모자 모양을 그리고 그 아래에,

'모자 가게 존 톰슨은 현금으로 모자를 제조 판매하고 있습니다.'는 글귀를 써서 친구들에게 보여 주었다.

갑(甲)이라는 친구는

"처음의 모자 가게라고 하는 글자는 지우는 것이 좋겠네. 이미 모자를 제조한다 운운하는 말이 있으니 이미 모자 가게인 것은 당연하지."

하고 말했다. 톰슨은 과연 그렇다는 생각이 들어 우선 모자가게 글자를 삭제했다. 그런데 을(乙)이라는 친구가,

"제조라는 두 글자는 필요 없어. 왜냐하면 고객은 누구의 모자를 제조해도 상관하지 않을 거야. 마음에 들면 살 테고 마음에 들지 않으면 사지 않을 터이니, 그렇다면 제조라는 두 글자는 빼는 것이 온당하다고 생각하네."

라고 말했다.

톰슨은 지당하다고 생각되어 이를 삭제했다. 그런데 병(丙)이라는 친구는 다시 평하기를,

"외상판매는 이 지방의 관습이 아니야. 딱히 현금이라고 말하지 않아도 무방해. 삭제하는 것이 좋겠네."

하고 말했다.

톰슨은 너무 당연하다고 생각되어 동의한 끝에,

'존 톰슨은 모자를 판매합니다'라고 고쳤다. 그런데 정(丁)이라는 친구가 이를 평하기를,

"오늘날 하나의 사업을 경영한다는 것은 결코 공짜로 물건을 타인에게 주는 사람은 없다. 판매합니다, 라는 글자는 필요 없어. 삭제하는

게 좋네."

이렇게 말했다.

이로써 겨우 '존 톰슨'이라는 두 글자와 '모자'라는 두 글자만 남았다. 그런데 이 몇 자 안 되는 살아남은 글자도 위에 모자 그림이 있으므로 필요 없다고 충고하는 이가 있어서, 마침내 모자 도안과 존 톰슨이라는 글자만을 적은 간판이 되었다. 그는 분별없이 쓸데없는 말을 늘어놓고 득의양양해 있는 사람의 좋은 본보기이다.

(1907년 9월 14일)

8. 복국 (이것은 일본)

복국을 먹으려고 많이 만들기는 했는데, 막상 먹으려고 하니 제일 먼저 젓가락을 드는 사람이 없다.

"거지에게 한 그릇 먹게 해서 독이 있는지 없는지 시험해 보자."

모여 있던 사람들의 만장일치로 근처에 있는 다리 부근으로 들고 가서 거지에게 먹으라고 주고 돌아왔다. 잠시 시간이 지나 가보니 별다른 모습은 보이지 않고 "괜찮다"고 적혀 있었다.

남은 것을 다 먹은 후에 산책 겸하여 다리 건너편으로 가서 거지를 향해 물었다.

"어떤가? 조금 전의 국은 맛있었나?"

질문을 들은 거지는 다음과 같이 말했다.

"서방님도 드셨습니까?"

"그래, 모두 먹었네."

이렇게 말하자 거지는 감춰둔 국그릇을 꺼내면서 말했다.

"그렇다면 저도 먹겠습니다."

9. 이삼로(李三老, 이것은 중국)

어떤 사람이 대나무 막대를 들고 성문을 들어가려고 하는데, 옆으로 하고 나아가니 양쪽 문에 가로막히고 세로로 들고 가니 지붕 안쪽에 가로막혔다. 짧게 자르는 것도 아깝고, 여러 가지로 궁리하는 것도 진력이 났다. 이를 보고 있던 사람이 말했다.

"당연하지. 여기에서 5, 6정(町) 떨어진 곳에 이삼로라는 현자(賢者)가 은거하고 있으니 그 사람이 있는 곳에 가서 의논해 봐라."

그런데 때마침 이삼로가 당나귀를 타고 왔다. 두 사람은 기쁘게 맞이하고 보니, 금방이라도 떨어질 것 같은 당나귀의 꼬리 끝에 앉아 있었다. 이상하게 여겨 연유를 물으니, 삼로가 웃으면서 말했다.

"고삐가 너무 길어 뒤에 앉은 거네. 이것이 지혜라는 거야."

(1907년 9월 15일)

10. 2층의 숫돌(이것은 인도)

어떤 소목장이가 숫돌을 깜빡하고 2층에 놓고 와서 2층에 일부러 올라가서 가져오는 것도 귀찮고 해서 그대로 밑에서 일을 하고 있었다. 그런데 칼이 무디어 올라가서 갈고 있었다. 이를 본 사람이 물었다.

"왕복으로 올라갔다 내려오는 횟수가 많을 텐데 어째서 숫돌을 아래로 갖고 내려오지 않는 건가?"

소목장이가 대답했다.

"저도 그렇게 생각합니다만, 말과 숫돌 두 개를 들고 내려오는 것은 힘들지만, 이렇게 칼만 들고 올라갔다 내려오면 되니까요."

11. 수험자

젊은이가 뭔가 자신이 쓸모가 있을 거라고 생각하며 적당한 곳에 신청해 시험을 보고 있습니다.

시험관 "런던은 어디에 있습니까?"

젊은이 "평면도 위에 있습니다."

시험관 "그럼, 다른 것을 물어보겠습니다. 여기부터 태양까지 몇 리(里)일까요?"

젊은이 "글쎄요, 태양까지……아니, 여보시오. 딱히 태양까지 갈 용건이 있을 리 없잖소."

시험관 "이것 참, 그렇다면 1초의 시간에 전기는 몇 리를 갑니까?"

젊은이 "뭐라고요? 전기와 경쟁이라도 할 작정인가요?"

시험관 "아니, 아니오. 전혀 그런 게 아니오. 그렇다면 꽃은 왜 가지에 맺힐까요?"

젊은이 "그야 가지가 감기에 걸렸기 때문이겠죠."

시험관 "곤란하군요. 그렇다면 당신은 무엇 때문에 시험을 치르는 겁니까?"

젊은이 "곤란하군요. 그렇다면 당신은 무엇 때문에 묻는 겁니까?"

(1907년 9월 17일)

12. 구두쇠

"이봐, 곤스케(權助), 오늘밤에 마중 나올 때에는 등롱에 초를 넣지 말고 오너라. 그리고 부러 시치미 떼며 그 집에서 나오면 되는 거야. 그렇게 하면 그것만으로 검약하게 되는 거니까."

주인은 이렇게 알아듣게 말을 해놓고 나갔다. 맛있는 식사도 끝나고 돌아가려고 하는 참에 마중 나온 곤스케가 계속 울기만 하고 일어나려

하지 않았다.

"곤스케, 너 왜 등불을 켜지 않는 거냐?"

주인이 야단을 치면서 물어보자 하인은 머리를 조아리며 변명하기를,

"정말로 죄송합니다. 실수했습니다."

"도대체 어떻게 된 거냐?"

주인이 묻자 곤스케가 답했다.

"깜빡 잊고 초를 넣어 왔습니다."

(1907년 9월 18일)

13. 영리한 사람

어떤 아내가 의상부터 버선까지 빌려서 어느 집에 손님으로 갈 때 아이를 향해 말했다.

"애야, 너는 영리하니까 손님으로 가서 엄마가 옷을 빌려 입고 왔다고 해서는 안 된다."

아이가 대답했다.

"나는 영리하니까 엄마가 옷을 빌려 입고 왔다고 말하지 않을 거예요."

어머니는 아이를 데리고 손님으로 가서 많은 사람들과 함께 있었다. 그런데 아이가 계속 엄마의 오비를 만지작거렸다. 그래서 혹시 이러다 빌려 입고 온 것이라고 말해버리면 안 될 것 같아 아이를 야단쳤다.

"좀 가만히 있어라."

"엄마가 옷을 빌려 입고 온 거라고 말도 안 했는데." (미완)

(1907년 9월 19일)

[김계자 역]

간담회 엿보기(懇話會のぞき)

백마산(白馬山)

지난 8일 일요일 오후 2시경에 다이마루로(大丸樓)에서 간담회가 있으니 참석하라고 하여 나는 처음으로 참석하는 것이기 때문에 이 모임이 어떤 모임인지 알게 되었다. 신의주에 재류하는 사람들의 모임이므로 이 모임에 나가면 미지의 지식을 받을 수 있을 것이라고 매우 기쁘게 생각되었다. 다이마루의 문을 빠져나가자, 화려하게 '오늘 모임을 이곳에서 개최한다'라고 적은 깃발을 입구에 세워놓았다. 입구에 있는 종업원에게 알리고 회합 장소로 갔는데, 나는 다이마루로가 처음이었기 때문에 이런 곳이 있는지 몰랐지만 제법 훌륭한 방이 넓은 것도 어쩌면 이곳에서 여기가 최고인 것이 분명하다. 방이 다다미 서른 장 이상의 크기였다. 바닥도 넓고 선반도 있어서 신 개척지 건축치고는 조금 칭찬해줄 만하다. 다만 욕심을 말하자면 방에 조금도 정취가 없는 점이다. 이는 이 근방의 건축에는 피할 수 없는 것으로, 여름과 겨울에 적합한 양식을 주문하는 것이 무리일지도 모른다. 그리고 나보다 먼저 출석한 사람을 따라 자리에 앉았는데, 그중에 한 사람이 잘못하는 바람에 야마다(山田) 군과 가게 주인이 말다툼을 하게 되었다. 이래저래 하는 사이에 시간이 지났다. 그런데 나는 다소 권태로운 기분이었지만 신참이라서 실례인 듯한 기분이 들어 모임이 끝날 때까지 앉아 있었다. 이런 저런 유익한 이야기를 나눌 것으로 생각했는데, 그러나 모임을 필시 무슨 연구회처럼 생각한 잘못인지도 모른다. 아무튼 구락부(俱樂部) 같은 모임이라는 사실을 알고 화가 나서 한 번 다퉈볼 마음이 불끈불끈 일어나 장기를 두었다. 상대는 처음 만난 사람이었는데 매우 온화한 모습을 한 사람인데다 겸손하여 마치 교육자처럼 사양했는데 계속 하라고 권유를 받아 실례를 무릅쓰고 두게 되었다. 최근에 별로 장기를 두지 않기 때문에 기본이 흔들리고 왠지 조금도 작전에 자신이 없었다. 그래서 시종 방어 자세를 취하고 있는 괴로움은 상상 외로 컸다. 상대는 제법 침착하게 생각되는 사람으로, 싸움의 기회를 잡아 점입가경이었다. (끝)

(1907년 9월 12일)

[김계자 역]

행운만록(行雲漫錄)

▲△시(▲△子)

　▲ 의병이 화적이 되고, 화적이 폭도가 되어 해산되었다. 군대가 이를 지휘하여 폭도단을 조직하고 한국의 남쪽 천지를 달려 다니는 목적은 여기에 있는데, 행위를 관찰하면 의병인지, 화적인지, 폭도인지, 배일(排日)인지. 그 행동을 관찰하여 판단하자면 아쉽게도 초적(草賊)이라 하지 않을 수 없다.

　▲ 이 성가신 집단을 진압하는 데는 현재 주둔하고 있는 군대로 부족하므로 새롭게 혼성된 여단(旅團)이 하나 증가되어야 한다는 소리는 오랫동안 들어왔기 때문에 알고 있었지만, 이번에 상경해서 협의한 결과는 증병 중지, 헌병 증파(增派)로 결정되었다.

　▲ 무리도 아닌 이야기로, 아무리 경비를 탕진해서 사단을 늘려 파견해서 토벌의 임무를 다하도록 한다고 한들 그 폭도들은 오합지졸이기 때문에 자멸에 이르거나, 아니면 토벌대를 피해서 썰물처럼 빠지는 것을 면치 못할 것이다.

　▲ 그러므로 임시변통의 수단으로 경관이나 헌병에게 토벌의 임무를 맡기지 않고 큰 부대의 토벌대를 활동하게 하지 않을 때에는 우리 재류민의 손해가 염려되니 아무래도 큰 부대의 군대가 필요하다. 그리하여 일제히 저격하여 전멸시킨다면 일동은 안도할 것이다. 그러나 그들 무능한 폭도 정도로 일등국의 대 부대를 부른다는 것은 너무 과한 것으로 웃지 않을 수 없지 않은가.

▲ 이번 여름에 도쿄의 아무개 씨가 도한(渡韓)했을 때 경인부(京仁釜)의 야심가들을 모아 경성에서 마필개량 경마회사를 조직할 것이 이미 정해졌다. 통감부에 출원했는데 도박을 한다고 하여 기각되었다. 이번에 부통감 소네시(曾根子)[1]가 드디어 부임하게 되었으므로 다시 운동원은 도쿄의 아무개 명사(名士)를 불러들인다고 한다.

(1907년 10월 2일)

[김계자 역]

---

1) 소네 아라스케(曾禰荒助)를 가리키는 것으로, 그는 1907년 이토 히로부미(伊藤博文)가 한국의 통감이 되자 부통감에 임명되었고, 1909년에 이토의 후임으로 통감이 되었으나 1910년에 병으로 일본으로 돌아갔다.

아아, 이 연애(嗚呼此の變路)

(1)

사랑은 진정 저질러서는 안 된다고…… 이것이 과연 사랑의 원리인지도 모르겠다. 그러나 이민지에서 유행하는 사랑은 사각팔면사서(四角八面四書)의 강의 같은 원칙 안에서 성립하는 청춘의 연애는 많지 않을 것이다. 어쩌면 제로라고 해도 틀린 말은 아니다. 여기 만한(滿韓)의 깊은 곳에서 이러한 연애 이야기를 듣는 것은 아…… 안타깝다고 할까, 아니면 동정의 눈물을 흘리게 한다고 할까. 여기에 서로 그리워하는 두 사람의 사이를 삼면자(三面子)가 붓에 대강 옮겨 적으련다. 지금으로부터 한 주 전에 안의(安義)를 지나가는 배에서 서로 알게 되어 첫눈에 반한 하이칼라 처녀는 안둥 현(安東縣)의 시장 거리 ○○상점의 여식으로, 지금은 버젓한 남편이 있지만 아직 처녀의 마음을 잃지 않고 있어서 주부라고는 생각되지 않을 뿐만 아니라 역시 처녀다운 마음씨 그대로이다. 그리고 이 주부를 남의 아내로 보지 않고 어디까지나 순진한 처녀로 판단하여 연모한 어느 빈한한 서생이 작년 봄에 만한(滿韓)에 뜻을 세워 안동 항에 표류하였는데, 아직 자신의 목적도 세우지 못하고 그저 기일이 도래하는 아침을 기다리며 본의 아니게 빵을 위해 박봉을 견디면서 전도유망한 사람이 이 귀중하고 분주한 시간을 낭비하고 있었다. 아이하라 요시오(相原義雄)라는 가명으로 부르기로 한다. 그런데 배안에서는 서로 이야기도 못하고 그저 서로 그리워하는 것에 지나지 않았던 두 사람은 신의주의 선창도 아닌 부두에서 묵례(默禮)를 하고 동으로 서로 헤어졌는데, 그 후 그리워하며 연애하는 마음이 청춘의 가슴에 가득 차 마침내 아이하라는 가슴속의 사랑이 터져 남의 아내라는 것도 잊고 죄를 짓는 마음으로 붓으로 세세한 심경을

적어 보냈다. (원문 그대로)

　　사랑하는 기쿠코양에게

　　마음대로 안 되는 세상 죄라고 생각하시어 이 빈한한 서생을 죽이지 말고 허락해주오. 기쿠코(菊子) 양, 내가 나흘 전에 당신을 압록강을 건너는 배안에서 알았을 때 본디 처음으로 본 아가씨의 모습이었습니다. 어쩌면 당신이 나를 모르는 것도 죄일 것이오. 그렇지만 일단 알게 되었고, 배안에서 생각했던 마음은 동창의 벗에게 들어 당신을 알게 되면서 깊어졌습니다. 정말로 저는 당신이 이상적인 사람이어서 뇌쇄(腦殺)되었습니다. 그러니 저로서는 사모하는 마음이 무한하여 편지에 그대로 다 옮겨놓을 수 없습니다. 만약 당신이 미혼의 아가씨라면 내 가슴속을 살펴주실 것을. 흐트러진 가슴을 진정시켜 주시기를 비는 마음입니다.

　　이만 실례합니다.

　　9월 중순에 아이하라 요시오

　　답장을 비가 오나 바람이 부나, 맑으나 하염없이 기다리고 있다. 내일 신문에 이어짐.

(1907년 10월 2일)

(2)

　　아무리 견고한 정신도 사랑을 위해서는 야차(夜叉)가 되는 법이다. 심하게는 과감한 연애를 골똘히 생각하다 염세가 극도에 달해 투신하는 사람도 있다. 청년의 연애는 이 정도로 위험하다는 이야기이다. 그런데 아이하라 요시오는 기쿠코가 남편이 있는 처지라는 사실은 꿈에도 모르고, 인륜을 저버리는 죄를 범하는 그리운 마음을 편지에 적어 자세히 자신의 연모하는 마음을 보냈다. 길(吉)인지 흉(凶)인지 대답을 이즈모(出雲) 신사에 애원하며 이제나 저제나 기다리고 있으려니 하루 지나 석양이 방에 비칠 시각이 되어 잘 모르는 사람이 편지를 들고 왔다. 틀림없이 그리운 기쿠코 양으로부터 온 것이라고 생각되어 얼른 받아 들고 겉봉을 열어 답장의 문구를 읽어 보았다.

(원문 그대로)
아이하라 요시오님께

어제 인편에 보내신 편지는 잘 받아서 읽었습니다. 그런데 부족한 제가 답신을 드리는 것도 조심스러운데, 이렇게 더할 나위 없이 좋게 봐주신 편지에 답을 하는 것도 죄가 될 것 같아서 글도 못쓰지만 현명한 당신에게 매우 실례인줄 알면서도 답신을 드립니다. 편지에 적은 대로 익숙하지 않습니다. 당신은 분명 압록강을 건널 때 배안에서 알게 된 것을 결코 잊지 못한다고 하셨습니다. 그때는 당신보다 제 마음이 한층 더 이상적인 분을 만난 마음이었습니다. 그런데 오늘의 처지는 도쿄에서 수학하던 시절과 달리 다음 세상을 약속한 남편이 있는 제 처지로는 그리운 마음이 가라앉아 있습니다. 세상의 의리를 생각하면 당신을 사모하지 않는 것이 분명합니다. 이에 다복한 저를 이렇게까지 마음 써주시고, 더할 수 없이 현명한 일본 남자답게 편지까지 보내주시니 마음속 깊은 곳까지 알 수 있습니다만, 사랑 때문에 남편을 나몰라하는 인륜을 저버리는 죄를 짓고 당신과 함께 한다면 부족한 저만 큰 죄를 짓는 것이 아니라 전도유망한 당신에게도 오늘날의 법은 죄를 물을 것입니다. 그러니 아무쪼록 기분 나쁘게 생각하지 마시기를 빕니다. 타향의 하늘에서 이러한 연애로 미혹된다는 것은 뭔가 전생에 당신과 약속한 인연이 있었는지도 모릅니다. 그러나 사랑이라는 것이 진정이라면 버리지 않고 영원히 친여동생처럼 사랑해주실 것을 바라며 아쉽지만 이만 쓰겠습니다.

기쿠코

이 답신을 읽은 요시오는 어떤 느낌을 받았을까. (다음에 계속)

(1907년 10월 3일)

(3)

아이하라 요시오는 자신의 마음속을 편지에 적어 기쿠코의 마음에 호소했지만, 하루 지나 온 답신은 요시오의 마음을 얼마나 낙담하게 했는지. 또 가슴속을 얼마나 울렸던지. 도대체 편지에 적혀 있던 다음 세상을 약속한 남편은…… 인륜을 저버리는 죄까지 저지르며 두 사람의 사랑을 이루어도 사회가 이를 용서하지 않을 것이라니……. 처녀라고 생각한 기쿠코 양이 다음 세상을 약속한 남편이 있다니. 그렇지만 만약 남편이 없다고 하면 기쿠코 양을 정말로 내 사랑하는 아내로 맞이할 수 있다는 것인가. 아, 생각하면 생각할수록 세상은 마음대로 되지 않구나. 그렇지만 본디 나로서도 기쿠코 양이 정말로 남편이 있는 처지라는 사실을 알았다면 어찌 그리워했겠는가. 아, 그녀가 인륜을 저버리고 죄까지 저지르며 나를 반길 수 없다는 것은 무슨 말인가. 나는 원래 결코 이런 이상적인 미인을 죽일 사람이 아니거늘. 다만 그녀가 이상이 이루어지기를 애원하고, 또 애정을 구하는 연애를 바랄 뿐이다. 그렇지만 지금 그녀가 남편이 있다고 고백한 이상, 나는 반드시 연모의 정을 끊고 기쿠코 양의 부부 사이가 영원히 풍파 없이 화목하게 사랑을 이루기를 기원한다. 나는 그녀에게 받은 글을 평생의 아내로 삼아 만한에 뜻을 성공시킬 것이다. 그리하여 훗날 이와 같이 정신이 아름다운 처녀를 아내로 맞이할 것을 굳게 맹세한다. 이제 아이하라도 기쿠코 양을 향한 연모는 완전히 끊어지고 편지를 보낸 것도 자신이 경솔했다고 통감하며 고민하고 있다고 하니, 청춘의 연애는 이로써 다했다. 기쿠코에게 죄가 없다고 할 수 있겠는가. 안둥 현의 시장 거리에서 통신을 간략히 이와 같이 보내는 바이다.

(1907년 10월 4일)

[김계자 역]

만한의 부인(滿韓の婦人)

(1) 매춘부(賣春婦)

현재 일본의 해외 식민지 개척의 솔선자는 여성(매춘부)이다. 보라, 일본 동포의 부인이 오늘날 만 리 파도를 헤치고 모험으로 또는 밀항해서 위험까지 무릅쓰며 원정을 시도한 다수의 사람들이야말로 실로 그 수를 헤아릴 수 없다. 각 신문은 때때로 밀항의 가련함과 불러들이는 사람의 좋지 못한 상황을 보도하는 상태이다. 그런데 일본은 매춘부를 해외 식민 개척의 솔선자로서 곳곳에서 번영의 선봉을 이루고 있는 사실을 듣는다. 그래서 훗날 순차적으로 일본인의 경영을 떠받치고 있는 상태는 이민 동포가 인정하는 사실이다. 그러므로 매춘부가 해외에서 떨치는 세력은 실로 남자를 압도하는 현상이다.

그러나 해외도 구미의 땅을 달리는 매춘부는 만한의 부인과 비교해서 배짱도 크거니와 그 세력도 위대하다. 듣자하니 상업계에도 자본을 투자할 뿐만 아니라 자신의 기관으로 신문까지 발간하고 있다고 하니 매춘부도 함부로 저버릴 것은 아니다. 그렇다면 만한에 돌아다니는 매춘부가 구미의 매춘부의 한쪽 팔에도 미치지 못하는가 하면 그렇지 않다. 모두 목적이나 배짱이 다른 때문이다. 지금 만한의 땅에 와 있는 매춘부는 만 명을 밑돌지 않는다. 그 만 명의 매춘부가 만한 각지의 도시와 시골을 막론하고 떠돌며 매춘을 영위하고 있는 부인이 모두 매춘을 영위하려고 도래한 것은 아니다. 생업에 종사하여 고향에 금의환향하려고 앞뒤 분별없이 모국의 만한(滿韓) 열기가 왕성한 것을 무조건 받아들여 무작정 만한의 땅으로 가서 뜻밖에 굴러온 행운이라고 생각하는데, 이야기하는 것처럼 돈이 땅에서 솟아나지 않거니와 하늘에서 떨어져 마음먹은 대로 돈벌이가 젖은 손에 좁쌀을 움켜줄 것처럼 생각하여 얕은 처녀의 생각으로 부모의 허락도 받지 않고 건너와 보니 이야기로 듣던 것과 실제가 크게 달라 식민지에서 처녀에게 무슨 가업이 있을 리 없다. 천지는 똑같아서 까마귀는 검은 법인지라 만한의 까마귀가 어찌 희겠는가. 생각한 것이 완전히 변동하여 심하게는 길거리에서 헤매는 비극에 이르기도 한다니 참담하다. 이런 지경에 이르러 무구한 처녀도 세상을 살아가는 데에는 어떻게 해볼 수도 없어 결국에는 식민지의 공통된 성질로 소위 타락하고 방종해져 아귀도에 빠지게 된다. 하층의 부인이 한 번 이 화류계 속으로 떨어지면 다른 올바른 업종과 비교해서 안락함이 더할 나위 없고 일확천금의 수입도 생겨 세상의 치욕이나 부모의 체면도 아랑곳하지 않고, 동료끼리 천한 일이 성행하는 것을 득의양양해하고 세상의 의리나 인정도 완전히 잊고 지낸다. 만한의 부인은 실로 이면에 가련하게 여겨지는 곳이 있는 사람이 아니겠는가.

(1907년 10월 10일)

(2) 두 종류의 예기(二種の藝妓)

만한의 만 명 매춘부에 5분의 1은 예기의 증표를 갖고 있다. 그 예기의 종류를 크게 나누면 2종이 있다. 하나는 어엿한 역할을 하는 예기, 소위 예를 갖고 손님방의 흥을 돋우는 사람이다. 또 하나는 두 번째 지위의 예기로 예와 매춘을 영위하는 사람이다. 그러나 만한의 땅에서는 많은 사람이 두 번째 지위의 예기가 다수로, 소위 어엿한 역할을 하는 예기는 적다. 이런 예기는 계약금을 들고 처세하기 때문에, 말하자면 이들은 밀매죄를 구성하고 있는 자이다……

본래 만한의 땅에 천 냥 예기가 있을 리도 없지만, 도시에는 약간의 예기가 있다. 그들이 취득해야 할 계약금은 단가의 차이가 매우 크다.

한 달에 위로는 천 냥부터 아래로는 3, 40냥의 차이가 난다. 천 냥을 취득하는 것은 도가 지나친 것으로, 평생에 한 번 있을 정도의 행운의 손님이고, 대부분은 무회 출신으로 아직 예기 의식을 치르지 못한 나이 어린 기생으로 이른바 이것이 손님을 받는 첫 무대가 된다.(이들은 무회 편에서 다루겠다.)

이들이 본격적인 수입으로 할 화대는 실로 미미한 돈으로, 이 돈으로 빌린 돈을 갚는 등의 일은 너무나 꿈같은 일이다. 그래서 이들은 이 계약금을 최상의 공적으로 여긴다. 그렇다면 이들의 생명은 전적으로 이 계약금에 있다고 할 수 있다. 이들의 몸에 걸친 의상도 손가락에 빛나는 반지도 모두 계약금으로 받은 하사품인 것이다.

두 번째 지위의 예기는 어떤 사람인가. 이들은 즉 창기와 같은 매춘부로, 소위 공창의 부인이다. 그래서 이 예기들은 예보다 구슬려내는 솜씨와 수완이 좋지 않으면 이외의 소득은 좀처럼 모이지 않는다. 그것도 그럴 것이, 계약금이라고 하는 예상 외의 수입 없이 일정한 화대밖에 없기 때문이다. 원래는 일정한 소득에 지나지 않는다고 해도 수완이 좋은 예기는 어엿한 예기 이상으로 소득이 없는 것도 아니다…….

표면상으로는 다르지만 이면에서는 조금도 차이가 없는 매춘으로 오입쟁이들의 노리개이다. 그렇다면 왜 이들이 어엿한 예기와 두 번째 지위의 예기라고 하는 증표를 받았는가 하면, 이들은 전적으로 예의 우열을 가려 그 길에 있는 것이다. 그리고 이들에게는 분명 이면에 한 사람의 정부(情夫)를 갖고 있을 것이다.

(1907년 10월 11일)

(3) 창기(娼妓)

만한은 매춘부의 큰 무대인데, 공창 대기소라고 할 불야성은 실로 적다. 한국에서조차 유곽의 한 구획을 갖고 있는 곳은 경성, 인천, 부산, 평양, 진남포의 5곳에 지나지 않는다. 다른 곳은 모두 예기, 작부, 하녀들이 난잡한 곳이다. 한편, 만주 같은 곳은 12곳이다. 그래서 만한의 창기 수는 예기나 작부와 비교해서 수가 적다. 그리고 그 세력도 약하다. 따라서 경기도 좋지 않아 보인다. 만약 교제가 부진한 날에는 그야말로 외롭기 그지없다. 그렇지만 창녀의 소굴과 같은 예기나 작부 대기소는 그에 비하면 조금은 흥성한 것이 만한의 현재의 화류계 무대이다.

수가 적으니까 이치를 따져보면 흥성한 것이 당연하지만, 아무래도 만한에서는 마굴(魔窟)이 흥성한 것이 사실이다. 그렇다고 돈 쓰는 것이 좋은가 하면 그렇지도 않다. 창기는 5원 내지 3원에 못 미치는 액수로 유흥을 즐길 수 있다. 게다가 마굴은 여러 가지로 그렇게 싸지 않다. 왜냐하면 작부라고 해도 싸게 쳐서 2원 50전이나 3원의 화대가 들고, 예기는 싸게 쳐도 5원의 계약금이 아닌 화대를 쓰지 않으면 안 된다. 또한 게다가 창부처럼 누각에 오르면 그걸 끝으로 잠자리에 드는 것이 아니다. 아무리 싫어도 한 잔 하지 않으면 받아들이는 것이 나쁘다. 이렇게 되면 술값에 화대까지 10원 내외를 낭비하게 되는 셈이다. 그러니 왜 창기가 부진하고 마굴이 번창하는지 오입쟁이가 생각해보면 이는 전적으로 이하의 손님이기 때문이다. 하하하, 과연 그러한가.

그런데 만한에 와 있는 창기도 모국에서는 많은 수가 밀매부로, 인기 있는 기녀가 아닌 버려진 창기가 많다. 또는 그 외에 모국에서 도리가 아닌 정을 통하여 남편이 아닌 정부와 흘러들어 와서 세상을 살아가기 어려운 처지이다. 소위 남자 때문에 이러한 고통스러운 세계에 몸을 투신했다고 하는 닮고 닮은 여자가 많아서 누각의 주인에게 빚을 진 액수도 백부터 삼백을 넘지 않는 정도이다. 그러나 그중에는 누각

의 주인이 대금을 투자하여 데리고 오는 기녀도 두셋은 있다. 그런데 이들은 처음에 왔을 때는 화대의 4할이나 6할 정도를 주인에게 갚았는데, 4, 6할의 변제를 하고 있어도 몸을 치장하는 데 즉 의상에서 화장품, 휴지(ちり紙)에 이르기까지 사서 쓰기 때문에 상당히 경기가 좋은 때가 아니면 사실 빚을 변제하는 것은 불가능하다. 게다가 심부름 값이라도 치르게 되면 5할이라는 이자가 붙기 때문에 좀처럼 만한에서 빚 변제가 끝나는 것은 꿈속의 꿈이다. 이들이 열심히 여러 수단을 써서 만한의 아내가 되려고 하는 이유이다. 이들에게는 본래 나라를 떠날 때부터 이 땅에 와서 아내가 되리라고는 생각지도 못한 일일 것이다. 그래서 기녀의 호적에서 빠져나오는 행운을 만나지 않는 한 업종을 바꾸어도 창기 실직자를 하고 있는 것이다.

(1907년 10월 12일)

(4) 작부(酌婦)

모국에서 작부라고 하며 글자 그대로 술잔을 드는 여인에 지나지 않는다. 그런데 만한에서는 이 작부가 크게 번성하여 공창의 여인을 압도하는 상태이다. 그것도 그럴 터인 것이, 내지의 작부와 만한의 작부는 단속하는 조항이 완전히 공창과 같아서 무리도 아니다.

그런데 만한에 떠돌아다니는 작부는 예기 작부 이상의 솜씨가 있다. 또 스스로 영애 분위기를 가장하여 소위 고등 매춘으로 인정받고 있는 사람도 있다고 하는 모양이니, 이중에는 사범학교 수업을 받거나 혹은 보통학교를 수학하고 타락한 결과 이런 지경에 빠져든 사람이 적지 않거니와, 이들 중에는 오이란(花魁)[1]처럼 꼿꼿이나 다도의 예법을 배

---

1) 유녀 중에서 높은 지위에 있는 유녀를 부르는 호칭.

운 자가 적지 않다. 또 한편으로는 시골 출신으로 세상을 잘 모르는 사람이 빚을 져서 이런 곳의 일을 울면서 하고 있는 자들도 있다고 하니 만한의 작부의 이면은 다양하고 잡다하다.

작부 중의 다수는 모집하는 사람의 말에 이끌려 건너온 사람들도 있어서 이들의 가슴속에는 어떤 생각과 분개가 끓고 있을지 헤아려보면 실로 불쌍하기 그지없다. 이리하여 타향의 하늘 아래에서 의지할 곳 없는 신세는 반도에 버려진 돛단배가 되어 하릴없이 울고 있을 뿐이다. 그런데 울고 있다고 해서 돈이 나오는 것도 아니기에 빌린 돈 때문에 붙잡혀 있는 것도 무리가 아니다. 이렇게 된 바에야 하는 수 없다고 마음을 다잡고 어제의 처녀도 급기야 얼마 안 되는 빚으로 모르는 타국의 만한에서 매춘을 영위하게 되었으니, 이들이 바로 작부이다.

그건 그렇고, 이들의 빚이라고 하는 것은 많게는 백, 중간 정도로 오십 엔 내외, 적게는 이삼십의 여비에 지나지 않는다고 하는 정도의 빚이다. 그래서 누각 주인과의 관계는 창기와 동일하여 4대 6으로 갚아가는 방식이다. 그래서 이들이 행운을 잡을 경우는 조금 어렵다고 할 수 있다. 그렇지만 작부는 빚이 창기에 비해 적기 때문에 돈을 갚고 기녀의 호적에서 이름을 빼내는 행운을 이루는 사람이 많다.

(1907년 10월 13일)

(5) 요릿집 접대부(仲居)

요릿집 접대부는 화류계의 중심적인 사람으로, 오입쟁이와 예기 양쪽을 알선하는 것은 호칸(幇間)이다. 이들은 유곽의 충실한 고용인으로 말, 솜씨, 그리고 영리함이 없으면 번창하지 않는다. 그런데 이들의 급료는 적지 않다. 그 이유는 수입이 팔방에서 들어오기 때문이다.

요릿집 접대부의 종류는 여인숙, 갈보집, 예기집, 요릿집과 같은 가게에서 언니라고 불린다. 사회 밖의 사회행위를 하는 것으로, 인정에 맞지 않는 영리한 수단을 쓴다. 여인숙의 접대부는 손님방의 심부름꾼으로 찻값이나 사례금을 본급으로 한다. 갈보집의 접대부는 소개하기에 따라 손님과 창기 양쪽으로부터 받는 팁을 본급으로 한다. 예기집의 접대부는 계약금의 7대 3을 나누어 본급으로 한다. 요릿집의 접대부는 갈보집의 접대부와 같다.

이들은 전적으로 팁의 많고 적음에 따라 손님과 응대 기생 사이를 소개하는데, 팁을 위해서는 어떠한 것도 준비한다. 그렇지만 그 팁 때문에 아무리 친한 사이라고 하더라도 사이가 갈라지는 경우가 있다. 그렇다면 손님도 기생도 모두 우선 접대부의 수중에 뭔가를 채워주지 않으면 즐거운 일도 생기지 않는다. 그래서 일단 접대부가 좋다고 하면 유곽의 주인도 어떤 일이라도 얼버무려 주기 때문에 편리하다고 할 수 있다.

이들의 많은 사람들은 요릿집을 가지고 있으면서 창기를 하다 왔거나, 아니면 작부를 하다 온 사람으로 풋내기는 손님을 소개하는 것이 조금 어렵다. 또한 늙어빠지지 않고 젊은 사람들은 감찰 허가가 없는 사람이 많기 때문에 하는 수 없이 접대부 일을 하는 사람도 있다.

우선 접대부의 역할은 화류계의 탁월한 매춘부로서는 그다지 무시할 것은 못 된다. 다만 역할상 유곽 주인, 기생, 손님의 사이에서 영리하게 휘젓고 돌아다니는 것이 호칸이기 때문에 조금은 매춘업을 하는 사람들과 동료가 되는 자도 있다.

(1907년 10월 15일)

(6) 마이코(舞妓)[2]

마이코는 어떤 사람을 가리키는가. 일명 한교쿠(半玉), 즉 아직 본격적으로 활동하지 않는 어린 게이코 같은 기생을 말한다. 그렇다면 마이코는 화류계로 나아가려는 자로 미래의 기생이라고 할 수 있다. 이들은 속세의 바람을 맞아 간신히 배움의 창에 이르려고 하는 가르마 머리를 하던 시절부터 화류계에 몸을 들여놓은 사람이다. 스승이 아니라 언니 기생이 슬하에서 훈련과 연습을 시켜 화류계의 본격적인 길을 밟아가는 매춘부이다.

처음에 마이코는 훈련 때문에 우는 정도가 아니라 반은 죽을 정도로 힘들다. 그것도 그럴 터인 것이, 나이도 들지 않아 이제 겨우 젖 먹는 나이를 지난 처녀라면 매춘부 동료의 훈련이나 청소 등의 잡역을 하며 점차 자라서 열대여섯 살이 되면 한교쿠라고 하는 재량으로 손님방에 들어가게 된다.

이 단계에 이르면 이들도 이제 세상 일이 뜻대로 되지 않는 덧없는 곳임을 안다. 그리고 파도에 휩쓸려 연마한 솜씨는 열다섯이지만 세 명의 손님이 귀여워하는 정도가 되어 소위 이들 사회의 평생에 한 번 있는 진귀한 손님이 이때부터 자신의 재량, 자신의 마이코로 데리고 있을 수 있기 때문에 한교쿠 때부터 기생의 몸단장 비용을 대준다. 그 돈은 접대부의 소개로 이루어지며, 잘난 사내든 못난 사내든 창기가 처음으로 손님을 받는 돈의 고저에 따라 접대부와 주인이 엄명하여 정한다. 아무리 화류계에서 자랐다고 해도 처음에는 무서워하지만, 첫날이 오백 내외의 한 꾸러미라고 하는 적지 않은 돈을 하룻밤에 벌어들이기 때문에 울면서 꽃망울을 터뜨린다. 이때부터 매춘부의 호적에 들어간다.

우선 이들이 처음으로 손님을 맞는 요금은 정해져 있는데, 값은 1등이 천 엔, 2등이 오백 엔 내외이다. 3등은 정도에 한도가 없다. 이렇게

2) 연회에서 춤을 추는 어린 기녀를 가리킴.

해서 처음 손님 맞는 일을 치른 사람은 한 번이 아니라 다섯 번 정도는
접대부가 손님을 속여서 데리고 와 맞이하게 한다. 그렇지만 처음 가
격에서 3할씩 한 번 거칠 때마다 줄어든다. 이들이 처음 손님을 맞이
하는 의식으로 다섯 번 정도 거치면 적지 않은 돈을 쥐게 된다.

(1907년 10월 16일)

(7) 총결산(總まくり)

밀매부(密賣婦)

만한의 부인도 바야흐로 매춘부와 같은 종류임은 전술했는데, 이
외에 아직 감찰 증표가 없는 매춘부, 즉 밀매부인 자가 있다. 그렇지만
이들을 일일이 열거할 때 감찰의 증표를 갖고 있는 매춘부부터 이상의
계급과 구별이 있다고 한다면, 이들을 간략히 밀매부 종류만을 들어보
겠다.

고등 매춘부는 보통교육을 수학한 고등사회의 장 안에서 매춘을 하
고 예의복장에 이르기까지 여학생이나 양갓집 규수로 꾸며 얼핏 보면
추한 부인이라고는 알 수 없게 치장한다. 이들이 벌어들이는 돈은 창
기가 벌어들인다고 생각하기 어려운 정도이다.

또 이들 명칭을 따로 부르지 않는 밀매부는 (1) 유곽에서 손님의 상
하를 선택하지 않고 손님이 있는 것을 다행으로 생각하고 매춘을 영위
한다, (2) 우동집, 과자집, 아니면 음식점의 한 칸 방에 계약을 하고
온 사람을 응대하는 매춘부, (3) 아이를 보는 여자로 분장하거나 혹은
공원 같은 곳에서 사람들이 한가하게 산책하는 곳을 떠돌며 웃으며
이야기를 하여 성립되는 관계는 소득상 단계가 몇 개 있는데, 이를
일일이 보여줄 여백이 없으니 이들의 이면은 기술하지 않겠다.

첩(妾婦)

첩, 일명 임시 아내. 이들도 부인 같은 기분으로 부인 바람을 일으키고 있는데, 역시 매춘업의 하나이다. 이들의 전신은 모두 매춘부를 하다 기생 호적에서 빠져 나온 사람으로, 남자가 마음에 들어 이들을 창녀 소굴에서 빼온 것이다. 그 이면에는 역시 금박의 남편에게 매춘을 하고 있는 것이다. 이들은 첩이 되어 누구 하나 집안일로 분주하게 보내겠는가. 그저 서방이라고 정한 사람의 침실 완구나 술잔에 지나지 않는다. 낮에는 빈둥빈둥 잠을 자거나 일어나서 하는 일이라곤 밥을 먹는 것뿐이다. 이들의 소득은 달 계산으로 월급을 받는다.

간호부(看護婦)

머리에는 하얀 두건을 쓰고 붉은 십자를 새긴 백의를 입은 간호부는 의사의 조수인데, 환자를 보살피며 이름과 분위기는 조금 세련된 듯하지만, 이들 일부는 이면에 매춘을 하는 사람이 있다. 우선 이치를 따지며 허풍을 떠는 것이 모국의 간호부로, 현지에 있는 간호부는 모두 그런 것은 아니지만 많은 사람이 내지에서 고등 매춘부이거나 아니면 간호부로 품행이 방정맞고 열등한 자들이 많다. 이들의 소득은 월급과 환자의 뇌물에 지나지 않는다.

(1907년 10월 20일)

(8)

결호로 인하여 내용 확인 불가능

(9) 만한의 처(滿韓妻)

만한의 부인은 사모님일까, 아내일까, 뒷골목에 지은 초라한 셋집의 안주인일까, 기차 같은 싸구려 공동주택의 마누라일까. 이들 모두 부인이다. …… 이들 부인은 만한의 처일 것이다. …… 모습이 어떠하든 간에 옛날에는 예기 같은 모습이었을 것이다. 틀림없다. 역시 만한의 처임에 틀림없다. 그래도 사내아이나 딸아이가 있다. 아이는 분명 세 가지 색깔이 섞여 있을 것이다. 이렇게 매도하는 것은 사모님이나 아내의 가치가 그런 것으로, 무리가 아니다. 만한의 땅에서는 삼사 년 부부가 되어 입적하지 않아서 아이를 낳아도 사생아인 양 신고하는 경우도 있다고 하니, 만일 모국에서 일이 있으면 남편이 아내를 버리고 항구에서 밀회를 즐기고 헤어진다고 한다. 이때 부부의 작별의 말이 재미있다. 고마워, 안녕. 다음에 또 찾아주세요……. 아, 이런 작별의 말을 과연 부부의 정에서 나온 인사말이라고 할 수 있는가. 그래서 만한의 처에 대한 평판은 이 주변에서 솟아나와 유행하고 있다.

이들 만한의 처의 자격 정도는 다양하고 잡다한데, 많은 사람들이 비교적 다수의 세력을 갖고 있는 것은 접대부 및 작부이다. 왜 이들이 많이 만한의 처 호적에 들어갔는가 하면 이들은 전에 이야기한 것과 같이 유괴자 혹은 잘못 착각하여 도래하여, 뜻대로 되지 않고 근심 속에 지내다 이런 일을 하게 된 여자가 많다. 또는 생활을 잘못하여 일시적으로 이곳에서 만한의 처가 된 경우도 있다. 또 만한의 남자는 이런 동물만 아내로 맞이하는 사람이라고 생각하는데, 이는 모두 경제적인 연유에서 나온 경우가 많다.

이 만한의 처 중에서도 예기나 창기에서 아내가 된 사람들은 조금 고상하게 행동하여 사실상 진정한 부인인 척한다. 그렇지만 덧없는 세상에 예기나 창기라고 해도 반드시 버려진 사람들만 있는 것은 아니다. 그중에는 얌전한 규수 이상의 아내가 갖는 힘이 있다. 이들 많은 사람들은 진정한 아내로서 미래의 세상까지 환영을 받기도 하지만 역시 이 땅에서 맞이하면 만한의 아내임에 틀림없는 것이다.

이상과 같이 현지에서 부인들의 가치가 없는 사실에 놀랐다. 그래서 모국에서 부부가 되어 훌륭한 부인으로 여러 것들을 배우고 온 사람들이 불쾌해질 수 있다. 그중에는 상류 계층의 부인도 있는데, 어제까지만 해도 화류계에서 저녁에 여자에게 사족을 못쓰는 사람을 만나 다음 날에 다른 종류의 사람이 된 매춘부가 오늘은 일약하여 부인사회의 교제에 앞장 서는 만한의 무대. 이렇게 말하면 이런 일은 이곳뿐만 아니라 내지조차 크게 유행하고 있다고 말하는 사람도 있겠지만, 그러나 현지는 또한 각별히 이런 아내인 사람들을 다수 볼 수 있다.

(1907년 10월 24일)

[김계자 역]

새로운 「금색야차」 (新「金色夜叉」)

▲ 식객과 영애… 영애는 데릴사위

▲ 낙담하는 식객… 마침내 뜻을 세워 출몰

고(故) 오자키 고요(尾崎紅葉) 씨가 생전에 유품으로 남긴 것 중에 세상의 호평을 받은 「금색야차」는 독자가 알고 있는 대로 신파극으로 가는 곳마다 대 갈채를 받고 있는데, 이 소설이 어떤 것인가 하는 것은 다 아실 것이다. 그래서 이런 표제라도 내건 것이다. 삼면자는 남녀의 정사에 관한 것은 잘 모르기 때문에 격에 맞지 않는 시시한 각본이라도 내건 것인가 하는 듯이 지레짐작하는 분이 있는 것도 무리가 아닌데, 이는 각본이 문제가 아니라 역시 남녀의 정사 문제이다. 그건 그렇고, 시기사와(鴫澤)가 아닌 야스모토(安本) 상점이라는 잡화점은 안동현(安東縣)의 가운데 정도에 있는데, 외동딸 하나코(花子)라고 하는 영애는 근방에서 으뜸이라는 평판을 받고 있다. 올해 들어 나이가 이제 겨우 열여덟으로, 지금이 꽃봉오리가 절정인지라 모국에 있다면 여학생이 되어 배움에 열중하고 있겠지만, 이국의 하늘 아래 있으니 안타깝구나. 배우려고 해도 배울 수 없고, 의지의 분개를 가슴속에 거두고 가게 일을 도우며 이 세상을 보내고 있다. 그러면서도 손에 늘 규중처녀라면 세파의 유혹하는 바람이나 연정에 유혹받지 않도록 뭔가에 대하여 주의하겠지만, 사물의 이치가 그러하듯 그늘에 있는 콩조차 시절이 오면 여물어서 터진다고 하는 이야기도 있는 것처럼 하나코도 어느새 연정의 광풍에 이끌렸다. 지난 작년 봄 무렵에 이 집을 의지해 찾아온 식객이 있었다. 어떠한 뜻도 세우지 않고 내일을 기약하지도 못한 채 다망하게 보내며 세상의 일은 전혀 상관하지 않고 스스로 낙천주의인 척하며 식객이 된 기무라 아키오(木村秋雄)라고 하는 청춘시절의 다른 기풍과 기질은 바야흐로 일세를 풍미하였다. 그렇지만 지금까지 부인이라고 하는 방향에는 그다지 정강이를 아프게 하지 않았지만, 멀고도 가까운 남녀의 사이라는 말이 있듯이 최근 하나코의 행동은 아무래도 달라진 듯 보였다. 아키오도 목석은 아닐 테고 하나코의 모습을 본 순간부터 자칫하면 일생의 뜻을 그르칠지도 모르는 바로 그때 이와 같은 행동은 서로의 소통이 된다. 옛 속담에 있듯이 남녀는 일곱 살이 되면 자리를 같이 하지 말라고 하지 않았던가. 이 명언은 드디어 여기에 나타났다. 아키오와 하나코는 부모의 허락을 받지 않고 밀정을 통하여 속된 말이 아니라 세상에 흔히 있는 말로 부부의 인연을 맺었다. 그렇지만 양친에게는 이렇게 서로 인연을 맺었다고는 전혀 조금도 알리지 않았다. 이제는 적당한 혼처 자리라도 있으면 맞아들이려는 마음뿐으로 사위를 고르고 있던 차에 뜻하지 않게 양친의 마음에 드는 청년이 있었다. 상업학교를 졸업한 학생으로 모 회사의 회계지배인 대리로 일하고 있는 하이칼라 아무개 씨였다. 그렇다면 영애 하나코가 이 청년을 맞이하게 될 것인지.

(1907년 10월 13일)

[김계자 역]

봉영기행(奉迎紀行)

황주(黃州)에서 고토세이(江東生)

(1)

　황태자 전하가 가마를 타고 이곳에 순행을 오시게 되었다. 진심으로 지금까지 없던 경사스러운 일이다. 이에 재한 재류 제국신민은 황영하고 어가를 봉영하며 그 열성을 바치는 바임을 여기저기에서 다짐하였다. 나는 신의주 용암포 차련관(車輦館)의 각 거류지를 대표하여 이 성스러운 의식에 만한의 성의를 다하는 임무를 지고 오늘(10월 13일) 신의주 발 열차를 타고 경성을 향하여 행차하는 대열에 함께 하였다. 로카(盧花)의 순례기행 속에 다음과 같은 구절이 있다.

　　갑판도 선창도 새카맣게 사람들로 가득 차 있다. 떠나는 사람과 보내는 사람들, 이쪽에서도 저쪽에서도 고개를 끄덕이거나 악수를 하고, 크게 웃고 있다. 지인에게 비밀로 하고 가족이 배웅하는 것도 사양하며 정처 없이 순례의 길에 올랐다. 나도 정말로 부럽기도 하고 한 명 정도는 잘못해서 배웅하러 나온 사람이 있을지도 모른다고 눈을 크게 뜨고 살펴봤지만 보람 없이 아무도 없었다.

　나의 이번 순행은 이삼일 동안으로, 신의주 일본인회와 동료 몇 명이 배웅을 나왔다. 쓰루코(鶴子, 나의 장녀) 또한 하녀와 함께 플랫폼으로 나왔다. 이 많은 사람들의 후의에 감사하며 오전 열 시 반에 신의주역을 출발했다.

　차 안에는 고지마(小島) 소장(少將) 각하, 오자키(大崎) 소좌, 미호(三穂) 부이사관, 나카노(中野) 안동 행정위원회 의장, 오타(大田) 안동 행정위원회 이사, 사가라(相良) 안동 타임즈 사장, 무코지마 도미유키(向

島富之) 조선기자 제군이 있었다. 모두 봉영을 위해 경성으로 와 주었다. 이 날은 청명하고 선로 부근의 구릉에 가을색이 차츰 기울어가는 낙엽, 단풍이 매우 아름다운 경관을 띠고 있었다.

남방에서 각자 갖고 온 것을 먹으며 웃고 이야기하고 환성을 크게 질렀다.

(1907년 10월 16일)

(2)

도중에 한인(韓人)이 백의대관의 차림을 하고, 아동은 깃발을 들고 열을 지어 논두렁에 모여 있는 것을 보았다. 이들 선유사(宣諭使)[1]인 평안북도 관찰사가 도착하는 것을 맞이해 주었다. 흰 말을 탄 고마쓰시마(小松嶋) 순사부장이 차련관에서 하차했다. 부장이 검역을 위해 승차했다. 그는 오래 알고 지낸 사이로, 일찍이 백마 사육을 주선해 주었다.

선천(宣川)에 도착했다. 영변(寧辺) 이사청 지청에서 근무하고 있는 혼다(本田) 부이사관이 신의주로 향할 때 해후했다. 잠시 서서 이야기를 했다. 와다(和田) 씨도 플랫폼에 있어서 서서 이야기를 하였다. 한동안 선천의 최근 상황에 대하여 이야기를 나누었다. 신의주에서 검역을 위해 승차한 순사는 여기에서 하차하였다. 생각해보면 신의주 이사청의 관할은 연변 지청과 경계를 이루고 있다. 이사청의 방역에 진력한 결과, 평양 및 안동 현에 다수의 환자가 있는데, 이곳에는 소수 외에는 나오지 않는 것을 보니 공로가 크다.

마침 무료하던 차에 신의주역에서 기차의 일품요리를 먹고 다시 재

---

1) 선유사(宣諭使)는 병란이 났을 때 임금의 명령을 받아 백성을 훈유하던 임시 벼슬아치를 가리킨다.

미있는 이야기를 많이 하였다.

오후 7시에 기차가 평양에 도착하였다. 차장이 와서 이를 알려 말하기를, 평양에서 하차하는 사람은 다음날 이사청 및 민단 관청의 증명서가 있으면 승차할 수 있다고 하여 승객 모두는 거의 하차하였다. 무코지마 도미토 조선기자 역시 볼일이 있어 하차하였다. 고지마 소장 각하를 위시하여 우리 일행은 이번 여행이 황태자 전하 봉영을 위한 것이다. 건강하지 못한 땅에 발을 들여놓는 것은 깊이 신중하지 않을 수 없다. 황주의 땅은 벽촌으로 이름 있는 집안이라고 해도 비와 이슬을 피할 정도이다. 즉, 일행이 황주로 향하는 야심한 밤에 유월의 달빛은 하얗고 매우 고요한데 웃고 이야기하는 소리가 떠들썩했다. 9시에 황주에 도착하였다. 도중에 백로가 가득한 곳을 5정(町) 정도 걷다가 도키와(常磐) 여관에 투숙했다. 예상 외로 좋은 여관이었다. 그런데 동행한 8명의 침구가 부족하여 오사키 소좌와 미호 이사관이 같은 이불을 덮고 잤다. 사가라 군이 구를 한 수 읊었다.

오사키(먼저)에게 미안하여 홀로이 잠드니 살짝 미호가 몸을 갖
다대네 귀엽구나
大崎(お先)にご免と一人寝ればそっと三穂(身を)寄すいじらしさ

이 구를 듣고 모두 웃었다.

(1907년 10월 19일)

(3)
(10월 14일)
새벽에 일어나서 황성의 시가지를 구경했다. 거리는 정거장이 20여

정(町) 떨어진 곳에 있어서 돌아보는 데에 성벽을 타고 걸었다. 인구 3천, 일본인 50명, 한국흥업주식회사 및 메이지농회가 있는데, 경지를 매수하여 큰 계획을 세워놓았다. 또 황주일본인회가 있고, 수비대가 있다. 소학교가 있고, 보통학교가 있다. 보통학교 같은 것도 건축소에 있어서 매우 웅장했다. 그 외에 성문 등은 올해의 기세의 여운을 남기고 있다.

9시에 아침식사를 끝내고 일동은 차를 타고 경성으로 향했다. 오전 10시를 지나 20분

(1907년 10월 20일)

(4)

황주의 객사에서 정거장까지는 거리가 약 5정(丁) 남짓 떨어져 있고 통로가 그다지 험악하지는 않지만 길 위에 몇 마리나 살무사가 죽어 있는 것을 보았다. 우리 일행은 오전 10시에 황주를 출발했다. 차안에 운산(雲山)부터 귀경하는 도중의 미국 영사 및 평양부터 봉영한 사람 고치베(巨智部) 박사를 비롯하여 여러 명의 인사가 승객으로 타고 있는 사람이 매우 많아 비어 있는 자리 없이 가득 차 있어서 차안은 서로 언어유희와 익살맞은 하이쿠를 읊으며 크게 웃었다. 신막(新幕) 역 다음에서 검역을 하였다. 매우 엄중하게 특히 경성으로 향하는 사람은 일일이 숙소 이름을 물어보며 수첩에 기록하였다. 일산부터 날이 점차 맑게 개어 해가 산으로 들어갈 무렵에는 많은 등불이 빛나며 시 전체가 환해졌다. 오후 7시에 남대문 역에 도착하였다. 고지마 소장, 오사키 소좌, 오타 이사, 나카노 의장, 사가라 타임즈 사장은 우라오(浦尾) 여관에 투숙하고, 나와 미호 부이사관은 시라누이(不知火) 여관에 투숙했다. 한경(韓京)의 왕래가 혼잡한 것은 과연 왕도의 땅에 걸맞은 상태

이다. 게다가 작금의 혼잡한 상태는 한층 더 심해졌다. 우리는 이 날부
터 경성의 사람이 되었다.

(1907년 10월 22일)

[김계자 역]

교육 다화(教育茶話)

(1)

오노야마세이(小野山生)

(가정의 읽을거리)

1. 꼭 눈을 빌리고 싶다

아버지, 형제나 어머니, 자매를 위해 붓을 들었습니다. 그러니 재미
는 없겠지만 꼭 전체적으로 봐 주세요. 그리고 내 마음이 있는 곳 백분
의 일이라도 생각해주신다면 매우 행복하겠습니다.

교육이라고 하면 왠지 사각팔면처럼 들립니다만, 차를 마시면서 주
고받는 한담입니다. 재미있다고 생각하지만 훌륭하지 못한 사람이 휘
갈겨 쓴 것이므로 결점 투성이, 구멍 투성이입니다. 구멍이 많은 것은
웃음으로 용서해 주세요.

1. 야채보다 가치가 없는 아이

불에 탄 들판의 꿩, 밤의 학, 맹렬히 돌아다니는 사자도 살아 있는
모든 것은 자기 자식을 귀여워하지 않는 것은 없습니다. 부모 자식
간의 애정은 각별한 것으로, 특히 은혜와 사랑의 정으로 가득 차 있는
인간은 더 말해 뭐하겠습니까. 기어 다니면 서고, 서면 걷게 된다는
말처럼 밤낮으로 잡아 늘리는 듯이 생장하는 것을 보는 것이 즐겁지
않습니까. 자식 때문에 혼란스러운 세 가지 악행, 옆의 이웃과 사이가
좋지 않은 것도 자식 때문이라는 것은 세상에 흔히 있는 일입니다.
그 정도로 소중하고 귀여운 아이가 야채보다 가치가 없다고 했으니
이상하다고 생각하지 않습니까? 잠깐 생각해 보세요. 무나 가지를 밭

에 기르고 있는 사람이 얼마나 보살피고 있을까요? 자라는 잡초를 뽑고 거름을 주고, 하루에 한 번은 반드시 보러 가겠지요. 비가 와도 해가 비춰도 벌레가 생겨도 걱정이 큽니다. 갑(甲)이 "안녕하세요" 하면, 을(乙)이 "매우 잘 자랐어요"한다. 갑이 "그래요. 보세요, 야채가" 이렇게 응답한다. 소중하고 소중한 자신의 아이를 그 정도로 정성 들여 기르고 있습니까? 누구나 아이가 귀엽지 않은 사람은 없을 것입니다. 좋은 사람이 되는 것을 바라지 않는 사람은 없을 것입니다. 그러나 거름을 주지 않으면 무도 크지 않습니다. 벌레를 잡지 않으면 벌레가 파먹어서 시들어 버립니다. 잡초를 제거해주지 않으면 잡초에 쓰러집니다. 인간도 마찬가지로 음식물이나 예의범절이라는 거름을 주지 않으면 훌륭한 사람으로 성장하지 않습니다. 아이에게 보이면 나쁜 물건이나 들려줘서는 안 되는 일은 잡초를 제거하는 것처럼 제거하지 않으면 잡초 때문에 쓰러지고 말 것입니다.

야채밭에 하루에 한 번은 발걸음을 하는 것도 겨우 일주일에 한 번 하거나, 그것도 하지 못하겠으면 한 달에 한 번 정도라도 학교에 와서 아이가 교육받고 있는 상태를 봐주세요. 학교에서 아이가 놀거나 공부하고 있는 모습만큼 귀여운 것은 없을 것입니다. 얼마나 귀여운 아이입니까. 이런 일은 부인의 역할로 생각해 주세요. (계속)

(1907년 10월 16일)

(2)
결호로 인하여 내용 확인 불가능

(3)

료쿠케이세이(綠溪生)

(가정의 읽을거리)

1. 살아있는 저금

아침부터 밤까지 땀 흘려 열심히 뭔가를 목적으로 일하고 있습니까? 자기 혼자서 즐겁게 일생을 보낼 수 있으면 된다는 생각이라면, 뭐 그리 열심히 일할 필요는 없을 것입니다. 손자의 장래까지 집안의 안전과 건강, 연명, 편안한 생활을 보내고 싶다면 서로 일도 하고 저축도 해야 합니다. 금은보화는 뜬구름 같은 것이어서 주인의 마음 하나로 늘기도 하고 줄기도 합니다. 부자의 집터에 풀이 무성한 예도 있고, 황금 안에 파묻혀서 지내는 사람도 있습니다. 이로써 아무리 일해도 많은 저축을 해두어도 중요한 상속자, 즉 자신의 생명과 재산을 맡길 아이의 성장 하나로 구슬 같은 땀방울도 수포로 되기도 하고, 천 일 동안의 풀도 하루아침에 사라져, 살아있는 동안에 지옥의 고통을 보게 됩니다. 그러므로 서로 열심히 일하고 금전을 저축하는 동시에 아이를 훌륭하게 기르는 일을 잊어서는 안 됩니다. 아이의 교육이 잘 되어 있으면 살아있는 저금을 한 것과 같은 것으로, 몇 억 엔의 금액에 상당한 가치일지 모릅니다.

1. 보험 가입

사회는 생명을 갖고 있습니다. 사회는 활동하고 있습니다. 사회는 성장하고 있습니다. 우리 일본도 상당히 성장했습니다. 크게 활동해 왔습니다. 최근 40년간의 성장을 보면 대단합니다. 그렇지만 오늘날에는 큰 거래를 하며 세계의 대로를 걸을 수 있습니다. 그러나 기세에 편승하여 앞뒤 보지 않고 해나가면 이후의 역사에 어려움이 솟구칠지도 모릅니다. 그러므로 꼭 반드시 안심하고 목숨을 부지하고 활동할 수 있도록 사회보험에 가입해 놓아야 합니다. 사회 보험은 제2의 국민, 즉 아이의 교육입니다. 아이만 훌륭하게 교육시켜 놓으면 사회의 상속도 안심할 수 있습니다. 아이의 두뇌에서 문명의 이익이 솟구칠 것입니다. 이 보험만은 사회가 파산할 염려도 없거니와 자본이 없어지는 걱정도 없습니다. 여러분, 안심하시고 가입하세요. (계속)

(1907년 10월 23일)

(4)

료쿠케이세이(綠溪生)

(가정의 읽을거리)

1. 아이의 교육법

만 석 창고보다 아이는 보물입니다. 아이를 훌륭한 인간으로 기르는 것은 사람 또는 사회의 이익으로 봐도, 사회 인류의 의무로 생각해도, 또 부모 자식 간의 정애로 말해도 피해갈 수 없습니다. 부모의 역할은 자신의 아이이기 때문에 자신이 마음대로 할 수 있는 것은 아닙니다. 싫든 좋든 전력을 기울여 교육하지 않으면 안 됩니다.

그런데 아이의 교육이라고 하면 하루아침에 이루어지는 것은 아닙니다. 어머니의 뱃속에서부터 긴 시간을 필요로 하기 때문에 상당히 중요하다. 그러나 중요한 일인 만큼 가치 있는 일입니다.

교육은 한마디로 이야기하면 학교의 일처럼 들립니다만, 좀처럼 그런 것이 아닙니다. 태아 교육, 가정교육, 학교교육, 사회교육, 자연교육, 종교교육 등에 따라 사람들은 부지불식간에 교육을 받고 있는 것입니다. 이를 일일이 상세히 이야기하는 것은 어려우므로 다음 기회로 하겠습니다. 여기에서는 그 대강의 내용에 대하여 중요한 내용을 이야기하겠습니다.

▲ 태교

모친의 뱃속에 아이가 잉태되어 있을 때는 반드시 몸이나 정신에 자극이 될 것 같은 것은 피해야 합니다. 예를 들면 화를 내거나 슬퍼서 울거나 하는 일, 시끌시끌 소란스러운 곳에 있거나 외설스러운 일을 보거나 듣거나 말하거나 해서는 안 됩니다. 짜증을 내면 짜증을 잘 내는 아이가 태어납니다. 몸가짐을 부주의하면 태어나는 아이가 갖고 태어납니다. 이러한 여러 가지 사정 때문에 생각대로 되지 않습니다. 그래도 가능한 할 수 있는 만큼 주의를 기울이는 것이 중요합니다.

이러한 일은 어머니는 물론이고 집안사람들이 모두 주의해야 합니다. 가능하면 좋은 사람의 이야기를 듣고 좋은 책을 읽고 절이나 학교 같은 곳으로 놀러 가서 보는 것, 듣는 것을 가능한 태아에게 도움이 되도록 하려고 마음을 써야 합니다.

(1907년 10월 24일)

[김계자 역]

우키요조시(憂き世草紙)

(1)

…▲ 안둥 현 어떤 요릿집 예기의 회중기 ▼…

비천한 가업이라는 것은 이렇게까지 세상 사람들로부터 버림을 받고 업신여겨지는 것인가. 생각해보면 덧없는 세상(浮き世)은 쓰라린 세상(優き世)이라고 말하곤 한다. 그도 그럴 것이, 타향의 하늘 아래에서 쓸쓸함에 생각지 못한 일도 떠올렸다. 부모를 위해서라고 말은 하지만 다 알고 괴로운 세계로 들어온 몸, 이제 와 새삼 불만을 이야기한들 이 외로움을 어찌 하겠는가. 최근에 저녁 무렵에 슬프게 솟구치는 옛날 꿈꾸던 가슴속 잊혀지지 않는 스물아홉의 봄날, 쓰라린 세상은 꽃과 나비에 미치는 시절이었다. 많은 친구들은 들판으로 놀러가 꽃이랑 나비를 쫓으며 지내는데 나는 어찌하여 이리 불행한가. 벗과 헤어져 괴로운 세계에 투신하여 골똘히 생각하니 죽는 것이 나을 것 같다. 그러나 세상 속담에도 있듯이 죽어서 꽃 피고 열매를 맺는 것이 아니다. 아, 그러한가. 지금으로부터 3년 전에 여자의 일생이 여기에서 정해졌다. 열여덟의 5월에 히젠(肥前)의 마루야마(円山) 유곽에 3년 있으며 8백 원이라는 대금을 가불하여 5백은 부모에게, 3백은 자신의 몸에 필요한 곳에 다 썼다. 날이 지날수록 이 길의 솜씨는 언니라고 불리던 때부터 꾀어내는 솜씨가 못 본 사이에 어엿한 예기가 되어 있었다. 이제는 재량이 현을 타고 마루야마의 무대를 뛰쳐나와 한산(韓山)의 인천에서 2장의 감찰 증표를 받아 다양한 손님을 맞이하며 1년을 지냈다. 그러던 어느 날, 인천신문이 유녀들의 이면을 상세히 폭로하는 바람에 예전의 일들을 잊고 지금 매춘하는 꿈에서 깼다. 아, 세상에 나처럼 죄 많은 사람은 없을 거라고 생각하니 그야말로 순정한 인간으

로 지내던 예전의 처녀 마음으로 돌아가고 싶었다. 그러나 어찌하겠는가. 슬프구나. 몸은 돈으로 묶여 있어 자유롭지 못한 오늘날 무엇을 할 수 있단 말인가. 깨끗한 마음과 정조를 세워 지난 8월에 이 안둥현으로 왔다. 기생이 되어 옷의 왼쪽 단을 잡고 안동 풍류가의 신세를 지고 있다.

(1907년 10월 22일)

(2)

…▲ 안둥 현 어떤 요릿집 예기의 회중기 ▼…

경인(京仁)이 불경기여서 만주로 뛰어왔는데 경기는 마찬가지이다. 가을 저녁 해질 무렵에 와 보니, 이제 와 새삼 돌아갈 곳도 없다. 뒤에 남은 친구들에게 기개 없는 겁쟁이라고 비웃음을 받기 싫거니와, 무덤에 묻힌 뒤에도 손가락질을 받는다면 수치 중의 주치라고 생각하며 외로운 화류계의 세계에 정착하여 날을 보내고 있었다. 손을 꼽아 헤아려보니 마침 이때는 13일의 해질녘 ○○은행의 서방님이 서생 한 명을 친구로 데리고 유곽으로 들어와서는 곧 나를 불러주셨다. 어떤 분일까 생각하며 장지문을 살짝 열고 양손을 앞에 모으며 왼쪽 치맛단을 잡고 정해진 예법대로 안녕하세요, 하고 인사를 했다. 은행원 손님의 왼쪽으로 가까이 다가가니 뜻밖에도 너무 뜻밖에, 기이한 우연도 꿈같이 여겨졌다. 친구라는 서생은 앗, 하고 말을 건넬 것처럼 보였지만, 잠시 기다렸다. 예전과 다르게 지금의 내 신세, 그뿐만 아니라 벗이 있는 서생의 얼굴은 가만히 들여다보니 전혀 모르는 사람으로 현의 곡조와 도도이쓰(都々逸)[1] 운율에 흘려보내며 노래를 불렀다. 오랜만

---

1) 7·7·7·5조 가락의 속요를 가리킨다.

에 돈을 쓰고 이제는 현도 노래도 멈추고 여러 곳의 이야기로 옮겨갔는데, 예의 서생은 내 옛날 모습을 조금도 모르고 덧없는 세상 이야기를 하면서 내 이야기를 드문드문 했다. 아직 나라는 것을 모른다면 죄로 생각되었다. 모르는 체 하고 흘려들으며 가슴에는 상당한 정도로 내 신세가 변한 것을 한탄했다. 다시 흥을 돋우어 심야에 이르니 서방님이 오십의 돈을 던져주며 이 서생을 재워달라고 말했다. 이 말을 들었을 때 내 가슴속에서는 아, 옛날에 있었던 이야기를 하며 즐겁게 타향의 이야기를 할 수 있겠다는 생각에 홀로 기뻐하였다. 그러나 보람도 없이 서생은 전혀 흥미를 느끼지 못하고 게다가 이야기도 변변히 못한 채 마침내 헤어지게 되었다.

(1907년 10월 23일)

(3)

···▲ 안둥 현 어떤 요릿집 예기의 회중기 ▼···

만주로 건너와 처음으로 맞이한 손님은 생각지도 못한 사람이었다. 고향에서 공부하던 벗이고, 나는 천한 매춘 부인이다. 손님은 어엿한 손님이어서 옛날을 이야기해도 수치일 뿐이다. 그렇긴 하지만 고향 사람은 아주 버릴 것은 아니어서 조금은 도움이 될 거라고 생각해 생각을 굳히고 이야기를 하려고 하자, 서생은 내 생각을 아는지 모르는지 돌아보지 않고 가버렸다. 이 무슨 무정하고 덧없는 세상인가. 지금은 해가 떠도 해가 져도 그 서생만을 생각하고 있다. 그 후에 손님이 와서 방에 들어가면 재미없이 시간을 보냈다. 그러던 중에 이달 하순에 시각이 열두 시 가까운 무렵에 혈기 왕성한 서생이 곁에 네다섯 명의 접대부와 작부를 데리고 흥성거리며 유흥을 즐기고 있었다. 나는 생각에 빠져 이런 손님이 부르면 가라앉았던 생각도 펴질 것이라고 생각하

여 잘 모르고 손님방 앞을 지나가던 차에, 이 방에 계시는 서생이 다름 아닌 지난 날 그 밤에 내 남편이 되지 못하고 그리워하던 분이라는 사실을 알았다. 불러내면 같이 온 벗에게 미안한 생각이 들어 몰래 뒤를 밟아 말을 했다. 이제 막 계단을 내려가려고 하는 것을 불러 세운 다음 방 한 칸 안에 데리고 와서 자신의 생각을 밝혔다. 그러자 처음에는 그런 줄도 모르고 있더니, "내가 일찍이 마음속으로 찾고 있던 오노부(お信) 씨가 당신이었군, 그렇다면 당신이 다름 아닌 후지타(藤田) 님인가" 하면서 4년 만에 만나 서로의 이야기를 잠시 나누었다. 같이 온 사람이 이제 숙소로 돌아가자고 하는 말이 들렸다. 아쉽지만 다시 만날 수 있을 거라며 옛날과 마찬가지로 내일을 기약하며 헤어졌다.

(1907년 10월 24일)

압록강 물가에서(23일)[鴨綠江畔より(廿三日)]

가쿠손세이(岳邨生)

▼ 호반의 기후가 예년에 비해 따뜻하다고 선주자(先主者)가 말했다. 그도 그럴 것이다. 요즘의 계절은 점차 입추 때와 마찬가지로 가을비가 내려도 한기는 아직 크지 않다. 가을 하늘이 높고 음력 10월의 따뜻한 날씨처럼 청량한 가을빛이다. 가을바람이 화창하여 교외에서 산책하기에 적합하다.

▼ 어느 곳도 같은 가을의 해질녘이라는 말도 있듯이, 신의주의 요즘 경기는 실로 가련한 상태이다. 상업계는 부진이 여간하지 않다. 진정 가라앉을 수 있는 상태이다. 만약 이런 불경기가 앞으로도 지속된다면 견고한 영주자가 아닌 잠깐 임시로 생활하는 사람들이 뒷자락을 걷어 올리고 뛰쳐나갈 자는 적지 않을 것이다.

▼ 그렇다면 안둥 현은 어떠한가. 가을의 고요함은 현지만 맞이했겠는가. 일반적인 불경기와 그 증거로는 거리를 돌아다니면 셋집 벽보가 여기저기에 보인다. 지나가는 사람에게 물으니 현지는 예년 이맘때보다 조금씩 재류민이 감소하고 있다고 한다. 이는 즉 재류민의 감소는 불경기의 원인이 되는 근본이다.

▼ 안둥의 불경기는 그렇게 극단적인 타격은 없겠지만, 신의주의 불경기는 극단적인 상황이 심하다. 이는 즉 전자는 무대에서 대외 상업전략의 도움을 받을 수 있지만, 후자는 무대에서 상대가 잘 싸워도 백중세의 상호전에 머무르기 때문에 불쌍하다.

▼ 안둥 현에서는 이번에 상업회의소를 설립한다고 요전 영사관에서 오카베(岡部) 영사와 상무회 위원들이 회합에서 협의하여 마침내 결정이 드디어 내려져, 상공업자회의소를 설치하게 되었다.

▼ 설립은 무역 발전에 크게 도움이 될 것이다. 그러나 안동 지역에 있는 가짜 신사, 가면을 쓴 신사와 상인이 많아 위원들의 야심이 나오지 않으면 안 된다. 이에 회장인 허식의 신사가 어떤 얼굴일지 나올지도 모른다.

▼ 요즘 안동의 인사는 재향회를 자주 폭행하는데, 과연 해외에 떠도는 신세이고 보면 같은 고향 사람들 생각하는 마음이 끓어오르는 것도 무리가 아니다. 이런 규모가 축소된 회합에서는 유쾌함을 느낄 수 없다. 바라건대 관동과 관서를 이분하여 재향회를 여는 것이 어떠한가.

(1907년 10월 24일)

[김계자 역]

압록강 물가에 서서(鴨綠江畔に立つて)

하루노스케(春之介)

하늘은 높고 말이 살찐다는 계절에 생명을 씻어내는 것이 무엇보다도 안성맞춤인 좋은 계절이다. 나는 하이칼라를 뽐내며 미치광이를 가두어 두는 방에서 미인의 무릎베개에 누워 있는 것을 좋아하지 않는다. 그래서 만담이나 연극이 있든 없든 상관없이 술로 밤을 지새우는 취한 중생이거나, 그렇지 않으면 시적이지는 않지만 홀로 교외 산보를 나간다.

가을 하늘 아래 교외로 나가면 벌레소리, 풀, 이슬이 가득한 산의 풍경이나 산과 들이 만들어내는 비단은 내 오장육부를 씻어주기에 절호의 계절이 된다.

가을바람이 시원하게 피부에 닿아 조금 추워지려고 하는 아침에 눈을 뜨고 풀에 맺힌 이슬을 밟으려고 오전 7시에 숙소를 나와서 정처없이 떠돌며 걸어 다니다 어느새 압록강 강변에 섰다.

압록강의 물결은 말라서 물높이가 낮은 곳이 멀리 있고 거룻배와 어선 몇 척이 만조를 기다리고 있다. 뱃사공은 세상모르게 잠이 깊게 든 것이 아니라, 취해서 한창 자고 있는 중이다. 바다에는 세 척의 장삿배가 떠 있는데, 검은 연기를 뿜으며 도강(渡江) 회사의 석유 발동기 선박은 안의(安義)를 왕복하고 있다. 그중에는 연락용 깃발을 세우고 봉안선(奉安線)에서 경의(京義)로 보내는 화물을 운송하는 것인지 다망하게 보인다. 청나라와 한국의 육로 교통에 다대한 편익을 준 것이 아니겠는가. 동천(東天)이 멀리 아침 해의 화창한 빛을 받아 사변의 초목이 이슬을 머금고 눈 가득히 구릿빛 수를 놓았다. 나는 종일 떠들썩한 진애 속에 파묻혀 붓과 벼루를 앞에 놓고 있으니, 가을 하늘의 상쾌함에 눈과 마음이 맑아지고 가슴속을 이야기하고 싶은 마음이 한층 더 유쾌하다.

강가 멀리 조망하니 안동 시가지가 첩첩이 보인다. 음향이 희미하게 마음 속 깊은 곳에 울린다. 그러나 안동의 건축가옥이 성냥갑처럼 거류지가 처마를 나란히 하고 있는 모습이 규모가 협소함을 보여주어 웃음이 나온다. 이와 비교해서 신의주 땅이 이곳에 뒤떨어진다고 하니, 원망이 그치지 않는다. 그렇지만 청과 한은 오늘날 교통 상태를 보면 왠지 야마토 민족이 팽창하는 것을 혼자 서서 힘차게 느끼는 듯 하다. 오, 압록강 강변의 가을바람이 내 오장육부를 씻어내고 지나가 니, 아 서 있을 만한 곳은 강변의 제방 위로구나.

(1907년 10월 31일)

[김계자 역]

협객 오니와카 산지(俠客 鬼若三次)

곤코테이 도린(今古亭桃林) 강연

제1석

오늘부터 기대에 부응하고자 오니와카 산지라고 이름 붙인 이야기를 준비했습니다. 교호(享保) 연간에 에도(江戸) 시대의 도박꾼 중에 무라사키구미(紫組)라고 불린 용맹하고 뛰어난 당대의 중심인물로 추앙받던 남자 중의 남자가 세상에 보기 드물게 목숨을 걸고 싸움한 이야기입니다. 매우 재미가 있어 최근에 호평을 받은 도쿠로조메 우키요 도헤이(髑髏染浮世戸平)의 속편이라고 해도 무방할 오니와카 산지의 성장 내력부터 야에코(八重子)의 복수 산자에몬(三左衛門), 우쿄(右京), 엿장수 우키요 도헤이의 최후에 이르기까지 오늘부터 계속해서 문안인사 드리겠습니다.

자, 세상에 이르기를 석가에게 다이바(提婆), 고래한테 범고래, 나라에는 도적, 집에는 쥐가 있다고 했던가, 아무튼 세상은 도둑이 끊이지 않는 법이죠. 지금처럼 특히 치밀한 법률이 있는 세상이 왔는데도 지방에서는 호리카와(堀川), 도쿄에서는 쓰쿠다지마(佃島), 그 외에 무슨 감옥에도 몇 백 몇 천 정도의 죄인이 매일같이 관의 수고를 끼쳐가며 야생원숭이 마냥 허덕이며 쇠사슬에 묶여 벌을 받고 있는 것을 봐도, 이전에 교호 연간의 막부 정치 무렵에 도둑 사회가 심했던 것은 헤아려볼 수 있을 것입니다. 막부 정권의 전성기인 교호 13년(1728년) 3월 18일에 쇼군 도쿠가와 요시무네(德川吉宗)가 닛코(日光) 신사를 참배한 날 아침이었습니다. 시각은 10시를 지나 곧 오신다는 11시 경에 무코지마(向島)의 마쿠라바시(枕橋) 조금 건너편에 지금의 미토(水戸) 님 별장 있는 곳에서 3명의 소매치기가 모여 있었습니다.

"날씨 참 좋군. 이런 날씨면 돈벌이 되겠는데."

"오늘은 쇼군 님이 닛코 신사에 납시는 날이다. 꽃은 한창이고 날씨도 좋고, 이제 제방에 사람 물결이 치겠구나."

"사람 물결(人波)이 치면 도둑(白波)이 돈을 버는 법이지."

"하하하, 말 잘했다. 그건 그렇고 뭔가 좋은 돈벌이 없나……"

이런 말을 하며 계속 제방 쪽을 보고 있자니, 통행하는 분이 계셨습니다. 소슈(總州)의 도이 오이노카미(土井大炊頭) 님의 한추(藩中) 고즈우쿄(河津右京) 다유라는 분으로, 옆머리 부분이 조금 벗겨진 연령이 47, 8세로 보이는데, 네 가닥 매듭 문양의 하오리와 하카마 차림에 엄중한 위엄이 사납지 않으면서도 기품 있는 모습이 얼른 봐도 녹봉 5천 석(石) 이상을 가진 분이라고 짐작되는 용모였습니다. 왼쪽 손에 그 무렵 유행하는 양산을 들고 마야바시(廐屋橋)부터 아즈마바시(吾妻橋) 강가를 따라 마쿠라바시로 들어 이제 막 스미다(墨田) 제방 있는 곳에 접어든 참이었습니다.

"훌륭한 무사 집안이군. 알아봤나?"

"알아보건 못 알아보건 한눈에 봐도 다섯 이상은 충분해."

"뭐, 다섯 이상이라니?"

"둔한 놈일세. 다섯 이상은 5천 석을 말하는 거야."

"아하하, 무슨 말을 하는 거야. 알아봤냐고 한 것은 그런 뜻이 아니야……. 허리에 찬 것을 말하는 거야."

"뭐, 허리에 찬 것이라고?"

"너는 참 아둔한 놈이다……. 크기는 작지만 분명 백 냥 값어치는 되는 물건이야."

"그렇군. 나는 왜 못 본 거지?"

"못 본 것이 아니라, 상대가 무사라고 대충 봐서는 안 되는 거지."

"과연 그렇군. 그런데 어떻게 할 셈인가?"

"조메이지(長命寺) 절까지 따라 붙었다가 훔칠 생각이야."

(이하 6단 11-16행 판독 불가)

"둘이 모여서 어딜 가는 거야. 뒤를 쫓아가서 한 건 해야지. ……
그만 뒤, 그만. 불안하다."

"뭐라고?"

"불안해."

"상대가 무사라고 해서 겁먹을 필요 없어."

"이제 곧 우리 솜씨를 보게 될 테니."

이렇게 말하며 소매치기 둘이 고즈 우쿄 다유의 뒤를 따라갔습니다.
산지가 말한 대로였습니다. 그도 그럴 터이겠죠. 무술에 마음을 쓰는
자는 언제 어디서 어떤 자가 나타날지 모르는 것을 막아내고 지키는
일이 무술의 비법일 테니, 설령 길에서든 집에 있든 방심할 수 없습니다.

"형님, 아무래도 안 되겠어요."

"아무래도 이상하군……. 산지 녀석 화가 치민다고 이래저래 말을
듣지 않는 것을 봐도 그렇고, 아무래도 못 훔치겠어."

"맞아, 우리도 조금 전부터 몹시 신경이 쓰였어. 도대체 저 무사 양
반 어디로 가는 거야?"

"아무튼 모쿠보지(木母寺) 절에서 우메와카(梅若)로 가서 다시 여기
로 돌아올 거야."

"그렇겠지……. 뭔가 방법이 없을까?"

이런 이야기를 하고 있는 사이에 산지가 늦게 도착하였습니다.

"마쿠라바시에서 제방의 튀어나온 곳까지 따라가 봤지만 훔칠 수
없었어……. 그러니까 불안하다고 말했잖아."

"아니, 뭐라고? 너도 이 일에 관해서는 믿을 수 없군……. 뭐라도
훔쳐와 봐. 머리라도 내줄 테니."

"받아봤자 곤란한 것은 거절하겠어……. 작은 칼자루 한 두 자루 훔치는 건 입가에 붙은 밥알 떼는 것보다 간단하지.

"야, 상대가 없으니까 제법 큰 소리 치는데, 곧 다시 여기로 돌아올 거야."

(1907년 9월 6일)

제2석

"흠, 그것도 모르고 말할 산지가 아니야. 돌아오면 찻집에서 쉴 것인지, 아니면 조메이지 절을 순례할 것인지. 대나무집으로 건너갈 것인지, 강가를 돌아갈 것인지, 고향이 어디인지, 봉록이 얼마인지, 하나부터 열까지 전부 꿰뚫고 있으니까 걱정할 것 없어. 내가 일하는 솜씨를 후학을 위해 봐두는 것이 좋아. 알겠어?"

이렇게 말하고 산지가 태연하게 제방 여기저기를 걷고 있으니, 어느새 분명 이전의 고즈 우쿄(河津右京)의 다유가 다시 모쿠보지 절 쪽에서 돌아오셔서 조메이지 절의 문 앞에 당도할 시간이 되었습니다.

"실례합니다만, 잠깐 여쭙겠습니다. 여러분들은 건너편 찻집에서 휴식을 취하고 있는 상인들이신데, 댁의 주인 되시는 올해 21세 되신 젊은 양반이 이번에 다른 가문에 양자가 되시어 마련하신 여러 물건이 요즘 유행하는 흐름에 뒤떨어지지 않는 모양이니, 사람들이 많이 다니는 제방에 오실 때 지니고 오신 물건을 볼 수 있을까요? 지금 잠깐 보니 그분이 쓰고 계시는 양산 살은 실로 진귀하고 세밀한 것으로 아마 살이 80개는 되어 보입니다. 70개까지는 취급해봤지만 80개인 물건은 본적이 없어요. 그래서 매우 황송합니다만, 아무쪼록 살 몇 개짜리 양산이지 또 어디에서 구하신 물건인지 여쭤보라고 아는 사람이 물어보는지라 통행에 방해가 됨에도 불구하고 여쭤보게 되었습니다……."

주저하지 않고 서슴없이 말씀드렸습니다만, 묘하게도 무릇 사람은 속된 말로 자만과 시샘이 있어 자신이 갖고 있는 것을 다른 사람에게 칭찬 받으면 기분이 나쁘지 않은 법이어서 매우 좋은 기회를 얻었습니다. 기회를……

이리하여 곧바로 덮개를 열어서 보여 달라고 하자, 고즈 우쿄의 다유도 갑자기 지니고 있던 것을 다른 사람이 칭찬해줄 뿐만 아니라, 데릴사위 물품과 같은 것을 사고자 물어보는 것이니 가벼운 마음으로 양산 살을 보여주시고는 말씀하셨습니다.

"모처럼 말씀해주셨는데 양산 살의 수를 세어 보기는 어렵지만, 이 물건이 필요하시다면 3초메(丁目) 오가와야(小川屋)의 덴에몬(伝右衛門) 댁에서 산 물건이니 그 집에 가서 구하시는 것이 좋겠습니다." 하고 매우 친절하게 말씀해 주셨습니다.

이러한 상황을 보고 있던 세 명의 소매치기가 이야기했습니다.

"아니, 형님. 좀 보세요. 산지 녀석이 저 무사 옆에 가서 허리를 굽히고 무슨 말을 하고 있군요. 아, 묘한 일입니다. 아니, 산지가 뭔가 말을 한 것 같군요. 무사가 계속해서 양산 안을 들여다보고 있어요……. 무서운 놈이에요. 무사가 위를 보고 있으니 손잡이에 손을 대고 있어요.…… 아니, 빼냈어요, 빼냈어요. ……아 잘도 훔쳐 냈군요……."

산지가 하는 짓을 보고 놀라서 이런 이야기를 나누고 있었습니다.

고즈 우쿄의 다유님은 이러한 사실을 모르고 말씀하셨습니다.

"물어보고 싶다고 한 것은 그 일뿐인가?"

"그렇습니다. 지나가시는 데 방해를 드려 죄송합니다. 용서하십시오. 덕분에 분명히 자세히 알게 되었습니다. 정말로 감사합니다."

산지는 이렇게 말하고 대담하게도 손잡이를 훔쳐 자리를 떠나려 하자, 우쿄 님이 불러 세웠다.

"아니, 이보게 젊은이. 잠깐 기다리게."

　이 말을 듣고 겁이 없는 산지도 놀랐습니다만, 빈틈없는 녀석이라 얼른 대답했습니다.

　"네, 무슨 일이십니까?"

　"좀 이상한 것을 물어보겠는데, 자네 귀 뒤에 있는 보랏빛 멍 같은 것은 무엇에 닿아서 생긴 것인가? 아니면 장차 생길 멍이라도 되는가?"

　"핫, 보셨습니까? 면목 없습니다. 이것은 장차 생길 멍입니다."

　"뭐라고? 장차 생길 멍이라니⋯⋯. 흠, 나이가 몇인가?"

　"스무 살입니다."

　"가에이(寛永) 6년 태생이군."

　"그렇습니다."

　"모시고 있는 주인의 이름은 어떻게 되나?"

　"에⋯⋯ 주인어른 이름은⋯⋯ 에, 야마무라 기치베에(山村吉兵衛)라고 합니다."

　"어디에 계시는 분인가?"

　"혼조(本所) 미도리초(綠町)입니다."

　"그런가. 알겠네⋯⋯."

　우쿄 님은 이렇게 말하고 떠나셨습니다. 산지는 목숨을 건진 기분이 되어 그대로 어딘가로 사라졌습니다만, 그 보랏빛 멍은 나중에 무라사키 구미(紫組)라고 조금씩 알려지게 된 유래가 되었습니다. 또한 우쿄 다유가 멍에 대하여 물어본 이야기는 계속 거듭하여 이야기되었습니다. 자, 제군들도 아시다시피 스미다가와(隅田川) 강 제방에 꽃이 필 무렵에 북적거리는 모습은 실로 대단해서 이 고장의 밤 벚꽃 구경 때처럼 물건 파는 다양한 사람들이 모입니다만, 도세이(桃青)[1] 옹(翁)이 읊은 구에 '피리를 불며 엿으로 만든 인형 파는 세밑에(笛吹て飴の鳥賣

---

1) 마쓰오 바쇼(松尾芭蕉)의 호.

る師走かな)'라고 하는 구가 있는데, 물건 파는 이의 외치는 소리가 묘하게 들려 ……지금도 탁탁 아-아파, 이렇게 들려 모든 사람들이 진정하고 들을 수 있는 소리가 아니었습니다. 무슨 말을 하는 건지 매우 묘한 소리를 내는 것이었습니다. 때마침 그곳에 온 엿장수 나이가 57, 8세 정도로 보이는데, 머리에 울긋불긋한 두건을 두르고 꽹과리를 들고 두드리면서 엿을 팔고 있었습니다.

"여보시오, 여보시오. 한문 쓸 때 기본이 되는 8가지 운필법이 무엇인지 아시오?"

듣는 사람은 무슨 말을 하는지 전혀 모르는데 당사자는 몰두해서 말을 하고 있습니다.

(1907년 9월 7일)

제3석

이래저래 하는 차에 이쪽의 고즈 우쿄 다유는 조메이지 절의 전망 좋은 곳에서 휴식을 취하시며 제방의 꽃과 지나가는 사람들, 이마도(今戸) 마쓰치(待乳)의 풍경을 바라보시며 여념 없이 담배를 피우고 계셨다. 그 앞에서 엿장수가 말했다.

"여보시오, 여보시오. 나무에 기대고 있는 당신, 한문 쓸 때 기본이 되는 8가지 운필법, 8가지 운필법을 찾고 있소."

이렇게 말하면서, 쩽그랑 쩽그랑 징을 두드리며 이야기하고 있었다. 우쿄 다유는 세상살이 갖가지 다른 것을 생각하며 계속 그 말소리를 듣고 있었다.

"여보시오, 여보시오. 나무에 기대고 있는 당신, 한문 쓸 때 기본이 되는 8가지 운필법, 8가지 운필법을 찾고 있소." 하고 뭔가 사정이 있는 듯한 말처럼 들렸다.

"뭔가 묘하게 이야기하는 사람이군."

이런 생각을 하며 잠시 말소리를 듣고 계셨는데, 이름 그대로 도이 오이노카미(土井大炊頭) 님이 다스리는 번(藩) 안에 뛰어나기로 명성이 자자한 우쿄 다유이기 때문에 금세 알아차리셨습니다. 그래서 찻값을 치르고 그곳을 떠나려고 발걸음을 재촉하여 마쿠라바시(枕橋) 근처의 우메한(梅半)이라고 하는 요릿집으로 들어가셨습니다.

"여보시오."

"어서 오세요."

"뭔가 술안주를 만들어주게."

여자가 바로 "알겠습니다"고 답했습니다.

우쿄 다유가 말했습니다.

"누군가 분별력 있는 사람이 건너편을 좀 둘러보고 오지 않겠나? 아니면 조메이지 절 근방에 돌아다니고 있는 엿장수 노인이 있으니 그 자에게 이 집의 손님이 물건을 사겠다고 한다고 하고 잠깐 데려와 주게."

"알겠습니다."

"노인이니까 놀라지 않도록 조심해주게."

"네."

이렇게 대답하고 여자가 물러갔습니다. 이윽고 그곳으로 갖가지 안주를 차려 내와서 두세 잔 마시고 있을 무렵에 여자가 와서 말했습니다.

"말씀하신 물건 파는 노인이 왔습니다."

"오, 그런가. 고생 많았네. 여기로 모셔 오게."

"네" 하고 여자가 데려온 사람은 이전에 인형을 팔던 노인으로, 연극에 나오는 누마즈(沼津)의 헤이사쿠(平作)나 누카스케(糠助) 같은 순박한 노인이었습니다. 필시 우쿄의 다유 앞에 서면 놀랄 것으로 생각했는데, 의외로 다음과 같이 말했습니다.

"앗, 가로(家老)이신 우쿄 다유님. 건강하신 것을 뵈오니 너무 기쁩니다. 생각지도 못했는데 불러주시고 보통 손님처럼 대해주시니 다유님의 존안을 뵙게 되어 반갑습니다."

"야자에몬 가즈오(彌左衛門和郎)도 건강하니 기분이 좋군. 힘들지 않은가? 가까이 오게. 이보게, 주모. 필요한 것이 있으면 부를 테니 이야기가 끝날 때까지 물러가 있게."

"네, 알겠습니다." 여자가 대답하고 물러갔습니다.

자, 손님들께 말씀드리겠습니다. 이 엿을 파는 야자에몬이라는 사람은 원래 도이 오이노카미 님의 고용인 중에서 우두머리 격으로, 마쓰나가 도베에 모리시게(松長藤兵衛守重)라고 하는 사람의 하인입니다. 이전에는 고즈의 저택에 가끔 왔습니다만, 무슨 이유 때문에 이렇게 엿장수 모습을 하고 계시냐 하면, 애독해주신 도쿠로조메 우키요 도헤이(髑髏染浮世戸平)의 이야기에 자세히 나오므로 앞의 강석(우키요 도헤이)에서 들으신 손님은 이미 알고 계십니다만, 이번 강석(본편)에서 처음으로 보고 계신 분을 위해 약간 개략적인 내용을 말씀드리겠습니다.

이 엿장수 야자에몬이 모시고 있는 주인 마쓰나가 도베에 모리시게라는 사람은 도이 오이노카미 님의 우두머리격인 고용인으로 무예 실력이 뛰어나서 영주님이 특히 총애하시는 모습이 보통이 아닐 정도의 신하였습니다. 그런데 교호(亨保) 12년 3월 상순에 영내의 기요다키무라(清瀧村) 고마가타케(駒ガ岳)라는 곳에 밤마다 요괴가 나와 사람들을 괴롭힌다는 이야기가 여기저기에 퍼져 다른 번에서 그냥 듣고 지나치기 어려웠습니다. 그리하여 주군의 명령에 의하여 요괴 퇴치의 큰 임무를 맡아 3월 4일에 영주님의 명을 받자와 도시로 요시미쓰(藤四郎吉光)의 검을 차고 저택을 나섰는데, 그 후 몇 달 몇 날이 지나도 전혀 소식이 없어서 하는 수 없이 고즈 우쿄가 조치하여 일시에 마쓰나가의 저택은 그대로 영주님께 바치고 가신들은 완전히 실직자가 되어버렸습니다. 야자에몬과 산타로(三太郎)라고 하는 또 한 명의 젊은이는 특히 신묘한 자로 우쿄 다유도 불쌍히 여기시어 은밀히 많은 재화를 주셔서 도베에의 뒤를 쫓도록 말씀하셨습니다. 그러한 연유로 이와 같이 엿장수로 변장을 하여 도베에의 뒤를 쫓고 있는 것입니다.

우쿄 다유가 말씀하셨습니다.

"아니, 야자에몬은 아직 도베에가 있는 곳을 알아내지 못했는가?"

"그렇습니다. 보시는 것처럼 물건 파는 장수가 되어 여기 저기 탐문하고 다닙니다만, 아직 도베에의 소재를 알아내지 못했습니다. 실로 근심하고 있습니다. 굽어 살피옵소서."

"그렇군. 조금 전에 조메이지 절의 문 앞에서 쉬고 있는 벼루 파는 사람이 이르기를, 여보시오(公よ), 여보시오. 나무에 기대고 있는 당신(木による公)이라고 했는데, 이는 마쓰(松)라는 글자를 말하는 것이고, 한문 쓸 때 기본이 되는 8가지 운필법(永字八法)[2], 8가지 운필법을 찾고 있다는 말은 마쓰나가(松永)"의 '나가(永)'의 글자를 말하는 것으로 생각된다. 과연 묘한 말을 하고 다니는 사람이라고 생각했는데, 그 자의 얼굴을 보니 예전과 다른 용모여서 잠깐 혹시나 하는 생각을 했는데, 잘못 봤을 리 없어."

충실한 사람이라는 생각에 감화된 나머지 우쿄는 자신도 모르게 눈물을 흘리셨습니다.

(1907년 9월 8일)

---

2) '8가지 운필법(永字八法)'이라는 말은 한자의 '영(永)'이라는 글자에 서도에 필요한 기법의 8종이 모두 포함되어 있다는 것을 뜻하는 말이다.

제4석

가까이 납시어 술잔을 놓고 우쿄님이 몸소 일어나 엿장수 야자에몬의 손을 잡고 안으로 들어가셨습니다. 예나 지금이나 충실이라는 두 글자는 귀한 것입니다. 엿장수 야자에몬은 변함없는 우쿄 다유의 어진 마음에 눈물을 흘렸습니다.

"분에 넘치는 배려에 몸 둘 바를 모르겠습니다. 주인어른이 도베에가 살아있는 것을 아시면 하늘에 오르고 땅속으로 들어가서라도 반드시 찾아내어 은혜를 갚을 것입니다."

이런 이야기를 하면서 두 사람은 서로 술잔을 기울이며 그 동안 쌓인 이야기만큼 술잔을 주고받았다. 그러는 사이에 두 명의 상인이 방으로 들어왔다.

"아, 피곤하다……. 술 없이 내게 무슨 벚꽃이냐 하는 이야기처럼 마냥 꽃만 바라보고 있다고 재미있는 것도 아니고 한 잔 마시고 싶어지는군."

"그렇고 말고요. 꽃이든 달, 눈이라는 것도 실은 술을 마시니까 좋은 거죠. 결국은 술이 있어야 의미가 있는 거죠."

"술이 있어야 의미가 있다는 말을 들으니 요전 날 아사쿠사(淺草)에서 있었던 큰 싸움도 어제 해결되었다고 들었는데, 그러나 도헤이 대장님의 얼굴이 없었다면 빨리 해결되지 않았을 거라고 하더라고요. 도헤이 대장님의 얼굴은 강한 기운이 있죠."

"와, 그렇습니까. 그 도헤이 대장님이라는 분은 원래 어떤 분이고, 어디 출신입니까?"

"어, 말도 안 돼. 이 에도에서 도헤이 대장님을 모르다니, 스루가(駿河)에서 후지(富土)를 모르는 것과 같다고 웃을 거에요. 오늘 먹은 것에 대한 돈을 내시오. 내가 이야기해 주리다."

"야, 이건 생각지도 못했는데 허를 찔렸군요. 말도 안 돼요."

"이것 참 재밌군요. 아니오, 그건 농담으로 한 말이고 실은 도헤이 대장님의 처지를 듣자 하니 지금이야말로 대장부다운 기풍을 지닌 대장이라고 합니다만, 소슈(總州) 도이 오이노카미 님의 번에서 천 석의 녹봉을 받고 계시는 분이 마쓰나가 도베에 모리시게라는 무사입니다."

"아, 그렇습니까. 그 무사가 어째서 우키요 도헤이와 같은 이름을 가진 협객이 됐을까요?"

"그건 말이죠, 작년 3월경에 도이 오이노 가시라도모라는 사람의 영지에 고마가다케라고 하는 곳에 밤마다 요괴가 나와 사람들을 괴롭힌다는 이야기가 있어서 그 요괴를 끝까지 추적하기 위해 지역 고향을 떠나왔다고 합니다만, 잘못 착가한 것으로 사실은 요코이 다이토(橫井 帶刀)의 딸 다쓰(辰)라고 하는 미인이었다고 합니다."

"아, 그렇군요. 그럼 마쓰나가 도베에 님이 이상한 것이라도 본 겁니까?"

"아니오, 그게 아니라 다쓰코라고 하는 여인은 남자도 미치지 못할 정도의 여장부라고 합니다. 그 여자의 부모는 이전에 성 밖의 사쿠라 노바바(櫻の馬場)에서 암살당한 일이 있었는데, 그 시체 옆에 도이 오이노카미 님을 알 수 있는 물건이 떨어져 있어서 이를 증거로 황송하옵게도 도이 오이노카미 님을 노리고 있었다고 합니다. 그런데 연약한 여자의 몸이어서 차라리 저주해서 없애버려야지…… 하고 생각한 모양입니다. 얼마나 강한 여성입니까. 한밤중에 산중은 투구인지 양산인지 구분이 안 될 지경인데, 사람도 오르기 어려운 고마가다케 깊은 곳으로 숨어 들어가 만약 발각될 경우에는 준비한 것처럼 요괴인 양 가면을 얼굴에 쓰고 한밤중에 번주(藩主)님을 저주하고 있었다고 합니다. 여자의 집념이라는 것은 정말 강합니다……. 그런데 이쪽의 마쓰나가 도베에는 그런 일이 일어나리라고는 전혀 모르고 고마가다케에 올라가서 잘잘못을 가렸습니다. "정말로 산신이 계시는 사당 안에 있

는 괴이한 요괴가 이 자인가……" 생각하며 단칼에 베어 쓰러뜨린 다음 연유를 물어보니 전혀 요괴가 아니라, 번주를 적으로 여겨 노린 일이라는 사실을 실토했기 때문에 비로소 요괴의 정체가 밝혀졌습니다. 그러나 불쌍한 여자 다쓰코는 중상을 입었습니다. 솜씨 좋은 도베에가 칼로 베었으니까 도저히 살아날 가망이 없습니다. 그래서 도베에가 말씀하시기를, 아무리 번주를 적으로 노렸다고는 하나 벨 것이라고 처음부터 알았다면 이렇게까지 깊은 상처는 입지 않았을 텐데. 하는 수 없으니 그에 대한 보상으로 부모의 적이 있는 집을 몰살하고 여동생 야에코(八重子)의 처지를 보살피겠다고 하자, 다쓰코는 생각지도 못한 도베에의 말에 놀랐습니다.

(1907년 9월 12일)

제5석³⁾

아니, 적이 있는 곳을 가르쳐줄 뿐만 아니라 여동생까지 보살펴주겠다고 하시는 말은 ……. 만약 야에코에게 혹시 무슨 일이라도 있는 겁니까? 하고 다쓰코는 정말로 놀랐다고 합니다. 이제부터가 이 이야기의 가장 재미있는 대목입니다만, 잠깐 쉬어가게 술잔을 들기로 하겠습니다."

두 사람 중의 다른 한 명이 말했다.

"아니, 이것은 아무래도 강담사인 것을 티내는 태도이군. 뒷이야기는 내일, 등의 말투는 질립니다……. 그러나 매우 재미있는 이야기로 술잔을 잊고 있었습니다……. 물 대신 술 한 잔 따를까요?"

"그럼 한 잔 받아볼까요……."

---

3) 원문에는 제4석으로 표기되어 있으나 순서에 맞도록 정정한다.

　　이런 말을 주고받으며 옆에서 두 사람이 술을 마시며 주고받는 이야기를 들은 우쿄와 야자에몬 두 사람은 실로 놀랐습니다. 그도 그럴테지요. 지금 방금까지 마쓰나가 도베에가 있는 곳을 알아내려고 하고 있던 참이었는데, 자세한 이야기를 들었기 때문에 두 사람은 얼굴을 마주 보고 말했습니다.

　　"야자에몬."

　　"가로님."

　　"평소 바라던 생각이 이루어져 소재를 알아낼 실마리가 생겼군."

　　"그렇습니다…… 이것도 모두 가로님을 모시게 된 덕분입니다……. 정말 감사합니다."

　　"아, 그렇지 그렇고말고. 그러나 잠시 가만히 있어보게. 옆에서 하는 이야기가 멈추면 안 되니까……." 귀를 기울여 들어봤지만 이쪽의 두 사람은 사정을 알 리가 없습니다.

　　"휴식이 끝나면 지금 하고 있던 이야기 다음 부분을 부탁합니다……. 실로 재미있는 이야기군요."

　　"뭐 말입니까? 오늘 요리로 돈을 다 쓰셔도 괜찮겠지요……. 그건 그렇고 이야기가 조금 전 이야기로 되돌아갑니다만, 마쓰나가 도베에가 아직 고마가타케로 올라가기 전날 밤에 일어난 일입니다……. 즉, 3월 3일 밤에 도이 오이노카미 님의 성내에서 조미(上巳)[4]의 경사스러운 축하연이 있어서 연회의 여흥을 위해 교토에서 수십 명의 가무를 추는 유녀를 불렀습니다만, 그 안에 지금 말한 요코이 다이토의 딸, 즉 부상을 입은 다쓰코의 여동생 야에코라고 하는 자가 들어 있어서, 이 여자도 마찬가지로 번주인 오이노카미 님을 적으로 노리고 대담하게 연회의 자리에서 번주 오이노카미 님을 베려고 덤벼들었습니다. 그

---

4) 절구(節句)의 하나로, 음력 3월 3일 삼진날을 가리킴.

러나 다행히 그때도 마쓰나가 도베에가 옆에서 같이 있어 번주가 부상을 입지 않도록 야에코와 맞붙어 깔아 눕히고 무슨 연유로 이러한 무례를 저지른 것인지 캐물었습니다. 그러자 실은 부모인 다이토가 성밖의 사쿠라노바바에서 암살되었을 때 그 시체 옆에 문양이 떨어져 있었는데 필시 가해자가 남기고 간 것일 거라고 생각되어 문양의 주인인 번주를 베어 부모의 원수를 갚으려고 이렇게 덤벼들었다고 자백했습니다. 그런데 이야기를 들은 번주는 오히려 야에코가 한 짓을 불쌍히 여기시어 여자의 몸으로 나를 원수로 생각한 것도 무리가 아니라고 하시면서 오늘의 무례를 면해주고 집안사람들에게는 감추고 부정문(不淨門)에서 놓아주라고 하셨습니다. 물의를 일으키는 것을 싫어하시는 번주의 말씀인지라 야에코는 간신히 목숨을 건질 수 있었습니다. 게다가 부모의 원수가 사노 산자에몬(佐野三左衛門)이라는 사실을 알고 성내를 다닐 수 있도록 허락을 받았습니다. 그런데 그 다음날…… 즉, 3월 4일이 다쓰코가 부상을 입은 날입니다. 마쓰나가 도베에가 부상을 입은 다쓰코를 향해 앞에서 말한 일을 이러니저러니 자세히 이야기해주자, 다쓰코는 자신이 입은 중상도 잊고 큰 배려를 해주신 번주님을 알아보지 못하고 여동생도 자신도 바로 방금 전까지 원수로 생각하여 원한을 품은 것은 죄스러운 일이라고 계속 이야기하며 후회했습니다. 마쓰나가도 불쌍하게 생각하여 부모의 원수인 사노 산자에몬의 목숨은 이 마쓰나가가 반드시 잡아들여 여동생 야에코에게 목을 베게 할 테니까 이승을 떠나는 선물로 여기고 방황하지 말고 성불하라고 말씀하셨습니다. 너무 불쌍하지 않습니까? 결국 다쓰코는 황천국의 사람이 되어버리고 목만 마쓰나가의 손에 남았다고 합니다……. 그런데 마쓰나가 도베에가 성내로 돌아오고 싶어도 돌아올 수 없는 일이 생겼는데, 산신님 사당 뒤에 누군지 알 수 없는 수상한 사람 한 명이 나타나서 말도 하지 않고 무턱대고 마쓰나가에게 덤벼들어 칼로 베려고 했습니다. 그러나 이쪽도 숙련된 솜씨를 가진 사람이기 때문에 두세 번 칼을 휘둘러 굵게 할 생각으로 서로 엉켜 구르면서 싸우고 있는 사이에 무슨 일인지 발을 잘못 딛는 바람에 수상한 자는 그대로 계곡으로 굴러 떨어지고 전후 사정을 파악하기도 전에 흔적도 없이 사라졌습니다……. 아시는 바와 같이 고마가타케에 흐르는 물은 시모우사(下總)의 행덕(行德)입니다만, 다행히 마쓰나가 도베에의 기절한 몸이.

(1907년 9월 13일)

제6석[5]

이 행덕의 여섯 찻집이 있는 해변으로 흘러 내렸습니다. 마침 그곳에 있던 유메노 이치로베에(夢の市郎兵衛)라고 하는 협객이 살려주고 여러 가지로 보살펴서 점차 예전 몸 상태로 돌아왔을 무렵에, 뜻밖에도 유메노 이치로베에가 마쓰나가를 위해 한 목숨 바치지 않으면 안되게 되었습니다. 그 때문에 마쓰나가도 물러서려고 해도 물러설 수 없이 부득이하게 많은 부하들 앞에서 이치로베에의 뒤를 이어 마침내 에도로 와서 지금처럼 우키요 도헤이라고 이름을 고치고 협객이 되었다고 합니다. 생각해보면 도헤이 대장의 얼굴이 알려진 것도 당연합니다. 원래 천이백 석을 받는 고용인이었으니까요. 어제 오늘까지 도박장에서 눈을 부릅뜨고 있던 놈과는 비교도 안 되는 것입니다."

"아, 정말 그렇습니까. 이로써 대장의 이력을 충분히 알겠습니다만, …… 그런데 대장님 댁은 어디입니까?"

"아사쿠사 히로코지(廣小路)의 가미나리몬(雷門) 앞을 오른쪽으로 돌면 오른쪽에 있는 집입니다. 간단히 말하면 장님도 알 수 있는 훌륭한

---

5) 원문에는 제5석으로 표기되어 있으나 순서에 맞도록 정정한다.

집입니다. ……그러나 무슨 볼일이 있으신 거면 제가 소개하겠습니다. …… 그러면 중요한 것을 소매치기에게 당하거나 무슨 일이 생겼을 때 언제나 대장님 얼굴로 돌려받을 수 있습니다."

"예, 감사합니다. 특별히 볼일이라고 할 정도의 일은 아닙니다만……. 그렇다면 소매치기한테 뺏긴 것을 대장님께 부탁하면 돌려받을 수 있을까요?"

"네, 돌려받고말고요. 돈이나 금은 조금 번거롭다고 들었습니다만, 물건이라면 곧 돌려받을 수 있습니다."

"그럼 조금 전에 조메이지 절의 사쿠라모치(櫻餅) 문 앞에서 훌륭한 무사가 소매치기에게 허리에 찬 칼을 도둑맞았는데요, 그런 것도 돌려받을 수 있는 거지요?"

"그렇고 말고요. 이야기를 듣고 생각이 났는데요, 실로 그 소매치기의 비법에는 놀랐습니다. 양산 살을 세게 해놓고 그 사이에 칼을 뽑아가는 솜씨는 보통사람은 눈치채지 못합니다만……, 그렇긴 하지만 그 무사는 어떻게 눈치를 채지 못했을까요? 칼을 뽑았을 때, 여봐라, 여기, 잠깐, 하고 소리쳐서 막았더라면 되었을 것을. 소매치기도 깜짝 놀랐을 겁니다. 정작 중요한 칼은 살펴보지 않고 소매치기를 조사하기만 한다면 좀 이상하지 않습니까?"

"실로 그렇습니다."

다시 옆 자리의 두 사람의 이야기를 들은 우쿄 다유가 말했다.

"정신을 차리고 보니 정말로 허리에 차고 있던 조상 대대로 내려오던 금으로 만든 칼이 없었습니다."

"야자에몬, 큰일을 저질렀군."

"무슨 큰일이라고. 큰일이라는 건 무엇을 말하는 겁니까?

"바로 조금 전에 조메이지 절의 문 앞을 지나가던 소매치기 한 명이 칼을 훔쳐간 것으로 보인다."

"그렇다면 지금 옆에 있는 손님이 말하는 것처럼."

"그래, 맞아."

"아, 아니에요……. 심려하지 마세요. 방금 전에 손님 두 명이 말한 내용에 따르면, 다행히 주인 도베에는 아사쿠사 히로코지에 살면서 대장부답게 수양을 쌓은 협객이라고 하니 다른 사람의 어려움을 구제해줄 뿐만 아니라 소매치기 악당이 빼앗은 것도 돌려준다고 하니 정말 다행입니다. 지금부터 곧바로 동행해서 주인 도베에님을 만나 의논하려고 합니다. 한시라도 빨리 출발하시는 것이 좋을 것 같습니다."

"자네가 말하는 것도 일리가 있지만, 지금 바로 동행해서 들은 이야기의 자세한 사항을 마쓰나가에게 다시 물어서, 만약 손님이 이야기한 것과 같은 물건을 돌려받을 수 있다면 생각지도 못한 행운이다."

"아니, 그렇고 말고요. 아무튼 주인 도베에가 이곳에 있다는 사실을 알았으니까요, 한시라도 빨리 동행해서 오늘까지 있었던 자초지종을 말해야 합니다. 아무쪼록 곧장 같이 가시죠."

"물론 동행하겠네."

이렇게 하여 고즈 우쿄 다유는 여자를 불러 계산을 마친 후 야자에 몬을 데리고 길을 떠났습니다. 이야기가 바뀌어, 이전의 산지와 두 사람의 소매치기가 있습니다. 아사쿠사의 오쿠야마(奧山)에 있는 요릿집 2층에 모여 산지가 훔쳐온 고즈 우쿄 다유의 칼을 70냥으로 셈하고 지금 막 축하주를 들고 있는 참이었습니다.

"오, 산지. 우리들이 말하는 것을 들어 봐. 오늘 몫을 챙겼다고 해서 간살부리는 건 아니지만, 정말로 오늘의 돈벌이는 굉장했어. 무엇보다도 기분이 상쾌해. …… 대부분의 경우에는 그때 그 물건을 들고 우리한테 알리지 않고 전당포 같은 곳으로 빼돌릴 텐데, 큰 무대에서 우리들의 손으로 돈을 빌려주었으니 장하다!"

"맞아, 이렇게 말하면 뒤꽁무니에 붙어 아부하는 것 같지만, 이것으로 조금이나마 빌려서 몫을 머릿수대로 나눠야지……" 하고 떠들어대고 있는 모습이 실로 굉장합니다.

"그렇게 칭찬해주신들 소맷자락의 먼지 한 풀 떨어지는 것도 없을 거예요……."

(1907년 9월 14일)

[김계자 역]

의사명명전 가토 요시아키라
(義士銘々傳 加藤嘉明)

모모카와 엔교쿠(桃川燕玉) 강연

1회

이번에는 명사(名士)의 성장이라는 제목으로 도요토미(豊臣) 10명의 걸출한 인물 중 한 사람인 다이카쿠(太閤)로, 조선 정벌의 대목을 들려 드리겠습니다. 한산(韓山) 가라시마(唐島) 해전에서 홑옷 하나 걸쳐 입고 마사무네(正宗)의 진검을 휘두르며 적진의 배에 올라타 적선 여섯 척을 빼앗았다고 합니다. 실로 세상을 뒤엎은 위력의 호걸 가토 사마노스케 요시아키라(加藤佐馬之助嘉明)의 전기를 말씀드리겠습니다. 이 사람은 후년에 이르러 오슈(奧州)[1] 아이즈(會津)[2]에서 40여만 석(石)의 봉록을 받고 있었습니다. 원래 지인용(智仁勇)의 세 가지를 갖춘 분이기 때문에 아이즈로 들어오시고 나서도 자주 영지를 거둬들여 가신들의 특별한 총애를 받으셨습니다. 이는 어릴 적부터 다양한 간난신고(艱難辛苦)를 겪은 분이기 때문에 쓴맛 단맛 세상 물정을 다 알고 계시기 때문입니다. 여기에 가토 산노조 히로아키(加藤三の丞廣明)라고 하는 사람이 있습니다. 원래 미카와(三河)[3] 지방의 사람입니다만, 유랑하며 떠돌다 에치젠(越前)[4]의 쓰루가(敦賀)에 있는 나가사키무라(長崎村)라고 하는 곳으로 왔습니다. 이 마을의 촌장 요소지(與惣治)라고 하는 자와 조금 인연이 있어서 이곳을 찾아오신 겁니다. 요소지가 말했습니다.

---

1) 현재의 후쿠시마(福島), 미야기(宮城), 이와테(岩手), 아오모리(青森)의 네 현을 부르던 옛 명칭이다.
2) 후쿠시마 현 서쪽 지역을 가리킨다.
3) 현재의 아이치 현(愛知縣) 동부에 해당한다.
4) 현재의 후쿠이 현(福井縣)에 해당한다.

"이것 참 잘 오셨습니다. 당분간 머무르시는 것이 좋겠습니다. 뭔가 할 수 있는 한 시중을 들겠습니다."

한편 시골구석에 사는 사람은 정말로 진심이었습니다. 다행히 마을 안에 한 채의 빈 집이 있어서 이를 산노조의 거주지로 삼았습니다만, 뭔가 영위할 일이 없으면 옛날이라고 해서 놀고 지낼 수만은 없었습니다. 그러나 무사이고 보니 딱히 장사를 할 수도 없고, 경작은 원래 능력이 없어서 요소지는 마을 안을 돌아다니며 농민들의 아이들을 모아 습자를 연습시키고 독서를 가르치는 선생님이 되었습니다. 산노조가 곧잘 아이들을 보살펴주니 부모들은 매우 기뻐하였습니다.

"정말로 장난꾸러기 자식을 돌봐 주셔서 성가신 일도 분명 많을 것입니다. 감사합니다. 이 물건이 완성되어서 선생님께 드립니다."

이렇게 말하며 마을 사람들이 매일 다양한 물건을 갖고 찾아왔습니다. 산노조는 진심으로 마음 편히 지내고 있었습니다. 그런데 홀로 지내고 있기 때문에 뭔가 불편하여 요소지의 알선으로 아내를 맞이하였습니다. 곧 임신하여 태어난 것이 옥동자 사내아이로, 어릴 적 이름을 마고로쿠(孫六)라고 불렀습니다. 이 아이가 후년에 이르러 천하의 호걸 시즈가타케(賤ヶ岳) 칠본관(七本鎗)의 한 사람 가토 마고로쿠 요시아키라(加藤孫六嘉明)입니다. 마침 세 살 때, 어머니가 돌아가시고 이후는 산노조가 몸소 돌보고 길렀습니다. 어린 나이지만 효행이 깊고 만사가 척척 진행되었습니다. 7세 무렵에 산노조가 갑자기 병에 걸려 여러 약을 닥치는 대로 썼습니다만, 조금도 나을 가능성이 보이지 않았습니다. 그래서 어느 날 산노조가 마고로쿠를 불러놓고 말했습니다.

"너는 아무것도 모를 테지만, 나는 원래 미카와 지방의 사람으로 이런 곳에서 생애를 마칠 것이라곤 생각하지 못했다. 그러나 늙어 병이 드니 이제 어떻게 할 수도 없고, 다만 안타까운 것은 너로구나. 올해 불과 7세인데, 밖에 의지할 사람도 없이 내가 죽고 나면 분명 마음이

외로울 게다. 그러나 결코 좌절해서는 안 된다. 어떻게든 성장해서 가토 집안을 일으키거라. 네게 남길 유품은 없다. 이 검은 내가 몰래 감춰둔 일자형 스케나오(助直)의 검이다. 이번 생의 유품으로 남기니 나라고 생각하고 몸에 늘 차고 다니거라. 그리고 내 동생 가토 곤베에(加藤權兵衛)라는 자가 있다. 이 자는 상당히 오래 전에 헤어진 채 만나지 않아서 지금 어디에 있는지 전혀 모른다. 앞으로 네가 커서 만일 찾아가게 될 때에는 이 편지를 건네주고 만사를 부탁하거라. 너와는 떼려야 뗄 수 없는 백부와 조카 사이니 돌봐주실 게다. 내가 죽은 후에는 요소지 님이 보살펴주시는 대로 살면서 열넷, 열다섯이 되면 반드시 가토 집안을 일으켜라."

이런 장래의 일까지 상세히 유언을 남겼습니다. 과연 천하에 이름을 남긴 만큼 뭔가 달라 눈물 한 방울 흘리는 모습도 보이지 않았습니다. 무릎에 양손을 대고 머리를 숙이고 아버지의 말씀을 다 듣고 난 마고로쿠가 말했습니다.

"말씀하신 자세한 내용 잘 알겠습니다. 아버님, 앞으로의 일은 걱정하지 마십시오. 말씀하신 대로 문무 양쪽 모두 연마하여 훌륭하게 가토 집안의 이름을 다시 일으키겠습니다. 반드시 가문의 이름을 천하에 알리겠습니다."

마고로쿠는 대장부답게 말을 하고 산노조 님을 향해 빙긋 웃었습니다.

"아, 나보다 낫구나 내 아들. 네 말을 듣고 안심했다."

매우 안심하셨는지 팽팽하던 활이 일시에 헐거워지며 마침내 산노조는 세상을 하직했습니다.

(1907년 10월 23일)

2회

이렇게 되어 이후 7세의 아이가 혼자 남았으므로 즉시 촌장인 요소지가 달려와서 마고로쿠를 위로하고 산노조의 사체를 선조 대대로 위패를 모신 절에 매장하였다. 마을사람 일동이 몰려와 염원하여 불사를 지내주었습니다. 그리고 지금까지 산노조가 살았던 큰 집은 아이 혼자 좀처럼 살기 어렵고, 특별히 조심하지 않으면 안 된다. 그래서 집을 정리하여 마고로쿠는 요소지 님이 데리고 가서 하인 대신 심부름을 시키셨습니다. 산노조에 대한 의리도 있으니까 다른 심부름하는 아이와는 다르게 어느 정도 보살펴 주셨습니다만, 아무튼 고아이므로 아침에도 일찍 일어나고 밤에도 늦게 자면서 일을 하며 다른 아이들과 다르게 꾀를 부리거나 하는 일은 조금도 없었습니다. 말을 하지 않아도 알아서 척척 일을 해버리고, 틈만 있으면 책상을 꺼내놓고 습자를 연습하였습니다. 나이가 어린데 아버지인 산노조로부터 상당히 가르침을 받은 것이 귀에 남아 있어서 어려운 서책 등을 꺼내놓고 읽으니, 좀처럼 어른도 미치지 못할 정도였습니다. 낮에는 밭에 나가 일했습니다. 요소지의 집에는 소도 있고 말도 있습니다. 그래서 매번 이 말을 타고 돌아다녔습니다. 장차 자신은 천하의 무사가 되어 입신출세할 것인데 말을 잘 타지 못하면 좋은 무사가 될 수 없다고 생각하여 어떻게 해서든 밖으로 나가기만 하면 말을 타고 돌아다녔습니다. 배우기보다 익숙해지라는 말도 있듯이 어느새 말 타는 솜씨도 제법 좋아졌습니다. 또 산이라도 가게 되면 목검을 들고 나무를 상대로 자주 검술 연습을 하며 시종 자신의 몸을 단련하며 조금도 편안하게 지내는 일이 없었습니다. 낮에는 종일 일을 하고 밤에는 짚신을 만들고, 새끼를 꽜습니다. 그 사이에는 반드시 책을 읽거나 습자를 연습하였습니다. 요소지도 크게 감탄하여 누가 뭐래도 최고로 여겼습니다. 가장 소중한 자식과 다르게 산노조 선생님이 남긴 아이여서 실로 마고로쿠는 감탄스럽다, 이 아이는 장래에 훌륭한 사람이 될 거다, 이 나가사키무라에도 많은 사람들이 있지만 장래에 입신출세하는 것은 마고로쿠 외에는 없을 것이다, 그는 감탄스럽다, 아직 나이가 들지 않은 사람은 마고로쿠를 모범으로 삼는 것이 좋다, 그를 본받으면 결코 나쁜 일은 일어나지 않을 것이다. 이렇게 생각하며 촌장인 요소지가 계속해서 마고로쿠를 주시하셨습니다. 요즘은 마고로쿠를 자신의 자식처럼 귀여워했습니다. 다른 사람과 달라서 조금 외출할 일이 있어도 아버지의 유품인 일자형 스케나오의 단검을 몸에 차고 다녔습니다. 처음에는 여러 사람들이 말하듯이, 본래 무사의 자식이므로 무리도 아닙니다. 가토 선생님의 자식답게 애들과 다르게 시종일관 검을 차고 걸어 다녔습니다. 요소지님이 매우 귀여워하시며 장차 무사로 만들 생각이라고 마을 사람들이 떠들어댔습니다. 본래 마고로쿠에게도 나가사키무라에서 평생을 마칠 생각은 없었습니다. 어떻게 해서든 이곳을 떠날 기회가 없는지 늘 생각했습니다. 그런데 세월이 화살과 같이 지난다는 속담처럼 7세 때 요소지 님이 데리고 온 아이가 마침 올해로 13세가 되었습니다. 어느 날 요소지가 말했습니다.

"마고로쿠야."

"네."

"고생스럽겠지만 이 꾸러미를 들고 쓰루가의 성 아랫마을로 가서 고바야시(小林) 선생님 댁에 갖다 주고 오거라."

"네, 알겠습니다."

"안에 편지가 들어있으니 조심해서 다녀 오거라."

이렇게 하여 작은 꾸러미를 들고 변함없이 스케나오의 단검을 허리에 차고 나가사키무라를 나와 쓰루가 성 아랫마을로 갔습니다. 고바야시 겐다쓰(小林元達)라고 하는 의사가 있습니다만, 평소 요소지와 친하게 지내던 사였습니다. 마고로쿠가 꾸러미를 들고 가서 건네고 답신을 받아 품에 넣은 다음, 볼일도 마쳤으니 이제부터 쓰루가의 성 아랫마을을 한가로이 노닐다 돌아가려고 하였습니다. 그는 아이여서 이쪽에도 이끌리고 저쪽에도 이끌리며 돌아다니고 있으려니, 마침 오늘이 말 시장이 서는 날이어서 매우 혼잡하였습니다. 여러 곳에서 열 필 혹은 열다섯 필의 말을 끌고 와서 다양한 말이 모여 있었습니다.

"와, 오늘은 말 시장이 서는 날이구나. 그래서 많은 사람들이 있는 거구나."

마고로쿠는 자신이 좋아하는 말이 있어서 진귀한 말들을 보고 왔습니다.

(1907년 10월 24일)

3회

1907년 10월 25일 결호로 인하여 내용 확인 불가능

4회

야베에는 빙긋 웃기 시작했다.

"야, 정말 재미있는 중도 있구나. 과연, 이 녀석 잘도 생각해냈군. 이곳에 말을 묶어 놓아도 쉽게 살 사람이 나타나지는 않을 거야. 그 중처럼 화를 내며 걸어가면 바로 사람들의 눈에 띄겠지. 귀에도 말소리가 들어갈 테니 살 사람이 나올 테고. 야, 정말 감탄스러운데 그 중, 잘도 생각해냈군. 재미있는 중이네."

이렇게 말하며 계속해서 빙긋 웃었다. 그런데 '이 말은 팔 말입니다'고 말하며 돌아다니는 것은 좋은데, 어느새 그 목소리가 들리지 않게 되었다. 야베에가 말했다.

"아니, 어디로 간 거지?"

몸을 펴서 발돋움하며 말했다. 중도 말도 전혀 모습이 보이지 않아서 야베에는 놀라 중이 어디로 간 것인지 생각했다.

"적당히 하고 돌아간 것이면 다행인데, 그렇지 않고 부상이라도 입은 날에는 내버려둘 수도 없고. 어찌 된 것일까?……"

이제나 돌아오려나 생각하며 우물쭈물하며 이쪽저쪽을 둘러보고 있는데, 말을 관리하는 동료가 두세 명이 찾아와서 말했다.

"야베에 씨, 저 청가라말을 어떻게 한 거야? 판 거야?"

"아니, 팔지 않았어."

"그런데 저 열서너 살 되는 중이 됐다, 됐어 하면서 타고 가던데 어떻게 된 것인가?"

"어째서 됐다, 됐어라고 했을까? 어느 쪽으로 가던가?"

"저쪽으로 쿵쿵 울리며 타고 가버렸네."

"그것 참 큰일일세. 청가라말을 여기에 묶어 놓았는데 그 중이 와서 이렇게 묶어 놓으면 살 사람이 나타나지 않으니 자기가 사람들이 많은 곳으로 타고 가서 이 말을 판다고 말하면 곧 살 사람이 나설 거라고 하면서 타고 간다고 해서 빌려준 거네. 그래서 타고 간 것인데, 됐다, 됐어 하면서 말도 안 되는 소리를 하다니. 혹시 타고 도망간 것은 아닐까? 저런 소년이 획 가버리는 날에는 체면도 망가지고 동료들에게 얼굴도 내밀지 못하게 되는데. 이것 참, 큰일일세."

이런 말을 하고 있는 곳에 한 아이가 뛰어 왔다.

"대장"

"왜 그러냐?"

"지금 열서너 살의 중이 청가라말을 타고 갔는데, 무슨 일이에요?"

"아, 지금 그 이야기를 하고 있던 참이야. 뒤를 쫓아가야 하는데, 어느 쪽으로 갔느냐?"

"쫓아가도 소용없어요. 벌써 멀리 가버렸기 때문에 어디로 갔는지 전혀 알 수 없어요."

"그렇군. 그 녀석 아무튼 엄청난 일을 저질렀군. 우선 올해는 운세가 좋지 않아 괜찮은 일이 없군. 빌어먹을 이런 바보 같은 일이 생기다니."

야베에는 기분이 울적했지만 어찌할 방도가 없었다. 한편, 말시장이 파하고 동료가 모두 돌아왔다. 야베에도 여느 때 같으면 역참에 머무르고 돌아가는데, 상황이 좋지 않으니 역참에 묵는 것도 기분이 내키지 않아 보통 숙소에 머물렀다. 동료들도 절반은 자포자기한 심정으로 술을 마시고, 평소와 비교해서 5, 6일 늦게 돌아왔다. 야베에가 말했다.

"지금 돌아왔어요."

아내가 뛰어 나와 말했다.

"당신, 어디를 돌아다닌 거예요? 상당히 늦었네요."

"특별히 어디를 돌아다닌 것이 아니오. 조금 기분 나쁜 일이 있어서 조금 쉬었다 오는 바람에 늦은 것이오."

"그래요? 저는 오늘은 돌아오시려나 내일은 돌아오시려나 하고 매일 얼마나 기다렸는지 몰라요. 그건 그렇고, 당신 매우 뛰어난 아이를 발견해서 집으로 보내 주셨어요. 정말로 귀한 아이에요. 얼마나 도움이 됐는지."

"뭐라고……? 누구를 보내줬다고 하는 거요?"

"누구라니요? 마고로쿠라고 하는 어린 중 말이에요. 정말로 빈틈없이 매우 좋은 중이에요. 당신, 어디에서 발견한 거에요?"

"아니, 그 어린 중이 여기로 왔단 말이오?"

"네, 조금도 가만히 있지 않고 정신없이 일하고 있어요."

"마고로쿠라고 하는 어린 중…… 몇 살 정도…… 열서너 살…… 그렇다면 그 녀석이. 백부님은 어디 계시오? 나가하마(長濱)에 계시오? 우리 집으로 오다니…… 정말 뻔뻔하게 우리 집으로 오다니. 이럴 수가……"

야베에는 계속 생각에 빠져들었다.

(1907년 10월 26일)

5회

잠시 후에 야베에가 말했다.

"그런데 왜 녀석 혼자서 온 거야?"

"아니에요. 청가라말을 타고 왔어요."

"뭐라고……?"

"대장님이 나중에 돌아오셔서 자세히 이야기하실 거다. 너는 먼저 가서 기다리고 있어라. 이렇게 말씀하셔서 청가라말을 끌고 돌아왔다고 말했어요. 당신이 5, 6일 늦게 돌아온 거네요."

"뭐라고? 청가라말을 타고 왔다고? 자, 그 녀석이 틀림없군. 이상한 짓을 하는 녀석이군. 아무튼 그 녀석을 불러주게."

"마고로쿠야……, 마고로쿠야."

"예……"

부엌에서 손을 닦으며 마고로쿠가 나왔다.

"아, 안녕하세요. 대장님. 지금 돌아오셨습니까? 며칠 전에는 정말로 죄송했습니다. 화 내지 마시고 부디 용서해 주십시오. 그곳에서 자세히 말씀드리려고 했는데요, 제가 어려서 상대해주지 않을 거라고 생각했어요. 이래저래 번거로우니 차라리 댁으로 바로 타고 가겠다고 말씀드리려고 했습니다만, 실은 제가 말 관리하는 사람이 되어 세상을 살아갈 생각이었기 때문에 돌아오면 아주머니도 마음에 들어 하실 것 같아서 청가라말을 타고 돌아오게 되었습니다. 아무쪼록 나쁘게 생각지 마시고 받아주신다면 감사하겠습니다. 아무쪼록 돌봐주시기를 부탁드리겠습니다. 그 대신에 성인이 되면 반드시 그 만큼의 은혜는 보답하겠습니다. 대장님, 아무쪼록 잘 부탁드리겠습니다."

"아니, 말을 잘도 하는구나. 네가 청가라말을 끌고 온 것은 잘했지만 도중에 배를 굶기지는 않았느냐? 먹일 것은 어떻게 하였느냐?"

"그런 일은 전혀 걱정하지 마십시오. 이래저래 물어 역참에 묵었습니다. 가는 곳마다 말을 돌봐 주어서 말은 전혀 걱정하지 않으셔도 됩니다."

"흠, 네가 역참에 뭐라고 말을 해서 묵었느냐?"

"나가하마의 야베에 님의 알선을 받은 마고로쿠다. 나중에 대장님이 오실 테니 아무쪼록 잘 부탁한다고 말하자, 너는 야베에님의 부하냐고 하면서 아무 걱정 말고 잘 쉬어가라고 했습니다. 대장님의 평판은 어디에 가도 좋았습니다. 대장님이 훌륭하시니 그 부하도 좋을 거라며 후하게 대접하여 함부로 하지 않았습니다……."

"자, 그러니까 네가 여러 곳에서 무전취식을 제멋대로 했다는 말이구나?"

"물론입니다."

"물론이라고 말하는 녀석이 어디 있느냐!"

"조만간 대장님이 나중에 오셔서 계산을 해줄 거라고 했습니다. 그곳이 어디인지 잊었습니다만 역참 고에몬(五右衛門)이라는 사람입니다. 조만간 대장님이 오셔서 계산을 해주실 테지만 용돈이 없으니 빌려달라고 해서 2부(二分) 빌려왔습니다. 대장님, 아무쪼록 내친 김에 역참인 고에몬이라는 사람에게 빌린 돈을 갚아 주시기를 부탁드리겠습니다."

"야, 말도 안 되는 짓을 하는 녀석이구나. 네가 무단으로 내 이름을 말하고 돈을 빌리다니. 청가라말이 집으로 와 있으니 그다지 놀랄 일은 아니지만 그러면 그렇다고 처음부터 말을 해줬다면 걱정하지 않았을 것 아니냐. 그러나 너도 정말로 처세를 해 보고 싶으면 있어도 좋다."

야베에가 이렇게 말하자, 아내가 매우 기뻐하여 그대로 집에 머무르기로 하였다. 그러나 뱃속에 생각하는 바가 있는 마고로쿠는 몸을 아끼지 않고 일을 해서 소임을 다하였다. 영리한 사람은 빈틈없고 재빠른 법이다. 좌지우지하고 있는 중에 마고로쿠는 열여덟이 되어, 이제 훌륭한 젊은이가 되었다. 그러던 어느 날에 마고로쿠가 말했다.

"저, 대장님께 청이 있습니다."

"무엇이냐?"

"제가 이곳으로 온 때가 열세 살 때였습니다. 세월이 지나는 것은 빠른 법으로 벌써 올해 열여덟이 되었습니다."

"그러하냐? 좋은 젊은이가 되었구나."

"그래서 저도 언제까지나 멍하니 지낼 수는 없으니 서쪽으로 다녀올까 합니다. 그래서 부디 종마(種馬)를 5마리만 빌려 주십시오."

마고로쿠가 이렇게 말했는데, 이는 무슨 연유일까요?

(1907년 10월 27일)

6회

야베에가 마고로쿠의 말을 듣고 감탄하며 말했다.

"아, 좋은 생각이다. 언제까지나 내 곁에 머물러 있으면 좋은 사내가 되지 못하지. 일주일 돌아보고 오거라. 바라는 대로 종마는 5마리 빌려 주겠다."

"감사합니다. 이번 서쪽행은 말을 끌고 여러 곳을 돌며 말을 교환하여 걸어 다니겠습니다. 그런데 5마리의 말을 모두 돈으로 바꾸어 오면 공적이라고 할 수 없습니다. 5마리의 말을 끌고 나가서 이것을 팔아 다시 5마리의 말을 사고, 이를 팔아 다시 사는 식으로 해서, 처음에는

5마리의 말을 10마리로, 15마리로 늘려 돌아오겠습니다. 이것이 제 할 일입니다."

이렇게 하여 마고로쿠는 야베에게 5마리의 말을 빌렸다.

"이것은 얼마 되지 않지만 용돈으로 갖고 가는 것이 좋겠구나."

"감사합니다. 누님에게도 오랜 동안 신세를 많이 졌습니다. 그 은혜 결코 잊지 않겠습니다. 다음에 대장님께 휴가를 받아 일주하여 서쪽행을 다녀오겠습니다. 돌아오면 다시 은혜를 갚겠습니다. 방금 대장님께서 용돈을 이렇게나 주셨으니, 누님께도 잘 말씀드려 주십시오. 대장님도 이 만큼의 마음을 써 주셨으니, 나도 가만 있을 수는 없고 마고로쿠에게 얼마간이라도 줘야지 하신다면, 결코 사양하지 않고 감사히 잘 받겠습니다."

이렇게 말하는 놈이 또 있겠는가. 모두 웃음을 터뜨렸다. 평소 잘 챙겨주던 야베에의 아내가 말했다.

"자, 마고로쿠야. 조심히 다녀 오거라. 잘 알겠느냐 나쁜 친구에게 이끌리어 좋지 않은 일을 하지 않도록……."

"내, 그건 걱정 마십시오……. 그럼 대장님, 안녕히 계십시오. 누님도 또 다음에 돌아와 뵙겠습니다."

이렇게 인사를 하고 마고로쿠는 5마리의 말을 끌고 나가하마를 출발하였습니다. 원래 말을 파는 것만이 목적이 아니라, 이렇게 여러 지방을 돌아다니는 가운데 백부 가토 곤베에와 해후하는 것도 목적하는 바이다. 그렇다면 부탁해서 생계를 세우고, 그리고 나서 돌아다니다 보면 원래 재빠른 남자이므로 장사는 잘 할 것이다. 5마리의 말을 11마리까지 늘려 미노(美濃)5)의 기후(岐阜)의 역참 이치에몬(市右衛門)이라는 사람이 있는 곳에 머물며 11마리를 모두 맡겨, 이치에몬 쪽에서

5) 현재의 기후 현 남부 지방을 가리키는 옛 이름이다.

돌봐주었다.

"이치에몬 님, 이 성의 말을 돌보는 사람은 누구입니까?"

"가토 곤베에 님이다."

"뭐라고요……?"

"가토 곤베에 님이라는 분이다."

이 말을 들은 마고로쿠는 크게 기뻐하였다. 원래 세상은 넓고 같은 이름을 쓰는 사람도 없을 리 없지만, 만약 정말로 백부라면 이 몸이 출세하는 계기가 될 것으로 마음속에 생각이 들었다.

"가토 곤베에…… 어떻습니까? 상당히 말을 다루는 기술이 좋습니까……?"

"그야 물론 좋지. 말 돌보는 직책이니까. 빈틈없겠지만 내일로 미루지 말고 지금 곧 곤베에 님이 있는 곳으로 가 보면 좋지 않겠느냐?"

"그럴까요? 자, 잠깐 다녀오겠습니다."

마고로쿠는 이렇게 말하며 밖으로 나갔다. 어디를 가도 말을 돌보는 직책에는 곧 얼굴을 내민다. 과자상자라도 들고 가면 그 중에 얼마간은 돈이 들어 있는 오늘날과 달라서 옛날에는 뇌물이 매우 유행하였다. 받아서 화를 내는 사람은 없으므로 효능이 좋다 어떻다는 등의 이야기를 하며 5마리든 10마리든 말을 끌고 가서 부하 무사들에게 팔아보려고 하는 사람이 그곳으로 와서, 야 이것은 정말 좋은 말이다, 몇 십 량도 너무 싸니까 어서 사시오, 하며 말을 하면 곧바로 부하 무사들이 샀다. 만약 말 돌보는 사람에게 잘 전달하지 못한다면 좋은 말이라도 그만 두는 것이 좋다. 이러한 습관이 있기 때문에 쓸모가 없다고 좋지 않은 이야기를 하면 아무도 말을 사려고 손을 내미는 사람이 없다. 이 때문에 어디든 말 돌보는 사람은 말의 좋고 나쁨을 판별하는 사람으로부터 충분한 선물이 있다. 이것이 필경 도움이 된다. 그러나 마고로쿠는 조금 생각하는 바가 있어서 아무것도 들지 않고 빈손으로 곤베에가 있는 곳으로 갔다.

(1907년 10월 29일)

7회

마고로쿠가 말했다.

"부탁할 것이 있습니다. 고슈(江州)[6]의 나가하마에 계시는 야베에 님의 부하 마고로쿠라고 합니다. 주인님을 뵙고 싶습니다."

손님을 맞은 하인이 말했다.

"그렇습니까? 이쪽으로 오시오."

마고로쿠는 안내해주는 사람을 따라 방으로 들어갔다. 잠시 후에 주인 곤베에가 나왔다.

"당신이 마고로쿠라고 하는 사람인가?"

"예, 처음 뵙겠습니다. 제가 야베에의 부하 마고로쿠라고 합니다."

"아, 그런가."

"이번에 11마리를 끌고 왔습니다. 내일 마장(馬場)으로 끌고 갈 테니 잘 부탁드립니다. 역참 이치에몬으로부터 들은 이야기입니다만, 이곳의 말 관리하는 분인 가토 곤베에라고 하는 분은 정말로 청렴결백하여 뇌물 같은 것은 매우 싫어하여 과자상자 하나라도 들고 가면 크게 화를 내시니 가토 님께 찾아가려면 아무 것도 들고 가지 않는 것이 좋다, 빈손으로 뵙고 오라고 하여 일부러 아무 것도 들지 않고 왔습니다. 실은 과자상자 한 개를 들고 왔습니다만, 어쩐지 이런 생각도 좋지 않은 것 같아 아무 것도 들고 오지 않았습니다. 그러니 부디 섭섭하게 생각하지 마시길. 헤헤헤."

---

6) 현재의 시가 현(滋賀縣)에 해당한다.

마고로쿠가 기분 나쁘게 웃고 있어서 곤베에는 놀랐다. 이 녀석 혼자서 이러쿵저러쿵 떠드는구나. 황당한 녀석이로군. 센베이 과자 한 봉지 안 들고 오다니, 질이 나쁜 녀석이라고 곤베에는 생각했다.

"그런가. 좋네, 좋아. 내일 마장으로 끌고 가게. 내가 봐서 집안사람들에게 보살피도록 하겠네."

"감사합니다. 잘 부탁드리겠습니다."

이렇게 말하며 마고로쿠가 돌아오자, 이치에몬이 말했다.

"곤베에 님 계셨나?"

"계셨어요."

"무엇을 갖고 간 건가?"

"아무 것도 갖고 가지 않았습니다."

"갖고 가지 않았다고? 그건 자네답지 않군. 조금 형편이 좋지 않겠군. 아무 것도 갖고 가지 않은 날에는 어떻게 해도 잘 안 팔릴 텐데."

"아니, 상관없습니다."

"장사를 할 생각이면 얼마간 뇌물을 주는 것이 좋아."

"뭐라고요……? 뭔가 갖고 갈 생각이었는데 역참의 이치에몬에게 물어보니 이쪽 주인은 뇌물 같은 것은 매우 싫어하는 청렴결백한 분이니까 센베이 과자 한 봉지도 아무 것도 갖고 가지 않는 것이 좋다고 말했는데요."

"아니, 그런 말을 하면 곤란하네. 남의 이름을 대고 그런 나쁜 말을 하다니."

이치에몬은 놀라서 말했다. 그런데 다음날 한 마리의 말을 마장으로 끌고 가니 집안 사람들이 모두 나와 있었다. 이곳으로 곤베에 선생님이 나와서 말했다.

"이 말은 어떤가? 이것을 괜찮으면 사는 것이 좋아."

점차 의논하는 소리가 들렸다. 11마리의 준마에 아무도 값을 붙이려고 하지 않았다. 곤베에가 말했다.

"왜 그런가?"

"제가 끌고 온 11마리의 말 중에서 대체로 봉공할 곳이 정해졌습니다만, 이 청가라말이 어느 곳과도 인연이 닿지 않았습니다. 이 정도의 말을 사시는 주인이 나오지 않는다는 것은 조금 정이 없군요. 정말로 쓸쓸한 이야기가 아닙니까? 실례지만 선악의 구별을 할 수 있는 분이 안 계시는군요."

"잠자코 있게. 자네 무슨 말도 안 되는 소리를 하는가. 말의 선악을 식별하는 사람이 어디에 있다고 그러는가?"

(1907년 10월 30일)

8회

마고로쿠가 말했다.

"이것 참, 말 돌보는 직책에도 어울리지 않습니다. 사람은 만물의 영장이고, 특히 사민(四民) 위에 서 있는 것이 무사입니다. 터무니없이 말이 주인의 원수를 갚는다는 둥의 그런 말도 안 되는 이야기가 있겠습니까? 필경 말 타는 기술이 미숙하여 부상을 입었겠죠. 말을 다루는 법을 알고 있으면 어떤 말이라도 인간에게 적이 되는 일은 없습니다. 이런 고양이 같은 말을 실례지만 능숙하게 타는 사람이 없습니다."

"뭐라고? 이 녀석 점점 더 가만 놔두고 볼 수 없는 소리를 하는군. 말을 탈 수 없다는 것은 무슨 말이냐? 너는 그렇게 말하지만, 너는 이 말을 탈 수 있느냐?"

"이 몸은 말의 좋고 나쁨을 구별하는 마고로쿠입니다. 못탈 것도 없지요. 실례지만 타는 것을 보여드릴까요? 잘 타면 어떻게 하실 겁니까?"

"응, 잘 타면 내가 사 주겠네."

"그럼 제가 멋지게 타면 좋은 값을 쳐서 말을 사주세요."

"좋아, 사주지. 타보게."

"잘 알겠습니다. 보고 계십시오."

마고로쿠는 이렇게 말하고 뒤로 물러섰다.

"자, 청가라말. 고생스럽겠지만 한 가지 부탁할게. 땀 한 번 흘려보지 않겠나?"

마고로쿠는 이렇게 말하며 말을 향해 뭔가 중얼거렸다. 집안 무사들은 태평한 자들로, 이 말을 멋지게 탈 수 있을 것인지 보려고 한 순간도 눈을 깜빡이지 않고 지켜보고 있었다. 마고로쿠는 가볍게 안장으로 뛰어올라 금세 채찍을 고쳐 잡고 마침내 멋지게 타는 모습을 보여줬습니다. 실로 멋지다고 하면서 가토 곤베에가 말하며 감탄했습니다. 집안 무사들도 이 광경을 보고 감탄해 마지않았습니다. 마고로쿠는 종횡무진으로 타고 돌아다녔습니다. 말 다루는 솜씨가 숙달된 마고로쿠가 계속 말을 타고 돌아다녔기 때문에, 과연 준마도 지쳐서 땀을 흠뻑

흘렸습니다. 가볍게 말에서 뛰어내려온 마고로쿠가 말했다.

"어떻습니까? 말이 인간에게 원수를 갚는다든가 하는 바보 같은 이야기가 어디 있겠습니까. 실례지만 이 정도의 명마를 사지 않으시는 것은 말도 안 됩니다. 보신 대로 멋지게 말을 탔습니다. 자, 말을 사주세요."

"야, 당신은 제법 말 다루는 솜씨가 본격적이군."

"그 정도로 말 다루는 분이 한눈에 알아보시니, 이 말이 얼마의 가격이 될 것은 짐작이 가시죠? 그러나 말 관리하시는 분께 얼마인지 결코 말씀드리지 않겠습니다. 공짜로 드리겠습니다."

"뭐라고?"

"말 관리하시는 분께 공짜로 드리겠습니다."

"말도 안 되는 소리를 하는군. 공짜로 준다고 이쪽이 받겠는가. 무사라면 공짜로 받는 것은 할 수 없네. 합당한 값을 치르겠네. 그러니 사양 말고 말하게."

"그렇게 말씀하시면 하는 수 없군요. 이 말은 주인님께 선물로 드리겠습니다.…… 백부님의 아름다운 존안을 뵈오니 황송하기 그지없습니다."

"이보게, 말 판별사. 버릇없이 젠 체 하는 목소리를 내어 기분 나쁘게 하고 있군. 뭔가 잘못된 것인지, 아니면 미치기라도 한 것인가?"

"아니, 잘못된 것이 아닙니다. 미친 것도 아닙니다. 짐작이 되지 않는 것도 당연합니다. 자세한 사항은 이것을 보시면 아실 겁니다."

마고로쿠가 이렇게 말하며 품에서 한 통의 편지를 꺼내어 곤베에에게 건넸다. 곤베에가 이를 손에 받아들고 보니, 가토 산노조 히로아키의 유언장이었다. 비로소 이 상황을 알고 놀란 곤베에가 말했다.

"네가 내 동생 산노조가 남긴 자식 마고로쿠였구나. 아이고, 이상한 곳에서 대면하다니. 좋아, 아무 걱정도 하지 말거라. 이제부터는 내

슬하에서 훌륭한 무사로 키워주마. 오늘 보여준 말 타는 솜씨는 매우 놀랍구나."

그곳에 있던 무사 일동은 이 광경을 보고 기이한 만남에 놀랄 뿐이었다. 곤베에 님이 즉시 자신의 집으로 마고로쿠를 데리고 가서 자식으로 삼으셨다. 후년에 가토 도토미노카미 미쓰야스(加藤遠江守光康)라고 하는 호걸이 있어서, 사촌 사이로 만나게 되어 가토 마고로쿠 요시아키라고 하며 머무르고 가기도 하였다. 후년에 기노시타 도키치로 히데요시(木下藤吉郎秀吉)의 가신이 되어 천하에 무사로서 이름을 떨쳤다. 시즈가타케 7본창의 한 사람이 훗날 오슈 가이즈로 영지가 바뀌었다. 40만 석의 가토 사텐큐 요시아키라(加藤左典厩嘉明) 소년시절의 이야기입니다.

(1907년 10월 31일)

[김계자 역]

작품 해제

일본 전통시가 해제

　『조선신보/조선신문』는 민간신문 중 가장 방대한 양의 원문을 확인할 수 있는 자료이지만, 원문의 상태가 좋지 않아 번역에도 많은 제약이 있었다. 따라서 그 양은 많지 않지만 각각의 장르가 가진 특색을 간략히 소개하고자 한다. 먼저 하이쿠는 「세이레이카이 소모임(蜻蛉會小集)」, 청주고노하나카이(淸州此華會)」, 「슌요카이 소모임(春葉會小集)」, 「인천 하이쿠카이(仁川俳句會)」, 「인천 우게쓰카이(仁川卯月會)」, 「경성 나즈나카이(京城なづな會)」, 「수원화성회(水原華城會)」, 「인천이모노하긴샤(仁川芋の葉吟社)」, 「공주우소카이(公州迂疎會)」, 「경성보후라카이(京城孑孑會)」, 「대전호남음사회(大田湖南吟社會)」, 「세이아긴샤(井蛙吟社)」, 「해주청풍회(海州淸風會)」, 「목포와명회(木浦蛙鳴會), 「경성 후타바카이(京城二葉會)」 등 각지 구회의 작품들이 폭넓게 실려있어 실로 1920년대까지의 한반도 구회의 전체상을 조망해 볼 수 있다. 이러한 구회의 참가자들은 실명이 아닌 아호로 명기되어 있으며, 대체로 운영은 정해진 구제로 읊은 동인들의 구를 선자가 선별하여 신문에 발표하는 형식으로 이루어지고 있었다. 번역서에는 구제에 제약이 있어 비슷비슷한 분위기의 구회의 작품보다 자유로운 분위기에서 읊어진 서정적이고 조선의 로컬컬러가 느껴지는 구들을 위주로 번역하여 실었다.

　한편 『조선신보/조선신문』에서는 다른 어떠한 일본전통시가 장르보다도 센류(川柳)의 양이 압도적으로 이에 주목할 필요가 있다. 센류 모임의 경우 1919년대에 집중해서 생겨났는데 「해주센류회(海州川柳會)」, 「인천센류회(仁川々柳會)」, 「경성센류회(京城川柳會)」 등이 존재하였던 것으로 확인된다. 특히 1922년 『조선센류(朝鮮川柳)』를 발간한 류켄지 도자에몽(柳建寺土左衛門)(본명 마사키 준조(正木準章)을 선자로 한 센류란은 구수에 있어서 최대 규모로, 다양한 구제들로 이루어진 구들을 감상해 볼 수 있다. 『조선신문』에는 '어머니', '주막', '장옷' 등 조선 고유의 구제도 있는 반면, 조선인의 행동을 비하하는 '손으로 코를 풂'이라는 구제도 찾아 볼 수 있다. 센류의 특성상 유머에 초첨이 맞춰진 구들이 많지만 당시 재조일본인들의 조선 문화에 대한 인상을 반영하고 있는 구들도 있다. 단카와 도도이쓰의 양도 상당한데, 특히 1907년 11월 6일, 이토 히로부미(伊藤博文)의 단카는 다른 문헌에서는 찾아 볼 수 없는 귀중한 자료이다. 또한 1913년 4월 2일 요사노 아키코(与謝野晶子)의 단카는 3월 28일, 일본에서 일어난 비행기 추락사고로 사망한 젊은 중위 2인의 죽음을 애도하고 있는 노래이다. 사고 직후 읊어진 요사노 아키코의 단카가 『조선신문』에 그대로 실린 사실은 당시 '내지' 문학의 '외지'에의 이동을 보여주고 있는 대표적인 예라고 할 수 있다. 또한 개성이 느껴지는 「응모 와카(応募和歌)」란과 조선의 로컬컬러가 오롯이 녹아있는 노래들도 감상해 볼 수 있다.

(김보현)

근대시 해제

「천장절(天長節)」 1906년 11월 3일

천장절은 메이지 천황의 생일을 축하하는 축일로, 해당일의 의미를 최대한 살려 축수와 천황 치세의 위세 및 영화, 또한 이 시가 발표되기 전에 한반도를 배경으로 일단락된 러일전쟁이라는 국제전에서 일본이 거둔 승리를 노래하고 있다. 전체적으로 다 음수율을 완벽하게 지키지는 못하나, 시의 초반부터 가급적 7·5조의 신체시 양식을 따르고자 노력한 것을 알 수 있다. 또한 산골짜기의 학 울음소리나 용맹한 백만 군사를 비휴라는 맹수로 표현하는 등 동양의 오래된 한문맥의 비유를 사용하는 특성을 지적할 수 있다.

「안 돌아가리(歸(귀)らまじ)」 1907년 2월 17일

　인물의 상세를 알 수 없으나 『조선신보』의 시 코너에서 단연 두드러지는 신조 지쿠가이라는 사람의 시로 4련 4행시이며 거의 7·5조를 따르는 신체시 형식이다. 각 연의 시작이 '아아 안 돌아가리'로 반복되고 있는데, 정작 반복적으로 돌아가지 않으리라 천명하고 있는 대상은 어떠한 시간인지 장소인지 불분명한 몽환적 장(場)으로 그려져 오히려 그 아늑한 꿈같은 시공간에서 벗어나고 싶지 않다는 심정을 역설하는 듯하다.

「두려워하다(悚ゆる)」 1907년 2월 18일

　역시 신조 지쿠가이의 시로 4행련 시를 특기로 하며 완벽하지는 않지만 7·5조 운율을 살려 시 창작을 하고 있음을 확인할 수 있다. 앞의 「안 돌아가리」와 관련지어 보더라도 상당히 이미지적인 시를 창작하고 있는데, 의미를 뚜렷하지 않지만 별가루나 덧없음, 사마귀나 뱀, 독화살 같은 신화적 소재를 등장시키며 감각의 예민함을 보여주고 있다.

「종지기(鐘樓守)」 1908년 4월 14일

　역시 신조 지쿠가이의 창작이며, 종을 지키거나 치는 신심 깊은 종지기의 기도를 그리고 있어 다분히 종교적 분위기를 전달한다. 평화나 속죄, 길을 잃고 헤매는 어린 소녀 등의 표현을 사용하고 있어 기독교적 감성에 가까운 심상으로 보인다.

「저녁의 시(夕の賦)」 1908년 4월 15일

　바로 앞에 소개한 「종지기」가 기독교적 이미지를 차용하고 있다면, 이 시에서는 비구니, 불단, 번민이라는 어휘로 불교적 색채를 배경으로 하는 것을 알 수 있다. 다만 동양의 불교적 구도심을 명백히 지향한다고는 보기 어려운데, 이는 여신의 비취색 머리칼이나 장미향, 환영의 이미지를 배치하여 다소 현학적인 시 창작 태도에 기인하는 듯하다.

구어시(口語詩) 「남산의 낮(南山の畵)」·「흰 백합(白百合)」·「나팔꽃(朝顔)」 1913년 8월 31일

「남산의 낮」은 통감부 시절부터 1910년 병합 이후에 걸쳐 일본인 마을이 형성되고 일본 지배의 상징적 공간으로 자리매김한 남산을 소재로 한 자유율 구어시이다. 흰꽃, 남산 계곡물에 빨래를 하는 여인과 흰 날개짓을 하는 까치를 시각적 배경으로 하고, 옛날 프랑스교회라 일컬어진 명동성당의 종소리와 사당 안의 무녀의 기도 소리를 청각적 배경으로 삼고 있다. 「흰 백합」 역시 남산의 저녁을 시공간적 배경으로 삼고 있는데, 흰 백합꽃을 18세기 일본의 유명한 화가 우타마로가 그린 관능적 미인화에 비유하는 점이 특징적이다. 「나팔꽃」도 연약하고 애수 띤 꽃으로 그려지는 것은 비슷한 맥락이지만, 봉오리졌다 아침마다 피어난다고 해서 일본 이름은 '아사가오(朝顔, 아침 얼굴)'인 것처럼 아침의 생명력과는 대조되어 한여름 강한 햇빛에 시든 흔한 들꽃으로서의 평범성 때문에 저주받은 여자로 비유되는 것을 확인할 수 있다.

「까치의 노래(鵲の歌)」 1914년 3월 21일

조선의 흔한 텃새이자 길조이며, 독특한 울음소리에 의해 명명된 까치는 '가사사기(鵲)', '까치 까마귀(カチ鳥)', '조선 까마귀(朝鮮鳥)' 등 다양한 일본어 표현으로 20세기 전반기에 한반도에서 간행된 문헌에 가장 많이 등장하는 새라고 할 수 있다. 이 시에서도 제목의 까치와 더불어 '조선 까마귀', '고려 까마귀'라는 호칭을 열거하며 견우와 직녀의 오작교를 구성하는 새로서 그 유구함과 마당 구석진 곳에서 동물의 잔해를 쪼아먹는 비루함을 구유한 가장 조선색 강한 까치의 모습을 그려낸다.

「군산의 봄(群山の春)」 1916년 5월 6일

군산의 봄꽃 명소의 파노라마를 보여주는 듯한 두 연으로 구성된 시다. 옥항리의 자욱하게 핀 봄꽃들은 죄로 더러워진 옥사의 죄수들 마음마저 신성하고 동하게 만들고, 가무를 직업으로 하는 시라뵤시 여인이나 팔자 수염의 남자, 풀을 캐는 아가씨는 월명산의 봄 경치 속에 한 폭의 수채화처럼 담겼음을 묘사하고 있다.

(엄인경)

「소설 코안경(小說 鼻眼鏡)」·「가짜 강도(僞强盜)」· 「탐정기담 제2의 혈흔(探偵奇談 第二の血痕)」

본서에서는 고쿠초(黑潮)가 1909년 6월 1일부터 3개월 넘게 연재한 세 작품 「소설 코안경(小說 鼻眼鏡)」(1909.06.01.-07.04:총 27회/횟수 오류 및 결호로 인해 연재는 총 25회), 「가짜 강도(僞强盜)」(1909.07.06-08.05:총 25회), 「탐정기담 제2의 혈흔(探偵奇談 第二の血痕)」(1909.08.06.-09.05:총 24회/회수 오류로 인해 연재는 총 30회)을 번역하여 소개한다.

이 세 작품은 작품의 원작자 명이 기술되어 있지 않지만, 작품 내용을 조사해 본 결과, 1904년 『스트랜드 매거진(The Strand Magazine)』에 게재된 코난 도일이 단편들로 원제목은 「금테 코안경(The Adventure of the Golden Pince-Nez)」(The Strand Magazine, 1904.7), 「찰스 어거스트 밀버튼 (The Adventure of the Charles Augustus Milverton)」(The Strand Magazine, 1904.4), 그리고 「두 번째 얼룩(The Adventure of the Second Stain)」(The Strand Magazine, 1904.10)이었다. 이 작품들은 조선반도에서의 코난 도일의 작품 수용사에서 비록 일본어이지만 가장 빠른 시기에 수용된 것으로 파악할 수 있는 귀중한 자료이다.　　　　　　　　　(이현희)

「초봄(はつ春)」

이 작품은 1913년 1월 1일 『조선신문』 신년 특집호에 편성된 작품의 하나이다. 평소 신문의 지면은 6,7페이지 정도로 구성되지만, 1913년의 신년 특집호는 60페이지 정도의 지면이 할애되었다. 1912년의 신년 특집호가 40여 페이지 정도였던 것과 비교해도 훨씬 많은 지면으로 구성되었음을 알 수 있는데, 메이지 천황의 서거 이후에 처음으로 다이쇼라는 연호를 사용하여 새로운 시대를 조망하는 뜻깊은 해라는 의미가 부여되었던 것으로 여겨진다.

이 작품은 '초봄'이라는 제목과 작품이 섣달그믐에 벌어지는 하루를 그리고 있다는 점에서 신년 특집호에 어울리게 편성된 것이라는 것을 짐작할 수 있다. 작가는 일본의 자연주의 작가 도쿠다 슈세이(德田秋聲)로, 야스키치라는 인물이 오하쓰라는 여성에게 병에 걸린 전 남편의 소식을 전해주는 이야기로 아이들을 맡아줄 것을 당부하고 돌아가자, 오하쓰는 '올해 설날은 아이와 세 명이서 보내겠군...' 하고 읊조리며 작품은 끝이 난다. 술집을 소재로 하고, 작가 특유의 가족의 비극이라는 다소 어두운 주제를 다룬 다는 점에서 작가의 작품세계가 투영된 작품으로 볼 수 있다.

(이승신)

「송아지 조각상(小牛の像)」

이 작품도 1913년 1월 1일『조선신문』신년 특집호에 실린 작품 중 하나이다. 작가는 일본의 근대 작가 이즈미 쿄카(泉鏡花)로, 특집호 작품답게 '설날' 그리고 1913년의 십이간지 '소'를 소재로 하고 있다. 작품의 주인공은 '매년 설날이면 조부의 묘에 참배하'던 아버지를 대신하여 정월 초하루에 산속에 있는 가족의 사당을 방문하는 이야기를 회상 형식으로 그리고 있다. 1월 1일 '하로를 차는' 풍속의 묘사나, 정월의 분위기를 노래하는 와카(和歌)가 삽입되었다. 또한 어릴 때 사당에서 보았던 '송아지 상의 장식품'을 연상하는 장면이나 산 속 사당의 묘사에는 작가 특유의 환상적인 색채가 잘 드러나고 있다. 또한 1913년이 메이지 천황이 서거하고, 다이쇼(大正)라는 새로운 시대가 열리는 해였던 만큼 메이지라는 시대를 마감하는 시대 분위기가 '검은 상장(喪章)을 매단 국기'라든가,

'슬픈 듯이 가라앉은 국기의 상모' 등으로 잘 드러나고 있다. (이승신)

<hr/>

「독신자(ひとり者)」

류스이코(流水子) 작 「독신자(ひとり者)」는 『조선신보(朝鮮新報)』에 1916
년 3월 12일부터 16일까지 게재된 전 5회의 단편 소설이다. 오랜 방랑생
활 끝에 조선에 건너와 신문 기자가 된 하기나가 고야(萩永浩也)를 주인
공으로 하고 있다. 그는 춥고 낯선 신문기자의 궁상맞은 생활 속에서도
'누구 못지 않은 야마토(大和) 정신을 지닌 자신이 조선인으로 오해를 받
는가 생각하니 자신도 모르게 한숨이 나왔다'는 식으로 일본인으로서의
자부심을 지키고자 하지만, 현실은 '갈아입을 여벌옷'도 없고 '늑대입처
럼 크게 벌어진 다 헤진 구두' 때문에 길에서 아가씨를 마주치면 옆으로
피해가야 한다. 마치 고골리의 「외투」를 패러디한 것 같은 작품이지만,
날카로운 사회 비판 의식은 희박하다. 대신 조선에 막 건너온 일본 청년
의 눈에 비친 식민지 조선의 막막한 현실을 유머러스한 필치로 담담하게
그리고 있다. (김효순)

<hr/>

「병청년(病靑年)」

사다 소쿠호(佐田剛步)작 「병청년(病靑年)」은 『조선신보(朝鮮新報)』에
1916년 3월 18일부터 24일까지 전 6회에 걸쳐 게재된 소설이다. 화자인
'나'가 장충단을 산책하다 만난, 고뇌와 권태에 가득 찬 청년의 이야기가
중심 내용이다. 청년은 아버지 사후 친척들의 권유에 의해 사랑 없는 결
혼을 하나 결혼생활의 모순을 자각하고 아내, 아이, 어머니를 두고 이혼
을 한다. 그리고 자유와 금전 획득을 목적으로 조선에 건너와 관청에 취

직을 하려 하지만, 그러기 위해서는 뒷돈이 필요하고 또 취직을 하고 나서는 윗사람에게 복종을 해야 한다는 현실에 피로와 권태를 느낀다. 조선에 건너온 일본 청년이 치열한 생존 경쟁 속에서 악전 고투하는 일면을 엿볼 수 있는 작품이다.

(김효순)

「반도와 문학(半島と文學)」

세계 문명사적 시각에서 인도, 아라비아, 페르시아, 희랍, 로마, 스페인, 스칸디나비아 등 반도에서 문학이 성행하는 이유를 지리적, 역사적 특성에서 분석한 후, 반도국임에도 불구하고 조선 고유의 문학이 발전하지 못한 이유를 중국에 대한 사대사상에서 찾고 이를 일본 내지인의 지도에 의해 극복해야 한다고 주장하는 평론이다. 초기 식민지 문학론의 전형을 알 수 있는 글이다.

(김효순)

「조치원에서 신기하게 여겨진 일(鳥致院にて珍しく思ひし事)」

야마자키 겐이치로(山崎源一郞)가 1912년 3월 2일부터 7일까지 4회에 걸쳐, 청일·러일 전쟁 후 조치원의 면포나 곡물 업계의 동향과 화폐의 변화, 투자, 전화, 신문사, 교육기관, 위생설비, 도로 및 교량 설치 등을 여행자의 입장에서 소개하는 글이다. 일본이 조선을 식민지화한 후 일본인 마을인 신개지(新開地)를 발빠르게 형성해 가는 풍경을 보여주고 있다.

(김효순)

「나는 돼지새끼로소이다(吾輩は豚の兒である)」

충청남도 공주군에 거주하는 재산가 박 모 씨의 에피소드를 돈에 눈이 멀어 자존감도 없이 비열한 짓을 일삼는 조선인의 행실로 비판적으로 소개한 수필이다. 한일 강제 병합 직후 일본인의 눈에 비친 조선인 인식의 단면을 알 수 있는 글이다.

(김효순)

「용과 조선(龍と朝鮮)」

가에쓰 다카코(嘉悅高子)가 용의 해를 맞아 조선의 용에 관한 전설을 소개한 수필이다. 두만강 일대 간동(幹東) 벌판 경흥(慶興)에 있는 적지(赤池) 혹은 사룡연(射龍池)이라는 연못은 이조의 원조(遠祖) 도(度) 씨가 소년 시절 꿈에 용을 쏘아 백룡을 구했다는 에피소드에 기인한다고 한다.

(김효순)

「남대문(南大門)」·「숭례문(崇禮門)」·「서대문(西大門)」

1915년 3월 13일부터 연재된 작자미상의 「남대문」, 「숭례문」(1915.3.14.), 「서대문」(1915.3.22.)은 1915년 당시의 경성 시내의 모습을 엿볼 수 는 귀중한 기행문이다. 이 수필은 작가가 직접 걸으면서 느낀 현재의 경성을 기술하고 있다. 작가는 경성의 여러 곳을 둘러보고 수필을 연재했지만, 본서에서는 경성의 상징이라고 할 수 있는 남대문, 숭례문, 서대문에 관해 기술한 것을 번역하였다. 특히 그 당시 서대문 즉 돈의문이 사라지기 전의 모습을 그리고 있어서 상당히 흥미로움을 유발할 수 있는 작품이라 할 수 있다.

(이현희)

「반도 예술계와 비평가(半島藝術界と批評家)」

하쿠슈세이(白愁生)의 「반도 예술계와 비평가(半島藝術界と批評家)」는 1916년 2월 3일부터 6일까지 총 4회 걸쳐 연재된 비평으로 1916년 당시의 반도, 즉 한반도의 예술계의 상황을 기술하고 있다. 하쿠슈세이는 네 번에 걸친 연재에서 한반도 예술계는 식민지예술을 답습하고 있으며, 식민지의 독자적이 색채가 드러나지 않고 있다고 주장한다. 이처럼 식민지예술이 퇴보되지 않기 위해서라도 식민지 예술계를 잘 이해하는 비평가의 출현을 바라며, 순수 식민지예술을 탄생시켜야 한다는 주장을 하고 있다. 1916년 당시의 한반도의 예술계를 비판하고, 식민지예술에서 식민지만의 독자성을 주장한 비평이다.

(이현희)

「크리스마스의 기발한 선물(クリスマスの奇拔な贈物)」

「크리스마스의 기발한 선물(クリスマスの奇拔な贈物)」은 1916년 12월 15일 실린 짧은 기사로 25일 크리스마스를 앞둔 경성의 풍경을 살펴볼 수 있다. 경성의 각국 영사관의 사람들의 크리스마스를 준비하는 내용과 함께 경성 시내 미쓰코시 백화점에 크리스마스를 위한 완구가 전시되고, 여학생들 사이에 크리스마스 선물을 보내는 유행이 생겨나고 있다고 기술한다.

(이현희)

「철도 여행(鐵道旅行)」

1917년 1월 29일부터 30일까지 상, 중, 하로 세 번에 걸쳐 연재된 「철도여행」은 철도와 관련된 다양한 할인 승차권과 이를 통한 다양한 여행

안내, 철도 의사 서비스 및 철도직영호텔 건설과 같은 부대시설 마련, 철도 소하물의 편의 등을 상세히 안내하고 있다. 이 수필을 읽음으로써 1917년 당시 철도의 위상과 함께 다양하고 편리한 서비스를 제공하고 있었음을 알 수 있었다.

(이현희)

단문란(短文欄)

본서에서는 단문란에서 1920년 12월 22일과 26일의 짧은 수필을 번역 소개한다. 이 작품은 독자의 투고를 받은 것으로 추측되며, 짧은 단문이기 때문에 문학적 성격보다는 당시의 생활상을 엿볼 수 있는 점에 의의를 두고 번역하였다. 경성의 「중국인 거리의 저녁」 모습이라든지, 운명을 개척하고자 찾아온 조선에서 파산한 사람의 이야기인 「그 생활」, 사랑에 상처 입은 「미련이 있는 자」 등 조선에서의 삶의 다양한 내용을 담고 있다.

(이현희)

「도리이 스네에몬(鳥居强右衛門)」·「우시호메(牛ほめ)」· 「세키가하라 10월의 달(關ヶ原名殘の月)」

『조선신보』 및 『조선신문』에도 다수의 장편 고단(講談)이 연재되었으나 『경성신보』에 연재된 「진제이 하치로(鎭西八郎)」를 소개한 바 있고, 상대적으로 보존 상태가 열악한 까닭에 장기 연재 중 다수의 회차가 누락되거나 지면이 훼손되는 등 내용을 전체적으로 확인하기 어려운 작품이 대부분이었다. 그런 이유로 당시 신문에 연재되었던 전통 구연 예능의 다양성에 주목하여 1회 수록, 혹은 단기 연재로 종료된 고단, 라쿠고(落語), 나니와부시(浪花節) 장르에서 각각 한 작품씩을 선정하여 소개하기로 한다.

고단 중에서는 1909년 1월 1일 신년호에 특별 게재된 쇼린 하쿠치(松林伯知, 1856-1932)의 「도리이 스네에몬(鳥居强右衛門)」을 번역하여 수록했다. 일본 각지에서 군웅이 할거하던 센고쿠 시대(戰國時代), 농성 중인 아군의 위기를 타개하고자 함락 직전의 성을 은밀히 탈출하여 원병 요청에 성공하고 귀성하던 도중 체포되어 처형되었다는 충신 도리이 스네에몬의 무용담이다. 용감한 무사의 활약상이야말로 고단의 가장 대표적인 소재라 할 수 있으나 특별히 스네에몬의 일화를 신년호에 수록한 것은 1909년이 기유년(己酉年)이라는 사실과 도리이(鳥居)의 도리(鳥)를 연관시킨 것이 아닐까 한다.

라쿠고 역시 1913년 1월 1일 신년호에 특별 게재된 산유테이 엔우(三遊亭圓右, 1860-1924)의 「우시호메(牛ほめ)」를 소개한다. 이처럼 신년 등의 특집호에는 신문 면수를 확대하는 한편 고단이나 라쿠고 등에 한 면을 전부, 혹은 그 이상을 소비하여 수록하는 경우가 많았는데, 본 작품도 그 중 하나라 할 수 있다. 제목의 '우시호메'란 어리석은 주인공이 무턱대고 소를 칭찬하는 대사를 주워섬기는 것에서 가져온 '소 칭찬하기'라는 의미이며, 이 또한 1913년이 계축년(癸丑年) 즉 소해였던 것에서 연유한 작품이라 할 수 있다. 조쿄(貞享) 4년(1687년)에 출판된 『하나시다이젠(はなし大全)』에 수록되어 있는 「화재 방지 부적(火除けの札)」을 그 원화(原話)로 하는 고전 라쿠고 작품으로, 현재까지도 상연되고 있다.

　나니와부시는 로쿄쿠(浪曲)라고도 하며, 메이지 시대(明治時代) 초기에 시작된 예능이다. 샤미센(三味線) 반주에 맞추어 독특한 가락을 붙여 이야기를 진행해 나가며, 의리와 인정이라는 전통적 정서를 강조하는 한편 다소 진혼(鎭魂)적 성격을 강하게 띠는 경우도 있다. 본서에 수록한 「세키가하라 10월의 달(關ヶ原名殘の月)」은 실존 인물인 이시다 미쓰나리(石田三成)를 소재로 삼고 있으면서도 그 내용의 대부분은 허구에 지나지 않으나, 이와 같은 비극의 조형을 통하여 세키가하라 전투(關ヶ原の戰い)에서의 패배 후 비운의 최후를 맞이한 그의 생애의 한 부분을 장식하고 있다는 점에서 과거의 군키모노(軍記物)와 그 맥락을 같이한다고도 생각할 수 있다.

(이윤지)

「후처(後妻)」

　『조선일일신문』은 현존하는 지면이 거의 없는 관계로, 1905년 8월 9일에 실린 쓰네 군(常君)의 「후처(後妻)」(제 18회)라는 소설을 번역 소개한다. 실물을 확인 할 수 있는 횟수가 한 회밖에 없어서 전체적인 작품의 내용은 파악이 힘들다. 그러나 18회만 보았을 때 메이지 이후 쓰여진 가정소설로 추측할 수 있다. 내용 파악이 어려움이 있는데도 불구하고 이 작품을 번역한 것은 1905년 당시 『조선일일신문』 문예물 가운데 「후처」와 같은 소설이 지면 1면에 구성되어 있다는 점에서 소설 장르의 위치를 엿볼 수 있기 때문이다.

(이현희)

【『조선(朝鮮)』 시가 문학】

단카(短歌), 하이쿠(俳句), 교카(狂歌), 센류(川柳),
민요(民謠), 근대시(近代詩)

　『조선』은 1905년 1월부터 동년 10월까지라는 짧은 기간 동안, 그것도 일간지가 아닌 주간지로 발행된 신문이므로 애당초 그 자료의 양이 지극히 빈약하고 수록된 문예물도 얼마 되지 않는다. 그럼에도 불구하고 시가 문학이 다양한 장르에 걸쳐 수록되어 있어, 이를 정리하여 번역 소개하고자 한다.

　현재의 인식과는 달리 당시 신문 문예의 중심은 소설 등의 산문 문학보다도 단카(短歌)와 하이쿠(俳句)로 대표되는 일본의 고전 시가 문학이었다. 단카와 하이쿠, 센류(川柳) 등의 전통 시가는 문예란 및 독자 투고의 대부분을 차지했으며, 기념일이나 주목할 만한 사건이 발생했을 경우 이를 소재, 혹은 주제로 하는 다수의 시가 문학이 신문에 게재되었다. 이와 같은 경향은 소설의 시대가 도래하기 전, 문인들의 주요 표현 수단이 운문에서 산문으로 옮겨 가기 이전의 모습을 보여주고 있다고도 할 수 있을 것이다.

(이윤지)

【『조선(朝鮮)』 산문 문학】

「한국의 소설(韓國の小說)」

1905년 4월 17일에 실린 우에다 쇼난(上田湘南)의 「한국의 소설(韓國の 小說)」에서는 현재 한국에서 인기 있는 소설에 관해 소개하고 있다. 저자 는 한국에서 인기가 있는 작품으로 『양풍운전(揚風雲傳)』, 『조운전(趙雲 傳)』, 『제마무전(齊馬武傳)』, 『임경업전(林慶業傳)』 등의 작품을 언급한다. 또한 『춘향전』, 「사씨남정기」, 「구운몽」이 명작이라고 언급하고 있다. 소설과 관련하여 이전 한국인들은 부녀자나 야인배들의 전유물에 불과 하다고 인식했지만, 요즘은 경성에 대여본 영업이 성행하고 있는 등, 경 성에도 많은 사람이 책을 읽고 있다고 기술하고 있다. 이 기사는 1905년 조선에서 유행하는 소설과 소설에 대한 인식의 변화를 엿볼 수 있다.

(이현희)

「삼각여행(三角旅行)」

1905년 5월 23일에 게재된 「삼각여행」은 미네야마세이가 경성에서 출발하여 평양, 그리고 원산을 둘러보면서 쓴 기행문이다. 여기서 삼각 이란 경성과 평양, 평양과 원산, 원산과 경성 사이가 거리상 같아서 직각 삼각형 세 변을 여행했다는 의미로 삼각 여행이라고 제목을 붙였다. 미 네야마세이는 삼각여행을 하면서 거쳐 간 지역과 그 지역 마을 사람들의 인심 등 소개하고 이 지역을 여행하는 여행자들에게 주의사항도 언급하 는 등 여행을 위한 소중한 정보도 제공하고 있다.

(이현희)

「장백산에 오르다(長白山に登る)」

1905년 8월 28일 게재된 이마가와씨 일행(今川氏一行)의 「장백산에 오르다 (長白山に登る)」에서는 조선 북쪽의 경계에 있는 장백산 등산 과정을 적은 글이다. 이 글에서는 장백산에 대해 높이와 거리 등 자세하게 기록하고 있다. 특히, 여기서 "아직 전부 측량하지 못했지만, 눈대중으로 ……"라는 부분에서 이마가와씨 일행은 단순한 여행자가 아닌 측량을 목적으로 장백산을 오른 사람으로 추측할 수 있다. 그리고 마지막 단락에서는 장백산 등반의 주의사항을 세세히 기술하고 있다.　　(이현희)

역자 소개

김계자金季杍

한신대학교 대학혁신단 조교수. 재일코리안문학·일본문화 연구.
주요 논고에 「북으로 귀국하는 재일조선인─1960년 전후의 잡지를 중심으로─」(『일본
학보』 제118집, 2019), 저서에 『근대 일본문단과 식민지 조선』(역락, 2015), 『횡단하는
마이너리티, 경계의 재일코리안』(역락, 2017) 등.

김보현金寶賢

고려대학교 글로벌일본연구원 연구교수. 식민지 일본어문학·일본전통시가 연구.
주요 논고에 「일제강점기 대만 하이쿠(俳句)와 원주민─『화련항 하이쿠집(花蓮港俳句
集)』(1939)을 중심으로─」(『비교일본학』 제36집, 2016), 「1910년 전후 조선의 가루타
계(カルタ界)─『경성신보』의 가루타 기사를 중심으로─」(『일본언어문화』 제42집, 2018),
역서에 공역 『단카(短歌)로 보는 경성 풍경』(역락, 2016) 등.

김효순金孝順

고려대학교 글로벌일본연구원 교수. 일본 근현대문학·식민지 조선 문예물의 일본어
번역 양상 연구.
주요 논고에 「1930년대 일본어잡지의 재조일본인여성표상─『조선과 만주』의 여급소
설을 중심으로─」(『일본문화연구』 제45집, 2013), 「한반도 간행 일본어잡지에 나타난
조선문예물 번역에 관한 연구」(중앙대학교 『일본연구』 제33집, 2012), 저서에 공저 『동
아시아문학의 실상과 허상』(보고사, 2013), 공저 『제국의 이동과 식민지 조선의 일본
인들』(도서출판 문, 2010), 역서에 공역 『완역 일본어잡지 『조선』 문예란(1910.3~
1911.2)』(제이앤씨, 2013), 공역 『조선 속 일본인의 에로경성조감도(여성직업편)』(도
서출판 문, 2012) 등.

송호빈宋好彬

계명대학교 사범대학 한문교육과 조교수. 조선 후기 한문산문·한문문헌 연구.
주요 논고에 「『華東唱酬集』 成册과 再生의 一面: 日本 東洋文庫 所藏本 所收 海隣圖
卷十種 「海客琴尊第二圖題辭」를 통해」(『震檀學報』 제123호, 2015), 「日本 東洋文庫
漢籍 整理 事業의 展開와 現況」(『민족문화연구』 제71호, 2016) 등.

엄인경嚴仁卿

고려대학교 글로벌일본연구원 부교수. 식민지 일본어 시가문학·한일비교문화론 연구. 주요 논고에 「『京城日報』の三行詩と啄木」(『일본언어문화』 제47집, 2019), 「Changes to Literary Ethics of Tanka Poets on the Korean Peninsula during the Japanese Colonial Era」(『FORUM FOR WORLD LITERATURE STUDIES』 vol.10 no.4, 2018), 저서에 『한반도와 일본어 시가 문학』(고려대학교출판문화원, 2018), 『문학잡지 国民詩歌와 한반도의 일본어 시가문학』(역락, 2015), 역서에 『염소의 노래』(필요한책, 2019), 『요시노 구즈』(민음사, 2018), 『한 줌의 모래』(필요한책, 2017) 등.

이승신李承信

배재대학교 인문과학연구소 학술교수. 식민지 일본어문학·근대여성문학 연구. 주요 논고에 「'이단(異端)문학'으로서의 야마자키 도시오 문학 연구」(『인문사회21』 10집 3호, 2019), 「일본과 한국의 '독부물(毒婦物)' 연구─히라바야시 다이코(平林たい子)와 백신애 소설을 중심으로─」(『인문사회21』 7집 1호, 2016), 공저 『백신애 문학의 안과 밖』(전망, 2018), 역서에 공역 『백신애, 소문 속에서 진실 찾기』(한티재, 2017) 등.

이윤지李允智

고려대학교 글로벌일본연구원 연구교수. 일본 고전문학·중세 극문학 연구. 주요 논고에 「근대의 우타카이하지메(歌会始)와 칙제(勅題) 문예─일제강점기 일본인 발행 신문을 중심으로─」(중앙대학교 『일본연구』 제51집, 2019), 「노(能) 〈하시벤케이(橋弁慶)〉의 인물상 연구」(고려대학교 『일본연구』 제20집, 2013), 역서에 『국민시가집』(역락, 2015), 공역 『조선 민요의 연구』(역락, 2016) 등.

이현희李炫熹

고려대학교 BK21PLUS 중일언어문화교육연구사업단 연구교수. 일본 근대문학 연구. 주요 논고에 「한반도에서 간행된 일본어신문 『경성신보(京城新報)』 문예물 연구─「탐정실화 기이한 인연(奇縁)」을 중심으로─」(『일본학연구』 제55집, 2018), 「朝鮮半島における西欧探偵小説の日本語翻訳と受容─1910年以前, 『朝鮮新聞』に掲載された翻訳探偵小説を中心に─」(『跨境』 제8호, 2019), 역서에 공역 『역사와 주체를 묻다』(소명출판, 2014), 『근대세계의 형성』(소명출판, 2019), 『유리병 속 지옥』(이상, 2019) 등.

일본학 총서 40
일제강점 초기 한반도 간행 일본어 민간신문의 문예물 연구 5

**일제강점 초기 일본어 민간신문 문예물 번역집 2
〈인천 및 기타지역 편〉**

2020년 5월 22일 초판 1쇄 펴냄

집필진 고려대학교 글로벌일본연구원
　　　　일제강점 초기 한반도 간행 일본어 민간신문의 문예물 연구 사업팀
발행인 김흥국
발행처 보고사

책임편집 황효은·이경민
표지디자인 손정자

등록 1990년 12월 13일 제6-0429호
주소 경기도 파주시 회동길 337-15 보고사
전화 031-955-9797(대표), 02-922-5120~1(편집), 02-922-2246(영업)
팩스 02-922-6990
메일 kanapub3@naver.com / bogosabooks@naver.com
http://www.bogosabooks.co.kr

ISBN　979-11-6587-006-5　94800
　　　　979-11-6587-001-0　(세트)

정가 33,000원

이 저서는 2016년 대한민국 교육부와 한국연구재단의 지원을 받아 수행된 연구임.
(NRF-2016S1A5A2A03926907)